Hannu Raittila
Die Klärung

Hannu Raittila

Die Klärung

Aus dem Finnischen
von Stefan Moster

Sammlung Luchterhand

I

Die Entladung der Pamisos

LAURA

»Kostas Kenteris, Kostas Kenteris … Kostas, Kostas … Kenteris. Kent-te-ris … Kostaskostaskostas … Kostas, Kostas … Sssakrament!«

»Gestatten, Pajala.«

Ich bereitete mich gerade auf die Olympischen Spiele von Athen vor, als Pajala zum ersten Mal auftauchte. Er schob einen Archivwagen vor sich her, geisterte durch die leere Studiohalle und stieß schließlich seinen Kopf zwischen den grauen Trennwänden hindurch. Dahinter saß ich und lernte Sportler auswendig, ihre Namen, ihre Weiten, ihr Gewicht, ihre Resultate und Rekorde. Bei komplizierten Namen übte ich die Aussprache laut.

Pajala stellte sich lediglich als Pajala vor, parkte den Archivwagen neben mir und erklärte, er habe hier Eigentum, das mir gehöre. Oder am ehesten mir. Dabei beobachtete er ununterbrochen meine Reaktion. Er war es anscheinend gewohnt, andere Menschen anzustarren. Auf dem Wagen stapelten sich Ordner, Tonbandhüllen und Audiokassetten. Unter den Ordnern konnte ich ein zerkratztes Zweispulengerät von Avox und ein Nagra, das prähistorische Aufnahmegerät eines Feldreporters, erkennen. Ich zuckte zusammen. Auf dem abgeschabten Lederetui des Nagra war das Logo von Radiant zu erkennen.

In diesem Moment erklärte Pajala, er sei Kriminaloberinspektor. Die Sachen auf dem Wagen seien im Zuge von Ermittlungen in den Besitz der Polizei gelangt und würden nun behördlicherseits der rechtmäßigen Besitzerin übergeben. Welche Ermittlungen? Pajala erzählte etwas von einer Serie von Wirtschaftsdelikten, worauf ich ihm sofort die Frage stellen musste, ob man uns wegen irgendetwas verdächtige. Pajala versicherte, die Firma Radiant habe nichts mit dem Objekt der Ermittlungen zu tun. Außer dass im Inventar einer unter Veräußerungsverbot stehenden Erbschaft Eigentum der Firma gefunden worden sei. Und nicht nur der Firma. Auch persönliches Eigentum von mir sei dabei gewesen. Oder am ehesten von mir, fügte er erneut hinzu. Ich überlegte fieberhaft, ob ich mit meiner Frage nach eventuellen Verdachtsmomenten gegen uns zu voreilig gewesen war, und wurde sofort wütend auf mich selbst. Es gab nichts, was man uns vorwerfen konnte, also war es gleichgültig, wie schnell danach gefragt wurde. Die Polizei macht eben jeden nervös. Erst recht, wenn sie in Gestalt eines Beamten in Zivil unvermutet am Arbeitsplatz auftaucht.

Um etwas zu tun, sah ich mir die Ordner auf dem Wagen an. Darunter kamen zwei weitere Aufnahmegeräte zum Vorschein: ein Sony TC-D5 und ein handflächengroßer Walkman mit Aufnahmefunktion, seinerzeit das Kompakteste, was es auf dem Markt gab, und daher ein häufig verwendeter Recorder bei Reportagen und heimlichen Aufnahmen. Mir entwich ein Laut, denn ich erkannte die Geräte wieder. Den TC-D5 hatte ich selbst gekauft, weil Jaska sich beklagt hatte, seine Finger seien zu groß für die Regler des Kleinkassettenrecorders. Beide Apparate waren mindestens fünfzehn Jahre alt.

Als ich Pajala fragte, wo die Geräte und das Material gefunden worden waren, erklärte er, das könne er mir aus ermittlungstechnischen Gründen nicht verraten. Auf den Tonbandhüllen waren weitere Radiant-Aufkleber zu sehen, ebenso auf den Spulenkernen und den Kassettenhüllen. Ich klappte einen der Ordner auf. Er enthielt handschriftliche, in Spalten gegliederte Aufnahmeprotokolle. Ich schob ein poröses Blatt nach dem anderen über das gebogene Gestänge der Ordnermechanik, bis ich auf durchgehend dicht beschriebene Seiten stieß. Erst da, bei den Notizen, begriff ich, warum mir die Beschriftungen der Hüllen und Ordner so bekannt vorgekommen waren: Das war alles Jaskas Handschrift!

Ich hielt beide Hände vor den Mund und sank auf den Stuhl zurück. Pajala wollte wissen, woran mein Ehemann gestorben sei. Er war nicht mein Ehemann, brachte ich mühsam heraus. Ihr Mann, schlug Pajala vor, und ich fragte ihn, woher er wisse, dass Jaska tot war. Pajala sagte, er habe es im Heimatbuch überprüft. Wo? Er meinte das behördeninterne nationale Personalienregister, und ich erzählte ihm, Jaska sei am 23. Dezember 1991 beim Fischen vor Helsinki ertrunken. Erst später kam ich auf die Idee, mich darüber zu wundern, woher sie wussten, dass Jaska und ich zusammengehörten, da wir doch nicht verheiratet gewesen waren. Verzeichneten sie in ihren Büchern auch die wilden Ehen? Falls ja, wird man in so einem Buch auch nachlesen können, woran jemand gestorben ist.

Auf dem Wagen lag auch eine Tonbandrolle von der

Größe eines Pizzatellers, verpackt in einer Agfa-Papphülle. Pajala hob den Riesendiskus heraus und schlug vor, dass wir uns ein paar Meter des Bandes zusammen anhörten. Warum? Und wie? Pajala wunderte sich. Gab es im Radio- und TV-Zentrum des Finnischen Rundfunks in Helsinki-Pasila etwa keinen Apparat, mit dem man ein gewöhnliches Tonband abhören konnte? Ich breitete die Arme aus. Wir befanden uns in der Nachrichtenproduktion des Fernsehens, da konnte ich nicht auf Anhieb ein Wiedergabegerät für analoge Bänder auftreiben, und jetzt, am Sonntagabend, war auch keiner von den Festangestellten da, die so etwas aus irgendeiner Ecke herauszukramen gewusst hätten. Kann man das nicht auf dem da laufen lassen? Pajala deutete auf das aluminiumgraue Avox, das die Reporter früher benutzten, um ihr Material abzuhören.

Da war mir klar, dass ich nicht eher wieder an die Arbeit kommen würde, bevor ich nicht getan hatte, was der Polizist wollte. Also steckte ich den Stecker in die Dose, verband das Kabel mit dem Gerät und fixierte das rotweiße Anfangstape des Stereobands am Spulenkern. Brav setzte sich der Apparat in Bewegung, der Diskus drehte sich, und das braune Magnetband sauste dem Anfangstape zum Tonkopf hinterher. Ich hatte keine Lust gehabt, Strippen zu den Genelec-Studiomonitoren zu ziehen, darum kam der Ton nur aus den integrierten, streichholzschachtelgroßen Lautsprechern des Avox. Es klang wie ein schlechtes Transistorradio.

Zunächst hörte man nur ein Rauschen, das man erst in dem Moment als die Tragwelle eines Funkgerätes erkannte, als es von einer fernen, metallischen menschlichen Stimme durchschnitten wurde. Die Stimme erklärte, sie sei Sirius, dann rief sie zwei Mal nach Solar und sagte schließlich, sie höre. Im Hintergrund des Funkverkehrs hörte man ein schrilles Wimmern, und zwischendurch übertönte ein metallisches Rasseln alles andere. Eine Rudermaschine, erläuterte Pajala, als ich mir die Ohren zuhielt. Ich fragte mich, ob das Wimmern von der Geräuschquelle kam oder vom Studiotisch stammte. Radar, klärte Pajala mich auf. Offensichtlich hatte er die Geräusche bereits mit einem Experten analysiert. Die Papphülle war mit einem Archiv-Code des Finnischen Rundfunks versehen. Ich drehte sie um, weil ich die Programminformation auf der Rückseite lesen wollte, aber dort stand neben dem Aufnahmejahr 1991 nur der Titel: DIE ENTLADUNG DER PAMISOS. Sirius rief noch einmal nach Solar. Das ist ein Schlepper im Hafen von Helsinki, sagte Pajala dazwischen. Dann wurde die Aufnahme ausgeblendet und von einer neuen akustischen Umgebung überblendet, aus der eine raue, tiefe Männerstimme hervorbrach.

In der Nacht warn wir bei der Schnapsfabrik Schnee rühren. Im Hafengebiet, bei Salmisaari.

Mehr sagte die Stimme nicht. Mit einem jähen Schnitt ging es nun wieder in eine neue Akustik: Wind, ein schlagendes Metallgeräusch – der Sturm pfiff über die Stahlseile von Fahnenmasten und peitschte sie gegen die Stangen. Plötzlich hörte man einen Lastwagen Gas geben und dann ein Heulen, das nach einem bestimmten Geräuscheffekt aus unserem Fundus klang, an den ich mich erinnern konnte. »LKW, Ladefläche wird angehoben. Die Hydraulik leckt« hatte auf der Inhaltsbezeichnung gestanden. Eine neue Männerstimme rief über den Hintergrundlärm hinweg.

Sämtliche Fahrzeuge, alle, die im Depot aufgetrieben werden konnten, fuhren die Nacht durch. Ich war auch dabei … obwohl ich schon eine ganze Schicht hinter mir hatte, musste ich mit, wegen dem scheißvielen Schnee.

Dann plötzlich ein weicher Plumps. Wir hatten auch einen Geräuscheffekt auf Lager, bei dem ein LKW Kies ablud, aber hier kippte er offenbar Schnee. Von der Schneedeponierung ging es mit abruptem Schnitt wieder zurück zur Akustik auf der Kommandobrücke des Schleppers. Die Erzähler waren gegeneinander geschnitten. Auf dem braunen Band, das auf dem Weg von Spule zu Spule am Tonkopf vorbeilief, waren die Schnittstellen durch die hellen Tapes zu erkennen.

Innerhalb von sechs Stunden sind in der Nacht vierzig Zentimeter Schnee gefallen. Neben dem Bahnhof hatten sie's gemessen. Wo sie den Schnee ins Meer gekippt haben, sind wir im Kreis gefahrn. Haben praktisch mit dem Schlepper das Wasser umgerührt, damit es nicht zufriert.

Es war die Nacht, als Finnland seine Währung abwertete.

Für die letzte Replik war wieder in die Außenakustik gesprungen worden, in der Schnüre gegen Fahnenstangen schlugen und der Lastwagen im Hintergrund rumpelte. Was für ein Programm sollte das denn sein? Eine Radiodokumentation, ein Feature? Oder ein Hörspiel, also Fiktion? Die Aufnahmen klangen authentisch, und ich konnte die Männer nicht als Schauspieler identifizieren. Anfangs schien sich das Ganze aus übereinandergeschnittenen dokumentarischen Aufnahmen zusammenzusetzen, doch nach einiger Zeit änderte sich das System. Wir waren jetzt wieder auf der Kommandobrücke des Schleppers, die Szene klang allerdings irgendwie gemacht, obwohl das Stück nach wie vor hundertprozentig war – sprich: Es waren keine Effekte untergemischt worden. Das Funkgerät kam wieder zu Wort, und nun meldete sich der Kapitän des Schleppers, der Erzähler von eben, auf einen Funkruf. Es konnte sich eventuell um eine regiegeführte Szene handeln, um ein Doku-Drama. Über das VHF-Funkgerät unterhielt sich der Kapitän mit jemandem, allem Anschein nach mit einem Kollegen. Wenn sie von sich sprachen, benutzten die Männer, wie es im Funkverkehr auf See üblich war, die Namen ihrer Schiffe: Sirius und Solar. Letzterer rief zunächst einen Dritten an.

SOLAR
Pamisospamisos, Solar ruft … Achtung Pamisos, Solar ruft, ich höre.
SIRIUS
Solarsolar …
SOLAR
… Wer hat sich jetzt dazwischengeschaltet?
SIRIUS
Sirius ruft … hört man mich? Ich höre.

SOLAR
Solar wechselt auf Kanal zwölf.
SIRIUS
Hört Solar? Sirius ruft.
SOLAR
Solar hört. Sirius, wo bist du? Ich höre.

Jetzt keilte sich eine ferne und störende Stimme dazwischen, die sowohl Finnisch als auch Englisch sprach, beides gebrochen. Das war Pamisos, und es endete in einem wahnsinnigen Lachen, als hätte Pamisos einen guten Witz erzählt. Die heisere und irgendwie grundlos fröhliche Männerstimme klang nach einem DJ, der schon ziemlich gut drauf war, oder nach einem Rapper.

PAMISOS
Räjdio Heltzinki … Pamisos is coming in … Heltzinki, Pamisos mäldet sisch …
SOLAR
Kallio … du, ich muss aufhören … krieg einen Kunden.
SIRIUS
Alles klar, Ende.

Was ist das?, fragte ich Pajala. Ein Hörspiel? Pajala fand, eigentlich müsse *ich* das wissen, er sei ja schließlich nicht vom Rundfunk. Ich sagte ihm, ich arbeitete hauptsächlich fürs Fernsehen. Pajala wusste aber, dass ich auch viel fürs Radio gemacht hatte. Was wusste er sonst noch von mir? Und was wollte er? Sollte ich für ihn herausfinden, woher das Material auf dem Band stammte? Der Oberinspektor erinnerte mich daran, dass ich selbst gerade nach dem Inhalt des Bandes gefragt hatte. Er habe lediglich Sachen, die der Polizei in die Hände gefallen waren, an ihre rechtmäßige Besitzerin zurückgegeben. Für mich enthielt das Band eine fertige Radiosendung, ein Hörspiel oder ein Feature. War das eine Arbeit von Jaska?

Pajala antwortete nicht, sondern fragte mich, ob ich je den Namen Pamisos gehört hätte. Gerade eben zum ersten Mal, entgegnete ich. Die Pamisos war ein Schiff, erklärte Pajala. So viel hatte ich auch schon verstanden gehabt. Ein Schiff unter Billigflagge, fügte der Oberinspektor hinzu und erzählte, die Pamisos habe im Spätherbst 1991 zwei Monate lang unweit von Helsinki vor Anker gelegen. Das Schiff habe keinen Zielhafen, keinen Treibstoff und keinen Proviant gehabt. Die Heuer der Besatzung sei lange nicht bezahlt worden, ja es habe sich nicht einmal ein Eigentümer für das Schiff gefunden. Die Reederei in Panama, die in den Registern genannt worden sei, habe aufgehört zu existieren oder aber sie habe nie anderswo als auf dem Papier existiert.

Was ging mich das alles an? Der Besuch des Billigflaggenschiffs lag vierzehn Jahre zurück, und ich hörte nun zum ersten Mal davon. Pajala deutete auf die Ordner und Kassetten auf dem Archivwagen.

»Das hier stammt alles von der Pamisos.«

»Von der Pamisos?«

»Ist dort aufgenommen worden.«

»Wer hat die Aufnahmen gemacht?«

Pajala wies auf einen Stoß Kassetten. Ich sah mir die Hüllen an und fand die Antwort auf meine Frage in deren Beschriftung:

27.11. Vormittag. Aufnahme 5.
Deck 2, hallende, blecherne Akustik.
Bei 4, 21 ein Schlag / Riss (Metalltür zum Containerdeck).

Alles in Jaskas kleiner, exakter Handschrift!

Pajala machte Anstalten zu gehen. Ich fragte ihn, woher er gewusst habe, dass Jaska und ich zusammen waren. Er sagte, er habe es aufgrund der Vaterschaft gewusst. Jaakko »Jaska« Saarela sei im Gesundheitsamt Helsinki zu Beginn der Schwangerschaftsfürsorge als Vater meines Kindes eingetragen worden. Von der Mütterberatungsstelle sei die Information ans Personalienregister des Innenministeriums gegangen und dort geblieben, obwohl der Vater vor der Geburt seiner Tochter gestorben war. Das stimmt nicht, sagte ich. Pajala war sofort hellwach. Ich erzählte ihm, Jaska sei offiziell erst 1997 gestorben. Irgendeine Formalie verzögerte den Prozess, sodass es einige Wochen länger als fünf Jahre dauerte, bis er für tot erklärt wurde. Ich machte gar nicht erst den Versuch zu beschreiben, was es all die Jahre für ein Gefühl gewesen war, auf die offizielle Bescheinigung seines Todes zu warten, während ich die kleine Satu zu den Vorsorgeuntersuchungen, zur Krabbelgruppe und zum Arzt schleifen musste, später dann jeden Morgen in den Kindergarten, und als sie vier war, auch abends in die Mädchenturngruppe. Obwohl ich nichts sagte, schien der Oberinspektor etwas in meinem Gesicht zu lesen. Er machte eine Handbewegung zur Innentasche seiner Jacke und sagte leise, so sei nun einmal das Vorgehen in Vermisstenfällen. Leider.

Er fand einen Stift, bat mich, den Erhalt der Sachen zu quittieren, und ging. Das Zittern meiner Hände konnte ihm nicht verborgen bleiben, als ich meinen Namen auf das Formular schrieb. Ich setzte mich, denn nun fingen auch die Beine an zu schlottern. Wieder wurde ich wütend auf mich. Die Hände eines Menschen werden ja wohl noch das Recht zu zittern haben, wenn sie unvermutet die verschollenen Sachen des vor fünfzehn Jahren verstorbenen Lebensgefährten in Empfang nehmen. Oder die verschollenen Sachen eines Verschollenen, sagte ich laut und musste beinahe lachen. Kurz darauf weinte ich und jagte, als ich von der Toilette kam, dem Nachrichtenproducer, der unvermutet im Gang auftauchte, mit meinen Pandaaugen einen Schreck ein.

Nachdem ich mir in der Maske ein paar Reinigungstücher stibitzt hatte, kehrte ich an meinen Platz hinter den Trennwänden zurück und überlegte, ob mir nach Jaskas Verschwinden aufgefallen war, dass irgendetwas fehlte. Hatte ich an den chaotischen Weihnachtsfeiertagen und in den wirren Winterwochen damals ohne bestimmte Dinge auskommen müssen? Ich erinnerte mich nur noch daran, dass Satu sich am Heiligabend zum ersten Mal in meinem Bauch bewegt hatte. Ich wartete darauf, dass Jaska endlich nach Hause kam, und ich wusste nicht, wo man an einem Feiertag das Verschwinden eines Menschen meldete. Aber war er überhaupt verschwunden? Er war ja sowieso fast immer weg. Allerdings hatte ich schon damit gerechnet, dass er wenigstens Weihnachten zu Hause verbringen würde. Satu fühlte sich an, als würde jemand von innen mit einer Feder über die Wand der Gebärmutter streichen.

Zuerst hatte ich in diesem Gefühl, ebenso wie in dem bald darauf einsetzenden Zucken, gar nicht die Regungen eines Kindes erkannt.

Ich spulte das Band zum Anfang zurück und nahm es zwischen meine von Reinigungsfett glitschigen Finger. Auf dem alten Avox war die Spule lose geworden, das Band quoll über die Ränder, und zu allem Überfluss rutschte mir die ganze Spule aus den noch immer zitternden Händen und fiel auf die Kante der offenen Schreibtischschublade. Der blecherne Spulenkern löste sich und rollte zwischen den Trennwänden hindurch ins Studio. Auf dem Boden lag ein Haufen Magnetband, das sich beim Aufheben verhedderte und wie ein Elsternnest aussah. Ich stopfte die ganze Bescherung in die leere Papphülle, worauf sie an Luftschlangen erinnerte, die von Geburtstagsgästen platt getrampelt worden waren.

PENA

Wieso kommt das Ding einfach nicht hoch? Drei Jahre für Lokalsender Texte gesprochen, vielleicht zwischendurch auch mal ein schmieriges Firmenporträt gedreht: »Glaswolle – Recycling in der Praxis!« Da steht dann der Hannes aus der Nachbarschaft vor einem Cocktail voller Bierflaschen und erklärt, also, das bunte Glas, das kommt in eine Extratonne. Anschließend geht's mit der Kamera mitten rein in einen furchtbaren Haufen Glaswolle. Zwei Tage später kam mir noch schwarzer Rotz aus der Nase, und das Jucken hat erst aufgehört, als ich die ganzen Klamotten weggeschmissen hab.

»Radiant – der audiovisuelle Strahlungspunkt!«

Mit den Werbespots wurde es schon im Herbst 2001 flauer. Noch im Frühjahr sind wir vor Stress nicht mal dazu gekommen, uns die Zähne zu putzen, aber gleich nach dem Sommerurlaub hast du dich gefragt: He, wo sind denn eigentlich alle hin? Nach und nach ist der Bildbereich dann total ausgetrocknet. Nur so Zeug wie das mit der Glaswolle ist übrig geblieben, was als Format absolut DDR-mäßig ist. Und wenn du nicht alles selbst machst, kommst du erst recht nicht auf deine Kosten. Aber jetzt ist es auch damit vorbei. Vor drei Jahren hat es noch geheißen, das ist bloß so ne »Mini-Rezession«! Und jetzt heißt es auf einmal, zwischendurch wär es schon mal wieder aufwärts gegangen, aber gerade jetzt wär alles wieder auf dem absteigenden Ast. Wenn bei denen das Wachstum unter drei Prozent fällt, nennen die das Konjunkturabschwung.

Fragt sich bloß, was bei denen wächst. Bei mir wächst nix auch nur um ein Prozent. Muss auch nicht sein. Mir reicht's, wenn ich einen Job hab und dafür Kohle krieg. Mehr brauch ich nicht. Warum sollte da was wachsen? Soll meine Bude wachsen? Ich wachs ja selber nicht. Im Gegenteil, ich hoffe sogar, dass ich hier um die Mitte rum ein bisschen kleiner werde. Ich brauch absolut nichts anderes als einen Job. Ich behalt meine Bude und mein Auto, die können bleiben, wie sie sind, die müssen nicht wachsen. Das Auto läuft, solange es läuft, sprich: solange es sich muckst und anspringt.

Du musst dir bloß mal die Grünanlage da drüben und die Birkenblätter angucken, da siehst du, wohin Wachstum führt: Kommt der Scheißwinter, und die Blätter fallen runter. Alles tot. Das ist das Resultat des Wachstums. Was fängst du mit einem neuen Auto an, wenn du tot bist? Was nützt es dir, wenn deine Wohnung präsidentenpalastmäßig anschwillt, und du selbst kommst in einer zwei Meter langen Kiste zwei Meter tief in die Erde? Jeder, der geboren wird, krepiert. Das ist Standard, und weiter wächst da nix. Warum sollen ausgerechnet unsere Branche und unsere Firma wachsen, wenn die Bestattungsbüros auch nicht wachsen? Wachsen die Särge? Eher nicht. Ich glaub, die werden nur kleiner, wie die Sitze im Flugzeug und die Streichholzschachteln.

Aus den Streichholzschachteln haben sie ja im Namen

des Wachstums fünf Hölzer rausgenommen. Irgendein Schlaumeier spart sich dadurch zehn Prozent und wird mit den fünf Hölzern Millionär. Schön für dich, steck's nur ein! Geht's dir jetzt gut? Eher nicht, meiner Meinung nach. Manchmal, wenn mir die Streichhölzer ausgehen, da bräuchte ich die fünf letzten Hölzer echt. Aber je mehr Wachstum, desto weniger Streichhölzer. Alles wird immer bekackter: Früher waren die Särge immerhin aus Holz, heutzutage sind sie aus Karton. Und die Pappe für die Milchpackung machen sie aus Kostengründen neuerdings so dünn, dass die ganze Scheiße auseinanderfällt, wenn du einmal richtig zupackst. Und ich darf dann ständig Tisch und Fußboden wischen, der verdammte Lappen fängt an zu stinken, und das alles bloß, damit die Aktie von irgendeiner Pappdeckelfirma um 0,2 Prozent steigt.

Manchmal fragst du dich, wie schnell du eigentlich rennen musst, damit du wenigstens auf der Stelle bleibst. Ich bin nicht mal dazu gekommen, den Aufschwung zu registrieren, Mann. Wenn der Aufschwung um dich herum ist, siehst du ihn nie. Du hast einfach keine Zeit dazu! Da rödelt sich alles einen ab, um auch ja jedes einzelne Schrotkorn aufzusaugen, bevor alles wieder zusammenkracht. Und wenn's dann kracht, liegt alles auf einen Schlag wieder brav und flach unterm Feigenblatt. Wie wenn du bei minus zehn Grad ohne Hosen dastehst. Da wird mit blanken Eiern geschlottert und auf irgendeine verdammte Zwischenbilanz gewartet.

Genau wie beim Spritpreis, nur umgekehrt. Der steigt fünf Mal schneller, als er fällt. Irgendwo in Venezuela gibt's ein paar Probleme, und – zack – schießen die

Preise hoch. Aber kommen sie auch wieder runter, wenn die Probleme Geschichte sind? Oder der Strompreis. Ist hochgegangen wegen der Trockenheit. Er ist schon im Voraus gestiegen, und zwar wie verrückt. Inzwischen hat es so viel geregnet, dass das Wasser nicht mehr in die Seen passt, aber kommt der Energiepreis vielleicht wieder runter? Außerdem: Was gehn mich irgendwelche scheiß Venezuelas an! Wann hat sich das eigentlich alles verändert? Früher hat's gereicht, dass man seine Arbeit macht! Wieso muss ich mir über so einen Kram den Kopf zerbrechen? Ich bin Tontechniker und Kameramann und kein Wirtschaftssachverständiger!

Wieso kommt das Ding einfach nicht mehr hoch? Scheiße, ich hab hier nix mehr verloren. Ich geh rüber in den »Schiffshund«.

LAURA

In einem Umzugskarton brachte ich die Sachen vom Finnischen Rundfunk zu Radiant. Die Ordner mit den Aufnahmeprotokollen stellte ich ins Regal, aber die Notizbücher steckte ich in meine Tasche. Die Audiokassetten hatte ich ohnehin schon in einer Plastiktüte im Auto gelassen. Ich suchte nach einem Kassettenrecorder, aber ein tragbares Gerät gab es in der ganzen Firma nicht.

Den Bandsalat schob ich ebenfalls ins Regal, dazu schrieb ich eine Nachricht für Pena:

Bring das hier in Ordnung und mach eine Kopie! Auftrag in Sicht. L.

Ich klebte den Post it Zettel ans Mischpult, zwischen die Tesakrepp-Stücke mit den Mischanweisungen. »Dünnes Eis, Brodeln« stand auf einem. Was trieb der eigentlich an seinem Pult? Auf dem Monitor blinkte es. Ich drückte auf *Enter*, und auf dem großen Bildschirm erschien ein Register, die blinkende Datei im Arbeitsspeicher war durch einen blauen Balken markiert. »Eigene Sachen.« Was sollte das denn sein? Ich klickte die Datei an und hörte zu. Pena hatte sich selbst aufgenommen:

Wieso kommt das Ding einfach nicht hoch ...

Es wurde mir schon unangenehm und peinlich, aber an der Fortsetzung merkte ich, dass Pena nicht von intimen Körperfunktionen redete, sondern von Konjunkturschwankungen. Er beklagte sich über das Los des Subunternehmers auf einem übersensiblen Markt. Mit lauem Interesse hörte ich mir die Litanei zu Ende an. »Eigene Sachen« ... ich ging die Dateien durch, die er im Rechner aufzubewahren schien. Pena hatte die Kiste schon zwei Mal zum Abstürzen gebracht, weil er zu faul war, sein Material zu kopieren und wegzupacken. Auch jetzt war die Festplatte wieder fast voll. Willkürlich klickte ich noch eine von den »Eigenen Sachen« an. Auch da war Pena selbst drauf. Saß er hier im Studio, redete vor sich hin und nahm sich dabei auf?

Ich hörte zu und begriff allmählich, dass er ein Hörtagebuch führte. Man konnte sich Pena auch nur schwer schreibend vorstellen, mal abgesehen von Geräuschdefinitionen oder dem Abschreiben von Bändern. Da war er gut. In gewisser Weise ist er ein verbaler Typ, obwohl er kaum schreiben kann. Sprache ist für ihn das, was gesprochen wird. Er hat alle möglichen Redewendungen drauf und hält sie genau auseinander, und er kann Dialekte nachahmen, obwohl er durch und durch Helsinkier ist. Für Tonfälle und Nuancen hat er ein feines Gehör, und entsprechende Forderungen stellt er an die Schauspieler, die den Text für Werbeclips sprechen. Das sind nämlich die Sachen, die er täglich produzieren muss. Oder produzieren müsste, wenn genug Aufträge da wären.

Das Witzigste ist, dass ein total urbaner Typ wie Pena sich so gut in Landwirtschaft auskennt. Was er weiß, basiert allerdings auf einem extrem engen Blickwinkel. Was heißt Blickwinkel, es beruht auf dem, was er gehört hat. Sein ganzes Weltbild geht in verblüffendem Maß auf Geräuscheffekte und ihre Definition zurück. Pena kann aus dem Stegreif das Geräusch eines Mähdreschers, die Hebevorrichtung eines Heringtrawlers oder einer Silagepackmaschine in Gang setzen. Ich glaube nicht, dass er solche Apparate schon mal gesehen hat, aber in seinem Hörgedächtnis hat er eine irrsinnige Menge Effekte gespeichert, und die benutzt er skrupellos, um die Wirkung und die Stimmung in einem an City-Menschen gerichteten Werbespot zu steigern. Manchmal spielt er auf dem Handy einige seiner Geräuscheffekte ab und hält Vorträge über Klangwelten. In Städten sind alle Geräusche angeblich wirr und wirkungsarm: »Wenn ein Intercity losfährt, dann ist das, als würdest du den Ventilator einschalten.« Ordentliche Geräusche gibt es laut Pena nur auf dem Land und in der primären Produktion.

»… Ich geh rüber in den ›Schiffshund‹.« Falls er tatsächlich in den Hund gegangen war, würde er so schnell nicht mehr zurückkommen. Ich kopierte die »Eigenen Sachen« auf CD und verwischte die Spuren. Pena saß neuerdings jeden Abend im Schiffshund. In seinem Konjunkturüberblick hatte er diese Größe, die im Hintergrund seiner beruflichen Situation ihre Wirkung entfaltete, überhaupt nicht zur Sprache gebracht. Die Kneipe liegt im Souterrain eines Wohnhauses in der Tehtaankatu, nur zwei Häuserblocks von der Firma entfernt. Zwei Häuserblocks – das ist die maximale Entfernung, die Pena zu Fuß zurücklegt. Im Winter fährt er sogar diese Strecke manchmal mit dem Taxi. Wenn ich ab und zu zur Arbeit jogge, verkündet er jedes Mal in dem Lokal, in dem er Mittagessen geht, schon an der Tür, die Irre wär schon wieder von Tapiola aus bis in die Arbeit gerannt.

Wie oft er im Hund saß, sah man an Penas Taille. Besser gesagt war seine Taille infolge des Bierkonsums gar nicht mehr zu erkennen. Was zwischen Jeans und Jacke sichtbar wurde, nahm allmählich groteske Formen an. Pena ist ein unerschütterlicher Repräsentant des Roadie-Looks. An dem Stil, für den er sich einmal entschieden hatte, hielt er fest. Die schwarzen Jeans müssen so eng sein, dass nicht mal ein Busfahrschein in die Tasche passt. Schlüsselbund, Leatherman und Handy hängen am Gürtel. Die Schlüssel als klirrende Dolde an einem verchromten Ring, das Handy und das Mehrzweckwerkzeug in geschmacklosen Lederetuis. Im Grunde ist Pena eine perfekt gestylte Figur. Er ist so durchgestylt, dass er praktisch überhaupt nicht gestylt ist.

Von seinen Boots trennt sich Pena nur für längere Autofahrten. Allerdings stieg er auch da erst auf Turnschuhe um, nachdem er auf der Auffahrt zur Westautobahn einem Bus hinten reingefahren war – das Bremsmanöver kam zu spät, weil die Stiefelspitze drei Zentimeter über den großen Zeh hinausragte und zwischen den Pedalen hängen blieb. Ansonsten trägt er aber bei Hitze wie bei Kälte dasselbe Schuhwerk. Ich weiß nicht, wie er die Temperaturschwankungen in den Boots ausgleicht. Ich kenne auch nicht die Praxis seiner Strumpfpflege, weil ich ihn, trotz allen Flehens, nie mit mir und Satu unter einem Dach wohnen ließ.

Früher irgendwann, als wir noch zusammen waren, fuhren wir über Mittsommer einmal mit Freunden an den Saimaa. In Mikkeli drehte er plötzlich um 180 Grad. »Scheiße, ich hab die Boots vergessen!« Da half kein Wort der Vernunft. Satu und ich mussten uns ins Auto unserer Gastgeber zwängen und den Rest der Strecke bis Anttola mit der Nase zwischen den Knien verbringen. Pena fuhr gegen den Feiertagsverkehr die 230 Kilometer nach Helsinki zurück und kam erst um Mitternacht wieder, als vom Johannisfeuer nur noch die Glut übrig war, aber seine Boots hatte er dabei. Ich schrieb die Szene später in eine Fernsehserie hinein und ließ den Typen mit den Boots am Ende ertrinken: Zwei Typen fuhren zum Angeln raus und brachten ihr Boot zum Kentern. Der eine konnte sich nicht über Wasser halten, da befahl ihm sein Kumpel, die Schuhe auszuziehen. Aber der Mann mit den Boots wollte seine Boots nicht hergeben. Lieber starb er mit den Stiefeln an den Füßen.

Pena war beleidigt. Er identifizierte sich mit dem Mann und war zutiefst erschüttert, einfach so umgebracht zu werden. Das ist doch bloß ein Sketch, versuchte ich ihn zu beschwichtigen, aber das kränkte ihn noch mehr, weil ich den sichtbarsten Bestandteil seiner Identität zum Komödienkostüm gemacht hatte. Erst da wurde mir klar, wie ernst der Mann seinen Stil inklusive der dazugehörigen Kleidung nimmt.

Frauen glauben immer, Männern bedeute Aussehen und Kleidung nichts, weil sie sich immer die gleiche Uniform anziehen, entweder die dunkelgraue aus Polyester oder die Dienstkleidung des Rockers. Falsch. Die Kleidung ist für Männer ein wesentlich größeres Thema als für Frauen. Es ist eine todernste Angelegenheit. Man schaue sich nur mal die alten, würdigen Herren in ihren dunklen Anzügen an – das Leben kann man ihnen nehmen, aber sogar in den Sarg gehen sie im dunklen Anzug.

Frauen bedeutet Kleidung im Grunde so gut wie nichts. Unsere Einstellung zu Textilien entspricht der Einstellung von Zigeunern zu Pferden: Man redet darüber und man muss eine Menge davon haben, aber man wechselt sie auch je nach Lust und Laune mehrmals am Tag. Mal hat man etwas satt, dann ist man wieder von etwas begeistert, man gibt etwas weg und holt sich etwas Neues – so geht das die ganze Zeit. Nichts bleibt, wie es ist, und wir stilisieren das Ganze schon gar nicht zu so einer komischen, starren Ideologie, wie die Männer es tun.

Auf dem Nachhauseweg machte ich einen Abstecher in den Hongkong-Laden und kaufte mir ein billiges Radio mit Kassettenrecorder. Erst zu Hause fiel mir wieder ein, dass unter den Sachen, die Pajala gebracht hatte, sogar zwei Kassettengeräte waren. Den größeren der beiden Sonys verband ich im Arbeitszimmer mit den Lautsprechern und fing an, mir das Material anzuhören. Jaskas Notizen benutzte ich als Inhaltsverzeichnis. Nach einer Weile kam Satu mit dem Hongkong-Radio zu mir. »Was ist das denn?« Ich erzählte ihr, dass ungefähr zu der Zeit, in der sie auf die Welt gekommen war, Kassettenrecorder in Gebrauch gewesen seien. Ich ermunterte sie, das Gerät einmal auszuprobieren. Sie wusste nicht, was sie damit abspielen sollte. Ich sagte ihr, sie solle die Hörkassetten aus dem Regal holen, die Radiant seinerzeit für den Großverlag WSOY produziert hatte.

PENA

Mach mir ein … genau, und nen Jameson dazu. Ich lass das hier laufen, kümmer dich nicht drum. Ich nehm bloß für mich'n bisschen was auf.

Fakt ist jedenfalls, dass ich im Bereich Kamera im Prinzip schon total im Wald stehe. Voll der Schneemann. Wenn ich mit meiner Mühle losziehe, dann fragen sofort alle, wo ich die herhab. Aussem Antiquitätenladen, oder was? Is das moderne Kunst? Die musst du auch zwischendurch mal aufziehen, hey! Erzähl doch noch mal, wie du anno 54 die Miss-Finnland-Wahl fürs Pionierfernsehen gedreht hast!

Müsste alles erneuert werden. Das Mischpult geht noch. Ein ordentlicher Tisch muss sein, alles andere ist antik. Wenn ich mir aber was Neues kaufe, stehe ich erst mal davor wie der Ochs vorm Berg. Der Zug ist abgefahren! Ich kann bald überhaupt keine Kamera mehr bedienen, Mann! Ich bin ja nicht mal fähig, was ohne Usersupport zu schneiden! Ich muss irgendeinen verfluchten Grünschnabel in Zelthosen an irgendeinem beschissenen Helpdesk anrufen, damit ich meinen Arbeitsplatz zum Laufen kriege. Wer zahlt das?

Und womit soll ich überhaupt was kaufen? Die Kostenstelle ist wahrscheinlich im Minus. Ich hab nicht geguckt, weil um die Finanzen kümmert sich Laura. Der brauche ich von Investitionen nichts zu erzählen ... der Frau Mehrheitseignerin. Sie selbst macht die Quasselarbeit, da wird immer jemand gebraucht. Jetzt zieht sie für den Rundfunk durch die Welt. Bald ist sie in Athen, verdammt! Bei der Olympiade. Seit fast fünfzehn Jahren geht das so. Kaum ist es im Independent-Bereich und mit den Werbesachen nicht weitergegangen, hat sich Laura zum Finnischen Rundfunk abgesetzt. Irgendeinen Job kriegt sie da immer.

Weiß der Geier, warum, aber beim Rundfunk ist auch dann noch Geld da gewesen, als auf dem Privatsektor längst alle Hähne dicht waren. Nie haben die so viel Kohle gehabt wie in der schlimmsten Wirtschaftskrise Anfang der 90er. Und wie es dann anderswo wieder aufwärts gegangen ist, hat der Rundfunk angefangen zu kürzen und zu kappen. Aber Laura kriegt immer was. Sie macht auch alles: Sport, Nachrichten, Reportagen. Wenn sie Glück hat, darf sie sogar eine Doku oder einen Film machen. Wenn sie beim Fernsehen nichts kriegt, geht sie zum Radio. Als wir uns kennengelernt haben, war sie beim Zweiten in der Redaktion Aktuelles und Radiant stand auf der Kippe. Darum ist sie ja auch immer nach Tampere getigert.

Aber wo soll einer wie ich hin? Ich klebe an diesem scheiß Mischpult fest. Soll ich vielleicht Inserts für die Kulturnachrichten drehen, mit der analogen Betacam auf der Schulter filmen, wie der Preis fürs beste Kinderbuch vergeben wird? Die würden mich ja auslachen. Guck mal, wie der Onkel schön die Kamera schwenken kann! Ich bin komplett im falschen Format.

Fortbildung wär nötig. Lebenslange Fortbildung ...

Verflucht, sind die alle ausgebildet, die ganzen Kids, die neu in die Branche kommen. Aber dann gibt's wieder total einfache Sachen, die sie überhaupt nicht kapieren. Ein junger Kerl hat ein Kind gekriegt. Da ist er zu mir gekommen und hat mich gefragt, wie man Ostergras zum Wachsen bringt. Vom dritten bis zum vierundzwanzigsten Lebensjahr ist der Kerl geschult worden, vom Kindergarten bis zur Kunsthochschule, und kann nicht mal Gras in einer Untertasse säen. Die verstehen nicht, dass Holz morsch wird und Eisen rostet, wenn man es im Regen liegen lässt. Das hat man uns nicht beigebracht!, heißt es dann.

Und je mehr sie geschult und ausgebildet werden, umso simpler und beknackter wird alles um sie herum. Da gehst du dann mit deinem Hochschulabschluss hin und filmst Sandkastenspiele. Darum ist die 40er-Krise längst zur 30er-Krise geworden. Die Leute werden immer früher vom Leben enttäuscht: Das soll es jetzt gewesen sein? Für diesen verdammten Formatscheiß hab ich zwanzig Jahre studiert? Das könnte ja ein Affe machen! Und bald werden sie dann auch von irgendwelchen scheiß Kamerarobotern ersetzt.

Das ganze Arbeitsleben ist sowieso ein einziger Fake. Ich arbeite ja viel mit Werbeagenturen. Das sind unsere Kunden. Oder wären es, wenn das Ding hier mal wieder richtig in Gang kommen würde. Die Werbebranche hält jedenfalls die komische Kulisse aufrecht, sie würde was Kreatives machen und solche Scheiße. Aber was sind die denn anderes als Übersetzungsbüros? Die internationalen Ketten drücken formatierte Reklame rein, die wird dann ins Finnische übersetzt, ein Schauspieler wird als Sprecher engagiert, ich nehm das Ganze auf und mach es bildsynchron. Und dann sagt ein deutscher Werbeschauspieler jeden Abend in deinem finnischen Wohnzimmer auf Finnisch: »Als Nächstes willst du wohl meine Riesen haben?«

Ich weiß nicht, ob das alles mit meinen mangelnden beruflichen Fähigkeiten zu tun hat. Ich glaub, ich hab den Job noch genauso gut im Griff wie früher. Die Aufträge haben sich bloß verflüchtigt wie ein Spatzenschwarm. Und die Ausrüstung im Bildbereich kann nicht erneuert werden, wenn keine Aufträge da sind. Letzten Winter hat mir Laura erklärt, sie hätte einen Job für mich aufgetrieben: mit den Jungs von der Sportschau nach Russland, dort die Eishockeyliga filmen. Bei den Russen hatte sich nämlich keine technische Unterstützung für die Digitalausrüstung, also für die neuen DV-Betas, gefunden. Deswegen hätten sie mich gebraucht. Nach Tscheljabinsk und sogar Krasnojarsk hätt ich fahrn sollen. Ich hab's mir auf der Karte angeguckt: direkt neben der Mongolei. Ich glaub, ich spinne: mit Sportreportern ins gottverdammte Sibirien!

Mach mir noch'n Jameson. Und noch'n großes … genau.

LAURA

Bis morgens um drei hörte ich mir Jaskas Kassetten an. Es war unglaublich interessant. Alles, was ich bis dahin hörte, war auf diesem Schiff aufgenommen worden, in einem Zeitraum von ungefähr fünf Wochen, von Mitte November bis Weihnachten 1991. Das Material war beeindruckend, authentisch. Die hundertprozentigen Aufnahmen funktionierten ohne Effekte. Hauptsächlich lag die Klangwelt im Innern des Schiffes: hallende, metallische Akustik, große, schallende Räume, bei denen es sich, laut Notizen, um Containerdecks handelte. Zwischendurch befand man sich auch in klaustrophobischen Innenräumen, aber auch in denen hallte es durch den Schiffsstahl, nur schroff, ohne Echo. Für den TC-D5 gab es ein Kondensatorenmikrophon. Jaska hatte offenbar Schoeps-Mikros benutzt, so effektiv, wie er die Raumwirkung bei den Interieuraufnahmen eingefangen hatte. Auf den Außendecks hatte er auch Außenakustik aufgenommen, anscheinend als Zwischenstücke und Hintergrund. Der heulende Wind, das unter den Füßen knirschende dünne Eis, das Rauschen des Meeres bei null Grad – ich fing an zu frieren, obwohl draußen ein Sommermorgen anbrach. Die dumpfen Schläge der Wellen gegen den Schiffsrumpf klangen fürchterlich. Und dieses Heulen!

Das war nicht bloß eine Reportage, was er da gemacht hatte, keine Doku und auch kein Hörspiel. Garantiert hatte er von Anfang an geplant gehabt, einen Film über das Thema zu drehen! Material war wirklich jede Menge da. Jeder hätte sofort kapieren müssen, dass man mit so etwas internationale Preise gewinnt und auf den ausländischen Markt geht. Das war die Zeit gewesen, als der Boom des finnischen Films noch nicht eingesetzt hatte, die Filmstiftung aber trotz der Wirtschaftskrise schon angefangen hatte zu investieren. Mit dem Thema und dem Material hätten die auf jeden Fall Geld lockergemacht. Jaska hatte kein Wort über das Ganze verloren, da war ich mir sicher. Ich überlegte, was er damals sonst so getan hatte. Nichts Großartiges. Eigentlich hatte er nichts getan. Ich hatte mich sogar aufgeregt, weil er keine Anstalten zu machen schien, etwas zu versuchen, obwohl die Firma dabei war, den Bach runterzugehen. Und ich durfte im schwangeren Zustand zwischen Helsinki und Tampere hin- und herfahren. Meiner Erinnerung nach war er zwei, drei Mal beim Fischen gewesen, hatte er jedenfalls behauptet. An den Aufnahmeprotokollen konnte ich sehen, dass er in Wahrheit fast jeden Tag bis Weihnachten auf dem Meer gewesen war.

Das Hintergrundrattern des Kassettenrecorders klang im Vergleich zu der sterilen Reinheit des modernen Digi-Sounds ziemlich außergewöhnlich. Trotzdem passte es erstaunlich gut zur Klangwelt des Schiffes. Im Grunde erzeugte das Kassettenrauschen eine ähnliche Wirkung wie der Klimaanlageneffekt, den ich mal unter ein Stück mischen musste, das ich für die Schwedenfähre geschrieben hatte. Vor allem sorgte die Kassettenaufnahme für eine Art von Verzerrung, die den Eindruck der Authentizität nur noch verstärkte. Vermutlich hatte Jaska danach auch seine Ausrüstung ausgewählt. Er hatte immer auf den Geist des Dokumentarischen geschworen. Ein Teil der Aufnahmen war außerdem eindeutig heimlich gemacht worden. Dafür war der kleine Sony das passende Gerät gewesen.

Die Akustik und die Geräusche waren aber nur die Bühne und die Requisiten. Die Hauptsache auf den Bändern war der Inhalt, das, was die Menschen darauf sagten. Denn auf dem Schiff ging etwas absolut Merkwürdiges vor. Ich hörte mir hier und da etwas von dem Material in chronologischer Reihenfolge an und kam bis zum Monatswechsel November-Dezember. Bis dahin war auf der Pamisos so gut wie nichts passiert. Mit anderen Worten, es wurde auf dem Schiff nicht die Arbeit in Angriff genommen, für die man Leute angeheuert hatte. Es ging um eine Notentladung auf dem offenen Meer. Eine Schute sollte an der Pamisos festmachen und die Ladung aufnehmen. Die Fracht bestand aus tiefgefrorenem Fleisch, und zwar Lamm. Den Gipfel der Merkwürdigkeit stellten die zwanzig lebenden Schafe dar, die sich ebenfalls auf dem Schiff befanden. Wegen des unregelmäßigen Gebrauchs der Hilfsmaschinen waren die Tiefkühlcontainer aufgetaut, und das Fleisch verdarb. Der Geruch wurde mehrmals erwähnt.

Die Arbeit konnte nicht beginnen, weil alles von A bis Z unklar war. Sowohl die Reederei als auch der Eigentümer der Ladung hatten Konkurs angemeldet. Genauer gesagt war die Reederei am Ende nirgendwo aufzutreiben. Niemand zeichnete für das Schiff verantwortlich, ganz zu schweigen von der Mannschaft, die aus einem halben Dutzend Filipinos bestand. Als Offizier schien es an Bord lediglich einen Zweiten Steuermann gegeben zu haben, aber auch der verschwand – heißt es jedenfalls auf den Bändern. Keiner der Befragten erwähnt einen Kapitän, einen Maschinisten oder sonstige höhere Ränge. Einer behauptet, der Zweite Steuermann trage die Verantwortung für die Ladung. Hatten die anderen Offiziere den Mann allein auf dem von der Reederei verstoßenen Schiff zurückgelassen?

Weil sich für das Schiff und seine Ladung kein Eigentümer zu finden schien und die Fracht aus organischen Stoffen sowie aus lebenden, ungeprüften Tieren bestand, wurde der Pamisos von den Behörden verboten, in einen finnischen Hafen einzulaufen. Das Schiff hatte aber auch keinen Treibstoff mehr, und es fehlte ohnehin an den Voraussetzungen für eine sichere Navigation auf dem Meer. In den letzten Novemberwochen warf man sich in der Angelegenheit zwischen Hafenamt, Zoll, Außenhandelsministerium und Umweltbehörden den Ball hin und her. Eine Seerettungsvereinigung gründete zusammen mit einer Spedition ein Konsortium, das auf eigenes Risiko die Entladung der Pamisos vorbereitete. Per Zeitchartervertrag wurden zwei alte Schlepper als Stand-by-Schiffe in Beschlag genommen. Sie sollten den Versorgungsverkehr sowie das Schleppen der Schuten zwischen der Pamisos und dem Festland übernehmen. Man fing an, Leute für die Entladungsarbeit anzuheuern, von der man nur wusste, dass sie kompliziert, unangenehm und gefährlich sein würde.

Was dann als Mannschaft für die Pamisos zusammengestellt wurde, war wie aus dem Casting für einen Film. Die Wirtschaftskrise hatte inzwischen tatsächlich eingesetzt und befand sich praktisch in ihrer dramatischsten Phase, weil die Finnmark abgewertet wurde und zigtausend, vielleicht sogar hunderttausend Finnen auf einen Schlag in Not gerieten. Es wimmelte nur so von total verzweifelten Menschen, und genau die Sorte schien sich auf der Pamisos versammelt zu haben. Am lautstärksten von allen, die Jaska befragte, waren diverse Unternehmer, denen die in unmögliche Höhen geschossenen Devisenanleihen jede Voraussetzung zum Weitermachen geraubt hatten. Trotzdem schienen die meisten hinsichtlich ihrer Situation die Vorstellung zu haben, dass man durch verwegenes Setzen auf eine Karte noch alles zum Guten wenden könnte. Die Reden dieser Leute strotzten vor einer Art rauschhafter Unnachgiebigkeit.

Beim Anhören der Geschichten wurde mir auch deshalb kalt, weil ich mich damals in einer ganz ähnlichen Situation befunden hatte. Radiant hatte für die Einrichtung des Studios eine D-Mark-Anleihe in Höhe von vierhunderttausend Finnmark gebraucht, die wegen der Geldabwertung aber nicht mehr in den Griff zu kriegen war. In dem, was Jaska gemacht hatte, lag etwas von dem gleichen überdrehten Bemühen, das seine Interviewpartner an den Tag legten. Ein Mensch in normalem Geisteszustand fährt nicht jeden Morgen mit einem kleinen, offenen Boot aufs Meer hinaus, wenn es Winter ist und finster. Mir gegenüber hat er nie etwas davon erwähnt. Im Gegenteil, er hat es mit großer Sorgfalt verheimlicht. Vermutlich hat es ihn eine Menge Mühe gekostet, das Ganze zu vertuschen: Regensachen, feuchte Kleider, dicke Wollpullover, Wäsche, Seekarten, wer weiß was für Taschenlampen und allein schon die Aufnahmegeräte und das Material hat er jedes Mal irgendwo verstecken müssen, wenn ich aus Tampere zurückkam.

Warum hatte Jaska nichts gesagt? Der einzige Grund für das Verheimlichen konnte darin bestehen, dass er von dem ganzen Thema, dem gesamten Material selbst profitieren wollte, unter seinem Namen. Das wäre ein internationales Filmprojekt gewesen. Für so etwas hätte man sich Radiant nicht als Mitproduzent vorstellen können, nicht mal als Subunternehmer. Jaska musste die Firma damals schon für eine lebende Leiche gehalten haben. Und das war sie ja auch. Mit dem zu erwartenden Umsatz hätten wir unseren Verpflichtungen nie nachkommen können. Wenn man sich anhörte, was die in der Wirtschaftskrise abgestürzten Unternehmer in jenem Herbst sagten, und es in Verhältnis zu der Wirtschaftsentwicklung setzte, die in den zwei Jahren danach erfolgte, begriff man, dass Radiant angesichts der damals herrschenden Umstände und Tatsachen tatsächlich keine Zukunft gehabt hatte. Was hatte Jaska mit mir und Radiant vorgehabt? Und mit Satu?

Auf den Kassetten waren dramatische menschliche Schicksale festgehalten. Manche Erzähler waren beinahe hysterisch, andere wiederum kühl differenzierend, absolut fatalistisch. Der eine sprach wortreich und wuchernd, der nächste war ein wortkarger Verdichter. Am stärksten berührte mich ein Prozessingenieur, der ein Haus gekauft hatte, aber die vorige Wohnung noch nicht losgeworden war und inzwischen seine Arbeit verloren hatte. Er wirkte ein wenig beschränkt, war aber offenkundig ein durch und durch anständiger Mann, der verzweifelt versuchte, den Haushalt seiner Familie über die nächste Zahlungsrate zu bringen. Unverkennbare Schwindler gab es in zwei Varianten: sorglose Segelflieger, die noch die Casino-Jahre im Blut hatten, und gefühllose Beutemacher. Einer von diesen schien vor etwas auf der Flucht zu sein, vor den Gläubigern oder vor der Polizei – oder vielleicht auch vor seiner Frau, die er betrogen hatte. Es herrschte eine Art Ist-eh-alleswurscht-Atmosphäre an Bord, dementsprechend sprachen die Leute unfassbar direkt und offen über ihre Situation. Da machten sich vermutlich die gerade erst erlittenen, schockierenden Rückschläge bemerkbar. Auf vergleichbares Material bin ich nie zuvor gestoßen.

Auf der Pamisos schien rasch eine einzigartige Gemeinschaft entstanden zu sein, die isoliert von der Normalgesellschaft ihr eigenes Leben führte. Das Schiff, das auf dem offenen Meer vor Anker lag, befand sich in denkbar konkreter Weise außerhalb von allem anderen. Die Spedition, die das Löschen der Ladung übernommen hatte, versorgte die Leute auf dem Schiff, aber darüber hinaus kam es in der Umgebung zu allerlei privatwirtschaftlichen Initiativen: Ein Alkohol-Schwarzhändler tauchte auf, dann einer, der Pornokassetten vermittelte und schon bald auch unverkennbar zwei Huren. Es ist bezeichnend für die ökonomische Wende, die wie eine Bombe gewirkt hatte, dass eine der beiden Prostituierten zwei Monate zuvor noch die Hauptkasse eines mittelständischen Unternehmens gemacht hatte. Ihr roher Lebensfuror kristallisierte sich in einer rasenden Replik, die Jaska festgehalten hatte:

Und mein Auto geb ich nicht her, darauf kannst du einen Furz lassen! Das gehört mir!

Es war, wie auf einem Vulkan zu sitzen. Das Material war so heiß und bot so viele Möglichkeiten, dass ich nicht wusste, was ich als Erstes damit anfangen sollte. Ich musste ins Freie gehen. Die Sonne stand tief und strahlte die weißen Häuser hinter der Pohjantie an, als ich über die Rasenflächen in Richtung Westautobahn joggte. Ich sprang über die Leitplanken, überquerte die Fahrspuren, rannte über das Niemandsland zwischen den Auffahrten, dann die Böschung hinauf und durch den Wald bis ans Ufer. Turnschuhe und Hosen waren nass vom Tau auf dem hohen Gras. Mein schwarzes Lauftrikot dampfte in der Morgensonne.

Von den Felsen bei Haukilahti sah ich zu, wie aufkommender Landwind dunkle Flöße aus kleinen Wellen auf die unbewegte Wasserfläche trieb. Weiter oben war der Wind stärker. Kleine Wolken zogen dort vorüber. Bisweilen verdeckten sie die nun schon recht weit aufgegangene Sonne für eine Weile, dann gaben sie sie wieder frei. Ihre Schatten zogen über die Meeresoberfläche. Wenn die Sonne hinter einer Wolke hervorkam, traf sie auf die Kräuselung des Wassers, löschte ein glitzerndes Feld aus und entzündete ein anderes. Satu schlief noch, als ich nach Hause kam. Auf dem Kassettenrecorder aus Hongkong hatte sie den Thriller *Die Nadel* von Ken Follet gehört. Ich wusste noch, dass Juha Hyppönen den Roman gelesen hatte. Es war eines der ersten Hörbücher, die wir bei Radiant realisiert hatten. Hyppönen hatte gut gelesen, sich kaum verhaspelt und auch so gut wie keine Anleitung gebraucht, was die flüssige Aussprache von einigen deutschen Wörtern und Namen betraf.

PENA

Das eine Mal, das Laura in die Firma gekommen ist, hat sie mich irgendein verknotetes Band abhören lassen. Sie selbst hab ich gar nicht zu Gesicht gekriegt. Bloß'n Zettel hat sie liegen lassen: »Bring das hier in Ordnung!« Bestimmt ein Kilometer altmodisches Studioband auf einem verfluchten Haufen wie Maikringel. Das hab ich gar nicht erst angerührt. Später ist sie selbst erschienen: »Hast du's hingekriegt? Hast du's kopiert?« Bin nicht dazu gekommen, hab ich gesagt. Da hat sie losgeschrien wie die Sau: »Du solltest ab und zu auch mal am Mischtisch sitzen und nicht immer bloß im Hund vor einem Bier! Und versuch zur Abwechslung mal was anderes aufs Band zu kriegen als dein eigenes Gelaber!« Nirgendwo sonst hab ich so eine Schreierei gehört, wie Laura sie draufhat, nicht beim Bund und auch sonst nirgendwo … Nicht mal die alten Vorarbeiter am Hafen früher waren zu so einem Spektakel fähig gewesen. Mein lieber Schwan, wenn Laura ausrastet … das ist, wie wenn dir eine kalte Eisenstange vom Arsch aus bis unter die Schädeldecke geschoben wird. Im Nachhinein hab ich nie sagen können, worum es eigentlich ging. Sie schreit einfach los. Ehrlich gesagt, hab ich Angst vor dieser Frau.

Da hab ich also erst mal ein Analogtonbandbandgerät

aus der Kammer geholt und den Bandsalat auf dem Boden ausgebreitet, damit ich sehen konnte, mit was für einem Haufen ich's überhaupt zu tun hab. Ich hab hier und da gezogen, mit zig Elsternnestern hatte ich's zu tun. Ein Teil ist gleich aufgegangen. Ein paar andere hab ich auch aufgekriegt und das freie Band dann schön in langen Schleifen über den Boden laufen lassen wie Wurst in der Fabrik. Was machst du da?, fragte Laura prompt. Misch dich nicht ein, traute ich mich zu sagen, das hier hab ich im Griff. Als ich das Band bis ins Treppenhaus gezogen hatte, ist sie wieder ausgeflippt. »Was soll das hier überhaupt?« Schrei du nur, schrei von mir aus noch lauter, hab ich zu ihr gesagt. Im ganzen Treppenhaus hat's widergehallt, und da ist sie dann zu mir gekommen und hat gezischt, du machst das Band kaputt. Ich hab gar nichts mehr gesagt, sondern bloß das Band schön über die Treppen gezogen.

Unser Büro ist im dritten Stock, das Studio im ersten. Zwischen den beiden Stockwerken hab ich den Faden so oft hin- und herlaufen lassen, bis der ganze Kuchen zerpflückt war. Ein paar unterschiedlich große Knoten und zwei echt hinterfotzige Maikringel sind geblieben. Der Laufbursche aus der Kopierfirma im zweiten Stock ist vorbeigegangen, und ich hab ihm gesagt, sorry, da musste jetzt ma drüberspringen, wir erweitern. Zwei Stunden später hatte ich den Anfang so weit glatt gekriegt, dass ich mit dem alten Avox, das ebenfalls plötzlich im Regal aufgetaucht war, ins Treppenhaus gehen konnte. Damit hab ich dann angefangen, den Teil vom Band, der glatt und sortiert war, auf die Spule zu wickeln, aber das Gerät hat mir einen dermaßen losen Kuchen gebacken, dass ich ihn die ganze Zeit mit dem Finger festdrücken musste. Sonst hätte er sich nämlich wieder über dem Fußboden ausgebreitet.

Das Band ist bis in den Keller gelaufen, hat dort eine Kurve gemacht und ist wieder hochgekommen. Und das Ganze mehr als einmal. Es waren eine Menge Kurven. Ich hab immer ein Stück aufgewickelt, dann bin ich runtergerannt und hab gecheckt, ob sich auch die Elsternnester nirgendwo verfangen haben oder das Band sich irgendwo am schmiedeeisernen Geländer verheddert hat. Von unten bin ich wieder hoch und hab weitergespult, den Finger auf der Lenkspindel, damit das Paket auch kompakt wird. Laura ist an die Tür gekommen, um zu kontrollieren, was ich auf die Reihe kriege. Ich hab nix gesagt, bin bloß hoch- und runtergerannt wie ein Jagdhund. Da war schon bald das halbe Band auf der Spule, und ich hatte eine scheiß Menge von Knoten aufgedröselt. Laura fing an zu lachen. Das ist für mich okay. Solange sie lacht, schreit sie wenigstens nicht.

Mit dem Schneider kappte sie das Band und wollte schon mit dem Kuchen verschwinden, den ich bis dahin aufgewickelt hatte. Was hast du vor?, hab ich sie gefragt. Wohin willst du mit dem Band? Sie hat gemeint, sie hört sich das jetzt an. Kannst du nicht mal abwarten, bis ich das ganze Band auf der Rolle hab? Ob sie mir vielleicht mal ein bisschen helfen könnte, hab ich sie gar nicht erst gefragt. Sie hätte zum Beispiel den Finger auf die Avox-Spule halten können, während ich weiter unten Knoten löse und gucke, dass das Band schön durchs Treppenhaus läuft. Ich wusste nämlich, was sie mir geantwortet hätte: »Lass das Band laufen und lauf hinterher. Treppensteigen tut dir gut.«

Ungefähr ne halbe Stunde später ist sie zurückgekommen und hat mich ins Studio gerufen. Ich sollte das Band auf der Treppe liegen lassen und mir den Anfang anhören, den ich schon aufgewickelt hatte. Sie wollte wissen, was ich von dem Zeug halte. Grauenvolles Rumpeln und Rauschen. Laura war der Meinung, das gehört dazu. Die Aufnahmen waren von Audiokassetten auf Studioband übertragen worden. Das Getöse des Kassettengeräts war eindeutig am Tisch geschnitten worden, und dabei war dem ganzen Material die untere Abteilung abhandengekommen. Laura hat mit der Hand gefuchtelt wie nach einer Fliege: Wichtig ist, was gesagt wird. Das Mittelregister, also die menschliche Stimme, war tatsächlich herausgeholt worden. Zuerst hat irgendein Typ monoton und ewig lang was von einem Einfamilienhaus in Sipoo erzählt. Dann kam sekundenlang nix als Rauschen, und dann hat plötzlich jemand angefangen zu weinen. Lang hat die Person geheult, wie ein Tier, und dann hat sie gesagt, sie wär bloß fünfzehn Minuten zu spät gekommen.

LAURA

Ich ließ Pena das Band an verschiedenen Stellen anhören und achtete dabei auf seine Kommentare. Bald war ich davon überzeugt, dass die Arbeit in technischer Hinsicht die Sendenormen des Finnischen Rundfunks erfüllte. Ich befahl Pena, auch den Rest des Bandes noch zu sortieren und das gesamte Material sicherheitshalber zu kopieren. In meinen Händen lag ein fertiges Hörspiel, und ich hatte vor, es an den Rundfunk zu verkaufen. Ich hatte schon überprüft, ob sie in ihrem Archiv den Code, der auf die Hülle geschrieben war, kannten. Die Anfrage mit der Archivnummer führte zu einer völlig anderen Sendung, nämlich zu einem Hörspiel von Juha Seppälä, das im Laufe der 90er-Jahre nach der Erstsendung und einer Wiederholung wenige Tage später noch zwei Mal ausgestrahlt worden war. Die zweite Wiederholung hatte wegen eines technischen Defektes unterbrochen werden müssen, dadurch war das Ganze praktisch drei Mal wiederholt worden. Seppälä hatte an dem Hörspiel gut verdient.

Jetzt dürfte das ursprünglich mit diesem Code beschriftete Band allmählich Geld einspielen, vierzehn Jahre nach seiner Fertigstellung. Das Auslagern von Produktionen war beim Radio nicht so weit fortgeschritten wie beim Fernsehen, aber es gab immerhin einige

Beispiele für extern produzierte Hörspiele. Auch wir hatten seinerzeit zwei davon gemacht. Eine andere, auf Hörfunkwerbung spezialisierte Firma hatte es ebenfalls ausprobiert, aber rentiert hatte es sich für niemand, denn nach der ersten, durch den Lokalradioboom ausgelösten Begeisterung war die Hörspielproduktion im Independentbereich schnell ausgetrocknet. Das Doku-Drama, das Jaska von der Pamisos gemacht hatte, stammte noch aus jener Zeit.

Ein rentabler Preis war für das Stück damals nicht zu erzielen gewesen. Tatsächlich war die Begeisterung für das Anfertigen von Independent-Hörspielen gerade wegen der zu niedrigen Bezahlung abgeklungen. Trotzdem wäre es dumm gewesen, das Geld nicht zu nehmen, das für die Entladung der Pamisos im Nachhinein jetzt zu haben war. Vermutlich hätte sich das Stück sogar ursprünglich gerechnet, denn es trat darin kein einziger Schauspieler auf, es hätten also keine Honorare gezahlt werden müssen. Der Autor und Regisseur war Teilhaber der Produktionsfirma und konnte jetzt naturgemäß ohnehin nichts mehr verlangen. Auch die Wahrung der Rechte war außergewöhnlich einfach: Sämtliche Rechte lagen bei Radiant. Die einzigen Kosten würden durch das Kopieren und ein eventuelles Remix entstehen sowie durch den Arbeitsaufwand, den die Verkaufsverhandlungen erforderten.

Ich hatte mir einen Ablauf überlegt, mit dem aus dem Pamisos-Stoff möglichst effektiv Nutzen gezogen werden konnte. Es kam darauf an, schrittweise und gezielt vorzugehen. Ein bisschen so, wie es die Boulevardblätter machen, wenn sie ein Thema, das von Dauer ist, nach und nach aussaugen – zuerst wird aus einem Blickwinkel für Aufsehen gesorgt, danach von der anderen Seite aus, wobei die von der Redaktion gesammelten Informationen systematisch dosiert werden. Abgesehen von dem schon fertigen Hörspiel konnte man aus dem Stoff und dem Material, das er hergegeben hatte, eine Dokumentationsreihe für das Radio machen. Auf jeden Fall musste man sich alles mehrmals von vorne bis hinten anhören. Als Nebenprodukt würde so ohne große Mühe eine Sendereihe zustande kommen. Das endgültige Ziel wäre dann die Produktion eines langen Spielfilms und möglicherweise auch ein Roman.

Mir schwebte stattdessen jedoch eher die Idee eines Dokumentarfilms vor, für den die Leute von der Pamisos jetzt, vierzehn Jahre nachdem das Schiff mit seiner grotesken Ladung vor der Hauptstadt vor Anker gelegen hatte, noch einmal interviewt wurden. Was war aus den Menschen im Lauf der 90er-Jahre geworden? Wie waren diejenigen, die ihren Arbeitsplatz, ihr Unternehmen oder ihr Haus verloren hatten, über die Runden gekommen? Wer war überhaupt über die Runden gekommen, und was bedeutete es konkret, wenn jemand nicht über die Runden gekommen war? Wie sah der Alltag eines Langzeitarbeitslosen oder eines Menschen, der durch die Kredithölle gegangen war, aus? Wann fing das mit der Teilzeitrealität eigentlich an? Was war mit dem finnischen Arbeitsleben, was mit ganz Finnland passiert?

Durch die kontrastierende Zusammenstellung von ursprünglichem Tonmaterial und neuen Interviews würde eine Folgedokumentation entstehen, in der durch Einzelschicksale die gesamte Anatomie der Wirtschaftskrise und ihrer Nachwirkungen aufgeschnitten würde. Pena durfte nun das Band, das Jaska damals gemacht hatte, in Ordnung bringen, es am Mischpult bearbeiten, so weit man es eben bearbeiten konnte, und das Ganze dann in ein sendefähiges Format packen. Das Geld vom Rundfunk könnten wir dann in eine neue Kamera und einen neuen Computer investieren, und anschließend würden wir die Interviews mit den Entladern der Pamisos für den Dokumentarfilm führen. Ich wusste, der als Endprodukt avisierte Spielfilm würde mit Sicherheit Gestalt annehmen, wenn ich mich in das Thema und das Material vertiefte.

Beim Joggen leuchtete dann der Rahmen des Films mit unwiderstehlicher Kraft in meinem Kopf auf, so wie es nur der Fall ist, wenn einem etwas Selbstverständliches vor Augen tritt. Die Geschichte für den Film existierte ja bereits! Ich selbst war es, die darin im Mittelpunkt stand und rannte. Ich würde anfangen, ein Drehbuch über eine Dokumentarfilmerin zu schreiben, der überraschenderweise Tonmaterial in die Hände fiel, das ihr vor vierzehn Jahren ertrunkener Mann aufgenommen hatte. Die Frau fängt an, einen Dokumentarfilm zu machen, den Spuren zu folgen, die ihr Mann hinterlassen hat. Indem sie sich mit dem Projekt, das er damals heimlich realisierte, vertraut macht, kehrt sie unweigerlich in die Vergangenheit zurück und ist gezwungen, eine ganz neue Vorstellung von ihrer damaligen Lebenssituation zu entwickeln.

Die Frau muss erkennen, dass die Beziehung zu ihrem verstorbenen Mann auf einer Lüge errichtet war. Dieser

Tatsache muss sie sich stellen und anschließend muss sie das Bild von ihrem Leben entsprechend der ans Tageslicht gedrungenen Wahrheit korrigieren. Gleichzeitig öffnet das von ihr bearbeitete Material durch einzelne menschliche Schicksale verschiedene Fenster auf die finnische Wirtschafts- und Sozialgeschichte nach der Rezession: Wie und an welchem Punkt sind wir ganz unmerklich so geworden, wie wir heute sind? Zum Sinnbild der Wirtschaftskrise Anfang der 90er Jahre wird das Schiff mitten auf dem finsteren, winterlichen Meer, bevölkert von Menschen, die durch die Ausnahmesituation aus den Angeln gerissen worden sind. Das Schiff mit seiner vergammelnden Ladung ist die Bühne, auf der Individuen, durch die Rezession kalt geworden, gierig ihre Interessen verfolgen wie die Figuren in antiken Tragödien oder die Berufsverbrecher in Tarantinos *Reservoir Dogs*.

Entlang der Joggingstrecke waren Gestelle aus Holz für das Bauchmuskeltraining aufgestellt worden. Ich warf mich auf ein giftgrün gebeiztes, schiefes Brett, um zu verschnaufen. Auf dem Pulsmesser blinkte das Bild eines Herzens. Die Anzeige verriet, dass mein Puls bei hunderteinundsiebzig lag. Ich sprang auf: In Finnland gab es nach der Rezession überhaupt keine Wirtschaftsgeschichte, stattdessen bestand die ganze Geschichte bloß aus Wirtschaft.

PENA

Scheiße Mann, die wollte den ganzen Müll an den Rundfunk verkaufen! Mir befahl sie, rauszufinden, in was für ner Form die Sachen heutzutage abgespeichert sein müssen, wenn man will, dass sie gesendet werden, ob auf DDS oder auf CD. Ich hab einen alten Kumpel von mir in der Sendezentrale besucht, und der hat mir gezeigt, wie sie das machen. Das gesamte Programm wird schon in den Redaktionen direkt in den Zentralrechner eingegegeben. Die kopieren da keine einzelnen Sachen mehr auf irgendwelche gesonderten Speicherformate oder so. Aber jetzt hab ich einen Haufen Analogbänder da liegen, die ich euch verkaufen soll! Was mach ich'n jetzt mit denen? Der Kumpel hat gefragt, was auf den Bändern drauf ist. Als ich gesagt hab, es wär ein Hörspiel, hat er nur gemeint, no problem, Hörspiele kriegen wir immer noch auf CD rein. Du brennst das Zeug auf ne Scheibe, wir knallen es in den CD-Spieler und hauen die Scheiße in den Äther.

Ich war bestimmt zehn Jahre nicht im Sendezentrum vom Rundfunk gewesen. Im alten Sendegebäude wurden noch Bänder in die Geräte eingesetzt, die Spulen drehten sich, Kanäle wurden geöffnet und geschlossen, das rote Sendelicht brannte, und der Moderator moderierte. Das neue Zentrum ist die reinste Weltraumstation. Das Boot, aus dem ich gefallen bin, ist schon verdammt weit weg.

Mein Kumpel hat gefragt, ob ich die Hose voll hab, weil ich den Arsch nicht aus dem Sendezentrum kriege. Ich hab ihm erklärt, ich hätte vom Treppensteigen Muskelkater. So ein Kater gibt Kraft, hat er gemeint. Er ist nämlich Gewichtheber. Ich soll in die Muckibude kommen und ein bisschen mit ihm trainieren, damit ich wenigstens Treppen steigen könnte. Lass mich bloß in Ruhe, hab ich gesagt. Mir reicht's, wenn Laura der Meinung ist, ich müsste mehr Steuern zahlen, weil ich rauche und mich nicht bewege. Angeblich belaste ich das Gesundheitssystem, behauptet sie. Ich frag mich, wieso, weil ich geh ja nie zum Arzt.

Zwei Knotendutts hatte ich noch im Band. Den einen bekam ich heil auf, aber den anderen nicht, obwohl ich es zum Schluss sogar mit Stopfnadel und Pinzette probiert hab. Die meisten Knoten waren lockere Schleifen, aus denen man wahrscheinlich ein einigermaßen vernünftiges Stück zusammenheften kann, aber ein Teil war verloren. Als mir klar wurde, dass der Knoten nicht aufgeht, hab ich eiskalt sämtliche Stücke abgeschnitten, die zu retten warn. Übrig geblieben ist eine fest zusammengezogene Verdickung, aus der abgesäbelte Bandstummel herausstehen – wie ein Löwenzahn hat das ausgesehen, oder wie irgendein komischer Mini-Orden. Achtzehn unterschiedlich lange Bandstücke hab ich rausgekriegt. Aus denen musste das Puzzle zusammengesetzt werden. Ich war gezwungen, mir das ganze Band anzuhören, damit ich wusste, wohin der Knotenpunkt gehört, was ich wegschmeißen kann und was ich von dem übrig gebliebenen Zeug reinfummeln kann, ohne dass die ganze Chose unverständlich wird.

Ich weiß nicht, was sich Laura ausgerechnet hat, wie lang das Ganze dauert, jedenfalls sind schon jede Menge Stunden dafür draufgegangen, falls sie einen Auftrag hat, kackt der garantiert ab. Ich hab mich aber nicht getraut, ihr was zu sagen. Zum Glück kommt sie bloß zweimal die Woche in die Firma, darum weiß sie nicht, wie lange ich mir in Wirklichkeit mit diesem Scheißband einen abrödele. Ich hab das Material auf den Rechner geladen, von vorne bis hinten durchgehört und hier und da ein bisschen nachgeregelt. Das Ding ist seinerzeit ziemlich gut gemacht geworden, aber heute kann ich am Mischpult natürlich alle möglichen Sachen drehen, die vor fünfzehn Jahren noch gar nicht drin waren. Immerhin hab ich endlich mal wieder was zum Werkeln und sitz nicht so viel im Hund.

Das mit dieser Pamisos ist ein irres Ding, vor allem, weil alles wahr ist: Doku-Kram. Kein Scriptschreiber hätte sich eine derartige Ufo-Story ausdenken können. Es fängt mittendrin an, ohne Erklärung, aber die Basissachen kapiert man trotzdem auf Anhieb: Wir sind auf dem Meer, es ist Winter, ein Haufen Leute auf irgendeinem Schiff, und irgendwie ist so ziemlich alles egal. Zuerst ist man auf einem Schlepper, der in der Hafengegend seine Runden dreht, meiner Meinung nach vielleicht in der Nähe von der Kabelfabrik, bei Salmisaari. Also er dreht tatsächlich Runden, fährt vor dem Kai im Kreis. Die haben da Schnee ins Meer gekippt. Es hat nämlich die ganze Zeit höllisch geschneit. LKWs haben den Schnee in den Straßen aufgeladen und ihn dann ins

Meer gekippt. Und der Schlepper rührt den Schnee ins Wasser, damit es nicht zufriert.

Der Anfang war gefakte Doku, sprich gespielte Szenen. Aber die Typen waren trotzdem echt. Der Käptn war wirklich der Käptn von dem Schlepper, und die Schaluppe ein richtig echter Schleppkahn. Und der ist tatsächlich irgendwo im Kreis gefahrn. Aufnahme und Regie stammten von Jaska, dem Mann von Laura, der abgenippelt ist – ertrunken, direkt nachdem er das Stück im Kasten hatte. Es muss so gewesen sein: Jaska hat die Situation nachgebaut, den Schlepper im Kreis fahren und den Kapitän selbst erzählen lassen, wie das war, als er ein paar Wochen vorher mitten im verrückten Schneerühren einen neuen Auftrag bekam: Der Schlepper sollte den Versorgungsverkehr zu einem Schiff übernehmen, das irgendwo weit draußen vor Helsinki, noch jenseits vom Leuchtturm Harmaja, vor Anker lag.

Der ist unheimlich gut, der Käptn. An dem merkt man hundertprozentig, dass er kein Schauspieler ist, weil er so verdammt gut spielt. Kein Schauspieler würde das so glaubwürdig hinkriegen. Am Anfang kommen also die inszenierten Szenen. Dann ändert sich das Ganze und besteht nur noch aus dem, was die Leute reden. Und die sind auch gut, so glaubwürdig halt, wie ein Mensch ist, wenn er erzählt, wie es wirklich aussieht. Zum Teil sind es Interviews, zum Teil anscheinend auch heimlich aufgenommene Sachen. Aber ich weiß gar nicht, ob es überhaupt nötig gewesen wär, heimlich aufzunehmen. Die Atmo dort war schon sehr speziell. Kann gut sein, dass die einfach angefangen haben zu erzählen.

Und es sind eine Menge Leute, die was erzählen. Die

einen bleiben undefinierbar, das sind die, die nur ein, zwei Mal zu Wort kommen. Konstante Erzähler gibt es ein halbes Dutzend oder so. Beim Zuhören wird man mit den Stimmen, mit der Art zu sprechen, mit ihrem ganzen Stil nach und nach vertraut. Ich muss mir das Material oft anhören, um zu peilen, wer jetzt gerade redet und worum es gerade geht. Aus den Fetzen, die ich aus dem letzten Knotendutt geschnitten hab, muss ich was Vernünftiges machen. An der Stelle gibt es mit Sicherheit ein Loch von mehreren Minuten. Aus Erfahrung weiß ich, dass man so ein Problem nur durch Zuhören löst. Wenn ich das komplette Material auswendig kann, weiß ich, was ich tun muss. Ich hör einfach zu und spul vor und zurück. Das mach ich. Und das dauert … Laura kapiert das nicht … Sie kapiert es nicht!

Als Erstes hab ich mir Abschnitte vom Band geholt, in denen eindeutig klar wird, was die Sprecher für einen Hintergrund haben, was es ganz allgemein für Typen sind. Ganz am Anfang sind ein Mann und eine Frau gegeneinander geschnitten worden. Die wechseln sich ab, immer direkt nacheinander. Der Mann ist irgendein Ingenieur, verheiratet, Kinder, Nissan, Einfamilienhaus und so. Mit der Frau würd ich nicht unbedingt was zu tun haben wollen. Die ist knallhart. Sie behauptet, sie wär irgendwo die »Hauptkasse« gewesen. Sie erklärt nicht großartig, was mit ihr passiert ist, aber die ist Beton pur.

Der Mann und die Frau wechseln sich mehrere Minuten lang ab. Dann hat Jaska angefangen, andere Leute von dem Schiff dazwischenzuschneiden. Allmählich kapiert der Hörer nämlich, dass die alle auf einem Schiff

sind. Was Jaska da eingestreut hat, sind bloß einzelne Sätze, aber durch die klappt am Ende des Sets der Übergang zu dem Schiff, in die Welt dort. Du weißt nicht, wer spricht oder worum es letztendlich geht, aber es funktioniert. Es funktioniert sogar verdammt gut. Mir ist richtig kalt geworden, als ich mir das angehört hab.

Wir haben uns ein Haus außerhalb der Stadt gekauft, ein großes Einfamilienhaus, in Sipoo. Mein Arbeitsplatz war in Sköldvik, da schien es sinnvoll, östlich von Helsinki zu wohnen. Ich war Prozessingenieur in der Raffinerie.

Die hatten die Firma so gründlich ausgeräumt, dass sie nicht mal den letzten Lohn ausbezahlen konnten. Ich wusste sehr wohl, wo das Geld war. Ich war ja die Hauptkasse. Und die einzige Frau in dem ganzen Laden.

Früher wohnten wir im Westen von Helsinki, in Lauttasaari. Aber als das dritte Kind unterwegs war, mussten wir aus der Eigentumswohnung raus, drei Zimmer mit Küche, das ging einfach nicht mehr. Meine Frau und ich beschlossen dann, einen Kredit aufzunehmen, zumal er uns geradezu aufgedrängt wurde, und außerdem schien uns das Haus in Sipoo in jeder Hinsicht geeignet zu sein.

So hatten es die hinterfotzigen Kerle in die Stellenanzeige reingeschrieben: Hauptkasse!

Meine Frau hätte zwischen zwei Kindern einige Monate auf ihrer alten Stelle arbeiten können, um ein höheres Mutterschaftsgeld zu bekommen, aber wir hatten ausgerechnet, dass die Differenz schon fast von den Fahrtkosten aufgezehrt worden wäre, weil wir uns einen Zweitwagen hätten anschaffen müssen. Meine Frau hätte jeden Tag in den Westteil der Stadt fahren müssen, von wo wir weggezogen waren, und die Kinder hätten neun, zehn Stunden im Kindergarten bleiben müssen. Also ging sie nicht arbeiten, sondern kündigte und blieb mit den Kindern zu Hause. Das war allerdings ein Fehler, wie sich im Nachhinein herausstellte, nachdem es so kam, wie es gekommen ist.

Die Kerle, also die, die die Firma betrieben haben, ließen containerweise Krempel ins Land bringen, obwohl sie wussten, dass sie gar nicht mehr bezahlen konnten. Oder nicht wollten, je nachdem. Sie hatten es jedenfalls nicht vor. Bambusvorhänge, Essstäbchen, Brotkörbe, Tischsets aus irgendeiner Art von Schilf. Kleine Handtücher, von denen man rote Hände bekam, wenn man sich abgetrocknet hat. Aus Sri Lanka und Macau … oder wo das alles herkam.

Was wir auch überlegt hatten, war, ob meine Frau in den Monaten zwischen den Mutterschaftsurlauben in der Eigentumswohnung in Lauttasaari wohnen sollte, weil wir dafür ja sowieso noch keinen Käufer gefunden hatten. Wegen der Kinder gaben wir den Gedanken aber auf, außerdem wäre es sowieso unangenehm gewesen, weil die Wohnung ja die ganze Zeit von einem Makler angeboten wurde. Es ist einfach nicht zu fassen, dass sie immer noch nicht verkauft ist. Im Winter wurden im selben Haus drei Wohnungen verkauft, mit einem Quadratmeterpreis, der höher lag als unsere ursprüngliche Forderung.

Aus Ton gebackene elektrische Kerzen für den Weihnachtsmarkt … von wegen. Die sind den Leuten schon im Spätsommer reihenweise auf dem Balkon explodiert. Da kamen Beschwerden, solange es noch eine Adresse gab, wo man sich beschweren konnte. Das Gewerbeaufsichtsamt ist sogar aufgetaucht. Da wurde dann einfach über drei Ecken der ganze Rest verkauft. Zahlung sofort, das Geld über Strohmänner in die eigene Tasche, und dann ab zum Oktoberfest nach Hamburg. Möchte nicht wissen, wie viele Brände bis Neujahr noch ausbrechen.

Im Frühjahr nahmen wir den Kredit auf und kauften das Haus. Die Eigentumswohnung war fast abbezahlt.

Also das Importbusiness in Finnland, da kannst du sagen, was du willst, das ist … die reinste legale Räuberei und sonst gar nichts. Gut bezahlt haben sie, so ist es nicht, aber ohne mich wären sie auch gar nicht über die Runden gekommen. Ab und zu haben sie was total Idiotisches importiert, was eine Frau in Nordeuropa schlicht und einfach nicht haben will. Das hab ich ihnen dann gesagt … Es sind ja schließlich die Frauen, die das Zeug kaufen. Zwei von meinen Arbeitgebern hatten in den Siebziger Jahren Totensocken aus Portugal eingeführt. Ganz genau: Totensocken! Für ein, zwei Pfennig kauften sie in Kinderarbeit hergestellte Baumwollsocken und verkauften sie hier für zwei Mark das Paar an Bestattungsunternehmen. Damals brachten die Angehörigen zwar die Kleider des Toten mit, aber angeblich wurden die Strümpfe oft vergessen. Darum musste das Bestattungsinstitut immer welche auf Lager haben, die der Leiche dann … äh, diskret angezogen wurden. Die Marktlücke hatten sie erkannt. Schwarze Socken für Männer, weiße für Frauen.

Es ist furchtbar, wenn man eine halbe Million Schulden hat und die Zinsen sich bei sechzehn Prozent bewegen. Wir hatten immerhin eine schuldenfreie Wohnung zum Tausch. Insofern war die Ausgangsposition eigentlich einwandfrei. Für die Zwischenfinanzierung mussten wir dann die zweite halbe Million aufnehmen.

Angeblich feilschten die Totengräber nie um den Preis, und die Socken brachten einen zweihundertfachen Gewinn. Der Markt ist überraschend groß. Es sterben genauso viele Menschen, wie es Lebende gibt. Die Bestatter rackern wie die Bienen, bloß in aller Ruhe. Weiß gar nicht, ob der Fiskus schon mal auf die Idee gekommen ist, denen auf die Finger zu schauen. Wer will schon daran denken, dass es fünfeinhalb Millionen von uns gibt und dass wir darum demnächst fünfeinhalb Millionen Tote sind? Solange wir leben, verkaufen sie uns Ramsch, dass er uns oben und unten rauskommt, und wenn wir tot sind, lassen sie uns immer noch nicht damit in Ruhe. Noch als Kadaver stellen wir ein Marktpotenzial von der Größe der gesamten Bevölkerung dar. Heutzutage werden den Leichen ja Leinenkleider angezogen. Die muss auch jemand herstellen und verkaufen. Aber die Männer mit den Totensocken lebten auch auf großem Fuß und mussten nicht mehr als einmal im Jahr ihre Zulieferer abklappern und nach Portugal fahren, die Verträge mit der Strumpffabrik erneuern – aber die Schweinehunde haben sowieso die meiste Zeit da unten gewohnt.

Im Haus musste gestrichen und die ein oder andere Kleinigkeit gemacht werden. Die Kacheln in der Dusche vor der Sauna habe ich rausgeschlagen. Quer über die Fliesen lief ein drei Meter langer Riss. Die hatten das Abflussrohr einbetoniert und zu frisch drüber gekachelt. Das Ganze hat gelebt, worauf die Fliesen über die gesamte Länge des Rohres geplatzt sind.

Die Preise für den Importramsch haben die gemacht, wie es ihnen gerade eingefallen ist. Wie die Kinder. In der Kneipe wurden da die Preise aus dem Ärmel geschüttelt. Einmal hatten sie eine Partie Parfümseife auf Lager. Hauen wir einfach den fünffachen Preis drauf, bloß zum Spaß. Im Suff ausgedacht. Das muss man sich mal vorstellen! Unser ursprünglicher Stückpreis war ja schon frech, weil die Erwerbskosten so gering waren, dass wir nicht einmal mit Fracht einen Preis pro Produkteinheit definieren konnten – so niedrig war er! Kistenweise wurden sie ins Land gebracht, und ein Satz von fünfundsiebzig Stück kostete uns fünfzig Pfennig. Mit dem fünffachen Preis gingen die mit einem Höllentempo weg, sodass wir mit der Nachlieferung gar nicht hinterherkamen. Und die Kerle fluchten nur, weil sie für die scheiß Seife nicht den zehnfachen Preis genommen hatten. Pfui Teufel! In der ganzen Firma hat es nach Seife gestunken wie das Essen in einem indischen Lokal.

Unter den Kacheln war überhaupt keine Feuchtigkeitsisolierung gewesen. Die Baufirma hatte zu hastig gearbeitet, oder vielleicht auch ein Subunternehmer. Ein Resultat der Hektik war auch der besagte Riss. Die Bestimmungen, die zur Zeit des Baus gegolten hatten, verlangten auch gar keine Feuchtigkeitsisolierung, der gesunde Menschenverstand aber schon. Mit der Rolle trug ich zuerst Primer und dann die Isolierung auf. In der Hinsicht gibt es also kein Problem mehr.

Der letzte Lohn steht mir zu! Auf meinem Buckel reitet keiner, jedenfalls nicht umsonst! Mit sechzehn war ich als Au-pair in Frankreich. Da haben sie mich vergewaltigt, der Vater und der Sohn, der zwei Monate älter war als ich. Später hab ich versucht, der Alten was zu sagen, aber die hat mir bloß mit der flachen

Hand eine gescheuert. Da habe ich beschlossen, von euch lasse ich mir nicht den Mumm austreiben. Ich riss ihr das Küchenmesser aus der Hand und schlug zurück. Nicht mit dem Messer, das war nicht nötig. Die kam nicht gegen mich an, diese Tomatenkrücke von einsfünfzig. Ich war da schon eine ausgewachsene Frau. Dann füllte ich Asche aus dem Kamin in einen Trichter aus Zeitungspapier und ließ ihn vor der Nase von Madame in zwei grüne Kondome rieseln. Ich hatte nämlich ein paar Packungen »Blume und Biene« aus Finnland mitgebracht. In dem scheiß Bauernkaff wussten die nicht mal, was Kondome sind, obwohl es längst mit Aids losgegangen war. Die Aschenpräser hab ich dann ans Gartentor gehängt. Im Namen des Vaters und des Sohnes! Es war eine Einfamilienhaussiedlung. Als ich ging, drehte ich noch die Antenne an ihrem Citroën in Richtung Erde und steckte mit Hilfe eines Erbsensteckens eine Banane tief in den Auspuff. Ich hab sie so scheiß tief reingeschoben, wie es nur ging! Die Reifen hab ich dann auch noch zerstochen und zum Schluss das verdammte Fleischmesser durchs Küchenfenster geschmissen. Das hat vielleicht geklirrt, und die Alte hat dazu geschrien wie am Spieß. Hoffentlich hab ich getroffen, hab ich gerufen. Steck den Kopf aus dem Fenster, damit du dir auch noch schön die Kehllappen an den Scherben aufreißt! Ich dachte, jetzt hab ich vor keinem mehr Angst. Schlimmer kann es nicht mehr werden. Jetzt kann mir keiner mehr was!

Eigentlich macht so eine Renovierung im überschaubaren Rahmen ja Spaß. Im Frühling nahm ich Urlaub. Da legten wir dann den Garten an. Meine Frau fand beim Schrotthändler vollkommen intakte und gute Markisen. Stammten aus irgendeiner Konkursmasse. Wahrscheinlich von den Schaufenstern eines Geschäfts oder einer Bank, vielleicht auch von einem Restaurant.

Sie waren nicht beschriftet, aber sie hatten sich trotzdem nicht verkauft, weil man alles fast umsonst bekam: Stoffe, Eisen, Bögen, die Mechanismen. Wenn man sich so etwas machen lässt ... das kostet leicht so viel wie ein Kleinwagen! Man hatte sie offenbar übereilt abmontiert, denn die Spannflansche waren mit der Flex abgetrennt worden. Ich lieh mir in der Firma einen Inverter aus und schweißte mir neue Flansche. Dadurch bekamen wir praktisch ohne Unkosten Markisen an die Sonnenseite des Hauses.

Von dem Punkt an hat Jaska zwischen die beiden ganz kurze, lose Sätze von anderen Erzählern geschnitten. Plötzlich plärren die los wie die bösen Geister. Gegen Ende verschwinden die Hauptkasse und der Ingenieur komplett. Der Abschnitt endet mit einem Chor aus unbekannten Einzelstimmen. Der letzte Erzähler hat anscheinend schon das Schiff verlassen. Also hat Jaska auch an Land Interviews geführt.

Auf diesem Schiff ist es wie im Salzbergwerk von Sukkeli! Wir befinden uns hier im Hochofen des Vergessens.

Und dann hat man mir nach dem Urlaub einfach gesagt ... ein Schreiben bekam ich auch noch. Aus produktionstechnischen Gründen, hieß es. Dabei hätte gerade ich diese Gründe kennen müssen, schließlich stand ich als Prozessingenieur im Zentrum der Produktion und der Technik der Raffinerie. Die sahen wohl die Geldentwertung voraus. Wir gehörten ja zu der Industrie, die mit Importrohstoffen arbeitete, und zusätzlich ging noch der Kleinverkauf von Brennstoffen im Inland zurück. Da wurde der Betrieb stillgelegt. Und wir hatten eine Wohnung, ein Haus und einen Kredit am Hals. Beziehungsweise haben es noch. Und beide keine Arbeit. Ich war zwar drei Monate als Betriebsingenieur mit befristetem Arbeitsvertrag in der städtischen Kläranlage tätig, aber dann wurde dort die Prozesskontrolle ausgelagert. Meine Frau bekommt Erziehungsgeld, doch damit kann man nicht mal die Zinsen bezahlen. Und wie weit kann man sich noch auf den Staat verlassen? Wer weiß, wie lange er noch zahlt. Oder ist es die Kommune, die dafür zuständig ist? Mit den Zahlungen ist jedenfalls an jedem Schalter Schluss, wenn kein Geld mehr da ist. Jetzt ist es schon so weit gekommen, dass ich mitten auf dem Meer arbeiten muss. Schwarz. Sonst wird's von der Arbeitslosenhilfe abgezogen. Wenn es hier endlich mal losginge, kämen wir über die nächste Kreditrate hinweg.

Wir sind die verirrte Brigade der Arbeiterklasse!

Mit nem alten Schleppkahn haben sie uns von Salmisaari, von der Schnapsfabrik, hergebracht. Jenseits vom Leuchtturm Harmaja waren die Wellen so hoch, dass man's auf der Kommandobrücke nicht ausgehalten hat. Nicht dass sie uns runtergejagt hätten, aber man hat's einfach nicht ausgehalten. Wenn du dich nicht festgehalten hast, hast du sofort auf dem Kopf gestanden. Wie in der Achterbahn.

Ich bin hier mit meinem Kumpel, um ein bisschen was zu verdienen. Hier passiert zwar nix, aber ich hab auch keine Lust, wieder an Land zu gehen. Wenn du nicht auf der Matte stehst, wenn die Arbeit anfängt, kannste nachher vielleicht nicht mehr einsteigen. Die zahlen gut, wenn's erst mal losgeht.

Das hier schaukelt auch. Die Bewegung ist bloß so klein, dass man's kaum merkt. Aber die Pamisos schaukelt die ganze Zeit.

Zwei Tage war mir schlecht, dann fängt man an, sich dran zu gewöhnen.

Wir sind zu zweit. Die andere is älter als ich. Das heißt, ich weiß es gar nicht. Sie is ganz okay. Allein würd ich mich auch nicht trauen. An Land drüben würd ich's sowieso nicht machen, da könnt mich ja jemand sehen. Ich müsste es auch nicht unbedingt machen. Einer verkauft hier Pornovideos, ein Kurde. Es heißt jedenfalls, er wär Kurde, er spricht Schwedisch. Oder verleiht er sie bloß? Keine Ahnung. Mehr als vierzig Männer sind hier … schon die dritte Woche. Und die Arbeit hat noch nicht mal angefangen. Geld is schon da. Das is nicht so, dass hier keiner Kohle hätte.

Ich ging dann runter von dem Schiff. Und hielt mich dann auch fern davon. Da waren alle möglichen Leute an Bord. Sogar Bankdirektoren! Und dann auch eine, die auf ihrer Bank draufsaß. Zwei waren es sogar. Die hatten ihre Verkaufsgüter immer bei sich. Die schüchternen Männer haben schwer gelitten, das hat man schon gemerkt. Eine hat sogar mich angesprochen. Ich wollte da nicht bleiben. Nee, verdammt. Ich bin weg. Da waren auch noch Schafe auf dem Schiff, verflucht noch mal, lebende Schafe! Tote allerdings auch. Über hunderttausend Stück, hieß es. So viele Schafe, wie die Stadt Lahti Einwohner hat! Und die haben schon gestunken. Ich bleib an Land.

LAURA

Beim Finnischen Rundfunk hatte man im Laufe der 90er Jahre so weit Fortschritte gemacht, dass die Entscheidungsgewalt an den Leiter des Kompetenzzentrums Hörspiel delegiert wurde. Vorher, als wir das erste extern produzierte Hörspiel an die Anstalt verkauft hatten, hatte der Vertrag letzten Endes mit dem Verwaltungschef geschlossen werden müssen. Und das hatte gedauert. Jetzt war der Kompetenz-Chef sofort bereit, die Entladung der Pamisos zu kaufen, und er behauptete sogar, seine Vollmachten reichten aus, um einen solchen Handel selbst abzuschließen. Wir einigten uns auf einen Preis von fünftausend Euro, was unverschämt wenig ist, aber andererseits waren uns bei der Herstellung des Produkts eigentlich keine Kosten entstanden. Beziehungsweise sie waren schon vor langer Zeit gedeckt worden.

Insgeheim war ich dankbar für die Form des Stücks. In dem Doku-Drama trat kein Schauspieler und auch sonst kein Künstler auf, der für die öffentliche Ausstrahlung Geld verlangen konnte. Dann fragte ich mich plötzlich erschrocken, ob das Band eigentlich Musik enthielt. Soweit ich mich erinnerte, nicht, aber ich beschloss, noch einmal von Pena prüfen zu lassen, ob nicht doch im Hintergrund irgendwo Musik auftauchte. Falls von einem identifizierbaren Musikstück auch nur mehr als fünf Takte gespielt wurden, war es klug, darüber bei der GEMA Rechenschaft abzulegen. Wenn man das versäumte, konnte das für den Rundfunk ein Grund sein, den Vertrag aufzulösen.

Das Stück passte ausgesprochen gut ins Programm des staatlichen Rundfunks. Sie hatten dort nämlich die so genannte »strategische Konvergenz« erfunden. Nach dieser neuen Modedoktrin sollten die verschiedenen Kompetenzzentren und Kanäle thematische Gesamtkomplexe erstellen, in denen bestimmte Themenbereiche »nach dem Prinzip der Durchdringung« behandelt wurden. Als Thema des kommenden Winters war die Wirtschaftskrise der 90er Jahre festgesetzt worden. Das bereitete den Leuten von der Hörspiel-Redaktion erst mal Kopfzerbrechen. Wie sollten sie die Autoren dazu bringen, auf einmal über die Rezession zu schreiben? Darüber hatte noch niemand geschrieben! Ihr müsst es in Auftrag geben, hatten die Chefs gesagt. Radio ist ein schnelles und aktuelles Medium, und diese Eigenschaften werden auch von der Hörspielabteilung verlangt – das ist ein Befehl, bewegt euch! In diese Situation passte die »Entladung der Pamisos« so gut hinein, dass sie es sofort wollten, nur aufgrund dessen, was ich ihnen darüber erzählt hatte.

Das brachte mich auf die Idee, vorsichtig anzuklopfen, ob man das gleiche Stück vielleicht fürs Radio *und* fürs Fernsehen machen könnte. Zuerst waren sie überhaupt nicht begeistert, aber dann fiel ihnen ein, dass der Strategiedirektor der Anstalt gefordert hatte, die programmproduktionstechnische Synergie zwischen Rundfunk- und Fernsehbereich auszubauen. Ich goss weiter Wasser auf die Mühle: Was sei Synergie denn anderes als die simultane Bearbeitung desselben Themas für Radio und Fernsehen? »Simultan« entpuppte sich als das richtige Wort. Der Leiter des Kompetenzzentrums fragte, ob bereits ein Fernsehprojekt über das Thema existiere, und ich behauptete, über die Pamisos eine Dokumentation und einen Fernsehfilm zu drehen.

Schließlich waren sie alle ziemlich begeistert. In aller Eile arbeitete ich an meiner Idee für die Folgedokumentation weiter, damit wir einen Produktionsplan vorlegen konnten, sobald die von den Radiokollegen gebrieften Fernsehbosse mit ihren synergetischen und simultanen Vorstellungen auf uns zukämen. Ich musste mir überlegen, welche von den Erzählern auf Jaskas ursprünglichem Material ich interviewen wollte. Dann musste ich klären, wo sie heute zu finden waren. Zum Glück hatte ich dafür fast ein halbes Jahr Zeit. Die »Entladung der Pamisos« sollte erst im Dezember im Rundfunk gesendet werden, und die Ausstrahlung einer eventuellen Fernsehdokumentation würde wesentlich später stattfinden. Das war günstig, denn so würde das Hörspiel noch einmal im Geiste der Synergie und der Konvergenz wiederholt werden können.

Meine Abreise nach Athen rückte näher. Ich hatte mich verpflichtet, während der Olympischen Spiele Berichte für Radio Suomi und daneben fürs Fernsehen kurzfristig angesetzte Interviews mit Sportlern zu machen. Auf Freundschaftsbasis hatte ich außerdem versprochen, für eine kleine Produktionsfirma bei den Finalkämpfen der Leichtathletik als Winker zu fungieren.

Die Firma produzierte als Subunternehmen Interviews. Die Aufgabe des Winkers besteht darin, aus der Masse der Sportler diejenigen herauszublocken, die interviewt werden sollen, weil der Interviewer selbst dafür keine Zeit hat. Als Gegenleistung durfte ich das Kamerateam und das Bearbeitungsmodul benutzen. Der Einsatz der eigenen Facilities konnte dann dem Auftraggeber in Rechnung gestellt werden.

Ansonsten versuchte ich gar nicht erst, mich in den eigentlichen Sportjournalismus einzumischen. In der Hauptsache war ich darauf vorbereitet, für das Radio Begleitgeschichten mit kulturellem Aspekt zu machen, weil eine Olympiade in Griechenland besonderen Anlass dazu bot. Den Programmchefs bereitete schon das Versenden der Sportereignisse großen Stress, für die Produktion von kulturellen Hintergrundstücken rissen sie sich kein Bein aus, auch wenn solche Sachen vom öffentlich-rechtlichen Rundfunk im Prinzip erwartet wurden. Einer hatte sich ausdrücklich bei mir bedankt, weil ich diesen Blickwinkel auf die Olympiade zum Inhalt meiner Subproduktion machen wollte.

Obwohl mir in Athen bei Bedarf ein Kamerateam zur Verfügung stehen würde, gab es an Computern, Aufnahmegerätschaften und bloßem Papier so viel mitzunehmen, dass zwei Hände nicht ausreichten, alles vom Flughafen ins Pressezentrum der Spiele zu schaffen. Viele andere Freelancer und selbstständige Produktionsfirmen hatten das gleiche Problem. Ich beschloss, mit dem Auto nach Griechenland zu fahren. Pena war entsetzt von der Vorstellung, durch ganz Europa fahren zu müssen, beruhigte sich aber, als ich ihm sagte, ich wolle mir während der Fahrt das gesamte Material, das auf der Pamisos aufgenommen worden war, anhören. Das waren zig Stunden. Mit zwei Produktionsfirmen vereinbarte ich eine Kooperation: Ich transportiere ihre Ausrüstung nach Athen und vermiete ihnen bei Bedarf während der Spiele meinen Wagen. Dabei sparte ich selbst die Kosten für einen Mietwagen und vor allem die Mühe, einen aufzutreiben.

Beim Identifizieren der Erzähler von der Pamisos kam ich kein bisschen voran. Wie sollte ich Personen ausfindig machen, die vor vierzehn Jahren befragt worden waren und deren Namen nicht einmal bekannt waren? Ich ging zur Hauptwache der Polizei in Pasila und suchte Kriminaloberinspektor Pajala. Ich fand Pajala in Pasila nicht, aber seine Handynummer bekam ich immerhin. Pajala meldete sich sofort und schlug ein Treffen im »Hemingway« in der Hämeentie vor, weil er, wie er sagte, dort gerade sitze. Ich fuhr mit dem Taxi hin.

Pajala wunderte sich nicht über meine Kontaktaufnahme. Er fragte, was ich mit dem Tonband gemacht hätte. Ich sagte, ich hätte es als Hörspiel an den Finnischen Rundfunk verkauft, der es gegen Jahresende auf dem Sendeplatz des »Radiotheaters« bringen werde. Der Oberinspektor wollte wissen, ob ich mir auch das andere auf dem Schiff aufgenommene Material angehört hätte. Ich sagte ihm, wie es war, dass ich einen Dokumentarfilm auf der Grundlage dieses Materials plante. Hatte die Kriminalpolizei etwas dagegen? Natürlich nicht, sagte Pajala, das Material sei mein rechtmäßiges Eigentum. Eigentum der Produktionsfirma Radiant, korrigierte ich. Hatte er viel in den Angelegenheiten von

Radiant gewühlt? Pajala sagte, er habe sich ein oberflächliches Bild verschafft, nachdem das von Jaakko »Jaska« Saarela hinterlassene Material in die Hände der Polizei geraten war – als Bestandteil eines Ermittlungsverfahrens, mit dem er nach wie vor zu tun habe.

Da mir nichts Besseres einfiel, erzählte ich ihm versuchshalber ganz offen, dass ich mit dem Filmprojekt nicht vorankam, weil mir die Kontaktdaten der Leute, die ich interviewen wolle, fehlten. Was für Leute? Was für Interviews? Ich berichtete ihm von der Idee einer Folgedokumentation, in der ich dieselben Leute interviewte, von denen Jaska im Herbst 1991 sein Material bekommen hatte. Als Pajala daraufhin sofort sein Notizbuch aus der Tasche zog, darin blätterte und mit dem Zeigefinger über die Spalten fuhr, war ich perplex.

»Yliluoma, Heikki, Forstmaschinenunternehmer. Soini.«

»Was?«

»Hier kommen die Namen! Hat die Frau Journalistin keinen Stift dabei?«

»Soini … Heikki?«

»Soini ist ein Dorf. Der Name ist Yliluoma.«

»Wie viele Leute waren da, alles in allem?«

»Auf der Pamisos? Wer soll das wissen?«

»Weiß man nicht, wer an Bord gegangen ist?«

»Man weiß es nicht, und man weiß auch nicht, wer zurückgekommen ist. Eine Passagierliste wurde nicht geführt.«

Pajala nannte mir an die zehn Namen und Wohnorte. Ich fragte ihn nach den genauen Adressen und den Telefonnummern. Da fing der Kriminaloberinspektor an zu lachen. Musste man mir alles unter die Nase reiben? Ich fragte ihn noch einmal, woher ich wissen sollte, wer auf Jaskas Aufnahmen wer war. Wie könnte ich die Namen, die Pajala mir gegeben hatte, mit den anonymen Stimmen von der Pamisos in Verbindung bringen?

»Auf dieselbe Weise wie ich.«

»Nämlich?«

»Durch Zuhören.«

Pajala hatte sich das Material mehrmals angehört. Wenn er dadurch auf die Personalien gekommen sei, würde es mir auch gelingen. Es gäbe für mich allen Grund, zuzuhören – und zwar noch genauer, als die Polizei es je getan hatte. Erst viel später begriff ich, dass genau darin die Absicht der Polizei gelegen hatte: Ich sollte für sie das Material gründlich von vorne bis hinten durchhören. Oder vielleicht nicht die Absicht der Polizei, aber die von Pajala auf jeden Fall.

PENA

Jetzt soll ich also checken, dass auf dem Stück, das ans Radio verkauft wird, keine gebührenpflichtige Mucke drauf ist. Hab ich längst gemacht: Ist keine drauf. Was glaubt die Frau eigentlich? Ein Profi registriert so was automatisch. Ich hab alles in allem wahrscheinlich ein ganzes Jahr meines Lebens damit verbracht, GEMA-Formulare auszufüllen! Trotzdem sag ich Laura nicht, dass ich das schon geklärt hab. Ich brauch nämlich für alles andere dermaßen arschviel Zeit, dass mir jeder Pseudojob recht ist, den ich vorschieben kann. Weil sonst schreit sie wieder rum, ich würde nix zustande bringen und so.

Die gute Nachricht war, dass es jetzt doch nicht so pressiert. Der Funk haut die Pamisos erst im November oder so raus. Die schlechte Nachricht war die, dass Laura mir eine Liste von Leuten aufs Auge gedrückt hat: Name, Alter, Beruf, Wohnort. Alles Typen, die Jaska damals auf der Pamisos aufgenommen hat. Mit der Liste vor der Nase soll ich mir das Band anhören und klarkriegen, wer wann redet. Sprich: die Namen mit den Stimmen zusammenbringen, rauskriegen, wer wer ist.

Dann kam die große Nachricht: Laura hat mir den Befehl gegeben, eine neue Kamera zu kaufen! Sprich:

alle Teile, die ein Nachrichtenfilmteam heutzutage einsetzt. Wir machen eine Doku fürs Fernsehen, hat sie gesagt.

In der Kneipe hab ich mir Lauras Liste angeguckt und sofort mindestens bei drei Typen gepeilt, wer sie auf dem Band sind. Zwei sind ganz sicher. Der Familieningenieur und dann dieser Mehrzweckkasper, dieser Kerl aus Ostbottnien, der auf Pump eine Forstmaschine gekauft und damit ne Bauchlandung hingelegt hat. Hab ich Laura auch alles nicht erzählt. Ich dosiere meine Informationen, weil ich muss auch das eine oder andere Ass im Ärmel haben. Und es ist ja keine große Geschichte, mit einer Namensliste in der Hand ein Band abzuhören. Außerdem hält es wach, wenn man auf Draht sein muss. Eigentlich komisch, dass die Gestalten überhaupt existieren. Man glaubt, dass alle, die auf dem Kahn rumgegeistert sind, irgendwo im Nevada hocken. Man glaubt, die sind alle scheißtot. Das ist genau das Gefühl, das man beim Hören hat: Die Geister reden.

Ich bin auf dem ganzen Schiff hier anscheinend der Einzige, der wat von Hebevorrichtungen versteht. Irgendwie müssen wa dat Fleisch ja von unter Deck raus und über die Kante kriegen. Ich sach, und wohin bringen wa dat am Ende? Darüber sind sich die Herrschaften noch nich einig geworden.

Auf einen Schlag war mit dem Job im Hafen Sense. Für die Containerschiffe warn die Stauer zuständig, und Stückgutschiffe kamen einfach keine mehr. Es gab Gerüchte, von wegen in Kiel fährt grad ein Teil durch den Kanal, oder in Marokko werden jeden Moment die Mandarinen reif. Scheiße, da kam gar nix. Wir sind dann auch gar nicht mehr zur Jobbörse für die Schauerleute. Und ich bin nicht mehr in die Uni.

Et gibt hier einen Gabelstapler, der auf Flüssiggas läuft, und dat Zeug soll per Aufzug hoch. Aber ein Gabelstapler reicht nich! Und selbst wenn et oben is, kannste dat nich auf Händen tragen – verfaultes Fleisch. Keine Ahnung, wie sich die Herrschaften dat vorgestellt haben. Der Gabelstapler is allerdings gebrauchsfähig. Hab ich ausprobiert.

Das Studienbuch hab ich erst mal für'n Jahr trockengelegt, mit der Absicht, in den Süden zu gehn. Brasilien, Argentinien, so was halt, aber stattdessen kacke ich hier immer mehr ab. Zuerst war's mit dem Job im Hafen aus. Das heißt, sie hatten schon im Sommer reduziert. Ich musste zwei Schichten runterreißen und dann Knete machen, wenn die festen Stauer Urlaub hatten, aber Scheiße, Mann, du kannst nix machen, wenn keine Ware ins Land kommt und keine rausgeht. Jetzt wird auch noch die Geldabwertung durchgezogen. Da geht dann wieder ne ordentliche Scheibe vom Etat weg. Bald bleibt einem gar nix anderes übrig, als nach Indien abzuhauen.

Mein Vater war anno 28 als Feuerholzbursche in der Garde von Pihkala dabei, als et darum ging, die Hafenstreiks zu brechen. Wie dat da genau war, weiß ich nich. Aber ich sach, dat hier, dat is mir eine Garde! Sackerment, da hamse aber auch garantiert sämtliche Windmühlenheizer versammelt. Bankdirektor und anderes Gesocks, dat mal ne Faust aufs Auge bräuchte und sonst nix. Zwei junge Kerle sind dabei, die schon ma im Hafen warn, die wissen wenigstens, wie man Gabelstapler fährt. Mit denen hab ich dat Ding auch gerade ausprobiert. Hätt ich von den

Jungs nich geglaubt. Haare hinten bis auffen Buckel, und dann mit Gummiband zu, wie bei kleinen Mädchen. Einen Ingenieur ham wa auch hier, mit dem hab ich schon geplant, wie wir anfangen, wenn wir die Erlaubnis kriegen und die Anweisungen. Alle andern sind bloß im Weg. Und wat den Bankdirektor betrifft, ich sach, den schmeiß ich noch über die Reling.

Muss dann halt'n billigeres Reiseziel her. Ein Kumpel von mir checkt die Wechselkurse und vor allem die Preise ab, also vor Ort. Von einem Dollar am Tag muss man leben können. So ein Land muss man finden. Aber was heißt hier muss – man muss leben können, wenn's nicht anders geht. Ein Dollar pro Tag gilt bei der UNO als Armutsminimum. Das ist jetzt Realität, so wie das hier abgeht. Die Preise entscheiden, wo du landest. Aber Strand und Wellen müssen sein. Zum Surfen. Mein Kumpel taucht. Deshalb brauchen wir auch Riffe. Ist aber okay, weil an denen brechen sich die Wellen, wenn es lang flach ist. Eigentlich wollten wir die Passatwinde an der Copacabana testen und El Pampero, den Flachlandwind am Rio de la Plata. Ist Legende. Aber jetzt sieht's so beschissen aus, dass wir vielleicht irgendwo in Indochina landen.

Der verfluchte Leiter von unsrer Sparkasse hat mir'n Kredit aufgeschwätzt, weil ich unbedingt ne neue Maschine haben wollte. Und die D-Mark-Anleihe hat er ganz speziell empfohlen. Und ich Hammel hab se genommen. Mit dem alten Harvester hätte man durchforsten können, was an Wald halt noch da ist. Und die Schwiegereltern ham gebürgt! Jesus, und jetzt is dat Elternhaus von meiner Alten unterm Hammer. Und unsereiner dümpelt mit Halsabschneidern mitten auffem Meer in einem Lastkahn, wo's überall quietscht und pfeift.

Mein Kumpel studiert im Hauptfach Volkswirtschaft. Und einige von den Studis da ham für ihr ganzes Geld Dollars gekauft. Mein Kumpel hat sich sogar von der Bank noch Kröten geliehen und umgetauscht. Ziemlich kühler Typ. Hat seine »Valutaposition fokussiert«. Dieser abgedrehte Clown. Mit den Weicheiern aus seinem Fach hat er noch gewettet: »Ob's schon im Sommer so weit is, da bin ich mir nicht sicher, aber eins is klar, die werten noch vor Weihnachten ab.« Die Schlappschwänze haben ihm erklärt, es würde keine Abwertung geben, weil der Finanzminister versprochen hat, es gibt keine. Und jetzt hat der Kerl die fette Beute an Land gezogen. Immerhin ist er mit zu dem Job hier gekommen, weil ich gesagt hab, allein mach ich's nicht. Was hätte er auch sonst tun sollen? Was er an Grütze zu viel hat, will er investieren. »Investieren!« Ich studier im dritten Jahr Kulturanthropologie und Religionswissenschaft. Soziologie hab ich als Nebenfach noch dazugenommen. Die Typen da lern ich gerade erst kennen. Alles Einser-Leute. Wenn's hier ma losgehen würde, käme endlich Kohle rüber – und dann peng, nix wie weg!

Bis dahin haben nur der ostbottnische Mehrzwecktyp und der Student aus Helsinki, dem ich erst mal keinen Namen auf Lauras Liste zuordnen kann, geredet. Ab da kommen dann einzelne andere Stimmen dazu, die aber dann an keiner anderen Stelle mehr auftauchen. Jaska hat aus den Einzelstimmen kurze Zwischenstücke und Abschlüsse für einzelne Passagen gebaut. Die sind praktisch so was wie der Chor-Part.

Mein ganzes Leben lang habe ich gekauft und verkauft, mein ganzes Leben lang, und zwar alles Mögliche. Nie ist mir eine Ware verdorben. Ich war bei dem Immobilienbeschiss in Brüssel dabei. Mit über fünfzig, habe ich mir gesagt, kann mir nicht mehr passieren, dass ich auf einem Wolkenkratzer sitzen bleibe. Drei Tage lang bin ich von morgens bis abends von einer Bank zu anderen und von Notariat zu Notariat gerannt. Am Ende hat es dann geklappt! Im letzten Moment konnte ich gerade noch so vom Boot springen, mein lieber Scholli!

Sackerment, wenn dat hier ma losgeht mit arbeiten, da können die Halsabschneider ma sehen, wo dat Geld herkommt! Der Ingenieur und ich, wir ham beschlossen, dat wir dat Ganze unter Kontrolle nehmen. Die Studenten können dazukommen. Wir ziehn dat Entladen im Akkord durch. Für uns vier gibt's dann Lohn pro Tonne, und die Handlanger können selber sehn, wat se sich als Stundenlohn aushandeln.

Eine Viertelstunde kam ich zu spät. Deshalb bin ich jetzt hier. Einfamilienhäuser und Wochenendhäuschen … Autos und Quads … auch in Klaukkala draußen … oh Scheiße … da hilft nichts … mir kommen die Tränen …

Ich muss mich jetzt erst mal ein bisschen bedeckt halten. Irgendwo dort drüben auf dem Festland ist ein Finanzierungschef gerade ziemlich wütend auf mich. Ich hab ihm den Schwarzen Peter in die Hand gespielt. Sind Köpfe gerollt … Hier findet mich keiner. Obwohl hier bestimmt auch irgendeiner an Bord ist, der sein Geld in dieselben Immobilien gesteckt hat. Der Knabe drüben auf dem Festland hat seine Investition jedenfalls nicht wieder rausgekriegt, im Gegensatz zu mir. Ich sag dir, Mann, wenn du zu den Frauen gehst, dann nimm mich mit. Mir gelingt alles! Hier gibt's auch … na du weißt schon …

Mir haut's die Sicherung raus, wenn hier nicht bald mal was abgeht. Wahrscheinlich blinkt bei mir über dem Schädel schon die Neonreklame: »BORING, BORING …« Die Bude, die wir uns gekrallt haben, ist ganz okay: die Kabine vom Maschineningenieur! Die andern haben schwer gemotzt, weil sie im Rudel pennen müssen, und wir haben zwei Zimmer mit Dusche. Wir haben gesagt, hört auf mit dem Gemaule oder es gibt was auf die Zwölf. Wer duschen will, kann kommen, solange er nicht anfängt zu plantschen. Einen schwarzen Videorecorder haben wir auch. Da weiß allerdings keiner was von, weil sonst hätten wir hier jeden Abend einen Chor von alten Säcken hocken, denen bei den Pornos der Sabber rausläuft. Da gibt's nämlich diesen Ahmed, der Filme vertickt. Jetzt ziehen sie sich die Pornos in der Mannschaftsmesse rein. Und zwei Bordsteinschwalben verkaufen in der Kapitänskabine jeden zweiten Tag ihren Arsch. Direkt hier bei uns in der Nachbarschaft! Meine Fresse, das ist der reinste Film hier. Das glaubt dir keine Sau. Zum Glück haben wir einen Fußball mit. Auf Deck zwei kicken wir so'n bisschen. Da warn Schafe gewesen. Richtig gehört: Schafe! Mäh! Verfluchte lebende Schafe. Wir haben die Gatter eingerissen und das Stroh und die ganze Kacke ins Meer gekehrt. Frag mich nicht, wo die Schafe jetzt sind, irgendwo auf dem Schiff halt.

PAJALA

Zwanzigster Juli zweitausendvier. Ermittlung: Pamisos.

Fortschritt im Fall Jaska Saarela. Laura Vuorela beabsichtigt, die Hauptinformanten von der Pamisos zu interviewen. Nannte ihr die Namen, über die ich verfüge. L. V. macht eine TV-Dokumentation. Tonband wird im Finnischen Rundfunk gesendet. Absoluter Fortschritt. Die Radiosendung wird mit Sicherheit Hinweise abwerfen. Hindernisse für die Sendung dürften keine auftreten. Es handelt sich um Eigentum von Radiant, das der Firma zurückgegeben worden ist. Damit kann sie innerhalb des gesetzlichen Rahmens tun und lassen, was sie will. Und das Mädchen will tatsächlich was und tut auch was. Urheberrechtliche Hinderungsgründe dürften ebenfalls kaum auftauchen. Hervorragend.

Schwieriger ist es mit den Interviews. Diese Art von indirekter Informationsbeschaffung könnte jemand für eine bedenkliche Ermittlungsmethode halten. Erkundigungstaktisch funktioniert die Methode. Laura Vuorela kriegt aus den Leuten viel mehr heraus, als es der Polizei im direkten Kontakt gelingen würde. Außerdem könnte es ein ziemliches Hallo geben, wenn die Polizei auch nur kurz all die Leute befragen würde, die jetzt gründlich von L. V. interviewt werden. Ganz zu schweigen davon, dass L. V.s Interviews landesweit im TV ausgestrahlt werden, was eine möglichst große Zahl von Personen, die etwas über die Sache wissen, aktiviert. Die Kripo kann ihre Verhöre nicht aufnehmen und im Fernsehen bringen.

Von der Technik habe ich das Tonmaterial auf CD überspielen lassen. Auf der Kopie wird das Gesprochene im Vordergrund zusätzlich betont. Die Hintergrundgeräusche sind irgendwie weiter weg, den Krach, der auf allen Kassetten auftritt, hört man nicht einmal. Das macht das Hören einfacher. Andererseits stelle ich fest, dass man beim Hören dieser CD nicht exakt an die Stelle spulen kann, die man haben will. Das Material ist in mehrere Minuten lange Sequenzen unterteilt, und man muss mit dem Hören immer am Anfang einer Sequenz beginnen. Einerseits ärgerlich, andererseits zwingt einen die Technik dadurch, ausführlicher zu hören. Wiederholungen nehmen zu, zusätzliches Hören kann etwas offenbaren, was einem vorher nicht aufgefallen ist. Kostet Zeit, aber das war bis jetzt auch nicht anders: vierzehn Jahre. Mord verjährt nicht.

Hervorragend auch, dass Vuorela und ihr Kompagnon sich das Material anhören. Sie stehen außerhalb des polizeilichen Informationsbeschaffungsinteresses und machen unter Umständen genau deshalb wichtige Beobachtungen. Das Sichtfeld der Polizei ist durch ihren Blickwinkel eingeschränkt. Die beiden Programmmacher haben auch ihren Blickwinkel, aber er ist nicht identisch mit dem der Polizei. Von dem Material, das ich Laura Vuorela überließ, habe ich zum größten Teil all die Aufnahmen zurückbehalten, die ein Licht auf das

Verhältnis zwischen der Pamisos und verschiedenen Behörden werfen; das Gleiche gilt für sämtliches Material, das mit dem Schiff selbst, mit seiner Fracht, dem Befrachter und der Reederei zu tun hat. Das ist mein Bier.

Ganz normale Informationen über die Ankunftszeit hatten wir. Oder haben wir, ich hab sie im Nachhinein hier im Hafenkontor im Logbuch nachgelesen. Damals ist es mir nicht speziell in Erinnerung geblieben – ein ganz gewöhnliches Schiff. Sollte aus vierzehn-elf reinkommen. Der Schlepper Saukko sollte es an den Pier lotsen. Das ist ja kein ganz kleines Schiff … wie war das noch: »Dead Weight 8793 tons«. Und Kühlcontainer als Fracht. An sich nichts Außergewöhnliches. Eisbrecherklasse I A. Wenn es sich nicht selbst gemeldet hätte, wäre ja eine Kontrollmeldung gemacht worden, und in dem Fall hätte es die Küstenwache an der Hoheitsgewässergrenze in Empfang genommen.

Hier bei uns im Zoll kam dann die Information rein, dass da eine als allgemeingefährlich einzustufende Ladung an Bord sein könnte, dass man ein Team aus dem Labor hätte hinschicken müssen. Bloß war das Schiff ja noch nicht mal angekommen!

Von irgendwoher hieß es dann, es hat Zeug geladen, das darf man gar nicht erst in den Hafen von Helsinki lassen, in die unmittelbare Nähe von Wohnhäusern.

Wir haben gefragt, was da eigentlich drauf ist. Chemikalien oder was? Da hieß es, nein, sondern Schafe!

Was geht uns das an, was da draußen auf dem Meer rumschippert?

Es wurde darüber gestritten, wer eigentlich zuständig ist. Und dieser Streit ist immer noch nicht zu Ende. Als Erstes waren Männer von der Küstenwache mit Schlauchbooten dort. Einen Container hatten sie aufgemacht. Da war Fleisch drin gewesen, stinkendes Fleisch. Sie verplombten den Container und schrieben einen Bericht.

Das Schiff hat ja mitten auf dem Meer den Anker geworfen!

Wir als Schifffahrtsamt sind lediglich für die Schifffahrt zuständig. Wir haben das Schiff überprüft und festgestellt, dass es die Sicherheitsvoraussetzungen nicht erfüllt. Es war unterbesetzt und fast ohne Treibstoff, um mal die größten Mängel zu nennen. Wir haben festgestellt, dass wir diesem Schiff nicht erlauben können, sich in unseren Hoheitsgewässern zu bewegen. Aber es hat sich ja nicht bewegt. Es blockierte keine Fahrrinne, trieb auch nicht ab, also durfte es von uns aus bleiben, wo es war.

Das Hafenbüro musste einen Plan erstellen, wo das Schiff hingebracht werden soll und wie. Den Notplan haben die Rettungsdienste gemacht, davon weiß ich nichts – also für den Fall, dass sich das Schiff löst oder anfängt zu sinken. Bei unserem Auftrag ging es darum, dass es kontrolliert in den Hafen geschleppt und an einem freien Pier festgemacht wird. Der Plan war simpel, aber so einen Plan kann man ja nicht umsetzen, solange man nicht weiß, was auf dem Schiff eigentlich drauf ist und ob man es überhaupt in die Nähe von Menschen lassen kann.

Zoll, Stadt und Innenministerium zankten sich darüber, wer für die Prüfung der Ladung zuständig ist. Auch das Umweltministerium versuchte den Schwanz zu heben, weil die Boulevardblätter alles mögliche Zeug schrieben. Angeblich wären Pest und Cholera an Bord. Der Pressesprecher des Innenministeriums ging hin und sagte, möglicherweise steht uns eine Öko-Katastrophe bevor. Schließlich ist ein Team aus unserem Labor hingefahren. Da war nix Gemeingefährliches an Bord, da wüteten auch keine Krankheiten, aber im Licht der Verordnungen war der Fall eindeutig: Auf dem Schiff befanden sich Fleisch in verdorbenem Zustand und lebende Tiere ohne Kontrollzertifikat. Die Fracht durfte nicht als Handelsware an Land gelangen und konnte somit nicht nach den üblichen Abläufen im Hafen entladen werden.

Ich ordnete eine Notentladung des Schiffes auf offenem Meer an.

Wir hatten ja gar nicht die Ausrüstung und auch nicht die Ressourcen für ein Manöver von diesem Ausmaß. Dafür braucht man Schuten, Schlepper, Hebe- und Umladevorrichtungen und eine Menge Arbeitskräfte. Mit unserem Etat war so was nicht hinzukriegen. Wir warteten die Entscheidung des Ministeriums und die zugewiesenen Mittel ab. Ein privates Seerettungsunternehmen und eine Speditionsfirma haben es schließlich auf eigenes Risiko gemacht, in dem Vertrauen, dass die Gelder im Haushalt noch aufzutreiben waren.

Wie auch immer: Die Seefahrt ist notwendig, das Leben nicht!

LAURA

Ich bekam einen Autoplatz auf der RoRoPax-Fähre, die zwischen Helsinki und Danzig verkehrte, und begann meine Reise nach Athen mit dem Überqueren der Ostsee. Über die Via Baltica wäre es schneller gegangen, aber den Zeitvorsprung hätte ich auch leicht wieder beim Warten an einer der baltischen Grenzen verlieren können. Ich würde unterwegs noch genügend Bekanntschaft mit Staus, Grenzformalitäten, absurder Bürokratie und unerklärlichen Situationen machen, deren Gefährlichkeitsgrad eine Autofahrerin aus dem wohlgeordneten Norden überhaupt nicht einschätzen konnte.

Auf dem Schiff wurde mir auf meine Bitte hin erlaubt, über das Containerdeck zu gehen, wo die in verschiedenen Orangetönen gestrichenen Stahlbehälter mit dicken Ketten fixiert waren. Jeder Container war mit einem weißen Aufkleber versehen: FORTY FEET EQUIVALENT UNIT. Anscheinend waren die Dinger vierzig Fuß lang. Mit dem Zweiten Steuermann, der für die Fracht verantwortlich war, unterhielt ich mich über die Ladeprinzipien von RoRo-Schiffen. Angeblich sah ich nicht wie eine international gesuchte Terroristin aus, darum durfte ich den Beladungsplan für diese Überfahrt sehen und bekam eine wortreiche Erklärung darüber, wodurch er sich von den Kargo-Plänen früherer Überfahrten unterschied. Wie sahen international gesuchte Terroristinnen nach Meinung des Steuermanns denn aus? Das können genau solche sein wie ich.

Als ich etwas über die Technologie von Schiffen wissen wollte, die Kühlfracht transportierten, kam der Steuermann erst richtig in Fahrt und brachte mir ein Handbuch zum Lesen: »*CA-SYSTEMS. Controlled atmosphere system in cargo compartments.*« Beim Seetransport von Kühlfracht schien es zwei Hauptprinzipien zu geben: Entweder wird der Laderaum im Ganzen gekühlt, oder die Transporte gehen in einzelnen Kühlcontainern vonstatten, deren Kühlung während der Fahrt durch Strom aus Generatoren gewährleistet wird. Ich zog die Schlussfolgerung, dass die Fleischladung der Pamisos in ebensolchen Spezialcontainern transportiert worden war. Der Steuermann hätte mir einen endlosen Vortrag über die Einzelheiten der Kühlcontainer gehalten, am liebsten in meiner Kabine. Ich musste mich ziemlich plumper Zeichen des Gelangweiltseins bedienen, um ihn loszuwerden und mir in Ruhe das Material von der Pamisos anhören zu können. Alles mehrmals durchzuhören entsprach einem Zeitaufwand von mehreren kompletten Arbeitswochen, und einen möglichst großen Teil davon wollte ich während der Fahrt schaffen.

Die Reedereien, die auf ihren RoRo-Schiffen Passagiere mitnehmen, haben ihr Produkt im Hinblick auf die Verköstigung stark verbessert. Mein Ticket berechtigte mich, »am Kapitänstisch« zu essen, was so viel bedeutete wie das Einnehmen der Mahlzeit vom Büffet der Offiziersmesse. Rund um die Uhr stand das Büffet da, und zu jeder Uhrzeit war jemand, der gerade keine Wache hatte, dort und aß. In der ersten Nacht hörte ich in meiner Kabine Bänder ab und ging mir zwischendurch einen Kaffee holen. Dabei sah ich, wie der Maschineningenieur sich den Teller volllud. Um zwei Uhr nachts.

Der Kapitän war am Kapitänstisch jedoch nie zu sehen. Freilich eilte der Zweite Steuermann, der mir längst lästig geworden war, jedes Mal sofort zu mir, wenn es seine Arbeit erlaubte. Ich fragte ihn, ob er jemals von einem Schiff namens Pamisos gehört habe, obwohl er so jung war, dass er noch in der Mittelstufe gewesen sein musste, als das Schiff herrenlos vor Helsinki dümpelte. Der Steuermann versprach mir, sich bei dem Kapitän zu erkundigen. Es war gut, dass ich gefragt hatte. Noch am selben Abend nämlich erschien der Kapitän in der Messe und erzählte, er könne sich gut an den Fall Pamisos erinnern. In der Branche sei damals viel davon die Rede gewesen.

Woher stammte die Ladung der Pamisos? Der Kapitän berichtete, das Fleisch und die Schafe seien in Neuseeland verladen worden. Das Schiff habe eine absurde Fahrt rund um den Globus absolviert, und seine Fracht sei, Gerüchten zufolge, währenddessen drei Mal verkauft worden. Die Eigentumsverhältnisse der Reederei seien in so komplizierter Form verkettet gewesen, dass wohl bis heute niemand wisse, wer der wahre Eigentümer des Schiffes gewesen sei. Einigen Vermutungen nach habe das Schiff versenkt werden sollen, aber der Kapitän selbst glaubte nicht an die Gerüchte über einen geplanten Versicherungsbetrug. Die Pamisos sei damals ein ziemlich moderner Frachter gewesen, kein heruntergefahrenes Totenschiff. Am Ende habe ein finnisches Investorenkonsortium mit Hilfe eines holländischen Maklers die Ladung gekauft. Infolgedessen sei das Schiff zu seiner letzten Etappe von Abu Dhabi nach Helsinki aufgebrochen. Aus irgendwelchen Gründen sei es nicht durch den Suez-Kanal gekommen, obwohl es hineingepasst hätte. Wie die Supertanker habe die Pamisos um ganz Afrika herumfahren müssen.

Ich wusste, dass damals im Casinorausch Geld in alles Mögliche investiert wurde, sofern es schnellen Gewinn versprach, aber was für einen Sinn hatte es, eine Fleischladung zu kaufen, die einen ganzen Kontinent weit weg durch die Tropen schipperte? Der Kapitän wusste keine Antwort, erinnerte aber daran, dass unter dem Deckmantel von Frachttransport und Speditionsbusiness alles Mögliche gemacht wurde, von der Geldwäsche bis zur Schmuggelei. Seinen Informationen nach habe das finnische Konsortium aber tatsächlich die Absicht gehabt, mit dem Fleisch und den lebenden Schafen etwas anzufangen. Der Kapitän glaubte, die Finnen seien bei dem Kauf übers Ohr gehauen worden, falls sie sich in ihrer Dummheit nicht selbst betrogen hätten.

»Finnisches Investorenkonsortium« klang in der Tat nach einem Haufen von Trotteln, die in zu große Hosen gesprungen waren. Andererseits waren der Treuhandgesellschaft Arsenal, die nach der Wirtschaftskrise gegründet wurde, um unbrauchbaren Besitz zu verwalten, weitaus unfassbarere Dinge vor die Füße gekippt worden als Lammfleisch. Wäre die Fracht sachgemäß behandelt und rasch befördert worden, meinte der Kapitän, hätte die gesamte Partie durchaus irgendwo, wo es eine ausreichend große Lammfleisch essende Bevölkerung gab, realisiert werden können. Einen solchen Fleischberg nach Finnland zu bringen, sei natürlich vollkommen irrsinnig gewesen.

Das Schiff sei das Problem gewesen, nicht die Ladung, fand der Kapitän. Seinerzeit habe man sich angeblich ernsthaft gefragt, wie die Pamisos überhaupt bis in die Ostsee habe gelangen können. Das Schiff sei stark unterbesetzt und nahezu vollständig ohne kompetente Offiziere gewesen. Noch immer wisse man nicht, wo und wann ein Teil der Besatzung und fast alle Offiziere, einschließlich des Kapitäns, die Pamisos verlassen hatten. Als die Leute vom Finnischen Schifffahrtsamt ihre Spiegel in die Tanks hielten, habe sich herausgestellt, dass der Sprit auch bei minimaler Maschinenkraft nur noch für wenige Stunden Fahrt gereicht hätte. Die letzte Bunkerung habe laut Unterlagen in Abu Dhabi stattgefunden, aber waren die Tanks dort auch ganz gefüllt worden? Die auf dem Schiff entdeckten Dokumente zeugten von Zahlungsunklarheiten. Auf jeden Fall habe die Pamisos mit irgendwelchem Proviant eine Strecke von vierzehntausend Meilen rund um das Kap der Guten Hoffnung herum in den Atlantik und weiter bis in die Ostsee zurückgelegt.

Was war mit der Pamisos am Ende geschehen? Soweit der Kapitän wusste, wurde das Schiff auf Kosten eines zum internationalen Havarieabkommen gehörigen Rückversicherungsabkommens nach Polen geschleppt. Dort sei es entweder neu ausgerüstet oder aber verschrottet worden, falls kein rechtmäßiger Eigentümer fristgerecht aufgetaucht war. Der Kapitän hielt es für wahrscheinlich, dass die Pamisos letztendlich auf einem der Schiffsfriedhöfe vor der pakistanischen Küste oder im Golf von Bengalen gelandet war. Das waren menschenleere Sandstrände, auf die man die Schiffe mit dem Bug voran steuerte, worauf sie entkleidet und zerlegt wurden, bis nur noch Eisenschrott übrig war. Während der Kapitän über das Ende von Schiffen sprach, wandten sich meine Gedanken hartnäckig Jaska zu. Ich konnte heute nicht mehr sagen, wie ich sein Verschwinden damals innerlich verkraftet hatte, wo ich doch ein Baby zur Welt bringen und mit all dem zurechtkommen musste, was die allein gebliebene Mutter eines kleinen Kindes Tag für Tag zu überstehen hat.

Als ich in meine Kabine kam, heulte ich völlig unkontrolliert zehn Minuten lang. Ich weiß nicht genau, warum ich heulte. Nicht wegen Jaska. Hätte ich meinen inneren Zustand mit einem Wort ausdrücken müssen, hätte ich wohl gesagt … leer. Nach Jaskas Verschwinden hatte ich in einem blinden, egoistischen Rausch gehandelt und mich wie eine Ertrinkende an die Möglichkeit geklammert, die sich mir bot. Ich weiß noch, wie ich drei Jahre später erschrak und mich schämte, als ich die gehemmt vorgetragenen Berichte der Geretteten von der Estonia hörte. In der Öffentlichkeit wurde die Verlegenheit dieser Menschen als Irritation angesichts der kosmischen Ungerechtigkeit betrachtet: »Warum gerade ich?« Doch ich wusste es besser. Viele dieser Menschen plagte das Gefühl, das auch mich plagte: Es geht gar nicht darum, warum gerade ich davongekommen bin, sondern darum, dass ich hier bin, weil ich fähig war, im entscheidenden Moment zielstrebig und mit wilder Entschlossenheit zu handeln. Ich nahm keine Rücksicht auf die anderen, sondern auf mich. Was hatte das mit mir gemacht?

Um ein Rettungsfloß zu haben, an das ich mich klammern konnte, kaperte ich mir einen neuen Kompagnon für die Firma. Dank Pena und seiner Erbschaft konnte ich Radiant, deren Lage schon aussichtslos schien, wieder auf die Beine stellen und mit aller Macht die wirtschaftlichen Voraussetzungen für Satu und mich schaffen. Damals erschien mir das wie eine Unausweichlichkeit, wie die einzige Chance. Heute bin ich mir da nicht mehr so sicher. Es lag ja kein wirklicher Kampf um Leben und Tod an, sondern lediglich die drohende Insolvenz einer kleinen Firma aus der Medienbranche wegen einiger hunderttausend Finnmark Schulden. Andererseits war die Wirtschaftskrise samt dem folgenden Aufschwung von ausschlaggebender Bedeutung für die Stimmung in Finnland, so wie der Winterkrieg und der Wiederaufbau. Solche Zeiten trennen die Siegertypen von den Verlierern und impfen ihnen Adrenalin, Energie und gnadenlose Geradlinigkeit ein. Vielleicht wäre alles gut gegangen, wenn ich es einfach hätte laufen lassen. Viele haben es so gemacht und leben jetzt auch irgendwie und irgendwo. Ich weiß nicht, ob ich mich schämte, ob ich enttäuscht oder einfach nur müde war.

Das Schiff stampfte, ohne zu schaukeln, über die Ostsee, aber die größeren Wellen zerschellten donnernd an den Flanken und ließen den Rumpf vibrieren. Dann zitterten die Tropfen auf dem Bullauge meiner Kabine. Entgegen der Naturgesetze liefen sie von unten nach oben und verdunsteten dabei. Zurück blieb ein durchsichtiger, langer, schmaler Fleck, der auf der salzgrauen

Oberfläche des Fensters unter zig gleichartigen unterging. Ich schaltete das Handy ein. Ich wusste nicht, wo wir waren, aber ich hoffte wie eine Irrsinnige, dass wir uns nahe genug einer Küste befanden, sodass irgendein GSM-Feld bis zu uns reichte. Die Hoffnung war verrückt, aber genau in diesem Moment hätte ich gern eine Nachricht an Satu geschickt, die während meiner Abwesenheit bei ihren Großeltern war. In der Kabine war es heiß. Versuchte man, die Klimaanlage anders einzustellen, wurde es kalt. Ich ging zum dritten Mal innerhalb von vierundzwanzig Stunden unter die Dusche und zwang mich anschließend, die Bänder weiter abzuhören.

Jaska hatte sich einige Erzähler als Hauptquellen ausgesucht. Jeder von ihnen hatte seine eigenen Kassetten, während auf anderen Kassetten lose, anonyme Erzählfragmente und einzelne Kommentare zu finden waren. Letztgenannte waren ursprünglich vielleicht als eine Art Illustrationsmaterial gedacht gewesen, aber beim Zusammenstellen des Hörspiels hatte Jaska gerade von diesen anonymen Stimmen überraschend viele benutzt, und das funktionierte. Wahrscheinlich gehörten die Namen, die ich von Pajala bekommen hatte, zu den Erzählern, die auf eigenen Kassetten am meisten zu Wort kamen. Ich legte zwei Kassetten, die mit demselben Datum versehen waren, in die beiden Kassettenfächer des Recorders und fing an, abwechselnd Aufnahme für Aufnahme zu hören.

Beim Ankommen haben wir erst mal versucht, zu peilen, in was für einer Ladelinie der Kahn schwimmt, aber es war so scheißdunkel, dass wir nix gesehen haben, außer dass er jedenfalls nicht voll beladen war. Zehntausend Tonnen Tragfähigkeit hat der mindestens, und der Frachtanteil bei voller Stauung … Scheiße, Mann, besser, man denkt gar nicht erst drüber nach! Und Dead-Weight war das wirklich, im wahrsten Sinne des Wortes. Was glauben die eigentlich, wie wir das Fleisch von den Containerdecks kriegen sollen? Mit der Sackkarre, oder was? Der Mehrzwecktyp hat uns angehauen und gemeint, wir machen das zusammen im Akkord und lassen die Deppen-Abteilung im Regen stehn. Bloß wie willst du den Akkord berechnen? Was weiß so ein beknackter Lappe schon davon, wie man ein Schiff löscht? Der kommt direkt aus dem Wald, mitten im Polarlichtgürtel. Der hat noch keinen Tag im Hafen malocht. Ich glaub, wir können hier mit allen Mann zwei Monate in Doppelschicht schuften, bis wir die ganzen Container leer haben. Aber egal, ich werd deswegen nicht anfangen zu flennen!

Mit dem Mann aus Ostbottnien inspizierte ich die Deckkräne, von denen es zwei an jeder Brüstung hinter der Brückenkonstruktion gab. Die Ware muss per Hand aus den Containern geholt und mit den Gabelstaplern zu den Aufzügen und damit nach oben gebracht werden. Das so auf dem Wetterdeck zusammengetragene Fleisch wird dann zu den Kränen gebracht, und die laden die Paletten am Haken in die Schuten. Ungefähr so müsste es gehen, überlegten wir. Die Hydraulik der Kräne läuft mit Elektromotoren, und um Strom zu produzieren, braucht man Generatoren. Für die muss Diesel hergeschafft werden. Wir konnten die Kräne nicht testen, aber ich denke, sie sind in funktionsfähigem Zustand.

Die Typen glauben, wir sind hier in der Fabrik! In irgendeiner scheiß Wurstfabrik oder so. Die stellen sich vor, das Fleisch wird auf Paletten geklatscht und dann mit den Gabelstaplern bewegt. Jesus Christ, die Leiber sind aufgetaut und vergammelt, die fallen dir auseinander, wenn du die anpackst! Wir haben gesagt, come on, das ist doch längst alles Bulk. Die einzige Möglichkeit, das per Hand vom Fleck zu kriegen, ist ein Schneeschieber. Wir brauchen Bobcats! Die passen in die Container rein. Dann die ganze Soße in die Schaufel, Relingtore auf und über den Slide runter damit in die Schute. Ein paar Leute müssen unten in der Schute den Slide an die richtige Stelle ziehen, ist ja klar. Die stehen dann bis zu den Eiern in der Scheiße und werden den Tag ihrer Geburt verfluchen. Die werden sich wünschen, dass ihnen ein Bobcat ins Genick fällt und sie umbringt!

He, jetzt kommt der Schlepper!

Die Strickleitern runter!

Ich war fast eingeschlafen, als ich ohne Vorwarnung plötzlich Jaska rufen hörte: »He, jetzt kommt der Schlepper!« Da musste ich erst mal durchatmen. Vierzehn Jahre lang hatte ich Jaskas Stimme nicht gehört. Bis jetzt hatte er sich aus dem Material vollkommen getilgt. Anfangs hatte ich natürlich damit gerechnet, hier und da einen Satz von ihm auf Band zu hören, und mich sogar gewundert, dass keine zu hören waren, es ihm gelungen war, die Leute ohne Überleitungen und Fragen zum Reden zu bringen. Mit der Zeit hatte ich mich aber dann so sehr an die Selbstständigkeit der Erzähler gewöhnt, dass mir Jaskas plötzlicher Ausruf einen ziemlichen Schrecken einjagte. Ich versuchte, trotzdem noch eine Weile weiterzuhören.

Heute hat der Schlepper, der für das Ziehen der einen Schute vorgesehen ist, Ausrüstung und Werkzeug gebracht. Wir haben uns gefragt, wie wir das an Deck bekommen, aber die Studenten haben das geschickt hingekriegt. Der eine stieg über die Lotsenleiter zum Schlepper hinunter und befestigte mit dem Vorarbeiter des Rettungsunternehmens Gewichte an den Ladenetzen. Der andere zog sie mit der Hand herauf, indem er den Flaschenzug für die Rettungsboote benutzte. Alles ging flink und ohne unnötige Fragen, als hätten sie schon oft mit dem Flaschenzug Sachen auf Schiffe gehievt. Haben sie vielleicht auch. Der Mann von der Firma kam rauf, und wir sprachen über die Entladung der Fracht. Die Pläne des Ostbottniers hörte er sich gar nicht erst an. Angeblich werden uns noch kleine Radlader gebracht, mit denen man in die Container hineinfahren kann. Das Fleisch wird von den Schaufeln der Radlader dann direkt vom Schiff gekippt und landet über eine Rutschbahn in der Schute. Das Problem beim Leeren der Container besteht darin, dass sie so dicht nebeneinander stehen, dass es keinen Bewegungsspielraum für die Radlader gibt. Man müsste die Container irgendwie verschieben, aber dafür muss man die Befestigungen lösen. Und für diese Arbeit haben wir jetzt das Werkzeug. Die Jungs scheinen auch zu wissen, wie man es benutzt.

Wir haben Stunden gebolzt: Haben die Twistlocks an den Containern losgemacht, damit wir die Dinger verrücken können. Ob die uns eine Zugmaschine bringen? Glaub ich nicht. Finnsteve rückt weder Maschinen noch Leute raus. Und wie sollen sie das Teil auch aufs Containerdeck bringen? Vielleicht gibt's einen Seitenteleskoplader, mit dem man einen Container nach dem anderen versetzen könnte.

Ich nahm die Kassetten heraus und markierte sie als abgehört. Es ging nicht anders, als das Material irgendwie einzugrenzen. Vorläufig hatte es jedenfalls keinen Sinn, sich endlose Schilderungen über die technischen Einzelheiten der Entladung anzuhören.

PENA

»Also, falls über das hier ein Film gedreht wird …«

»Also, falls über das hier ein Film gedreht wird …«

»Also, *falls* über das hier …«

Ich hab ein und denselben Satz mehrmals hin- und herspulen müssen. Auf einmal redet die Tussi zu jemandem. Direkt. Praktisch so, als wär es nicht für die Aufnahme bestimmt – off the record. Über den Schluss ist drübergewalzt worden. Die redet Jaska an! Eindeutig. Das hat was zu bedeuten: »Falls über das hier ein Film gedreht wird.« Was heißt hier falls? Und was für ein verdammter Film? Hat irgendjemand was vom Filmemachen gesagt? Und wenn keiner gemacht wird? Wen interessiert das? Wieso betont die Alte das so?

»Also, *falls* über das hier ein Film gedreht wird …«

»… driw therdeg mliF nie reih sad rebü sllaf, oslA …«

In Norwegen lassen die Jesus-Bullen die Bänder von Heavy-Metal-Typen rückwärtslaufen: Ist eine Message von unten drauf, vom düsteren Gevatter? Werden sie bei der nächsten Gelegenheit eine Kirche in Brand setzen? Aber ich glaub nicht, dass sich das auf Norwegisch so geil anhört wie auf Finnisch. Bei uns werden die Wörter auf der ersten Silbe betont. Alle Sätze und jedes einzelne Wort fangen mit einem Schlag an, praktisch mit einem Auftakt. Wenn du das rückwärts kurbelst, gibt das einen echt kranken Rückstoß. Das geht quasi richtig satanisch ab.

Für Jaska sind dieser Ingenieur und diese Tussi, die auf Hure umgesattelt hatte, die ganze Zeit die Haupterzähler im Hörspiel gewesen. Dann verschwinden sie plötzlich. Und zwischendurch kommt ein höllisches Durcheinander. Achtzehn unterschiedlich lange Bandstücke hab ich aus der Verknotung gerettet. Das hier ist eins davon: »Also, falls über das hier ein Film gedreht wird …« Ob in dem Gewurstel, das ausgesehen hat wie ein Löwenzahn, noch mehr von einem Film die Rede ist? Ich krieg den Knoten nicht auf, und auch sonst keiner. Auf dieser Welt wird das kein Schwein mehr hören können. Wieso werd ich aus der Stelle nicht schlau? So wahnsinnig viel Material geht auf so einen Mantelknopf doch nicht drauf!

Wenn pro Sekunde achtunddreißig Zentimeter Band am Tonkopf vorbeilaufen, dann bedeutet das in der Minute circa zwei Meter Band und Ton. In dem Knoten können also höchstens zwanzig Sekunden stecken. Trotzdem steh ich mit den rausgeschnittenen Stücken voll im Wald. Zwischendurch fehlen Sätze und vor allem Wörter. Ich weiß nicht mal, in welche Reihenfolge die achtzehn Schnipsel gehören. Das ist übler, als ich es mir vorgestellt hatte. Außerdem ist das Band auch noch dermaßen verknittert, dass der Ton kratzt wie die Sau. Die Stellen kann man unmöglich senden, aber ich krieg nicht mal raus, in welche Richtung es dabei geht, was da eigentlich los ist. Und warum sind die beiden auf einmal verschwunden?

Kann sein, dass Laura von allem die Originale hat. Ist

ja alles von Kassetten auf das Band überspielt worden. Aber Scheiße, Mann, ich trau mich einfach nicht, zu ihr zu gehen und zu sagen, ich hab das hier übelst verbockt. Würde auch ewig dauern, die richtigen Stellen auf den Kassetten zu suchen, sie zu kopieren, alles neu zu schneiden … nee, das kann ich nicht machen. Käm nur wieder Shit raus. Ich muss das hier einfach irgendwie in den Kasten kriegen. Damit ich weiterkomme und irgendwann einen Punkt machen kann. Es ist doch immer so: Beim Schneiden wird aus dem Material das gemacht, was man anschließend in der Hand hat. Punkt. Laura wird sich das bestimmt nicht einmal anhören. Sie kassiert die Kohle, und that's it.

Die Stelle mit dem Knoten kommt jedenfalls nicht weit vorm Schluss. Wie die Zeit auf der Pamisos vergeht, kann man an zwei Stellen beobachten: Der sechste Dezember, der Unabhängigkeitstag, kommt zum Beispiel ein ganzes Stück vor dem Knoten. Auf den letzten Metern bewegt sich das Ganze dann vielleicht irgendwo Mitte Dezember. Nee … der elfte Dezember kommt erst noch, weil irgendjemand an irgendeiner Stelle den Namenstag von Iiro erwähnt. Der ist am elften. Das weiß ich, weil mein Patenkind Iiro heißt. Damals war Iiro Viinanen Minister. Darum reden die davon. Direkt vor dem Ende singt sogar jemand für Viinanen. Das wär übrigens ein guter Schluss! Ganz am Schluss steh ich wieder total auf dem Schlauch, weil da auf Aussagen Bezug genommen wird, für die ich auf den Schnipseln keine Referenz finde. Diese Gegenreden sind schlicht und einfach nicht mehr da.

Die üble Trouble-Stelle liegt zwischen dem sechsten

und dem elften Dezember, aber näher zum Ende. Der elfte Dezember! Scheiße! Wann hat Jaska das Ganze hier eigentlich zusammenmontiert? Ich kann mich noch erinnern, dass Laura mal zu mir sagte, Jaska ist an Weihnachten abgenippelt, also verschwunden, mein ich. Jedenfalls war das die Schätzung: an Weihnachten. Keine Ahnung, wie die auf so eine Schätzung kommen. Wenn einer spurlos verschwindet, woher will man dann genau wissen, wann er verschwindet? Aber jedenfalls hatte Jaska nicht mehr als ein paar Tage Zeit, vielleicht eine Woche. Okay, in einer Woche kriegst du das leicht in den Kasten. Aber was hat er sich dann noch auf diesem Geisterschiff rumgetrieben, wenn das ganze Hörspiel schon beim Schneiden war? Sprich: kurz vor fertig! Was sagt die Tussi über den Film? Hat Jaska vor, weiterzumachen? Einen Film zu drehen? Und wohin ist das Weibsstück plötzlich verschwunden?

Nicht dass ich sie vermissen würde. Die reinste Amazone. Furchtbar! Die ist schlimm. Egal, was sie erzählt, sie redet immer so … als ging's darum, Dorsche aufzuschlitzen und auszunehmen. Das warn ja auch so Halbkriminelle, die Typen, für die sie gearbeitet hat. »Die Hauptkasse«! So was gibt's doch gar nicht. Und dann das mit der Vergewaltigung! Ich glaub ihr das schon. Die will niemanden verarschen. Es war genau so, wie sie's erzählt, so was kannst du dir nicht aus den Fingern saugen. Das hört man, als Profi hörst du sofort, wenn einer ne Legende abtextet. Das ist ja gerade das Horrormäßige daran, dass das bei ihr so ausdruckslos kommt, ohne Unterton, als würde Frau Terminator reden. Wenn du dir das anhörst …

»Da haben sie mich vergewaltigt, der Vater und der Sohn …«

»Da haben sie mich vergewaltigt …«

Pfui Spinne! Wahrscheinlich stimmt es auch, dass sie sechzehn war. Die ist verrückt geworden! Oder umgekehrt. Sie hat beschlossen, dass sie nicht ausflippt … egal was passiert.

»Schlimmer kann es nicht mehr werden. Jetzt kann mir keiner mehr was!«

»… Jetzt kann mir keiner mehr was!«

Genau wie Brutalo-Arnold! So jemand ist unberechenbar.

LAURA

Ich fuhr durch Polen nach Tschechien und dann durch das Tal eines Nebenflusses der Donau nach Ungarn. Noch am selben Tag erreichte ich die Randbezirke von Budapest, hatte aber keine Kraft mehr, mir in der Stadt ein Hotel zu suchen. Ich fuhr an eine große Raststätte und drehte ein paar Runden auf dem LKW-Parkplatz, bis ich einen finnischen Laster entdeckte. Es waren sogar zwei nebeneinander, in den Farben derselben Spedition. Beide bollerten im Leerlauf vor sich hin, aber das Brummen der Kühlanlage war fast lauter als das Motorgeräusch. Die Männer spielten auf der Fahrbahn zwischen den LKW-Reihen Federball.

Sie spielten nicht zum ersten Mal. Beide hatten Schläger für über hundert Euro. Sie schlugen eine lange Vorhandserie hin und her und anschließend wurde mit der Rückhand geschlagen. Der eine spielte an, der andere schlug, immer abwechselnd. Ich sah mir den Ballwechsel so lange an, dass einer der beiden Fahrer irgendwann das Spielgerät mit der Hand aus der Luft pflückte und mich auf Englisch fragte, ob alles in Ordnung sei. Ich antwortete auf Finnisch, es wäre alles okay, aber sicherheitshalber würde ich die Männer bitten, zwischen ihnen schlafen zu dürfen. Sie lachten. Ich erklärte ihnen, ich sei auf dem Weg nach Griechenland und allein von

Danzig aus in einem Stück bis hierher gefahren. Um Zeit und Energie zu sparen, bliebe ich über Nacht an der Raststätte – im eigenen Wagen, fügte ich hinzu. Jetzt lachten die Fahrer nicht mehr. Sie waren nüchterne Profis, so wie ich es vermutet hatte.

Ich fuhr mein Auto zwischen die beiden LKWs und bot den Fahrern Kaffee an. Sie besorgten mir an der Kasse eine Duschmarke, und ich wusch mich im Servicegebäude für Berufskraftfahrer. In meinem Van hatte ich die Bänke schon fertig umgeklappt. Ich schob die Kamera, die Stative, die Galgen, Mikrophone, Lampen und Kabelbündel, die gesamte Ausrüstung des Kamerateams zur Seite und öffnete an der sich selbst aufblasenden Isoliermatte das Ventil. Anschließend zog ich den Schlafsack aus der Schutzhülle und breitete ihn auf der leise zischelnden Matte aus. Ich hatte keine Lust, das Aufblasen der Matte durch Pusten zu beschleunigen, und kletterte noch einmal nach draußen, um mich mit meinen Landsleuten zu unterhalten.

Was lieferten sie denn von Finnland aus in die große weite Welt? Sie forderten mich auf, zu raten. Mir war klar, dass ich unmöglich ins Schwarze treffen würde, weil die Männer schon lachen mussten, als sie mich zum Raten ermunterten. Sie brachten Preiselbeeren nach Ungarn! Russen und Esten hatten die Beeren in finnischen Wäldern gepflückt, und durch die wettbewerbsfähigen Lohnkosten auf dem Lebensmittelsektor in Ungarn wurde hier aus ihnen ein pikanter Beitrag zur gesamteuropäischen Marmelade. Von hier aus fanden die finnischen Preiselbeeren dann als Bestandteil des Endprodukts Verbreitung auf den Märkten der

Europäischen Union, die wesentlich näher an Ungarn lagen als an Kainuu oder Nordkarelien. Weder aus der Sicht der finnischen Volkswirtschaft noch aus der der internationalen Arbeitsteilung konnte die Fahrleistung der Trucker demnach als sinnlos erachtet werden.

Die Männer frotzelten und flachsten, aber in dem, was sie sagten, war ein wichtiger Punkt enthalten, und ich verstand nicht ganz ihren bitteren Unterton. Trotzdem wollte ich ihnen nicht den Nachweis führen, warum sie damit zufrieden sein konnten, dass sie genug zu transportieren hatten, auch wenn es Preiselbeeren waren. Ich ging zu meinem Wagen und legte mich hin. Es roch nach dem Leder der neuen, knarzenden Ausrüstungstaschen. Beim Brummen der Kühlaggregate schlief ich ein.

Als ich aufwachte, waren die Finnen weg, obwohl es noch nicht einmal sieben Uhr war. Der ganze Parkplatz war fast leer. Die letzten LKWs fuhren gerade los, wendeten schwerfällig, heulten auf, wenn die Fahrer Zwischengas gaben, und stießen blaugraue Abgaswolken aus, bevor sie der Autobahnauffahrt entgegenkrochen. Dort fingen sie an zu dröhnen, es wurde hochgeschaltet und beschleunigt, bevor sie in den Verkehrsstrom einfädelten. Man hörte die zornigen Zischgeräusche von Druckluft-Bremsen, und über dem Gelände lag Dieseldunst, der sich in der zunehmenden Wärme der aufgehenden Morgensonne zu einer grauen, flachen Platte ablagerte. Es sah aus wie Frostnebel im Februar.

Im Servicegebäude war Platz, aber es gab kein warmes Wasser mehr. Die Fahrer hatten bei ihrer Morgentoilette alles aufgebraucht. Mehrere Minuten lang stand ich unter einem nach Eisen riechenden Wasserstrahl und versuchte, mir die stechende Kälteerfahrung auf der ganzen Haut einzuprägen. An die schneidende Kälte würde ich zurückdenken können, wenn ich schwitzend an einem Grenzübergang stand, wo man den Motor ausschalten musste und die Klimaanlage deswegen nicht lief. Es würde ein drückend heißer Tag werden. Die Morgensonne brannte jetzt schon auf die ebene Landschaft. Als ich ins Auto stieg, war es darin trotz des weißen Lacks heiß wie in einem Ofen.

Gelegentlich hatte ich mich wegen einer zu kalt eingestellten Klimaanlage erkältet und wagte es daher nicht, den Wagen auf eine angenehme Temperatur herunterzukühlen. In einem trotz Klimaanlage viel zu warmen Auto fuhr ich durch die glühende Puszta und hörte zu, was vor vierzehn Jahren im Dezember auf dem Finnischen Meerbusen vor sich gegangen war. Ich identifizierte den südostbottnischen Forstunternehmer aus der Gemeinde Soini, der auf Pajalas Liste stand: Heikki Yliluoma. Er war einer von denen, die ich für die Fernsehdokumentation über den Fall Pamisos interviewen würde. Die Hauptkasse, also die erfahrenere der beiden Frauen, die dem Schiff Besuche abgestattet hatten, war sicherlich die Raija Koski von der Liste, es musste so sein, denn sie war die einzige Frau unter allen Namen, die mir der Kriminaloberinspektor gegeben hatte. Raija Koski aus Vantaa.

Ich überlegte, wo ich den Studenten, der in dem Hörspiel oft zu Wort kommt, ausfindig machen könnte, denn ich hätte gern gewusst, was aus ihm geworden war. Was hatte so ein junger Mann, der den Eindruck eines umstandslosen Survivors machte, im neuen Finnland nach der Wirtschaftskrise wohl für einen Weg eingeschlagen? Ein Studium der Religionswissenschaft an der Universität Helsinki war jedenfalls den herkömmlichen Vorstellungen nach die vollkommen falsche Reifenwahl für das neue Konjunkturrennen. Aber ich glaubte, der Junge hat es irgendwie geschafft. Er fing an, mir zu gefallen.

Als es Anfang Dezember mit der Arbeit auf der Pamisos losging, kam es genau so, wie es der Nachwuchsreligionswissenschaftler prophezeit hatte. Die beiden Studenten und der Maschinenmann aus Ostbottnien mussten mit Bobcats die Fleischcontainer leeren. Der Ingenieur verrückte mit ein paar Helfern die Container, damit die Bobcats dazwischen rangieren konnten. Damit erwarb sich der Ingenieur das Vertrauen seines Arbeitgebers, denn seine Maßnahmen waren für den Ablauf und den Takt der Entladearbeit entscheidend. Er machte sich viel Mühe, um das Versetzen der Container systematisch zu planen. Es konnte immer nur ein Container auf einmal um seine gesamte Länge versetzt werden. Auf dem Deck ging darauf eine Art Schachspiel vonstatten, bei dem die einzelnen Züge über den Arbeitsspielraum der zwischen den Riesenbehältern verkehrenden Maschinen entschieden.

Die Studenten hatten auch das Schicksal der übrigen Leute richtig eingeschätzt. Alle anderen Entlader der Pamisos mussten auf den Schuten arbeiten, die an dem Schiff befestigt waren, und dabei im verfaulten Fleisch stehen, bei Wind und Schneeregen und umgeben vom Lärm der unaufhörlich kreischenden Möwenschwärme. Der für die Entladearbeit gezahlte Lohn wurde mehrmals als gut bezeichnet. Genaue Summen, Akkordleistungen oder Stundentarife nennt allerdings niemand. Aber wie gut die Arbeit auch bezahlt wurde, viele brachen mittendrin ab. Dann wurde vom Land Ersatz geholt.

Auf den Schuten war es nicht ungefährlich. Die Gefahr bestand nicht darin, unter einen herabfallenden Bobcat zu geraten, wie die Studenten geflachst hatten. Aber es gab das offensichtliche Risiko, ins Meer zu stürzen. Ich habe keinen etwas von Rettungsanzügen sagen hören, nicht einmal von Rettungswesten oder Sicherheitsleinen. Im Gegenteil. Die Jungs stellten ausdrücklich fest, dass die im Hafen ja auch nicht verwendet würden, wo man genauso viel auf Schuten und glitschigen Schiffsdecks zu tun hätte. Im Dezember wäre es egal, ob man im Hafen von Helsinki oder auf offener See ins Wasser fällt. Wie auch immer, es gehörte jedenfalls zu den Aufgaben der Schutenmänner, auf vereistem Deck und an vereisten Brüstungen mit Stahlseilen und Tauen zu hantieren sowie mit den LKW-Reifen, die zwischen Schute und Pamisos geschoben wurden.

Jaska hatte stundenlang unten auf der Schute aufgenommen. Allem Anschein nach hatte er mit dem Mikrophongalgen mitten in der Fracht gestanden und sich an verschiedenen Stellen Sätze der Männer herausgepickt. Offenbar geriet Wasser in den offenen Lastraum der Schute, denn immer wenn sich Jaska bewegte, hörte man ein schmatzendes Geräusch. Ich überlegte, was für eine Szene man daraus im Film machen könnte: ein Mann in Wathosen, bis zu den Oberschenkeln im morastigen Fleischbrei, mit Kopfhörer auf den Ohren, das Aufnahmegerät um die Schulter gehängt, das Mikrophon mit dem Windschutz wie eine haarige Hundeschnauze neugierig über den Köpfen der Leute baumelnd.

Im Hintergrund wäre das graue, dämmernde Meer zu sehen, senkrechter Schneeregen und im Gegenwind schwebende Möwen, die, sobald sie einen passenden Bissen erspäht hatten, schreiend auf die Schute hinabstürzten. Beim Fahren hörte ich die Kassetten mit Ohrhörer, daher kamen die Geräusche der Möwen zwischendurch ekelhaft nahe. Vom Windschutz provoziert flogen sie offenbar so dicht an das Mikrophon heran, dass sie es mit den Flügeln berührten. Dieses Geräusch erzeugte das unglaublich echte Gefühl, von einer Vogelschwinge berührt zu werden. Es fühlte sich tatsächlich so an, als kreiste ein Schwarm Möwen um meinen Kopf wie im Film von Hitchcock, und wenn ein Vogel unmittelbar neben dem Mikrophon aufkreischte und dabei mit den Flügeln schlug, zog ich unwillkürlich den Kopf ein.

Dann ertönt ohne Vorwarnung ein dumpfer Knall. Das Geräusch ist so massiv, dass es alles andere überlagert. Der Knall kommt nicht aus unmittelbarer Nähe, scheint aber auf der Pamisos und der an ihr befestigten Schute Chaos auszulösen. Man hört Rufe, die im Stereobild der Kopfhörer aus unterschiedlichen Richtungen kommen. Diejenigen, die im Bugbereich der Schute arbeiten, schreien, sie hätten eine riesige Flamme gesehen, die den gesamten Horizont mehrere Sekunden lang erleuchtet habe. Einer sagt, er habe das Geräusch als ein explosionsdruckartiges Brausen gespürt. Ein anderer behauptet, die ganze Schute habe geschwankt. Von allen Seiten, aus der Nähe und aus der Ferne, hört man einzelne Sätze und Ausrufe in Stereo. Dadurch ist es plötzlich möglich, den Arbeitsplatz der Männer auf der Fleischschute als Klangwelt zu erfassen.

Die Stimmen klingen mehr erstaunt als verängstigt. Was immer auch geschehen sein mag, es ist weiter weg passiert. Die Arbeiter auf der Pamisos fühlen sich offensichtlich keiner unmittelbaren Gefahr ausgesetzt. Dennoch endet die Aufnahme im allgemeinen Stimmengewirr. Ich hörte die Kassette auf dem Recorder, der in der Mittelkonsole lag, und konzentrierte mich nun darauf, die Schnellspultaste zu drücken, die immer wieder mal verrückt spielte. Das Aufheulen einer Sirene ließ mich zusammenzucken. Ein Militärfahrzeug, das mit der kroatischen Trikolore und dem rot-weiß gewürfelten Wappen verziert war, setzte sich vor mich. Ohne es zu merken, hatte ich die Grenze zwischen Kroatien und Bosnien erreicht.

PENA

Raija Koski heißt die Alte. Es muss so sein, weil nur zwei Frauen auf dem Band sind. Die andere kommt aber nicht besonders oft zu Wort. Die ist noch jung, Studentin vielleicht. Keine Professionelle. Sie meint, sie hätte sich nie getraut, in einem Lokal oder so zu arbeiten, aber auf dem Schiff würde sie ja keiner sehen! Ein richtiges Kind noch. An keiner Stelle wird direkt gesagt, dass sie als Nutten auf dem Kahn wären, aber genau das fällt einem als Erstes ein. Ich weiß nicht. Irgendwas treiben die da, und geheimnisvoll ist es auch, weil nie darüber geredet wird.

Ich hab mal versucht, auszurechnen, wie alt diese Raija Koski jetzt sein müsste. Das mit dem Au-pair-Aufenthalt in Frankreich war Anfang der 80er. Damals war sie sechzehn. Dann ist sie jetzt noch nicht mal vierzig. Und auf dem Schiff war sie gerade mal fünfundzwanzig! Wie hat die da schon so knallhart sein können? Die andere Schnitte war kaum jünger, aber im Vergleich das reinste Hundebaby, hat bei der Koski an der Leine gehangen und getan, was man ihr befohlen hat. Zumindest am Anfang hat die nicht mal gerafft, worauf sie sich da eingelassen hatte.

»Hier auf dem Schiff sieht mich keiner.«

Jesus Christ! Stimmt, ich seh sie auch nicht. Ich hör

sie bloß. Aber gut, ist halt schwer zu beurteilen, was da überhaupt abging, was die Tussis tatsächlich getrieben haben. Die Männer sagen über die zwei eigentlich kein Wort, außer der eine Immobilien-Elvis und dann der Student, aber er und sein Kumpel haben die Frauen nicht mal mit dem langen Stock berührt. So drückt er sich selber auf dem Band aus. Raija Koski redet allerdings über ziemlich viele Typen. Unschuldig sind die nicht. Im Prinzip erfährt man aus Koskis Sätzen am meisten über die anderen. Auf dem Schiff hat ja keiner über die anderen was gewusst. Die Alte weiß über die anderen Bescheid, aber die anderen wissen nichts über sie. Den Eindruck kriegt man jedenfalls. Die Tusse hat dieselbe Härte drauf wie Laura, sie gehört zu derselben Sorte von gottverdammter Domina.

Laura führt auch jeden an der Leine herum, wenn sie will. Die ist dermaßen stonefaced, dagegen kommst du nicht an. Jetzt fährt sie mit dem Auto in Bosnien spazieren! Sonst schießt sie ja auch und guckt sich Formel 1 an und geht im Winter in einem scheiß Eisloch schwimmen. In Laura steckt irgendwas, das sie legitimiert zu tun, was sie will. Von wegen: Ich darf das, weil man das auch schon mal mit mir gemacht hat. Ich tue, was ich will, ich bin nämlich ein Opfer, und jetzt könnt ihr mal in die Knie gehen, ihr Wichser! Und wenn ich selbst nicht das Opfer bin, dann ist es eben irgendeine andere Frau gewesen, weil Frauen immer die Opfer sind, schon seit drei Millionen Jahren. So hat sie's mir mal gesagt.

Manche Frauen haben diesen Kill-Bill-Stil drauf, so das allgemeine Rache-Feeling. Davon leben die. Okay, kann sein, dass sie sitzen gelassen oder geschlagen worden sind, oder dass ihnen auf der Straße einer zu lange auf den Arsch geglotzt hat oder so. Aber muss man sich dafür an mir rächen? Ich hab noch keine geschlagen. Ich trau mich auch schon lange nicht mehr, mich nach Frauen umzudrehen. Da heißt es dann gleich, ich hätte diesen scheiß männlichen Blick, und wenn ich in der falschen Situation hingucke oder irgendwie schief, wie's mir natürlich immer passiert, so ein Hammel, wie ich bin, hab ich sofort zehn wütende Weiber am Hals.

Einmal war ich kurz mit einer Frau zusammen. Ihr Idol war Dark Angel, diese Supertussi. Wenn sie blau war, wollte die sich immer mit Männern schlagen. Sie war ja auch gebaut wie ein Elch und hat diverse Budo-Disziplinen trainiert, aber gegen Männer ist sie nicht angekommen, also gegen solche, die so beknackt sind, dass sie überhaupt schlägern. Die wollte das einfach nicht akzeptieren. Die wollte beim besten Willen nicht glauben, dass sie gegen die Kerle bei einer Klopperei nicht gewinnt, auch wenn sie noch so hart trainiert. Mich hat sie allerdings zwei Mal umgenietet, und ich hab's dann auch nicht lange ausgehalten mit der durchgeknallten Schnecke.

Und was die Laura noch macht: Die coacht ihre Tochter zur Super-Survivorin. Als müsste sie das Kind für den Krieg präparieren. Ich hab mal zugeguckt, wie sie kleine Mädchen im Fußball trainiert. Die mussten sich gegeneinanderlehnen, Brust gegen Brust, und dann versuchen zu rennen und zu schieben, die eine musste schieben, die andere dagegenhalten. Das ganze Training war nichts als Ballabnehmen und Ball-mit-dem-Körper-Abschirmen, Rangehen und Reingrätschen. Ich hab sie gefragt, was machst du da eigentlich, was soll der Scheiß, das sind zehnjährige Mädchen!

Da hat sie mir was vom Körperbild erzählt, und vom Raum, den man besetzen muss. Die Frauenforschung hätte das rausgefunden: Mädchen sollen Ballspiele machen. Eine, die Bandy, eine Art Hallenhockey, gespielt hat, hat später angeblich mehr Erfolg. Man lernt, sich einen Platz zu erobern und dabei den Körper einzusetzen. Man darf nicht ausweichen. Das hat sie den kleinen Mädchen da beigebracht, getarnt als Fußball. Das Ausweichen und Unterwerfen müsste man ihnen mit physischen Übungen beibringen, Worte allein würden da nicht reichen. Ich hab gesagt, soll das nicht einfach Fußball sein? Fußball ist Fußball! Sie hat behauptet, der Fußball wäre, historisch gesehen, entwickelt worden, damit aus englischen Schuljungen keine Fräuleins werden. Man hätte ein Spiel erfunden, bei dem man hart sein, Schmerzen aushalten und sich um sein eigenes Revier kümmern musste, egal was passiert. Ich wusste nicht, was ich denken sollte, weil eine Feministin gerade erst im Fernsehen gemeint hatte, Fußball wär praktisch so was wie Vergewaltigung, irgendwie Schwanzverlängerung und Penetration.

Laura nimmt sich allerdings ihren Platz. Die weicht nicht aus. Ich hab mich auch erst mal nicht so prompt wehren können, als sie mich überredet hat, bei Radiant einzusteigen. Aber was heißt überredet, am Schwanz hat sie mich hingeführt, wohin sie wollte. Is aber okay, ich hab mich ja selbst aufgedrängt. Aber was sie in dem Moment eigentlich gebraucht hat, war meine Kohle. Ich hatte vom Vater meiner Mutter ne Wohnung geerbt.

Ziemlich groß, viel zu groß, es war also schon in Ordnung, sie gegen was Kleineres zu tauschen. Allerdings hab ich bei dem Move eine Menge Geld verloren. Es war wahrscheinlich der mieseste Moment des Jahrhunderts, um eine Wohnung zu Geld zu machen, aber es war ja alles so scheißeilig wegen der Devisenanleihe. Die Wohnung, die ich jetzt hab, war natürlich auch billig, aber im Verhältnis gesehen … hab ich dabei ins Klo gegriffen.

Auf jeden Fall hab ich Geld in Radiant gesteckt und bin Anteilseigner geworden. Na klar hat Laura auch mich gebraucht, beziehungsweise die Firma hat gebraucht, was ich beruflich draufhab. Aber gut, ich hab mir praktisch damit selbst einen Arbeitsplatz gekauft und von da an ja auch Sachen machen können, die in Ordnung waren. Zeitweise kam auch ganz gut Schotter rein. Ist zwar alles auch genau so schnell wieder weg gewesen, ja, aber darüber will ich mich gar nicht beschweren. Laura ist auf jeden Fall diejenige, die sagt, wo's langgeht. Die zieht am Schnürchen, und schon zuckt bei mir das Bein. Zieht sie an einem andern Faden, zuckt die Hand. Na ja, es zwingt mich ja keiner, das mitzumachen.

Die Brutalo-Raija auf dem Band zieht wieder an ihren ganz eigenen Schnürchen. Und von denen hat sie eine Menge. Jaska erzählt sie eindeutig ständig irgendwas, was Jaska aber nicht auf die Spule gekriegt hat. Hat er nicht aufnehmen dürfen. Keine Ahnung, was die ausgeheckt haben. An zwei Stellen hakt es dermaßen, da muss die Aufnahme abrupt abgebrochen worden sein, oder irgendwas ist drübergewalzt. Ich frag mich, wie sie es geschafft hat, Jaska so rumzukommandieren. Oder war das gar nicht nötig? Jedenfalls hat Raija Koski die Trümpfe in der Hand gehalten. Sie hat geredet und Infos gegeben. Sie hat damit gedroht, mit den Infos aufzuhören, wenn Jaska was aufnimmt, was sie nicht will. Und so ein Adlerauge wie die kannst du nicht verarschen, indem du mit Geheimmikro und auf den Rücken geklebtem Tonband erscheinst.

Ich weiß nicht, vielleicht täusche ich mich, aber die Koski textet ständig Sachen ab, die nirgendwo hingehören. Genau deshalb ist diese Problemstelle auch so wahnsinnig wirr. Es gibt kein Gegenstück. Stattdessen muss es Off-the record-Material gegeben haben, und zwar jede Menge. Es kann ja verdammt noch mal nicht sein, dass der gesamte Referenz-Kram in einem Knoten von der Größe eines Mantelknopfs sitzt, wo nicht mehr drauf ist als zwanzig Sekunden Text! Da muss jemand verdammt viel mehr Zeug rausgeschnippelt haben.

Bei den Nebenstimmen gibt es einen Typen, der sich zweimal verplappert. Es ist derselbe Immobilien-Elvis, der den Beschiss mit irgendeinem Wolkenkratzer in Brüssel gemacht hat. Hat sogar in der Zeitung gestanden: Eine Bande finnischer Idioten hat in Brüssel einen beschissenen Wolkenkratzer gekauft. Danach sind sie auf dem Gebäude sitzen geblieben. Der Beschisshuber ist aber gerade noch rechtzeitig abgesprungen. Das ist einer, der seine eigene Stimme liebt, aber Jaska benutzt sie bloß als Gewürz. Mehr wäre auch nicht rauszuholen gewesen. Jaska war alles andere als eine Niete. Das Ding hier ist verdammt gut gemacht. Der wusste genau, wen es sich anzuzapfen lohnte.

Der Wolkenkratzertyp ist ein gewöhnlicher Bescheißer und Großkotz. Labert bei jeder Gelegenheit über Frauen. Frauen an Land, Frauen auf dem Schiff. In Wahrheit ist er auch bloß auf dem Kahn, weil er sich vor einer Frau verstecken muss. Keine Ahnung, ob der überhaupt wirklich mal irgendwelche Immobilienanteile in den Fingern gehabt hat, obwohl er ständig über Finanzierungschefs und Notare redet wie über Knäckebrot. Ein Heavy-weight-Wirtschaftskrimineller ist er auf keinen Fall. Von der Sorte gibt's da auch welche, einen zumindest, aber der redet nicht. Über den wird geredet. Unser Elvis dagegen, der redet, wie's kommt – geraderaus und sich um Kopf und Kragen. Raija Koski macht es eher so um die Ecke.

»Also, falls über das hier ein Film gedreht wird …«

Darüber zerbrech ich mir ständig den Kopf. Wie klingt das? Jetzt kapier ich erst, dass es wie eine Drohung klingt. Falls daraus ein Film gemacht wird, dann … – was dann? Diese Kälte und Gefühllosigkeit in der Stimme. Das ist eine Drohung. Ich kenn diesen Ton ganz genau. Wenn Laura manchmal sagt … Die Wörter sind da gar nicht entscheidend. Es ist der Ton. *Wie* sie es sagt. Die Laura kriegt dann auch so eine komische … zieht sich in so ne üble Gefühlskälte zurück. Und die Alte auf dem Band hat genau den gleichen Ton drauf.

Kurz vor Schluss verschwindet Brutalo-Raija plötzlich. Alle Einzelsätze gehen auf ihr Konto. Die weiß, was hier rausgeschnitten worden ist.

LAURA

Vor dem Grenzübertritt nach Bosnien bekomme ich einen amerikanischen KFOR-Mann als Eskorte. Stundenlang stehe ich im Stau, der ab und zu ein kleines Stück weiter auf den weiß gestrichenen Kontrollpunkt aus Wellblech zurückt. Und das ist erst eine Art Vorposten vor der eigentlichen Grenzkontrolle und dem Zoll. Plötzlich sehe ich im Rückspiegel einen amerikanischen Offizier, der an der Böschung entlang auf die Grenze zugeht. Ich öffne die Tür und steige aus dem heißen Wagen in die etwas weniger heiße Außenluft. Ich gehe dem Amerikaner entgegen, erkenne die Rangabzeichen und lese den Namen auf der Brust. Einen Schritt vor ihm bleibe ich stehen und schmettere so zackig, wie ich kann:

»Major Niedermayer, Sir!«

Als wir die Grenze auf der für Militärfahrzeuge reservierten Spur passiert haben und ein Stück weit auf bosnischem Boden vorangekommen sind, danke ich dem Major und frage ihn, ob er in sein eigenes Auto umsteigen will. Niedermayer lacht. Seinem Fahrer sei es nur recht, wenn er alleine fahren dürfe, dann hole er die CDs aus dem Versteck und höre Musik, so laut, wie es der Apparat hergibt. Der Major hat die Platten des jungen

Mannes gesehen. Public Enemy – ob ich von so einer Band schon mal gehört hätte. Ich gebe es nicht zu. Er sitze liebend gern bei der Fahrt durch dieses kleine Land in meinem Wagen, meint der Major – sofern es mir recht sei. Er habe die Angewohnheit, sich auf langen Strecken mit seinem Fahrer zu unterhalten, und der junge Mann aus Cleveland rede gern. Gern und viel, zu viel sogar. Und zu viel sei zu viel.

Niedermayer hat aus meinem Verhalten geschlossen, dass ich beim Militär bin. Leutnant der finnischen Armee, lüge ich. Allerdings nur in Reserve, füge ich hinzu. Innerlich mache ich Inventur: Was weiß ich alles über Armeen und Militär. Dann komme ich auf einen Gedanken, mit dem ich das Thema wechseln und mir zugleich den Major zunutze machen kann. Ich erkläre, zwar keine Musik von Public Enemy im Wagen zu haben, aber ob der Major sich dies hier einmal anhören könne. Ich spule die Kassette, die ich zuletzt gehört habe, bis an die Stelle, wo laut Zeitindex eine mysteriöse Explosion kommt, die auf der Pamisos für Verwirrung sorgt.

Niedermayer setzt den Kopfhörer auf und lauscht. Er wird irgendwie ernst und bittet darum, die Stelle noch einmal hören zu können. Und dann noch zwei Mal. Er setzt den Kopfhörer ab und sagt, auf der Kassette sei der Schuss einer schweren Schiffskanone aufgenommen worden. Einer richtig schweren, betont er und zeigt mit den Händen das Maß, wie ein Angler beim Latein: vierzehn Zoll.

»Maybe even more!«

Eine Zeit lang sagt er nichts mehr, dann fragt er, ob die Aufnahme vom Mittelmeer stamme. Von wo? Vom östlichen Mittelmeer, von der libyschen Küste. Ich muss lachen. Der Knall stammt aus dem Finnischen Meerbusen, von der Küste Helsinkis. Ich sehe, dass er mir nicht glaubt. Wann dort mit solchem Kaliber geschossen worden sei? Ich nehme die Kassette heraus und zeige ihm das handgeschriebene Datum: »6.12.1991«. Niedermayers Ansicht nach können Schiffe, die Kanonen von dieser Größenordnung haben, nicht einmal auf dem Finnischen Meerbusen fahren.

Ich frage ihn, über welche Art von Flotte wir reden, und der Major sagt, über die größten Kriegsschiffe der Welt, über Schlachtschiffe. Solche seien in der Marine keines Landes mehr im aktiven Gebrauch. War das im Jahr 1991 noch anders? Im Prinzip ja, sagt der Major nach einer Pause. Darum sei das alles auch so irritierend. Mit solchen Kanonen sei gerade damals ernsthaft geschossen worden. Die US-Marine hatte nämlich am Vorabend des Golfkriegs alte Schlachtschiffe aus dem Sicherheitsdepot geholt, und eines davon, namens USS Missouri, beschoss vom Meer aus Tripolis mit Sechzehn-Zoll-Kanonen.

Wie auch immer, die Aufnahme auf der Kassette war mit Sicherheit nicht vor Tripolis, sondern vor Helsinki vonstatten gegangen, ganz gleich wie unglaubwürdig das klingen mochte. Niedermayer fragt, ob ich mir darüber im Klaren sei, dass beim Abfeuern einer solchen Kanone im Bruchteil einer Sekunde zweihundert Kilo Schwarzpulver verbrennten. Und zehn Kilometer weiter zerstöre die Granate ein ganzes Stadtviertel.

PAJALA

Zehnter August zweitausendvier. Ermittlung: Pamisos.

Raija Koski ist auf der Liste, die ich Laura Vuorela gegeben habe. Beim Identifizieren der Koski kann es keine Probleme geben. Welcher Stimme man ihren Namen zuordnen muss, ist eindeutig. Vuorela wird sie schon finden und befragen. Es ist nicht günstig, wenn Vuorela sich hier Zusatzinformationen besorgen muss. Der Prozess soll vorangehen wie jede andere journalistische Recherche auch. Die interessanten Fragen ergeben sich ganz selbstverständlich aus dem aufgenommenen Material – aus allem, was auf dem Band ist, und dem, was eindeutig nicht drauf ist. Alle direkten Hinweise auf Wirtschaftsdelikte im Anschluss an den Besuch der Pamisos sind für mich auf CDs zusammengestellt worden.

In den Medien heißt es immer: Ketten von Wirtschaftsdelikten. In Wahrheit findet man so gut wie nie ganze Ketten, sondern nur einzelne Glieder. Manchmal hängen zwei oder drei Glieder aneinander. Das Kettenstück kann auch mal einen Seitenausläufer haben, aber nichts führt irgendwohin. Jeder Ermittler wartet trotzdem immer darauf, dass er im Gras zwischen den toten Blättern mal eine ganze, unversehrte Kette aufheben darf. Im Wunschtraum des Ermittlers hört die Kette gar nicht mehr auf, er muss sie mit aller Kraft aus dem Inneren der Erde herausziehen, bis sie dann wieder so tief hinunterrutscht, dass er Hilfe zum Graben holen muss.

Wahrscheinlich ist der größte Teil des Materials auf den CDs unwesentlich – die üblichen Beamtenidiotien oder Risikogeschäfte, die sich in Riesenverluste verwandelt haben, im bescheidensten Fall aus der Situation heraus entstandenes Glücksrittertum. Von den potenziellen Delikten werden die meisten ohnehin verjährt sein. Trotzdem kann dieser Ermittlungskomplex der direkte Weg und der Schlüssel zu Dingen sein, die sich hier und heute abspielen. Darum ist es wichtig, den Fall Pamisos offenzuhalten.

Wir waren gerade dabei, eine Tankstellenkette zu kreieren, die sämtliche Hauptfernstraßen abdeckt. Das Konzept war klar, logisch. Man kennt das aus Amerika ja schon seit bald hundert Jahren und in Europa seit Hitlers Autobahnen. Trotzdem hatten wir mehr Probleme, als man es sich in Ländern mit dichterem Verkehr vorstellen kann. Als Erstes mussten wir die Kleintankstellen durch Konkurrenz beseitigen. Logisch, dass wir für die neuen Raststätten irgendein Extra haben wollten, aber wir konnten auch keine Tavernen aufstellen. Also echte Tavernen wie in Griechenland. Dem Namen nach sind die Lokale unserer Kette an sich aber Tavernen.

Die wollten was Reales machen. Das glaube ich, oder so interpretiere ich es wenigstens. Der Mensch ist so konstruiert, dass er letzten Endes nur was Konkretes als Leistung empfinden kann. Nicht Geld allein … Geld ist ja eine Abstraktion. Und Geld hatten die ja. Oder sie glaubten wenigstens, dass sie es hatten. Grenzenlos.

Wir konnten uns auf solche Experimente nicht einlassen. Wir agieren ja auf dem Massenmarkt. Höflich, aber bestimmt haben wir uns zurückgezogen. Da wurde dubios über Themenwochen und so gesprochen, über Lammwochen. Erst später ist uns klar geworden, dass die in der Phase schon dabei waren, ganze Schiffe voll Lammfleisch ins Land zu bringen. Da haben sich dann bei allen die Pläne ein bisschen geändert. Das ganze Projekt musste vor diesem Hintergrund auf die Standspur geschoben werden. Und das Raststättenkonzept wurde dann nach und nach erst Ende der 90er Jahre realisiert, als die Leute anfingen, auch mal wieder zu konsumieren.

Donnerwetter, diese Welt wird wirklich mit wenig Verstand regiert!

Die hatten die Idee, die Lammkultur in Finnland einzuführen, dass es nur so kracht. Also in der Gastronomie. Die war ihrer Meinung nach im Kommen, und darum wollten sie auf der Welle mitsurfen. Das wurde im Business für das Wichtigste überhaupt gehalten, dass man die Trends wittert. Von Trendwirtschaft war damals auch die Rede.

Das ist fast schon rührend. Kaum haben sie bei allen möglichen abstrakten Finanzmanövern genug Geld zusammengekriegt – oder glauben wenigstens, dass sie es zusammenhaben –, fangen sie mit Hobbys an. Dann verwirklichen sie sich selbst, machen was Reales. Und das ist oft natürlich unglaublich infantil, was die für real halten. Genau wie bei Kindern: Es hat mit den körperlichen Grundbedürfnissen zu tun oder mit irgendwas zum Spielen.

Da ist mit vielen der Gaul durchgegangen, weil das Geld auf einmal von allen Seiten zu kommen schien. Da wurden Gourmet-Restaurants gekauft oder Fitness-Studios … alles, was mit den Hobbys zu tun hatte, die jeder betreiben wollte.

Da kann es passieren, dass ein Skizentrum gekauft wird oder eine Eishockeymannschaft und man da das Geld reinschüttet. Um das kindische Hobby herum wird dann ein Scheinbusiness errichtet. In Wirklichkeit hat man es mit einem zehn Jahre alten Kind zu tun, das sich mit unerschöpflichen Ressourcen seinen eigenen Vergnügungspark baut. Natürlich fragt man sich dann schon mal, warum zuerst hunderte von Millionen angehäuft werden müssen, bevor man anfangen kann, zu spielen wie ein Kind. Warum fangen sie nicht einfach vorher an zu spielen oder machen nach der Kindheit direkt damit weiter? Machen sie vielleicht ja auch. Na ja, bei den Jungs von der Pamisos hatte es jedenfalls mit Essen zu tun, wahrscheinlich weil sie gerade in der oralen Phase steckten.

Damals gab es den Ethno-Boom noch nicht in diesem Land. Die Küchen aus dem Fernen Osten waren noch nicht im großen Stil entdeckt worden, und all die anderen auch nicht, die sich inzwischen dermaßen breitgemacht haben, dass jeder ehemalige Milchladen in Helsinki jetzt ein Thai-Restaurant ist. Was ethnische Restaurants betraf, war man gedanklich höchstens mal in der Mittelmeerkultur angekommen. Aber was weiß ich, was die vorhatten. Andererseits wird Lamm ja überall auf der Welt gegessen.

Aus der Perspektive eines alten Industriemenschen ist das schon unglaublich, dass der am schnellsten wachsende Teil der Wirtschaft auf absolut kindischem Zeug basiert. Wenn man das mal von hier aus betrachtet, ist die ganze Wirtschaft doch der reinste Spielplatz oder Vergnügungspark. Alles ein einziges Wippen, Rutschen und Rotieren. Buchstäblich. Für mich sieht es so aus, dass der größte Teil des heutigen Wirtschaftswachstums auf drei physikalischen Grundphänomenen beruht: Beschleunigung, Verlangsamung und Kurvenkräfte. Ein kleines Mädchen hat auf einer gewöhnlichen Schaukel oder beim Schlittenfahren das gleiche Erlebnis wie so ein Fünfzigjähriger auf einem Motorrad für hunderttausend Finnmark. Der Verkauf von Motorrädern ist letztes Jahr um zwölf Prozent gestiegen. Wenn früher einer fünfzig wurde, hat man ihm einen Stock mit Silbergriff gekauft. Na ja, das Schaukeln von kleinen Mädchen nennt man nicht Weltwirtschaft, aber wenn man die Erzeugung von Zentrifugalkraft mit den Namen Harley und Davidson oder Kawasaki in Verbindung bringt, ist man schon beim Kern der Globalisierung angelangt.

Was die auch auf der Liste hatten, war die Idee, in Finnland einen Käse im Stil von italienischem Pecorino zu machen. Wird angeblich aus Schafsmilch hergestellt. Dafür musste eine ganz besondere Rasse eingeführt werden. Es gab Gerüchte, auf dem Schiff wären welche von der Sorte gewesen.

Das ist auch so etwas, was mit der Natur des Menschen zu tun hat: Wenn es anfängt, schlecht zu laufen, ist es mit dem ganzen Vertrauen und der Solidarität untereinander vorbei. Und bei denen … Man kann nicht sagen, dass es bloß anfing schlecht zu laufen. Nein, es war die reinste Katastrophe. Denen ist alles um die Ohren geflogen. Und uns anderen auch ein bisschen. Es ist ein hässlicher Anblick, wenn jeder plötzlich nur noch versucht, seine eigene Haut zu retten. Wie auf der Titanic: Gerade hat man noch unter Kristallleuchtern Höflichkeiten ausgetauscht, und zwei Stunden später hackt man dem anderen mit dem Beil die Finger ab, weil er versucht, ins Rettungsboot zu kommen.

LAURA

Vor der Grenze zwischen Bosnien und Jugoslawien befiehlt Major Niedermayer, anzuhalten. Er setzt sich selbst ans Steuer, damit der Grenzübertritt auf der Spur für den internationalen Militärverkehr problemlos abläuft. Wir fahren in Richtung Kosovo, von wo ich noch am selben Tag weiter über die Grenze nach Makedonien fahren will. Der Major empfiehlt mir, nicht weiterzufahren. Er könne es einrichten, dass er auf der anderen Seite der Grenze, in Skopje, etwas zu tun hat, aber erst am nächsten Tag. Seiner Meinung nach würde ich außer Kräften auch Zeit sparen, wenn ich erst am nächsten Morgen mit ihm zusammen nach Makedonien fahre. Mein Gedanke war es gewesen, so schnell wie möglich vom chaotischen Schauplatz der jugoslawischen Spaltungskriege wegzukommen. Niedermayer schwört, dass es in seiner Begleitung so schnell und sicher wie nur möglich vonstatten ginge.

Meine nächste Frage betrifft die Übernachtung. Um die zu vermeiden, hatte ich vorgehabt, an einem Tag die Region zu durchqueren. Der Major versichert, es sei Wunschdenken, innerhalb eines Tages durch diesen Winkel der Welt zu kommen. Was das Übernachten betreffe, so wäre in Camp Liberty etwas frei. Ich wäre in dem Stützpunkt, in dem der Major dient, willkommen.

Es würde das Ganze freilich leichter machen, wenn ich irgendwie behaupten könnte, Journalistin zu sein. Ich sage, das bräuchte ich gar nicht eigens zu behaupten, und zeige ihm meinen Presseausweis. Der Major stößt einen Pfiff aus. Er hat geglaubt, ich wäre Soldatin. War ich nicht Leutnant? In Reserve, erinnere ich ihn.

Mir wird ein kleines Zimmer am Ende einer Baracke aus Fertigbauteilen zugewiesen. Das Gebäude dient sonst als Lager, und davor steht ein schwarzer Soldat mit MP-Helm. Was sich in dem Gebäude wohl befinden mag, wenn es auf dem ohnehin schon bewachten Gelände des Stützpunkts noch einmal gesondert bewacht wird? Bier vielleicht? Die Unterbringung ist anständig, das Essen gut. Neugierig sehe ich mich im Camp um. Ziemlich trostlos. Gewichtheben ist hier der am deutlichsten sichtbare Zeitvertreib, womit zu rechnen gewesen ist. Basketball wird im Doppel gespielt, nach Street-Basket-Regeln. Auf einer stillgelegten Fahrbahn werfen sich die obligatorischen Baseballspieler Bälle zu. Ihre Fanghandschuhe sehen aus wie ein Strauß Grillwürste.

Ich beschließe, eine Runde joggen zu gehen. Niedermayer befiehlt mir, die Papiere mitzunehmen, die ich im Büro des Kommandanten bekommen habe. Ich ziehe mir die schwarze Trikothose und ein ärmelloses Lauf-Shirt an, die Papiere und die Trinkflasche bringe ich in der Gürteltasche unter. Ich jogge durch das Lager zum Tor und dehne mich, während der Sergeant, der dem Wachdienst vorsteht, irgendwo anruft. Dann wird das Stacheldrahthindernis zur Seite gezogen, und der Sergeant gibt mir zu verstehen, dass ich gehen kann. Der

Mann am Schlagbaum lässt sich mit dem Öffnen Zeit, und ich höre, wie der Sergeant hinter mir ins Telefon sagt, hier kommt Lara Croft. Als ich zurückkomme, hat sich am Tor eine Schar Soldaten versammelt. Ich werde zum Wettlauf herausgefordert. Ich sage, ich bin jederzeit bereit. Den Männern empfehle ich, vorher zu trainieren. In der Schar wird gerufen und gepfiffen. Einer läuft mir nach. Am Rand meines Blickfelds erahne ich ihn ganz in der Nähe meiner Schulter. Ich bleibe abrupt stehen und fahre den Ellbogen auf Solarplexus-Höhe nach hinten aus. Ich treffe. Der Verfolger ringt nach Luft. Haben sie dich schon mal mit einem Mann verwechselt, bringt er keuchend heraus. Und dich, erwidere ich über die Schulter hinweg. Hinter mir wird gelacht und applaudiert.

Niedermayer teilt mit, dass am Abend in der Kabine ein Film gezeigt wird, Kill Bill, Teil II von Tarantino. Ich habe nicht vor, ihn mir anzusehen. Ich frage den Major, ob es klug ist, einer Truppe, die in einem Krisengebiet für Ruhe sorgen soll, dermaßen hemmungslose Gewalt vorzuführen. Niedermayer nimmt dazu nicht Stellung. Er vermutet, Tarantino werde an diesem Abend in Camp Liberty keine großen Zuschauerzahlen erreichen. Man hat eine gute Bandaufnahme vom heutigen Spiel der England Patriots gegen die Dallas Cowboys ins Lager bekommen. Sie wird in der Bogenhalle, die zur Wartung der Fahrzeuge dient, vorgeführt.

Über die Resultate der amerikanischen Ligen herrscht allgemeine Funk- und Telefonstille. Man hat auch gemeinsam beschlossen, dass sich niemand die Spiele auf den schwach empfangbaren Satellitensendern anschaut.

Vom Stab in der Nähe der Stadt Nis kommen mit einigen Stunden Verzögerung hochqualitative Kopien der Matches. Heute kennen das Staatsgeheimnis nur zwei Personen: Die Patriots gewinnen. Der überwiegende Teil der Mannschaft kommt aus dem Süden und aus dem Mittleren Westen, dem die Ostküste fremd ist. Sie wetten auf die Texaner, aber mehr vom Gefühl geleitet und weniger von Vernunft und Wissen.

Der Major fragt mich, was ich da schreibe. Tagebuch. Ich bedanke mich bei ihm und erkläre, mich in mein Quartier zu begeben. Ich müsse mir mein Material weiter anhören. Ich habe Niedermayer erzählt, wo die Aufnahmen herstammen. Vermutlich werde ich am nächsten Morgen etwas über die Explosion erfahren, die er auf dem Band gehört hat. Der Major legt zwei Finger an die Schläfe und wiederholt noch einmal: Abfahrt nach Skopje 07.00, sharp. Die Wache vor der Baracke hat gewechselt, und ich muss meine Akkreditierung vorzeigen. Der Soldat, der irgendeinen Südstaatendialekt spricht, faltet in Zeitlupe das Dokument auseinander. Immerhin kann er lesen:

»Finnish Broadcasting Company, YLE?«

Mit selbstsicheren Bewegungen nimmt er per Funk Kontakt mit einer Stelle oder einer Person auf, deren Namen nicht geringer lautet als Allmighty, Allmächtiger. Das Funk-Kennwort des Wachsoldaten selbst lautet Streetgang. Er liest den Nummern-Buchstaben-Code von dem Blatt ab, das ich ihm gegeben habe, und quittiert die Antwort. Dann führt er die Hand an den Helm und zeigt mit seinem Schlagstock lässig in Richtung Ende der Baracke. Ich habe Lust, ihm mit dem Mittelfinger zu antworten und den Mann, der hier seine kleine Macht so maximiert, mit der Information über den Sieg der Patriots aus der Fassung zu bringen.

Die Sonne geht unter, und es wird kühl. Ich versuche mir in meinem Quartier ebenfalls kühle Luft zu verschaffen, indem ich die Tür offen halte, aber damit muss ich sofort wieder aufhören, weil Mücken hereinkommen. Eine Viertelstunde lang muss ich sie im Akkord totschlagen und auch danach noch den ganzen Abend verschont gebliebenen Einzelexemplaren nachjagen. Laut dem Thermometer in meinem Handy sind es im Zimmer dreißig Grad. Ich muss die mentale Übung, die ich in der Dusche der LKW-Fahrer entwickelt habe, anwenden. Auf der Pamisos fällt Schneeregen.

Da ist man schon zusammengezuckt, als plötzlich der ganze Horizont taghell in Flammen aufging. Es war sonst ja schon Abend und ziemlich dunkel. Die Arbeitslampen waren eingeschaltet. Wir waren unten in der Schute. Man hat das Aufflackern noch nicht richtig begriffen, da hat es schon gekracht. Da sind dann auch die anderen erschrocken. Einer hat ganz schlimm geschrien. Wir waren vorne in der Schute, und vor dem Bug wurde der Himmel hell.

Eigentlich war das nicht mal ein Ton. Das war mehr so ein Sausen. Wie wenn nach etwas geschlagen worden wär, oder als wär eine Druckwelle angerauscht. Genau so würde ich das formulieren: Ein Sausen war das! Mein Kollege neben mir hat geschrien, er würde nichts sehen.

Ich weiß nicht, ob's mir nur so vorkam, aber es war, als hätte die ganze Schute geschwankt. Im Bug wurde geschrien. Wir haben im Achterschiff die Masse verteilt. Mein Partner sagte, da wird mit Kanonen geschossen.

Ich war oben an der Reling und hatte einen guten Blick. Wir waren gerade dabei, die Rutsche zu verrücken. Da denkst du erst mal an alles Mögliche. Für ein Gewitter haben wir das nicht gehalten. In der Jahreszeit kann es kein Gewitter geben, aber wir sind gar nicht dazu gekommen, uns klarzumachen, was wir für eine Jahreszeit hatten. Das Aufleuchten war einfach zu groß für einen Blitz und das Geräusch zu massiv für ein Donnergrollen. Was einem da innerhalb von ein paar Sekunden alles durch den Kopf geht! Als plötzlich der ganze Himmel hell war, war ich echt davon überzeugt, dass der Atomkrieg ausgebrochen ist. Jetzt ist es passiert!

Einer ist oben an den Rand von der Schute geklettert, also auf die Umrandung, die um die Ladefläche herumlief. Da oben hat er dann mit der Hand in Richtung Stadt gewedelt und gerufen, nur bei einer Rakete … nur bei einer Rakete kommt es zu so einem Leuchten, bei einer mit Atomsprengkopf. Der Krieg wär ausgebrochen! Der Russe greift von einem Stützpunkt in Estland aus mit Atomwaffen an. Die gäb es dort noch, obwohl Estland im Sommer unabhängig geworden war. Helsinki ist verloren … und danach kommen die Hubschrauber. Siebzehn Minuten brauchen die Helikopter von Tallinn bis zum Helsinkier Markt.

Wir sind dann alle an Strickleitern nach oben geklettert, um Ausschau zu halten. Vom Bug der Schute kam einer, der wirr vor sich hin gebrabbelt hat: »Wenn ich die Augen zumache, kann ich sehn. Wenn ich sie offen lasse, bin ich blind!« Er kniff die Augen zu, wie es kleine Kinder machen. Ich hab seine Hände auf die Sprossen gelegt und gesagt, hier geht's hoch. Da hat er sich dann nach oben getastet. Den Leichengestank hat er gern hinter sich gelassen.

Als ich dann oben auf dem Schiff war, verdammt noch mal, was haben da die Schafe geblökt! Auch jetzt noch, und wie. Wo kamen die her? Vorher waren die nicht zu sehen gewesen, obwohl es immer geheißen hatte, es gäbe hier lebende Schafe.

Wir haben gehorcht, ob man noch was hört und ob man es brennen sieht. Es war unmöglich auszumachen, wo es passiert war, weil der ganze Himmel in Flammen stand. Irgendwo in der Nähe aber auf jeden Fall. In so einer Situation verlierst du ziemlich schnell das Gefühl für die Entfernungen. Einer hat was geredet, von wegen der Krieg wär ausgebrochen. Genauer gesagt hat er es geschrien. War alles ziemlich durcheinander. Man ist selbst auf den Gedanken gekommen, von wegen wie soll man hier wissen, was auf der Welt alles passiert. In der Beziehung kommt man sich schon ein bisschen verloren vor, wenn man so ein Phänomen sieht und überhaupt nicht weiß, was los ist.

Dann kam einer und sagte, von der Insel Kuivasaari aus wäre mit einer Kanone geschossen worden. Red keinen Scheiß, solche Kanonen gibt es gar nicht, hab ich zu ihm gesagt. Da hat er bloß gefragt, Jungs, habt ihr vergessen, was heute für ein Tag ist? In dem Moment stieg ein Mann über den Rand, versaut von oben bis unten. Er hielt sich eine Hand vor die Augen und streckte die andere vor sich wie ein Schlafwandler im Comic und behauptete, er wär blind. Wir fragten ihn, woher er das wissen will, wenn er die Augen nicht aufmacht.

Es war der sechste Dezember, der finnische Nationalfeiertag.

Ein Rohr vom Zwillingsturm auf der Insel Kuivasaari hat geschossen, dreihundertfünf Millimeter. Das weiß ich sicher, weil ich dort bei der Küstenartillerie gedient habe. Auf Anhieb war aber nicht zu verstehen gewesen, wer geschossen hat, wie und warum. Keine Ahnung, wann mit den Dingern zuletzt gefeuert worden war. Das sind ja Antiquitäten, ich glaub, noch aus der Zarenzeit. Da konnte man schon auf den Gedanken kommen, dass da einer Unfug trieb oder dass man es mit einem Terrorakt zu tun hatte, aber andererseits kannst du eine Dreihundertfünf-Millimeter-Kanone nicht einfach so abfeuern, bloß weil es dir gerade einfällt – mit menschlichen Kräften kriegst du ja nicht mal die Granate ins Rohr. Erst da hat einer gesagt, heute wär der Nationalfeiertag. Und der Kanonenschuss müsse irgendwie damit zu tun haben.

In der Schute unten der Moderbrei, und dann oben auf dem Schiff die lebenden Schafe – da musste ich kotzen. Unten wurde es mir überhaupt nicht schlecht, aber als ich die lebenden Viecher sah, ging es los. So ist der Mensch, anscheinend.

Ich war auf der Kommandobrücke der Pamisos, als es blitzte. Direkt danach kam ein Knall. Das ganze Schiff hat gewackelt. Ich schaute auf dem Kompass nach dem Mittelpunkt der Stichflamme, und auf der Seekarte sah ich dann, dass in der Richtung zwei Inseln liegen, Isosaari und Kuivasaari, beides Befestigungsanlagen der Streitkräfte. Ich vermutete, dass dort eine große Küstenknarre abgefeuert worden war. Mehr Gedanken machte ich mir nicht darüber. Ich suchte den Schrank oder das Regal mit den technischen Handbüchern für das Schiff.

Na klar kommen die am Nationalfeiertag, schrie der aufgeregte Kamerad. So haben wir's im Winterkrieg ja auch gemacht. Und die Araber haben Israel an Yom Kippur angegriffen. Überraschungsangriffe finden immer an Feiertagen statt.

Die Kommandobrücke war unbemannt. Es gab keinen, der Dienst hatte, nicht mal eine Wache. Die Filipinos brauchte man gar nicht erst zu fragen. Die konnten keine Sprachen, außer schlechtem Seemannsenglisch. Die lebten in ihrer eigenen Welt, die wenigen, die es überhaupt gab. Ich suchte nach Schaltplänen, weil auf dem Containerdeck die Hälfte aller Lampen ausgefallen war. Ich hatte das Radio eingeschaltet. Ein ganz normales Transistorradio stand auf dem Kartentisch. Ich hörte das Programm von Radio Suomi. Es kam mir vor, als wäre ich lange im Ausland gewesen und ganz plötzlich nach Haus gekommen. Von der Brücke aus konnte man Helsinki gut sehen. Es leuchtete als rotgelbes Lichtermeer am Horizont.

Die Arschlöcher. Sollten sich selbst erschießen, diese verfluchten Kriegsverrückten!

Auf einmal wurde im Radio berichtet, die Küstenartillerie habe anlässlich des Nationalfeiertags und des Jahrestags des Winterkriegsbeginns auf der Insel Kuivasaari eine schwere Museumskanone abgefeuert. Ein Reporter war vor Ort, und der interviewte die Männer am Geschütz. Ein Vertreter der Gilde erklärte, die Reichweite der Kanone betrüge zweiundvierzig Kilometer. Früher habe es in Tallinn auch so eine gegeben, und eine dritte auf der Halbinsel Porkkala. Mit deren Kreuzfeuer habe man den gesamten Finnischen Meerbusen abriegeln können.

Verflucht, ich wär vor Schreck beinahe ins Wasser gefallen.

Der Reporter im Radio berichtete, die Treibladung der Granate enthielte hundertfünfzig Kilo Schwarzpulver, was dem Geschoss eine Startgeschwindigkeit von neunhundert Sekundenmetern verleihe. Von Kuivasaari wurde dann ins Präsidentenpalais umgeschaltet, wo gerade der Empfang zum Unabhängigkeitstag anfing. Als ich mit den Schaltplänen nach unten kam und die Tür zum Deck aufmachte, sprangen direkt vor der Sturmschwelle drei Schafe auf. Mit erbärmlichem Blöken rannten sie über das grün gestrichene Helikopterdeck.

Der eine, der glaubte, der Krieg hätte angefangen, wollte sich überhaupt nicht mehr beruhigen, er ging auf dem Deck im Kreis herum und sagte immer wieder, er hätte seine Familie nicht verlassen dürfen. Wenn er das hier überlebt, dann wird er sie nicht verlassen, niemals. Wir haben uns überlegt, was man mit dem Kerl machen soll, schlagen oder in Fesseln legen.

In der Nacht sind das höllische Lichtphänomene, die Geschützfeuer von schweren Kanonen.

PENA

Jetzt ist von Laura eine neue Mail gekommen: Ich soll noch eine Kamera kaufen. Wir drehen mit zwei Kameras! Hat sie vor, auch neue Leute einzustellen? Irgendjemand könnte mir langsam mal erklären, was hier eigentlich passiert. Zwei Kameras mit allem, was dazugehört. Sie erzählt was von Interviews drehen. Meiner Meinung nach ist das dann eine normale DV-Cam. Von Dialog-Arbeitsplätzen hab ich keinen Schimmer. '95, als es bei uns anfing zu laufen, wollten wir Offline-Geräte von Avid anschaffen. Die hätten ne halbe Million gekostet. Heute kannst du dir auf nen normalen Heim-PC ein Bildbearbeitungsprogramm runterladen, das besser ist. Ich muss mir das reinziehen, und zwar schnell, bevor Laura von der Olympiade zurückkommt.

War reines Glück, dass ich die Mail überhaupt aufgemacht hab. Die kam laut Log-Info nämlich von einem Rechner im Verteidigungsministerium der USA! Ich war sicher, das ist Verarschung, Spam, irgend so ein scheiß Bug-Angriff wieder mal. Aber von wegen – das war Laura! Ich kapier nicht, wo das Weibsstück sich immer rumtreibt. Jetzt ist sie im Kosovo! Total gestört. Die fressen sich doch gegenseitig auf, da unten.

Langsam bin ich mir sicher, dass das Hörspiel nie fertig geworden ist. Jaska hat es selbst nicht zu Ende gebracht. Aber je nachdem, wie man es nimmt. Schließlich hatte er zig Stunden Material. Ich hab die Kassettenstapel bei Laura ja selbst gesehen. Aus denen hätte man vielleicht ein Ende rausziehen können. Warum hat sich Laura die eigentlich alle gekrallt? Jetzt hat sie das Originalmaterial auf dem Balkan dabei, und ich muss das Ding aus dem Nichts fertig kriegen! Jaska hatte einen Riesenstress gehabt, das alles in den Kasten zu kriegen, innerhalb von weniger als einer Woche, aber soll man da dann in einer halben Stunde eine Schleife drumbinden? Andererseits, was heißt hier Stress. Er konnte ja nicht wissen, dass er am nächsten Tag ertrinkt. Und beim Rundfunk hat bestimmt keiner an Weihnachten dringend nach einem Hörspiel gelechzt. Vielleicht hat er gedacht, er macht das Ding nach den Feiertagen fertig.

Nee, Moment mal. Das Band ist schon abgeliefert worden! Das war fertig, schließlich ist es schon mal an den Rundfunk verkauft worden! Sieht man ja an der offiziellen Hülle, in der die Torte steckt, am offiziellen Vorspann, an den Bandnummern und so weiter. Das ist als fertiges Programm eingetragen. Aber fertig ist es trotzdem nicht! Kann es auch nie gewesen sein. Oder falls es fertig war, ist es das nicht mehr. Es fehlt was.

Was hat der Kerl da rumgepfuscht? Warum ist der Schluss weggeschnitten? Und wo hat er ihn gebunkert? Eins ist auf jeden Fall sicher: Das hat seit vierzehn Jahren keiner mehr angehört außer mir. Laura hat nie das ganze Stück durchgehört. Die weiß nicht, wie es endet. Beziehungsweise: Es endet ja gar nicht. Die glaubt, die Sendung ist fertig und picobello, und das glauben alle anderen auch. Scheiße, Mann, ich häng hier den Schluss dran, den ich selber will, und kein Hahn kräht danach! Muss bloß noch ein paar Problemchen lösen.

Brutalo-Raija und der Wolkenkratzerbesitzer reden über einen Typen von nem Geldinstitut. Der jobbt auch auf der Pamisos. Das heißt, ab und zu reden sie von einem Geldinstitut und dann wieder von einem Versicherungsunternehmen. Geldinstitut meint doch Bank, oder? Sonst verliert niemand ein Wort über die Gestalt, und er selbst tritt auch nicht auf. Was hat so ein Yuppie überhaupt auf dem Piratenschiff gemacht? Dann ist es mit allen Kommentaren auf einmal vorbei, und das ganze Stück ist zu Ende. Die Kommentare kann ich nicht benutzen, weil sie nirgendwo hinführen. Niemand kapiert ein Hörspiel, bei dem mittendrin die Personen einfach verschwinden! Ich bin zwar kein Dramaturg, aber so viel weiß ich auch, dass man bei einer Figur, die man dem Hörer vorgestellt hat, auch ein bisschen erklären muss, was mit ihr passiert. Die kannst du nicht einfach so ohne Erklärung entsorgen.

Entweder der Mann vom Geldinstitut wird irgendwie komplett und bis zum Schluss behandelt oder ich muss die ganze Scheiße noch einmal durchgehen und sämtliche Sätze rausschneiden, wo der Typ rumgeistert. Nee, Scheiße, geht auch nicht. Dann geht uns die Länge in den Arsch. Schließlich ist das Ganze als 40-Minuten-Stück an den Rundfunk verkauft worden. Wenn drei Minuten weggehen, wär das okay. Ihr Idealformat ist 45. Aber das hier schmilzt auf ne halbe Stunde zusammen, wenn ich alles rausschneide, was raus muss. Dann können sie einen niedrigeren Preis verlangen. Und von was kaufen wir dann die Kameras und das ganze Zeug?

Leck mich am Ärmel, das wird ein Gefummel! Ich bring den Kerl einfach um, und basta … Genau, das mach ich! Aah, Scheiße, geht auch nicht, das ist ja ein Doku-Drama. Das ist wahr! Wenn ich da einen umbringe, wer weiß, wer mich dann vor Gericht bringt. Das sind echte Personen, waren es zumindest mal. Die kann ich nicht so mir nix, dir nix um die Ecke bringen.

PAJALA

Achtzehnter August zweitausendvier. Ermittlung: Pamisos.

Die Beiträge über die Fracht sind vielleicht doch nicht so wichtig. Es war ein Fehler, das ganze Material hierzubehalten. Auch davon sollte der größte Teil Laura Vuorela ausgehändigt werden. Die Informationen zur Fracht können sie dazu bringen, ihren Interviewpartnern gute Fragen zu stellen. Aber die Fracht ist vielleicht auch gar nicht so wichtig. Das Schiff hingegen dürfte es sein. Das Material enthält extrem wenige Hinweise auf die wechselnden Besitzverhältnisse des Schiffes. Offenbar ist ein Teil der Originalkassetten vernichtet worden, als Jaakko Saarela den fertigen Schluss des Hörspiels entfernen und vernichten musste.

Sollen sie sich bei Radiant nur die Episteln über Lammfleisch und Pecorino anhören. Mal sehen, in welche Richtung sie das führt.

Seltsamerweise existierten über das Fleisch absolut korrekte Papiere. Originalzeugnisse, Frachtpapiere, die gesamte Dokumentation. Im Prinzip hätte man damit den Produzenten jedes einzelnen Rumpfs herauskriegen können. Aus Neuseeland kamen die ja alle.

Worüber wir uns hier ein bisschen gewundert haben, war, wie die Finnen das alles essen sollen. Bei uns gehen an Lammfleisch … sagen wir mal zwei- oder dreihundert Gramm pro Person im Jahr weg. Und auf dem Schiff waren zwei Millionen Kilo davon verstaut.

Sogar in der Situation gab's noch Leute, die sich an den Kopf gegriffen haben, von wegen, das hat doch alles keinen Sinn und Verstand. Verstand! Verdammt noch mal, und das, wo das Geld in Plastiktüten aus den Banken getragen und angefangen beim Bussardarsch in jede Ritze gesteckt wurde, die irgendeinem Schlaumeier einfiel. Noch letzten Sommer haben der Filialleiter und seine Helfer in der Reklame der Sparkasse Lohja mit der Schubkarre die Scheine durch die Gegend geschoben! Die Hunderter und Fünfhunderter sind nur so durch die Luft geschwebt. Und übers ganze Gesicht ist gegrinst worden.

Als die Gesamtmenge des Fleischs bekannt wurde, war schnell errechnet, dass hier auf einen Schlag das kommt, was sonst im Land das ganze Jahr über verbraucht wird. Bei uns gehen ja neunzig Prozent vom Lammfleisch an Ostern über die Theke. Im Herbst braucht man es gar nicht erst zu versuchen.

Uns ist es nicht mal angeboten worden, und anderen Einkaufszentralen auch nicht, falls meine Informationen stimmen. Vielleicht dachten sie über das Lammfleisch wie ein ostbottnischer Bauer: »Land verkauft man nicht, man kauft es!«

Was den Weiterverkauf betrifft, hatten die überhaupt keinen Plan. Also in dem Sinn, dass das Fleisch wirklich in den Einzelhandel gegangen wäre. Die hätten den ganzen Fleischberg ja eigentlich nur kurz besitzen, schnellen Gewinn machen und dann verschwinden sollen. Hit and run – so haben sie sich gesagt. Erst in der Phase, als klar war, dass sie unweigerlich auf dem Zeug sitzen bleiben werden, da haben bei den Jungs die Alarmsirenen geschrillt: Was sollen wir mit der ganzen Scheiße jetzt anfangen? Und da hat es dann die ganzen komischen Initiativen und Vorschläge über Esskulturthemen gehagelt, und wie das kindische Zeug alles hieß. Aber zur nächstliegenden Instanz hat es keinen Kontakt gegeben, nämlich zum Lebensmittelgroßhandel und zum Zentraleinkauf des Einzelhandels.

Was ist in deren Köpfen vorgegangen? Da importieren sie den Jahresbedarf an Fleisch und fangen an, ihn an die Imbisse von Tankstellen zu verscherbeln!

Laufende Kosten, Versicherung und Fracht waren bis Abu Dhabi bezahlt. Dort haben sie anscheinend über einen holländischen Agenten zugeschlagen: Die Fracht hat den Besitzer gewechselt, und sie haben unter dem Namen eines Strohmanns namens Nota Real einen CIF-Vertrag für Helsinki gemacht. Offenbar waren sie vorher schon an internationalen Finanzmanövern beteiligt gewesen und hatten gelernt, ihre Anleihen zu terminieren, weil die armen Tröpfe im Frachtvertrag einen extra Passus über die Wertschwankungen von Devisen haben wollten. In dem Fall hatte das überhaupt keinen Sinn mehr, weil sie die Scheiße längst in der Hose hatten.

Würde man den Menschen wirklich sagen, was das ist, was man Wirtschaftsleben nennt, internationaler Handel, Finanzierung, all das … Würde man es ihnen so erzählen, wie es ist, sie würden es nicht glauben.

Einen Scheißdreck haben die gedacht. Die haben gezockt, und die waren so schnelle Spiele gewöhnt, dass sie dabei gar nicht zum Denken kamen. Höchstens, dass sie mal gedacht haben, die Langsamen verlieren. Natürlich haben sie mit wilden Schiffsbrokern und mit den Maklern der Trampschifffahrt im Stillen Ozean spekuliert – immer auf schnelle Gewinne aus. Und dabei ist ihnen eiskalt der Schwarze Peter in die Hand gespielt worden.

Der Schwarze Peter in die Hand! Genau das ist passiert. Eindeutiger Fall: Die Spekulation mit der Fracht war Spinnerei gewesen, der Geschwindigkeitsrausch von jungen Burschen und ein irrsinniges Risiko. Sie spielten und spielten, aber die Frage ist, ob hinter diesen Spielern noch andere Spieler gesessen haben. Warum war da wochenlang der für Schiffskreditgebung zuständige Direktor einer großen Handelsbank dabei? Wem hat das Schiff letzten Endes gehört? Laut dem Register von Lloyds ist eine Serie von achtzehn baugleichen Schiffen vom Stapel gelaufen. Zwei davon sind noch immer im Verkehr.

LAURA

Beim Frühstück erklärt Niedermayer, ich könne durchaus recht haben. Im Finnischen Meerbusen gebe es Geschütze von schwerem Kaliber, sogar vor Helsinki. Allerdings nicht auf Schiffen, sondern in Küstenbefestigungsanlagen. Der Major berichtet, er sei der Sache mithilfe der Datenbank der US-Marine-Aufklärung nachgegangen. Deren Informationen zufolge seien die schweren Geschützbatterien der Helsinkier Seeverteidigung jedoch als veraltet außer Betrieb genommen worden. Niedermayer beißt in sein dreieckiges Etagenbrot und zwinkert mir zu: Die Kanonentürme sind aus der Gruppe der Zielobjekte der Marine-Marschflugkörper entfernt worden.

Ich lächle zurück. Die Zielaufklärung der US-Marine wäre in der Tat unqualifiziert, wenn sie das nicht getan hätte. Die 305-Millimeter-Rohre der Museumstürme auf den Inseln Kuivasaari und Mäkiluoto sind 1913 in der Fabrik Obuchov hergestellt worden. Treffer und versenkt. Der Major ist einen Moment still und fragt dann sachlich, wo ich über Nacht genauere Informationen herbekommen hätte als er, dem das gesamte Potenzial des US-Nachrichtendienstes zur Verfügung gestanden habe. Ich nehme eine Kassette aus dem Rucksack und klopfe mit dem Fingernagel auf die Hülle. Der Major zeigt Interesse für die Aufnahme. Ich verspreche ihm, sie während der Fahrt laufen zu lassen.

Um sieben machen wir uns auf den Weg nach Skopje. Niedermayer hat den Kopfhörer auf und wartet. Ich lege die Kassette ein und höre mit dem Zweitkopfhörer zu. Die Aufnahme setzt mitten in der Szene ein. Man hört ununterbrochenes Donnern und Prasseln, das aufgeregtes Gerede auslöst.

Womit schießen die jetzt?

Das ist eine Signalrakete, vom Stützpunkt Santahamina.

Gegenüber wird auch geschossen!

Leck mich! Und das soll eine Wirtschaftskrise sein!

Wir sind noch aufgeregt hin- und hergelaufen, da ist am Himmel ein verflucht helles Licht aufgegangen, so ein starkes, blendendes Licht wie eine riesige Schweißflamme. Es ist immer weiter in die Höhe gestiegen, ein Stück da oben geschwebt und dann langsam wieder nach unten gesunken. Während es eine Zeit lang in Richtung Stadt getrieben ist, da sind auf der anderen Seite, irgendwo in Lauttasaari, gleich zig Raketen auf einmal hochgegangen. Auf die ist dann von Santahamina aus wieder geantwortet worden.

Bunte Feuerblumen schwebten über Helsinki. Wir sind reingegangen, um uns aufzuwärmen, und haben uns die Raketen vom Fenster der Messe aus angeschaut. Das war bestimmt der beste Platz. Wir haben alles gesehen und gehört.

Niedermayer drückt auf den Pausenknopf und fragt, ob das tatsächlich eine Dokumentaraufnahme sei. Was in Finnland eigentlich vorgehe. Er habe geglaubt, unser Land sei eine friedliche, nordische Demokratie. Ich versichere ihm, das sei vor wenigen Tagen, bei meiner Abreise, auch noch der Fall gewesen. Der Major will wissen, was das für eine Schießerei sei. Ich sage, es habe mit der Feier des Unabhängigkeitstages zu tun. Für den Major hört es sich an, als sei in unserem Land der Bürgerkrieg ausgebrochen. Ich erinnere ihn daran, dass es sich um eine Aufnahme aus dem Jahr 1991 handelt. Ob es in Finnland damals Unruhen gegeben habe. Ich verneine: nicht damals. Und gerade das stelle die Friedlichkeit der Finnen unter Beweis. Niedermayer mustert mich unter seiner Schirmmütze.

»Das ist aus eurer Hauptstadt?«

»Vom Meer vor der Hauptstadt.«

»Ist der Kanonenschuss zur gleichen Zeit aufgenommen worden?«

»Nur ein wenig früher.«

»Und jetzt hört man Gewehrfeuer!«

Ich sage ihm, das Geballere komme vom Feuerwerk. Wie ich mir da so sicher sein könne. Er würde das eher als Gefechtsfeuer bezeichnen. Schweres Feuer aus Infanteriewaffen. Ist es aber nicht, beteuere ich. Das gehe aus den Aussagen der Personen vor Ort hervor. Er habe doch auch gehört, dass alle ganz ruhig geblieben seien. Niedermayer vermutet, sie hätten sich nur an die ständige Schießerei gewöhnt. Und er habe bislang den Balkan für das Pulverfass Europas gehalten! Ich sage ihm, er sei wohl schon zu lange auf dem Balkan und habe den Sinn für die Proportionen verloren. Niedermayer meint, der Balkan sei gar nichts, aber in Finnland müsse es heiß hergehen. Er wundere sich nun überhaupt nicht mehr, dass von dort Frauen kommen, die mir nichts, dir nichts alleine durch ein Kriegsgebiet fahren. Mit gespieltem Entsetzen lässt der Major den Pausenknopf los.

Plötzlich hab ich so ein komisches Lichtphänomen gesehn. Scheiße, was is'n das, hab ich gedacht. Wo kommen die Lichter jetzt auf einmal her? Bei uns auf dem Containerdeck war ja die Hälfte aller Lampen dunkel. Der Ingenieur war auf der Brücke, um nach den Schaltplänen zu suchen, deswegen hab ich gedacht, aha, jetzt hat er den Hauptschalter gefunden, aber dann hab ich gemerkt, dass das Licht von draußen kommt. Der ganze Himmel war jetzt hell. So weit man's halt sehen konnte, weil wir hatten ja das Bugtor offen. Vorne und hinten am Schiff haben wir die Tore offen gehalten, damit's ein bisschen durchzieht. Scheiße, Mann, in den Containern war sowieso schon keine Luft, und wir dann auch noch mit den Bobcats rein!

Das ganze Deck war blau von Abgasen. Da gab's zwar Gebläse, tierisch große Propellerfliegen, für den Luftaustausch, aber die warn auch still. Ich hatte Kopfschmerzen, aber ich hab mir gedacht, meine Fresse, ich werd doch noch keine Visions haben. Ich gab meinem Kumpel ein Zeichen und wir stoppten die Cats. Da hat man auf einmal so ein abgefahrnes Prasseln gehört. Als wär irgendwo weit weg geschossen worden. Genau wie beim Bund, im Schießübungslager. Wir sind zur Bugrampe, um zu checken, was abgeht, und ich sag dir, Mann, in der Stadt ging voll das Feuerwerk ab. Wir sind hoch in die Messe. Da wurde schwer geraunt. Einer hat gemeint, es wär mit ner Kanone geschossen worden, und zwar mit einer, die den Schmirgel mit vierzig Ka-Em-Ha raushaut. Und gleich haben alle angefangen, sich auszumalen, auf was sie damit am liebsten ballern würden.

Ganz genau. Ich konnte mich erinnern, Stellen gehört zu haben, an denen davon gesprochen wurde, was man mit der Kanone alles bombardieren müsste. Ich nahm die Kassette heraus und suchte nach einer anderen. Allmählich interessierte ich mich für die verschiedenen Zeitebenen. In manchen Fällen befanden sich die Sprecher in der Gegenwart und redeten im Präsens. Dann waren die Szenen dramatisch, die Situation lief noch. In anderen Fällen redeten die Sprecher über Dinge, die schon passiert waren. Sogar auf ein und derselben Kassette gab es Aufnahmen, wo man zuerst im Präsens war, und gleich darauf wurde über dieselbe Sache in der Vergangenheit erzählt. So auch auf der Kassette von eben. Ich fand eine andere, auf der meiner Erinnerung nach ein heftiger Dialog im Hier und Jetzt ablief.

Die sollten auf Tallinn schießen, auf den Mustamäki-Markt! Da haben sie mir im Herbst das Geld geklaut.

Weißte, die Esten haben ihm das Portemonnaie geklaut, kaum dass er ihre Scheine drin verstaut hatte.

Ich hab eine Fuhre Autoreifen verkauft. Sie haben gut bezahlt, aber mir das Geld auf der Stelle wieder abgenommen.

Beziehungsweise sie ham ihm die Jacke abgenommen, aber das Portemonnaie war in der Jacke.

In dem Land darfst du nie die Jacke ausziehn. Da wird alles geklaut, was nicht niet- und nagelfest ist. Und das dann auch noch.

Siebzehn Minuten, dann sind die russischen Helikopter in Helsinki! Die Leute kapieren gar nicht, in was für einer Gefahr sie ständig leben.

Die ham ja auch schon die Hälfte von ihrem ganzen Schienennetz abgebaut und auf dem internationalen Schrottmetallmarkt verscherbelt, die Bankerte.

Das war offenbar in der Messe aufgenommen worden, wo eine große Schar Männer sich direkt nach der Explosion Luft verschaffte. Die zuvor gehörten Aufnahmen waren eigentlich später gemacht worden, vielleicht sogar Tage nach den Kanonenschüssen. Jedenfalls muss das Schießen mit der Küstenartillerie die Leute auf der Pamisos ziemlich aufgebracht haben. Jaska hat dem Vorfall jede Menge Aufmerksamkeit geschenkt.

Wenn's nach mir ginge, könnten sie die Rohre umdrehen und ein bestimmtes Haus in Klaukkala in Schutt und Asche schießen.

Von Kuivasaari aus kommst du mit der Kanone nicht ganz bis zum Mustamäki-Markt.

Alles einfach in Schutt und Asche!

Klaukkala ist auch zu weit weg.

Und wenn noch was anderes mit in die Luft fliegt, ist es auch egal. Ein Nissan Patrol und ein funkelnagelneuer Quad.

Bis Kerava käme man schon.

He, Kanonier! Könnte man nicht mehr in Richtung Hauptstrecke schießen, weil da mehr Leute wohnen?

Mit Järvenpää wird's knapp, aber die Bahnlinie bekäme man schon durch.

Und Koivukylä!

Bis Koivukylä reicht es leicht.

Da liegt die Nutte unter ihrem neuen Mann.

Niedermayer fragt, wovon auf dem Band die Rede sei. Von nichts Wichtigem. Der Major ist neugierig: Dafür werde aber ziemlich aufgeregt geredet. Es gehe um Finnland und seine nähere Umgebung, das Baltikum. »Finnland und seine nähere Umgebung?« Es habe nicht gerade nach außenpolitischen Analysen geklungen. Also gut, es sei über die Reichweite von Küstengeschützen die Rede gewesen. Einer habe Tallinn unter Beschuss nehmen wollen, und ein anderer ein Wohngebiet nördlich von Helsinki. Der Major schüttelt den Kopf und lässt den Finger an der Schläfe kreisen. Ich befürchte, er könnte das Wort Helikopter herausgehört haben. Dann müsste ich nämlich erklären, dass einer der Sprecher glaubt, die Russen würden Helsinki angreifen.

Ich halte das Band an und schalte die gesamte Tonwiedergabe aus. Niedermayer denkt über etwas nach. Er fragt, ob ich gesagt hätte, die Aufnahme stamme aus dem Jahr 1991. Als ich bejahe, ist er lange still und sagt dann, er habe in der Nacht nachgesehen, was die gesammelten nachrichtendienstlichen Analysen über Finnland und seine nähere Umgebung berichten. Ich bin neugierig. Was wird über uns gesagt? Das Jahr 1991 ist angeblich als Wasserscheide der militärpolitischen Lage Finnlands betrachtet worden. Die baltischen Staaten sind befreit worden, rings um den Finnischen Meerbusen und im gesamten Ostseeraum ist eine vollkommen neue strategische Konstellation entstanden, die Schweden haben angefangen abzurüsten, und auch die Finnen waren endlich fast gezwungenermaßen bereit, die Doktrin aufzugeben, an der sie vierzig Jahre lang festgehalten haben.

Der für die Zusammenfassung verantwortliche Analytiker hatte erwähnt, die letzte Wende in der militärpolitischen Situation des Ziellandes habe im Juli 1944 stattgefunden. Der Major will wissen, was damals bei uns passiert sei. Ich kann nicht einmal erzählen, was 1991 passiert ist. Die US-Armee war wohl kaum an der Geldabwertung, den Konkursen der Kleinunternehmen, der Bankenkrise, der Arbeitslosigkeit und dem Chaos auf dem Wohnungsmarkt in Finnland interessiert. Trotzdem bin ich nicht anderer Meinung. In jenem Jahr hat sich Finnland in etwas anderes verwandelt. Wir erreichen die makedonische Grenze und müssen uns einer Kolonne von LKWs anschließen. Ich drehe die Kassette um.

Der Ostbottnier rief, ob wir nicht wieder an die Arbeit gehen sollten. Er fuhr mit dem Bobcat Fleisch aus den Containern, und die hatten ihr eigenes Akkord-System.

Auf dem Containerdeck hat keiner für Stundenlohn gearbeitet. Das wär nix geworden, weil ja auch keine Chefs da warn. Es hieß bloß, das Schiff leer, Mann! Und von den andern hat sich keiner ausgekannt. Scheiße, Mann, das warn irgendwelche Bankdirektoren und so … echt wahr! Einer hat mich gefragt, was ich studiere. Religionswissenschaft im Hauptfach, hab ich gesagt. »Aha, da hätten wir für dich vielleicht Verwendung. In der Marktanalyse sind kulturelle Kenntnisse im Kommen.« Scheiß Komiker.

Über die Ausrüstung kann ich mich nicht beklagen. Die Versorgung funktioniert. Wenn die Klamotten nass werden, kann man sie gegen neue tauschen. Alle haben Wathosen, Gummihandschuhe und Schutzärmel. Sonst ginge es auch gar nicht. Aber es wurde einem kalt, als wir wieder die Strickleiter runter in die Schute mussten. Wo man sich gerade aufgewärmt hatte.

Was gibt es auf diesem Schiff nicht alles, sogar Schneeschaufeln! Und das Ding, mit dem wir alles verteilen, das ist wie ein Schneeschieber. Ist hier ja auch nichts anderes als Schneeschieben! Wo haben die das Zeug eigentlich her? Warum gibt's hier so was, verdammt? Nach dem, was ich gehört hab, ist die Pamisos ein liberianisches Schiff. Und das sind doch die reinsten Tropen, da unten.

Das Zeug kommt über so ne Rutschbahn runter. Slide nennen die das. Es muss gleich verteilt werden, damit es sich unter dem

Slide nicht stapelt. Na klar muss das Ende von der Rutschbahn ab und zu verrückt werden, damit sich alles gleichmäßig in der Schute verteilt. Das ist so ähnlich wie bei einem großen Betonguss, wenn die Masse ausgebreitet wird. Hier wird das Fleisch bewegt!

Man darf nicht daran denken, dass das alles Fleisch ist. Das ist so eine … Masse, mit Wasser vermengt. Ziemlich dünnflüssig, wie Schlamm. Hier unten riecht es erstaunlich wenig. Ich weiß nicht, ob das die Gewohnheit ist. Aber es ist ekelhaft, wenn was von dem kalten Schlamm in den Handschuh kommt. Da müssen Bakterien drin sein, weil sich jede kleine Wunde sofort entzündet.

Nach dem Feuerwerk haben wir kurz gearbeitet, dann gingen die Lichter aus. Alles war total finster.

Du hast nichts mehr gesehen! Du kapierst gar nicht, wie hell solche Arbeitslampen sein können, bevor sie ausgehen. Ich war gerade erst wieder runtergekommen.

Eine Zeit lang hat man tatsächlich nichts gesehen. Auch das Feuerwerk in der Stadt war vorbei.

Dann warn die Lichter aus. Musste den Cat anhalten, wo er war und mich aus dem Rumpf ins Freie tasten. Das ganze Schiff hatte einen Blackout! Woher hätten wir wissen sollen, was als Nächstes passiert? Ob der ganze Scheißkahn vielleicht untergeht! Das ist ein Anfang der Achtziger gebautes Schiff mit offenen Decks, innerhalb von ner halben Stunde bist du damit bei den Fischen zu Gast, wenn einmal Wasser ins Containerdeck läuft. Und wir hatten wegen der Belüftung ja auch noch die Tore offen. Mein Kumpel und ich haben uns abgesprochen, was wir machen, wenn was passiert, wenn der Kahn Wasser schlürft, oder wenn's brennt oder so. Wir haben abgemacht, dass wir dann nicht bleiben. Die andern haben überhaupt nix kapiert. Die wären verreckt wie die Fliegen. Wir haben uns ja in der Kabine vom Maschinen-Chief eingebunkert, wo die ganzen Schiffspapiere sind. Haben das Man-over-board-Protokoll gecheckt und sind die Evakuierungswege durchgegangen. In der Kabine waren sogar zwei Sauerstoffmasken – für den Fall, dass überall das Halon rausschießt, weil das Lösch-Halon ja den ganzen Sauerstoff wegdrückt. Jetzt haben wir die Rettungswesten geholt und sind hoch ins MOB-Boot. Hier bleiben wir, bis klar ist, was da abgeht. Anzüge haben wir zwar nicht angezogen, aber mitgenommen schon.

Niedermayer will wissen, was passiert. Was ist das für ein glucksendes Geräusch auf der Aufnahme? Wie hätte ich ihm erklären sollen, dass das Glucksen und Quatschen dadurch entstand, dass Jaska auf der stockdunklen Schute zur Hängeleiter watet? Der Stromausfall verursacht eine undurchsichtige Lage auf der Pamisos. Und Jaska ist mit seinem Mikrophon wieder mittendrin. Es gelingt ihm, die chaotische Atmosphäre mitsamt dem Geschrei der Männer glaubwürdig und authentisch rüberzubringen. Nachdem die Lichter aus sind, sind alle erst mal blind. Ich kann allerdings sehen, wie Jaska den Mikrophongalgen in alle Richtungen hält, um von allen Seiten aufgeregte Stimmen einzufangen. Er wusste, dass er an einzigartiges Material kommt. Das Adrenalin macht ihn superwach und analytisch. Er hat die Kopfhörer auf und gliedert das wirre Geschrei und Gerufe, indem er mitten in der Finsternis das Mikro immer vor die richtige Tonquelle hält.

Dann kommt jemand mit einer Lampe. Es muss der Ingenieur sein, der auf der Kommandobrücke war. Er fragt, ob jemand in der Schute zurückgeblieben ist. Keine Antwort. Der Ingenieur fragt noch einmal und sagt, er müsse nachsehen, ob niemand mehr unten in der dunklen Schute sitzt. Ein anderer erklärt sich bereit, ihm zu helfen. Es dauert einen Moment, bis ich kapiere, dass ich gerade Jaskas Stimme gehört habe. Ich fange an zu weinen. Ich schlage mit der flachen Hand aufs Lenkrad und danach auf meine Stirn.

Niedermayer staunt. Sein Staunen bewegt sich schon jenseits der Verlegenheit. Er hat von der Szene auf dem Band lediglich begriffen, dass es sich um eine Krisensituation handelt. Und plötzlich fange ich an zu weinen. Der Major ist sich wohl absolut sicher, dass Anfang der 90er-Jahre in Finnland ein ziemliches gesellschaftliches Durcheinander geherrscht haben muss, ohne dass die restliche Welt davon weiß. Man hört es poltern und dumpf klingen, als der Ingenieur und Jaska nach unten steigen. Jaska nimmt dabei unablässig auf. Ich erkläre, die Geräusche entstünden, weil zwei Männer auf dem stockfinsteren Meer eine Strickleiter hinunter in eine offene Schute kletterten.

Um etwas zu sagen, erkundigt sich der Major, ob die Schute beladen sei. Ich sage, sie sei voller verfaultem Fleisch. Ich sage auch, einer der beiden Männer auf der Strickleiter sei mein Mann. Dann fange ich so unkontrolliert an zu weinen, dass ich das Auto an den Straßenrand fahren und anhalten muss. Ich steige aus, stehe vor einem Melonenverkäufer, der seinen Stand an einer Haltebucht aufgeschlagen hat, und heule, den Kopf im Nacken, die Fäuste geballt. Ich weiß nicht, ob ich auf Jaska oder auf mich wütend bin. Mein Mann ist tot, bringe ich Niedermayer gegenüber mit Mühe heraus.

»I see …«

Niedermayer sagt, er verstehe jetzt alles. Mitten im Weinen lasse ich den glasklaren, eigentlichen Grund zu: Jaska ist nicht in die Schute gegangen, um jemandem zu helfen oder jemanden zu retten. Er ist hinuntergestiegen, weil er nach einer dramatischen Aufnahme gierte. Wenn da unten ein Arbeiter als Gefangener des Fleischbreis im Dunkeln zurückgeblieben ist, oder ein Ertrunkener, der dank seines Overalls angetrieben wird, bietet sich die Gelegenheit zu einer einzigartigen dokumentarischen Tonerzählung. Der Gedanke an Jaskas Motive ist so unheimlich und so eindeutig, dass das Weinen abrupt in einer kalten Verholzung endet, die nicht einmal durch die letzten Schluchzer erschüttert werden kann. Ich sehe, wie der Major von diesem Phänomen schockiert ist. Er mustert mich aus dem Augenwinkel wie eine unberechenbare Wahnsinnige. Als wir ein Stück weitergefahren sind, bittet er mich vorsichtig, noch eine Frage stellen zu dürfen: Ob er richtig gehört habe, ob auf der Kassette inmitten des Stimmengewirrs auch das Blöken eines Schafes ertönt sei?

PAJALA

Dreizehnter August zweitausendvier. Ermittlung: Pamisos.

Das Ganze wird immer deutlicher. Es ging um ein Schiff oder um Schiffe. Saarela hat sorgfältig Aufnahmeprotokoll geführt, aber Personenangaben zu den Leuten, die zu Wort kommen, sind darin nicht enthalten. Trotzdem gibt es in dem Material Menschen, die den Finanzsektor der damaligen Zeit genau kannten. Der Mann hat höllisch geschuftet, war zwischendurch an Land und hat dort Interviews gemacht. Zumindest am achten, zehnten und fünfzehnten Dezember hat Saarela Beamte und Wirtschaftsleute, die etwas über den Fall Pamisos wussten, befragt. Alle Aufnahmen sind innerhalb von sechs Wochen gemacht worden. Wie hat Saarela bei dem Zeitplan immer die richtigen Personen finden können? Er muss die Namen und Adressen dort bekommen haben, auf der Pamisos.

Im internationalen Seetransport ist bekannt, was auf die Branche zukommt. Die Schiffskapazität wird kritisch eingeschätzt. In den Werften fallen bald nur noch Reparaturen an. Die Ausgleichsproduktion liegt bei null. Und die Preise sinken sowohl im Neubau als auch auf dem Sekundärmarkt. Die Preise für Containerschiffe dieser Größenordnung waren schon letzten Sommer bei einem all time low angelangt. Aber das heißt ja nicht, dass sie nicht noch weiter sinken können. Derzeit stürzen die Preise nur so ab.

Da draußen sind Schiffe unterwegs, die heiß sind, und zwar jede Menge. Wer auf ihnen sitzen bleibt und wer die Verluste mittragen muss, darüber wird jetzt gerungen. Zum Teil sieht der Markt so aus, dass von außen Spekulationskäufer eindringen. Die glotzen auf die Preise, weil sie gefallen sind, denken, das ist aber billig, für den Preis ein ganzes Schiff! Das Gleiche passiert auf dem Immobilienmarkt: Amateure kaufen Häuser nur deshalb, damit sie sagen können, sie besitzen einen Wolkenkratzer, ein Hotel oder einen Büropalast.

Bei uns sind die größten Banken stark an der Schiffsfinanzierung auf den internationalen Kreditmärkten beteiligt. Die sind bei ganz großen Paketen dabei.

Wenn man sich auf den Markt begibt und anfängt, mit Optionen und Derivaten zu spielen, werden die materiellen Substanzen relativ. Ein Gebäude oder ein Schiff, das kann im Grunde alles Mögliche sein. Es geht darum, welche Vorstellungen auf dem Markt damit in Verbindung gebracht werden, und oft genug auch darum, wer das Päckchen aufmacht und feststellen muss, dass gar nichts drin ist – oder bloß verfaultes Zeug. Wir bewegen uns immer mehr in Richtung Fantasiewirtschaft. Insofern ähnelt die Wirtschaft zusehends der Medienbranche und der Kunst. Es ist so, wenn es so aussieht! Oder wie sagt man so schön?

Es wird große Leichen geben, wenn die neuen Finanzkaufhäuser erst mal kippen und die alten Handelshäuser und Banken mitziehen. Dann gehen ganze Flotten unter.

Bingo! Ich blättere in den internationalen Schiffsregistern nach Besitzerwechseln, die 1991 durchgeführt worden sind. Hier sieht man außer dem hitzigen Handel auch deutlich die jäh fallenden Preise. Unter anderem sind Schwesternschiffe der Pamisos verkauft worden. Die Pamisos hat innerhalb kurzer Zeit dreimal den Besitzer gewechselt, vor dem Schlussakt, der sich im Dunkeln verliert.

PENA

Ohne Zusatzmaterial krieg ich das Hörspiel nicht in den Kasten. Aber das ganze Zeug ist bei Laura. Mit dem, was ich habe, fange ich gar nicht erst an, einen Schluss hinzukneten. Also gibt es jetzt zwei Möglichkeiten: Entweder ich warte einfach ab, bis Laura von der Olympiade zurückkommt, oder ich krieg das Zeug von ihr per E-Mail als Tondatei und fummle den Schluss für das Hörspiel daraus zusammen. Ich hab ihr schon vor zwei Tagen eine Mail geschickt, aber nichts von ihr gehört. Ist meine Message überhaupt angekommen? Eigentlich müsste Laura sie sofort auf dem Schirm haben, wenn sie ihre Mails abruft. Aber wie willst du deine Mails lesen, wenn du mitten in irgendeinem scheiß Bosnien-Herzegowina unterwegs bist? Eigentlich dürfte sie gar nicht mehr bei den Jugos sein, weil gestern die Spiele angefangen haben. Sollte sie nicht was über die Eröffnungsfeier machen? Ich hab mir die Show im Fernsehen angesehen – total absurd. Die haben im Stadion einen See aufgeschlagen! Oder war es das Meer? Wahrscheinlich so eine Art Urmeer.

Laura meldet sich immer noch nicht am Telefon. Ich mach gar nix. Ist sinnlos, wenn ich nix hab, aus dem ich was machen kann. Bloß wird hier dann allmählich die Kohle knapp. Ob sie das Stück schon in Rechnung gestellt hat? Bestimmt. Die Kameras sollten ja gekauft werden. Für mich müsste auch langsam mal ein bisschen was rausspringen. Ich bin schließlich ein Kerl von neunzig Kilo und lauf nicht bloß mit dem Heiligen Geist als Treibstoff, auch wenn ich ne Weile vom Depotfett existieren könnte. Ich weiß nicht mal, ob Laura ihren Olympia-Job über Radiant abrechnet oder direkt. Wahrscheinlich sowohl als auch. Bei der Frau ist ein Euro eins fünfzig wert.

Was soll ich tun? Soll ich Laura als vermisst melden? Bei Interpol? Am besten warte ich einfach ab und kauf die Kamera. Die Kataloge von diversen Herstellern hab ich schon verglichen. Ich nehm das Sony-Paket. Ich muss nur noch mal im Internet checken, ob man das mit dem Rohr von Canon kriegen kann, dann geb ich die Bestellung auf. Wenn die Interviews mit zwei Kameras gedreht werden, kann die Zwei auf einem Stativ alleine vor sich hin laufen. Wir arbeiten mit Gegenschnitt und Zweitbild, um über die schwierigen Schnittstellen zu kommen. Sie kann ja wohl nicht gemeint haben, dass wir noch einen Kameramann einstellen. Wir wollen schließlich kein Multikamerastudio einrichten. Ich nehm jetzt erst mal eine. Die andere kann man mieten, wenn sie es unbedingt will.

Mittlerweile teilt Lauras E-Mail-Anschluss mit, dass sie »out of office« ist. Die Handynummer ist einmal mit irgendeiner Zentrale verbunden worden. Da ist eine Frauenstimme wie vom Meeresboden aufgetaucht. Hat so ein verfluchtes Serbokroatisch geredet. Ich hab kein Wort gerafft. Aber die hat nicht lockergelassen, als hätte sie Geld von mir zu kriegen, oder als wär ich ihr eine Erklärung schuldig.

Heute Morgen hab ich die Kamera geholt, und jetzt ist der Akku geladen. Mit der Bedienung gibt es keine Probleme. Ich hab mir zwei Stunden lang die Gebrauchsanweisung angeguckt und kapiert, dass ich bis jetzt total verarscht worden bin. Das ist alles Scheiße, das ganze Gelaber, von wegen, wenn du dir nicht ständig das Zeug der neuesten Generation holst, das die Anbieter auf den Markt drücken, fällst du sofort vom Schlitten. Alles Scheißdreck. Die Benutzung der Kamera ist total simpel! Über den Dialogarbeitsplatz weiß ich noch nichts, aber den wird ein Mensch mit Verstand ja wohl auch kapieren. Beim Filmen geht es sowieso immer noch um dieselben Sachen wie früher, und beim Schneiden ebenfalls. Wenn du nix von Bildkomposition und Rhythmus verstehst, hilft es dir gar nichts, wenn du der große Nerd bist. Jetzt werde ich das Teil mal testen.

Ich war im Park und hab Kinder gefilmt, auf dem Spielplatz. In der Nähe von dem Schachfeld, das so groß ist wie eine Zweizimmerwohnung und Figuren hat wie Milchkannen. Zwei kleine Mädels waren anstrengend, und ein Pimpf total unmöglich. Haben sich vor die Linse gedrängt und angefangen zu singen. Die haben gedacht, das ist die Abkürzung ins Superstar-Finale, und der kleine Typ hat den Hytönen gemacht und das Ganze moderiert. Ich glaub jedenfalls, dass es der Hytönen sein sollte. Wundert mich überhaupt nicht, dass der immer zum ätzendsten TV-Gesicht gewählt wird. Ich hab gedacht, mir brennt gleich die Sicherung durch, aber dann ist mir eingefallen, dass es zum Üben gar nicht schlecht ist, wenn man ein unruhiges Objekt hat.

Die Kids sind aufs Schachfeld und haben ihre Show abgezogen. Da war sowieso schon eine Truppe versammelt, die hättest du komplett in einen Film packen können. Absolut Fellini-mäßig. Einer hat einen Polyester-Anzug mit Weste angehabt, ein Brillenträger von vielleicht acht Jahren! Die andern wollten ihn fertigmachen, aber der war reinstes Teflon. Hatte eine Fliege am Hals, der Kerl. Aber was heißt hier Kerl, das war ein Gentleman. So ein kleiner Professor. Hat ihm nichts ausgemacht, dass die Superstar-Deppen ihm wer weiß was an den Kopf geschmissen haben. »Verzeihung, könntet ihr das noch einmal wiederholen«, hat er gemeint. »Würdet ihr bitte meinem Springer aus dem Weg gehen.« Der hat nämlich Schach gespielt. Die andern haben angefangen, Soap-Opera zu spielen, und der Anzugzwerg hat nichts geschnallt. »Wir haben keinen Fernseher. Mein Vater ist Essayist.« Den müsste man unter Schutz stellen, den Propellermann! Er hatte einen Kumpel mit Mütze und Zelthose, und gegen den hat er gespielt. Die waren in jeder Hinsicht verschieden, die zwei, im Reden, im Aussehen, aber die sind so gut zusammen klargekommen, dass ich mich gefragt hab, ob die auch ne Show abziehen. Ich hab sie gefilmt, bis der Akku gequalmt hat, und mir echt überlegt, ob ich die Aufnahmen behalten soll. Falls mal ein Job reinkommt, bei dem man Probeaufnahmen mit Kinderschauspielern für einen Werbespot oder einen Film machen muss, dann hätte ich schon zwei gute auf Lager. Ich hab mir sogar die Namen aufgeschrieben und ihnen meine Karte gegeben. Damit ihr vielleicht mal in einen Film kommt, hab ich gesagt. Der Anzugtyp hat gemeint, ist nicht nötig, er geht mit seinem Vater immer mit der Abo-Karte ins Filmarchiv. Ich weiß immer noch nicht, ob der mich verarscht hat. Die kleinen Mädels sind dann um mich rumgesprungen und haben geschrillt. Die bin ich erst losgeworden, nachdem ich denen auch meine Karte gegeben hab.

Am Abend hab ich mir dann das Restmaterial vom Hörspiel angehört, die Teile, die verkrustet sind, weil das Band verknickt war. Ich hab gespult und am Mischpult alles aus ihnen rausgepresst, um zu verstehen, was gesagt wird. Der Wolkenkratzerbesitzer spricht. Er ist ziemlich besoffen – auf dem Schiff wird ja mit Alkohol gedealt. Dieser Immobilienschwindler redet was von großen Geschäften mit Schiffen. Jaska hat sich selbst rausgeschnitten, also die Fragen, die er gestellt hat. Aber es waren Preise, nach denen er gefragt hat, Schiffspreise; für wie viel Geld man so ein Schiff wie die Pamisos kaufen kann. Der Immobilienclown fordert ihn auf, Virmanen zu fragen, wie hoch der Tagespreis liegt. Keine Ahnung, wer Virmanen ist.

Raija Koski spricht auf dem Band über einen Film, der gedreht wird. Jaska hatte also einen Film über die Pamisos geplant. Und jetzt hat Laura dasselbe vor. Wir machen ein Konzept für einen Spielfilm, sobald wir die Doku fertig haben. Okay, das Thema ist gut, aber ich weiß nicht, ob es *so* gut ist. Die Leute haben sich in den letzten fünfzehn Jahren ein bisschen verändert. Solche Superstar-Gestalten und MTV-Zappler von heute kapieren ja gar nicht mehr, was wahr ist und was fake. Sämtliche Kinofilme und alles, was im Fernsehen kommt, ist Verarschung. Das wissen sie. Aber sie glauben auch, dass überhaupt alles bloß Kino und TV ist. Der beliebteste Beruf ist derzeit Moderator! Das musst du dir mal reinziehen, Mann. Die wissen gar nicht mehr, dass es auch was gibt, was nicht die reine Verarsche ist. Aber du kannst aus so was wie der Pamisos keinen Film machen, wenn die Zuschauer nicht raffen, dass so was tatsächlich mal passiert ist.

Ich hab noch die Welt gesehen, die wir hatten, bevor das alles losgegangen ist, die Welt vor der Wirtschaftskrise. Und trotzdem hab sogar ich ständig genau dasselbe Gefühl, wenn ich mir das Doku-Band von der Pamisos anhöre: Das ist nicht wahr. Das kommt irgendwie als Fight oder so rüber, als wer weiß was für ein abgefahrnes Format. Die Leute sind auf dem Schiff versammelt worden, es geht ums Überleben, und jeder versucht die anderen aus dem Rennen zu schmeißen. Das mit dem verfaulten Fleisch und so weiter, das kannst du einfach nicht glauben. Quasi wie im Reality-TV, wo die Leute losgelassen werden, damit sie um die Wette Fliegen fressen oder auf einen Berg klettern. Und jeder weiß, dass die ganze Zeit ein Riesenfilmteam nebendran steht, samt Produzent und Moderator.

Heutzutage glauben die Leute schlicht und einfach nicht mehr, dass irgendetwas echt existieren kann. Nicht mal die Nachrichten sind wahr. Alles ist geplant, gebrieft und organisiert, Kamerastandort, Perspektive. Wenn die Polizei eine Festnahme macht, dann ist das Team von Polizei-TV vor Ort. Und als die Amis im Irak den Krieg vom Zaun brachen, wer war als Erster da? Das gottverdammte CNN – in der Hauptstadt des Feindes und überträgt live, wie die eigene Luftwaffe Bomben abwirft! Was nicht ins Fernsehen kommt, das passiert auch nicht. Was nicht ins Fernsehen kommt, gibt es nicht. Nur Idioten glauben, dass Polizei-TV die Wirklichkeit zeigt, wie sie ist. Niemand, der was vom Fernsehen versteht, kann heute noch glauben, dass irgendwas, das in der Kiste läuft, wirklich echt ist.

Als ich das Radio einschalte, ist Laura drin. Auf Radio Suomi. Sie rennt Marathon, verdammte Hacke, und labert dabei was von irgendeinem Kampf!

LAURA

Ich setzte Major Niedermayer in Skopje ab und fuhr ohne Schwierigkeiten durch Makedonien nach Griechenland. Über die Grenze kam ich schnell. Als die griechischen Grenzer und Zollbeamten merkten, dass ich Journalistin bin, wollten sie keine Dokumente oder Gepäckstücke sehen, sondern gaben mir nur mit Handzeichen zu verstehen, ich solle mich beeilen. Sie glaubten wohl, ich versuchte noch, es zur Eröffnung zu schaffen, aber dort hatte ich nichts zu suchen. Während der Fahrt hatte ich eine Rahmenidee für meine Beiträge entwickelt, die ich leicht an den verantwortlichen Produzenten von Radio Suomi verkaufen konnte: Ich laufe den olympischen Marathon von Athen ab – oder tue so, als ob – und mache entlang der historischen Strecke Sendungen.

Mit dem Programmrahmen kann ich jetzt sämtliche Kulturbeiträge fusionieren, die ich vorbereitet und mit dem Rundfunk abgesprochen habe. Natürlich laufe ich die Marathonstrecke nicht auf einmal und auch nicht schnell. In der Sendereihe ist es aber trotzdem wichtig, die Illusion einer andauernden physischen Leistung zu schaffen, auch wenn es in der Produktionsphase in kleinen Stücken geschieht, wie bei einer Filmproduktion. Der Produzent reserviert mir täglich zwanzig Minuten in dem Sendeblock, der um vierzehn Uhr beginnt. Und das Beste ist, dass er vorhat, meine Stücke am späten Abend noch einmal als Wiederholung zu bringen.

Am ersten Wettkampftag fahre ich die klassische Marathonstrecke mit dem Auto ab und lege die Etappen fest. Meine Insertreihe soll ab dem dritten Wettkampftag laufen. Zum Glück kann ich meine Stücke pseudolive machen. Mit anderen Worten, es wird in den Inserts der Eindruck einer Direktübertragung geschaffen, obwohl das Ganze eine Aufzeichnung ist. Ich habe vor, die Sachen früh am Morgen zu machen. Vierzehn Uhr wäre auch die irrsinnigste Zeit dafür – dann erreichen Hitze und Hintergrundlärm ihren Höhepunkt.

Am Morgen des zweiten Tages gehe ich trainieren und Probeaufnahmen machen. Es ist noch dunkel, als ich auf dem Parkplatz des Pressezentrums starte. Auf der Uferstraße nach Marathon geht die Sonne rasch hinter Euböa auf und erleuchtet die staubige Landschaft. Die weiße Motorhaube des Autos und meine Hände auf dem Lenkrad werden mit einem Mal rot. Die Luft ist vollkommen klar. Bis zum Mittag wird die Sonnenhitze Dunst von der Ägäis aufsteigen lassen, dann werden die Konturen weich werden und die Berge und Inseln in der Ferne außer Sichtweite geraten. Neben der Straße versucht eine Schafherde, etwas Grün zu finden.

Ich parke den Wagen auf dem antiken Kampfplatz und steige aus. Noch ist die Morgenluft kühl. Den digitalen Recorder stecke ich in die Gürteltasche auf dem Rücken, die Kabel von Mikrophon und Kopfhörer schiebe ich unter das Band des Pulsmessers. Das Knopfmikro befestige ich mit einem Clip am Halsausschnitt meines

Trikots. Ich schalte den Recorder ein und hüpfe auf der Stelle. Man hört keine störenden Nebengeräusche. Ich reguliere den Aufnahmelevel und jogge langsam los. Das laminierte Skript halte ich einfach in der Hand. Auf einem DIN-A4-Blatt habe ich in Versalien alles zusammengefasst, was ich während des Laufens sagen will. Für die Bearbeitung werden mir nicht mehr als zwei Stunden bleiben, darum muss alles von vorneherein gut gegliedert sein. Im Prinzip muss es auf Anhieb eine verwertbare Form haben. Ich glaube, dass ich in der Lage bin, einen Text zu produzieren, den man im günstigsten Fall überhaupt nicht schneiden muss. Im Programm ist für meine Inserts ein Fenster reserviert, bei dem die Länge um bis zu fünf Minuten variieren kann.

Ich halte den Puls unter hundertzehn. Dadurch kann ich mühelos sprechen, aber der Eindruck des Laufens wird trotzdem vermittelt. Das Geräusch der Laufschuhe ist in der richtigen Lautstärke zu hören. Ich nähere mich Schafen, deren Blöken schon von Weitem zu hören ist. Als ich die Herde passiere, ist das Blöken am lautesten, danach klingt es langsam ab – ein schlichtes, aber dynamisches und effektives Klangbild. Es funktioniert gut, es funktioniert tatsächlich! Ich spreche über Sport und Kriegserziehung in Attika und auf der Peloponnes im vierten Jahrhundert vor Christus, zur Zeit der Persischen Kriege. Von da will ich auf Sparta und die dortige Sporterziehung von Mädchen überleiten. Es ist aber nicht nötig, den gesamten Redeteil durchzuproben. Im Gegenteil. Die Frische soll bewahrt werden. Ich weiß jetzt, dass es funktioniert, und das genügt mir. Wenn morgen die Sonne aufgeht, bin ich wieder hier, mache die Aufnahme so, wie ich es geprobt habe, und fahre ins Pressezentrum, um das Material zu bearbeiten. Notfalls kann ich das auch am Laptop im Auto machen. Bis Mittag ist der Beitrag fertig. Dann besteht ein ausreichend dicker Zeitpuffer bis zur Sendung um zwei. Das wäre also klar.

Im olympischen Dorf äußert der Produzent voller Kummer die Vermutung, dies wären die letzten Olympischen Spiele, die der Finnische Rundfunk übertragen könne. Sportveranstaltungen seien zu einer übernationalen Content-Produktion geworden, Bestandteil des größten Geschäftszweigs der Erde, und die nationale Radiostation eines kleinen Landes könne es sich nicht leisten, bei so etwas mitzumachen. Ich sage nichts dazu. Es würde den Mann kaum trösten, wenn ich sagte, die Entwicklung würde sich auf unsere Arbeit jedenfalls nicht negativ auswirken. Jemand muss den Inhalt produzieren, und darum gibt es in der Branche genügend Aufträge für Profis, die es gewohnt sind, mit Blick nach vorne durch die wirkliche Welt zu gehen und nicht nach hinten zu schauen, in die gepolsterte und rundum abgefederte Praxis des öffentlich-rechtlichen Rundfunks.

Am Abend sitze ich auf dem Balkon meines Hotelzimmers und höre Pamisos. Dazu trinke ich Retsina aus dem Pappbecher. Das heißt, ich trinke nicht. Der Becher saugt sich nämlich voll und lässt den Wein durch. Er hat mir sowieso nicht sonderlich geschmeckt. Ich bin ziemlich sicher, dass der Student der Religionswissenschaft, der als Stauer arbeitet, mit dem Mikko Leino auf Pajalas Liste identisch ist. Wohnhaft in Helsinki. Ich beschließe, diesen Leino ausfindig zu machen. Ich beende das Abhören der Kassetten und öffne den Laptop. Als Erstes schicke ich eine Mail an Pena. Er darf sich mit Raija Koski treffen, der Hauptkasse von der Pamisos. Er soll einen Drehplan für die Interviews mit ihr machen und schon mal mit ihr reden.

Die Suchmaschine findet Mikko Leino sofort. Zuerst lese ich einen Text, den der Mann selbst geschrieben hat, für die Zeitschrift *Werbung und Marketing*. Daraus lässt sich nicht schließen, ob es sich um den richtigen Leino handelt. Auf der Homepage wird als Hobby Tauchen genannt. Der junge Kerl auf der Pamisos sagt von seinem Freund, er würde tauchen, aber über sich selbst sagt er zu dem Thema nichts. Es kann trotzdem der Richtige sein. Alter: neununddreißig, beziehungsweise er wird es dieses Jahr. Hat bei Nokia gearbeitet! Mittlerweile selbstständig. Studium ... Diplomsozialwissenschaftler, Nebenfach Religionswissenschaft! Es muss der Mann sein, er hat nur das Fach gewechselt. Auch Leinos Daten gebe ich an Pena weiter und suche sofort nach der Adresse und Telefonnummer von Raija Koski. Pena kann so etwas nämlich nicht. In Vantaa gibt es fünf Raija Koskis. Das Alter von zweien passt. Die eine ist Diakonin – nie im Leben! Bleibt eine übrig: Raija Koski, Raappavuorenreuna 4 D. Schatzkartenlehrerin. »Schatzkartenlehrerin«?

Aus Jaskas Material schließe ich, dass der auf dem Band häufig auftretende Ingenieur, der Frau und Kind hat, irgendwann an Land geht und Jaska mitnimmt – zu sich nach Hause. Das wird zwischendurch deutlich, obwohl Jaska sämtliche Hinweise auf die Welt jenseits der Pamisos offensichtlich bewusst herausgeschnitten hat.

Gerade wegen dieser Isolation ist das Rohmaterial ja auch so stark. Die Wirkungskraft beruht auf dem engen Ausschnitt: Die Pamisos erscheint auf den Bändern als eigene, fremde, etwas beklemmende Welt, die irgendwo außerhalb der übrigen Welt vor sich hin dümpelt, unerreichbar wie ein Raumschiff, das aus der Umlaufbahn geraten ist.

Die Isolation ist aber vielleicht eher ein konstruierter Effekt als ein realer Zustand. Zwischendurch geht aus den Repliken indirekt hervor, dass zwischen Schiff und Stadt allerlei Verkehr herrscht. Der Ingenieur entfernt sich mit Jaska sogar mehrfach von der Pamisos. Das war offenbar nicht verboten. Sicherlich waren auch andere an Land. Aber nichts davon geht aus dem Material hervor, auch nicht versehentlich. Und es gelingt mir auch nicht, den Ingenieur zu identifizieren. Ich komme einfach nicht darauf, welcher der Namen auf Pajalas Liste zu ihm gehört. Andererseits wüsste ich nicht, warum er nicht auf der Liste stehen sollte. Immerhin ist seine Stimme unter den übrigen Stimmen auf der Pamisos sehr zentral. Ich beschließe, einfach auf den Busch zu klopfen und Pajala direkt zu fragen. Ich fische die E-Mail-Adresse der Polizei Helsinki heraus und schicke eine Mail, in der Annahme, dass die Polizei die E-Mail-Adressen ihrer Mitarbeiter mit der gleichen Logik konstruiert wie andere Firmen und Körperschaften auch. Die Mail wird verschickt, eine Fehlermeldung bleibt aus.

Von Pena ist eine Nachricht gekommen. Er behauptet, das Hörspiel, das an den Finnischen Rundfunk verkauft wurde, habe keinen Schluss. Wieso das denn? Pena meint, es fehle etwas am Ende. Es sei Material entfernt worden. Das zuvor Gehörte werde unlogisch, wenn es am Ende keine vernünftige Entsprechung dafür gebe. Er bittet mich, ihm das Originalmaterial als Tondatei zu schicken. Er könne das Hörspiel nicht mit dem ihm zur Verfügung stehenden Material zu Ende bringen. Seltsam.

Ich prüfe die Ausrüstung, die ich für die Marathonaufnahme brauche, schließe Digi-Recorder und Laptop ans Ladegerät an und gehe schlafen.

PENA

Von Laura sind Mails eingetrudelt: Befehle. Ich soll diese Raija Koski ausfindig machen und die Interviews vorbereiten. Die Tussi wohnt auch noch in Vantaa … »Raapavuorenreuna«. Im Telefonbuch hat sie ein Rechteck mit ner kleinen Anzeige für ihre »Praxis« – unter derselben Adresse wie die Wohnung. Die Frau ist »Schatzkartenlehrerin«. »Maaru Tang«. Was soll'n das für ne Scheiße sein? Aber okay, ist mir egal. Ich bin Profi, ich ruf sie an.

Ich hab die Stimme am Telefon sofort erkannt. An sich keine Überraschung. Nicht so hohl und schroff wie vor fünfzehn Jahren, allerdings ein bisschen abgenutzt, leicht rau. Ich hab mich also vorgestellt und gesagt, wer und von wo ich bin. Sie hat sich absolut nicht gewundert, dass man sie filmen will. Im Gegenteil. Sie hat mir erklärt, dass sie schon mal im Fernsehen war. Ich hab sie gefragt, ob ich gleich morgen kommen kann. Es ginge um die Vorbereitung der Produktion, es würde noch nicht richtig gedreht. Von mir aus kannst du gleich kommen, hat sie gemeint. Die glaubt, es geht um ihren Job. Ich hab nicht mal kapiert, ob diese Schatzkartenbelehrung eine Art Therapie ist oder wieder mal so'n neues Business-Training.

Ich geh natürlich hin. Aber ich mische mich nicht in

den Inhalt ein. Ich geh zur Koski, checke ab, ob man dort drehen kann, also in Sachen Licht, Perspektive, Steckdosen und so. Ich seh zu, dass ich einen Plan von allem hab, und bereite alles vor, was produktionstechnisch nötig ist. Die Alte kann mir erzählen, was sie will, ich mach einfach mit, sag »ja, ja« und »tatsächlich?« und »ganz genau«, aber sonst sag ich gar nix. Vor allem über die Pamisos kein Wort. Das kann Laura aufs Tapet bringen. Kann sein, dass die Schatzkartenlehrerin gar nicht so scharf drauf ist, darüber zu reden. Meine Fresse, das wird ein Match, wenn Laura mit dem Interview loslegt: T. Rex gegen Lady Dragon! Da will ich lieber nicht dabei sein.

Wo, verdammt noch mal, soll das überhaupt sein, »Raapavuorenreuna«? Okay, ich hab nen Stadtplan. Hier ist Vantaa … Aha, das schreibt sich mit zwei p: »Raappavuorenreuna«! So, jetzt ist es auf dem Plan markiert. Auf der Hämeenlinnantie stadtauswärts und hinter Kaivoksela dann links ab … nee, rechts, die Ausfahrt führt obendrüber, klar. Okay, okay … Dann mal los. Die Ausrüstung nehm ich trotzdem mit, auch wenn ich nicht drehe. Das macht Eindruck. Wenn du mit der Kameraausrüstung kommst, verschwinden die Frauen erst mal für fünf Minuten ins Klo und machen sich den Kopf beziehungsweise kontrollieren, ob noch alles dran ist. Dabei haben sie sich natürlich vorab schon zurechtgemacht. Inzwischen kann ich mich in der Wohnung ausbreiten und mir schon mal einen kleinen Überblick über die Räume und die Person verschaffen. Über die Pamisos werde ich garantiert nix sagen. Sonst frisst mich die Amazone auf der Stelle auf. Die muss bloß was riechen. Scheiße, dass ich Lauras Wagen nicht hab. Muss ich alles in meine kleine Kiste stopfen.

Puh … Das hab ich hinter mir. Die Alte hat nix geahnt. Leck mich, die hat mir vielleicht das Ohr abgekaut mit ihrer Schatzsucherei. In ihre Wohnung bin ich gar nicht reingekommen. Sie hat im selben Stockwerk auf ihre Firma eine Zweizimmerwohnung als Office gemietet. Dort arbeitet sie unter dem Namen Maaru Tang, weil sie ihr Privat-Ich aus dem Job raushalten will. Ich hab das Gefühl, sie will ihr Privat-Ich so ziemlich aus allem raushalten. Vielleicht ist Maaru Tang so eine Art Künstlername. Keine Ahnung, wo sie den geklaut hat. Kann man sich jedenfalls besser merken als Raija Koski.

Wir waren also die ganze Zeit im Schatzkartenbüro, und dort soll dann auch gedreht werden. Die Tür zu ihrer Wohnung darf man nicht aufmachen, das ist ziemlich schnell klar geworden. Durch ihren Job als Schatzkartenlehrerin ist sie viel unterwegs. Sie fährt von Firma zu Firma und hält in ganz Finnland Vorträge. Scheint gut zu laufen. Ist als Fortbildung wahrscheinlich auch nicht schlechter wie irgendwas anderes. Da laufen exakt dieselben Sachen ab wie in jedem Business-Psychotraining, das von den Amis importiert wird: Die inneren Energievorräte mobilisieren und so. In jedem Paket steckt ungefähr dasselbe drin.

Aber dieses Paket hier ist schon verdammt kindisch. Man soll seine eigene Schatzkarte zeichnen: Was willst du vom Leben, wo willst du hin? Wie sieht die Route aus, die du gezeichnet hast, und was ist der echte Weg? Wo hast du deinen Schatz versteckt? Ich kann mir einfach nicht vorstellen, wie eine Bande von ausgewachsenen Kerlen mit solchen Karten hantiert. Okay, vielleicht muss man sich da irgendwelche 30-jährigen Metrosexuellen denken … Ich hab einfach nicht mehr das Feeling dafür, was bei denen im Kopf abgeht. Ansonsten glaub ich, dass die Kunden von der Koski eher Frauen sind. Bei denen kommt das an. Es ist, wie gesagt, genau dasselbe wie das, was die ganzen Motivationsgurus abziehen. Und vielleicht ist sogar was dran. Nichts dagegen. Wenn du glaubst, du musst und willst unbedingt für so was blechen, dann nur zu.

Und die Koski selbst … Die war ziemlich gut. Ich glaub, die blickt durch. Die ist nicht doof. Und reden kann sie, muss man ja auch in der Branche. Wird für Laura nicht einfach! Und dann hat die Koski durch ihre Erfahrung einen speziellen Touch für die Realität, wie ihn nicht viele haben. Die hat echt was zu sagen über das Leben und die Menschen und die Welt, da würde es sich für manch einen lohnen, mal genau zuzuhören. Ihrer Stimme merkt man an, dass sie früher kräftig geschluckt hat. Ein bisschen sieht man's auch am Gesicht, obwohl sie immer noch ganz gut aussieht. An sich verdammt korrekte Person, auch wenn ich nicht gerade ein Date mit ihr haben will. Fängt wahrscheinlich nicht so ohne Weiteres an, über sich zu sprechen, über ihr wahres Ich. Keine Ahnung, wie Laura auch nur ein Wort über die Pamisos aus ihr rausbringen will. Die Koski hat nämlich ein paar Dinger auf dem Kerbholz, die sie garantiert nicht vor aller Welt ausposaunen will.

Ich werde Laura ne Mail über die Koski schicken. Per Schneckenpost ist ein Brief von der Polizei Helsinki gekommen! Was steht da drin? Ich soll aufs Revier nach Pasila zur Anhörung. Ist das so was wie ein Verhör? Sie wollen, dass ich anrufe und einen Termin vereinbare. Scheiße. Was hab ich jetzt schon wieder angestellt?

LAURA

In Athen hatten Frauen nicht mehr politische oder juridische Rechte als Sklaven. Mädchen wurden ausschließlich für Arbeiten im Haushalt unterrichtet. Sie mussten isoliert leben, in Häusern, die jungen Frauen vorbehalten waren. In Sparta hingegen trieben die Mädchen in aller Öffentlichkeit Sport wie die Jungen. Die jungen Frauen rangen, warfen Diskus und Speer. Mehr noch. Sie gewöhnten sich daran, wie die Jungen nackt bei Umzügen aufzutreten. Sie sangen und tanzten auf religiösen Festen, gleichberechtigt mit den Jungen und vor deren Augen. Wenn ein Mädchen aus Sparta heiratete, hieß das, dass der Bräutigam sie rauben musste. Die Braut bereitete sich auf die Begegnung mit dem Brauträuber vor, indem sie sich die Haare abschnitt sowie Männerkleider und die Rüstung eines Kriegers anlegte. So präpariert wartete sie in einem dunklen Raum auf den Kandidaten. Der Junge musste dem Mädchen beweisen, dass er ihm physisch gewachsen war.

Unnötig, das alles Wort für Wort aufzuschreiben. Der Text muss ohnehin mündlich und zeitgleich mit der Aufnahme produziert werden. Es geht nur darum, sich gut vorzubereiten, sich die Themen zu überlegen, kompakte Notizen zu machen und sich dann auf sich selbst zu verlassen. Beim Laufen kann man sogar ganz gut sprechen. Durch die Schritte und den Atem findet man den Rhythmus. Das Tasten nach den Wörtern und auch kleine Pausen klingen äußerst natürlich, wenn der Hörer weiß, dass die Sprecherin die ganze Zeit läuft. Und zwar nicht nur im allgemeinen Sinn läuft, sondern auch noch die anspruchsvollste Langstrecke, die die Leichtathletik kennt, nämlich den Marathon. Das Stück heute hat gut funktioniert. Die Kollegen waren ziemlich beeindruckt. Was ich mache, ist ja auch tatsächlich guter Radiojournalismus, der das Medium kreativ nutzt.

Das Gehör ist ein Warnungssinn. Die Ohren kann man nicht schließen wie die Augen. Der Mensch hört sogar im Schlaf. Darum wirkt eine journalistische oder jede andere Ausdrucksform, die auf dem Gehör basiert, im besten Fall effektiver als jede visuelle Form, auch wenn diese noch so sehr mit Spezialeffekten aufgeladen ist. Für Jaska war die Arbeit fürs Radio die Königsdisziplin. Das Beste am Pamisos-Material sind die außerhalb der Interviews eingefangenen Situationsaufnahmen, einzelne Stimmen, Wutausbrüche, Ausrufe, Warnungen … Dafür hat Jaska eine Menge arbeiten müssen, aber das begreift nur jemand, der selbst schon einmal dokumentarische Aufnahmen gemacht hat. Und dennoch ist es nicht leicht, sich in die Beschaffung des Pamisos-Materials hineinzuversetzen. Ich weiß nicht einmal, ob es überhaupt möglich ist. Wer kann jetzt noch wissen, wie es damals wirklich war?

Die Umstände und die Umgebung waren in jeder Hinsicht außergewöhnlich, und die Menschen in einem Zustand, für den sich höchstens in der Seelenlandschaft der Kriegszeit eine Entsprechung finden ließe. Unter diesen Voraussetzungen hat sich Jaska wie ein Raubtier darauf konzentriert, in den Wind gerufene Sätze, von Müdigkeit und Bitterkeit verursachte Streitereien und tränenreiche Ausbrüche von Frustration und Verzweiflung zu erbeuten. Geduldig hat er mit dem Mikrophon am Galgen, dem Kopfhörer über den Ohren und in Wathosen auf der Lauer gelegen. Immer wieder muss ich zu der Vorstellung zurückkehren, dass Jaska die letzten Tage seines Lebens wie ein Geier inmitten von verfaultem Fleisch Wache geschoben hat. Es ist schwer, sich ein Bild zu denken, das die Rolle der Medien, den Part des Journalisten und Dokumentaristen innerhalb der kulturellen Arbeitsteilung besser auf den Punkt bringt. Ein Journalist, der eine Reportage macht, vermittelt kalt und unbeteiligt und von perverser Leidenschaft getrieben alles Mögliche, sogar seinen eigenen Tod. So wie es der TV-Kameramann machte, der während der Revolution in Chile seine eigene Erschießung festhielt.

Ich fange auf dem Balkon an zu frieren, obwohl mich die schwarze, warme griechische Augustnacht umgibt. Aus dem olympischen Dorf ist Lärm zu hören. Die Griechen haben eine Art zu schreien, die mich auf die Palme bringt. Alles, was sie zu sagen haben, schreien sie, und sie schreien auch, wenn sie nichts zu sagen haben. Jederzeit kann jeder Beliebige einen überraschenden, lautstarken Schrei ausstoßen, der den Puls schneller schlagen lässt, den Blutdruck in die Höhe treibt und sämtliche Stresshormone in Bewegung setzt. Und wenn es keine Menschen sind, die unvorhersehbare Töne ausstoßen, dann sind es die Autos. Auch jetzt hört man von der Straße hinter den Unterkünften unablässig Gehupe, das Quietschen von Bremsen und das Aufheulen von Motoren. Ist das der olympische Rausch oder normales griechisches Leben? Ich weiß es nicht. Wenn sie nur ab und zu mal still wären! Abgesehen von den unausweichlichen Besprechungen mit dem Produzenten habe ich hier noch mit niemandem ein Wort gewechselt.

Im Hotelzimmer sehe ich mir Jaskas Aufnahmeprotokolle genau an, um das zusätzliche Material zusammenzustellen, das Pena braucht, damit er für das Hörspiel einen Schluss konstruieren kann. Ich will auch Klarheit darüber erlangen, was Jaskas letzte Aufnahmen waren. »Einzelint. 23.12. Nm. Mannschaftskabine Wetterdeckebene, hallfreie Innenakustik« verzeichnet die Buchhaltung. »Nm« … Nachmittag? Wenige Stunden später muss Jaska tot gewesen sein. Ich finde keine Aufnahmen, die dem Buchhaltungscode entsprechen. Seltsam … Vom letzten Aufnahmetag findet sich überhaupt kein Material, obwohl es laut Eintragungen mehrere Stunden davon geben müsste. Auch die Buchhaltung selbst ist unvollständig. Die Einträge enden am Nachmittag des 23.12., aber das Ringbuch ist auffallend dünn, es sind eindeutig Seiten herausgerissen worden.

»Einzelinterview in der Mannschaftskabine, Nachmittag« … Ende Dezember geht die Sonne gegen drei Uhr unter. Jaska hat die Pamisos also im Stockfinsteren verlassen. Eigentlich weiß ich nicht viel über seine letzten Stunden. Die Leiche ist nie gefunden worden, aber was ist mit dem Boot? Meiner Meinung nach hätte es unsinkbar sein müssen. Allerdings hatte das auch für die Titanic gegolten. Niemand wird alles darüber wissen, aber ich weiß nicht einmal das, was die Behörden vermutlich wissen. Erst jetzt fällt mir ein, dass ich Pajala gar nicht gefragt habe, ob er eine Vorstellung davon hat, wo Jaskas Material die ganzen Jahre über gewesen ist. Warum hatte er es nicht bei sich gehabt? Ich habe nie nach Jaskas Tod fragen wollen, auch Anfang des Sommers nicht, als Pajala das Material und die Geräte zurückbrachte. Jetzt nehme ich mir vor, Fragen zu stellen.

PAJALA

Fünfzehnter August zweitausendvier. Ermittlung: Pamisos.

Laura Vuorela hat angefangen nachzudenken. Sie fragt, wo Jaakko Saarelas Sachen gewesen sind. Weshalb sie erhalten geblieben sind. Mit anderen Worten, sie will wissen, warum sie nicht bei Saarela im Boot gewesen sind, auf jener Fahrt, die im Tod endete. Wir wissen es nicht. Eventuell hat Saarela das Material auf der Pamisos aufbewahrt. Gut möglich, dass Vuorela das glaubt. Aus ihrer Sicht wäre das plausibel. Sie weiß, dass der Mann wegen seiner beruflichen Ambitionen das gesamte Projekt vor ihr geheim halten wollte. Warum hätte er also das verräterische Material samt Aufnahmeapparaturen an Weihnachten nach Hause mitbringen sollen? Dort hätte er die Sachen nur schwer verstecken können.

Ich will Vuorela nicht auf den Gedanken bringen, jemand könnte Saarela das Material gewaltsam abgenommen haben. Ein solcher Gedanke würde sich auf Vuorelas Fragen auswirken, wenn sie Raija Koski interviewt und all die anderen, die zu befragen sie interessant findet. Ich will nicht, dass sie der Koski einen Schrecken einjagt. Die Frau ist ein harter Knochen und wird komplett aufhören zu reden, wenn sie etwas ahnt. Vuorela wird unweigerlich erkennen, dass ihr Mann höchstwahrscheinlich unter Druck gesetzt wurde, dass er bei seinen Aufnahmen Informationen erhalten haben muss, deren Verbreitung verhindert werden sollte. Anders lässt sich das Verschwinden des zuletzt aufgenommenen Materials nicht erklären.

Vuorela fragt in ihrer langen E-Mail auch nach den Todesumständen ihres Mannes. Was wissen wir darüber? Es besteht kein Anlass, gesicherte Erkenntnisse zurückzuhalten. Sie hat ohnehin das Recht, sie zu erfahren. Ein Wunder, dass sie nicht schon früher danach gefragt hat. Ich berichte ihr, Saarelas Boot sei am Westufer der kleinen Insel Kuiva Hevonen gefunden worden, umgedreht, angespült vom Südwestwind. Der Kapitän eines Verbindungsbootes der Streitkräfte sichtete das Boot, gab eine Seerettungswarnung durch und nahm in dem Gebiet eine Suche vor, bis eine Patrouille der Küstenwache, die zum Landen in der Lage war, eintraf. Menschen wurden keine gefunden, weder tot noch lebendig. Sämtliche losen Gegenstände, einschließlich Treibstofftanks und Außenbordmotor, waren verschwunden. Der Motor wurde später in einiger Entfernung vom Fundort des Bootes auf dem Ufergeröll entdeckt. All das geschah am ersten Werktag nach Weihnachten. Die Vermisstenanzeige zu Saarela wurde erst nach Neujahr aufgegeben.

Kaum hat sie die Informationen erhalten, fragt Vuorela, wann ihr Mann zuletzt lebend gesehen worden ist. Ob die Leute, die auf der Pamisos gewesen waren, befragt worden seien. Ob es möglich wäre, dass Saarela an den Weihnachtsfeiertagen an Bord gewesen sei. Wo überhaupt die Vermutung herkomme, der Mann sei ausgerechnet am dreiundzwanzigsten Dezember verschwunden. Ich muss ihr in Erinnerung rufen, dass Saarela in keiner Weise mit der Pamisos in Verbindung gebracht wurde. Sein Fall wurde als normaler Vermisstenfall auf See behandelt. Man nimmt an, dass sein Tod durch einen Unfall beim Fischen verursacht worden ist, man geht mit anderen Worten davon aus, dass Saarela ertrunken ist. Mittlerweile weiß man, dass es nicht am dreiundzwanzigsten passierte, sondern drei Tage später. Nachdem ich es mir genau überlegt habe, beschließe ich, Vuorela die Vermutung mitzuteilen, dass im selben Zusammenhang ein weiterer Mann, der auf der Pamisos gearbeitet hat, verschwunden ist. Er war bei Saarela im Boot, als es zu den unglücklichen Ereignissen kam. Ich sagte, ich sei erst kürzlich zu dieser Annahme gelangt, nachdem ich mir angesehen hatte, welche Vermisstenfälle im Dezember 1991 bei der Polizei Helsinki eingegangen waren.

Jetzt warte ich auf Vuorelas Kontaktaufnahme. Sie muss den Mann, der mit Saarela verschwunden ist, als den Ingenieur aus Sipoo identifizieren, der auf den Pamisos-Bändern auftaucht. In ihrer letzten E-Mail fragt sie, warum der Ingenieur nicht auf der Liste der Interviewten stehe, die ich ihr gegeben habe. Sie begreift noch immer nicht, dass wir so gut wie keine Personalien von den Leuten auf der Pamisos haben. Alles, was wir wissen, beruht auf mittelbaren Quellen, auf den Tonbändern. Niemand ist direkt gehört worden, und der größte Teil der Personen ist nicht identifiziert, da sie sich schwarz auf der Pamisos aufhielten. Auch die Identität des Ingenieurs ist lediglich eine Annahme auf der Grundlage seines Berufs und des Zeitpunkts seines Verschwindens. Ich hoffe, die neue Information wird Vuorelas künftige Interviews in eine fruchtbare Richtung lenken, ohne jedoch Informationsquellen zu verschütten.

Im Diarium des Diensthabenden auf dem Revier in Pasila entdecke ich ein merkwürdiges Faktum: Vuorelas Kompagnon Pentti Aumasto, der Tonmeister der Firma Radiant, ist angezeigt worden. Dem Code für den internen Dienstgebrauch ist zu entnehmen, dass der Mann der Pädophilie verdächtigt wird.

PENA

Der Zweite, den ich anrufen soll, ist Mikko Leino, der Student, der auf der Pamisos Gabelstapler gefahrn ist. Oder was weiß ich, was das für verfluchte Schaufelbagger warn, mit denen sie die Container geleert haben. Wozu will Laura sämtliche Kohleraffgeier interviewen? Der Kerl war auch so einer, der wär sogar im Ausfällbecken einer Kläranlage noch mit ausgefahrenen Ellbogen wieder an die Oberfläche gekommen. Heute betreibt er eine Beratungsfirma, klar, was sonst. Andererseits ist es schon interessant zu sehen, was aus denen so geworden ist und so. Es gäbe auch welche, die wahrscheinlich unter die Räder gekommen sind, aber für die interessiert sich anscheinend keiner – damals nicht und heute auch nicht. Die Wirtschaftskrise ist ein tierisch großes Eisloch, wo das halbe Volk reingefallen ist und jeder versucht hat, halb tot über den Rücken der anderen wieder aufs Trockene zu kommen. In den Neunzigern hat sich das dann so weit entwickelt, dass du nur noch an dich selbst glauben darfst: »ich, ich, ich«, aber versuch bloß nicht, an *uns* zu glauben, an alle zusammen, Mann! The winner takes die ganze Scheiße, und ein Teil der Bande fliegt immer raus, das ist fest in die Regeln reingeschrieben. Und damit es alle auch garantiert kapiern und es sogar die Kinder lernen, haben sie das Rausfliegen zum herrschenden Programmformat im Privatfernsehen gemacht.

Auch auf der Pamisos warn's wahrscheinlich genau diese Business-Typen, die am besten über die Runden gekommen sind. Ich mein jetzt nicht den Kerl mit den Forstmaschinen, den Reifenhändler und die anderen Kleinunternehmer, sondern ich meine die Schwindlerabteilung. Solchen Typen fällt immer was ein. Es kann aber auch einer von denen gut und gern im Knast gelandet sein. Das Leben, das die geführt haben, muss sowieso die reinste Achterbahn gewesen sein, ist hier ja auch nicht anders, dass in Venezuela oder China einer am Schnürchen zieht, und du hebst ab oder rödelst entsprechend, weil du an einem Faden dranhängst, der rund um den Globus reicht. Mich würden die Storys von den ganz gewöhnlichen Typen interessieren. Die waren auf der Pamisos immerhin in der Mehrheit. Leute, die sich ein Haus gekauft hatten, aber die Eigentumswohnung noch nicht losgeworden waren, Leute, die in der Scheiße saßen, weil sie für jemanden gebürgt hatten, kleine Handwerker und Leute mit Schulden, die schlicht und einfach arbeitslos geworden waren. Die Loser hätten die wahren Storys auf Lager, nicht die Gewinner. Das war schon so, als wir *Der unbekannte Soldat* lesen mussten, da haben mich auch nicht die Koskelas und Rokkas interessiert, die höheren Ränge, sondern solche wie dieser Riitaoja, das ganz normale Frontschwein. Von dem hätte ich gern mehr erfahren.

Aber die Normalen und Abgestürzten interessieren ja anscheinend keinen. So ganz kapier ich's nicht. Jedes Mal wenn ich mir *Robinson* oder *Big Brother* angucke, will ich immer am meisten von denen wissen, die rausfliegen. Warum zeigen sie nie was über die? Die wärn interessant. Sieger sind simpel. Das sind einfach Arschlöcher, sonst nix. Und hier in unserem Stück sind es ebenfalls die größten Arschlöcher, die sich vor die Kameras und die Mikros drängeln. Brutalo-Raija ist von Grund auf die reinste Gefrierkombination, und dieser Student ist auch einer von denen, die über andere Leute hinweg aus dem Brunnenschacht klettern.

Ich hab diesen Mikko Leino angerufen. Der war wie zugenäht. Hat nix sagen wollen. Nur gemeint, no chance, keine Interviews, auf keinen Fall, das wär company policy! Leck mich am Arsch, was für ein kleinkarierter Typ. Betreibt einen Einmannkiosk und textet ab wie Bill Gates. Was soll ich'n jetzt machen, Mann? Auf jeden Fall muss ich Laura sagen, dass Leino schon beim ersten Händedruck die Bremsleine gezogen hat. Laura ist jetzt jeden Tag im Radio gewesen. Im Nachmittagsblock von Radio Suomi hat sie ihr eigenes Zwanzig-Minuten-Insert, praktisch in der Primetime. Sie macht's natürlich gut, klar, was sonst.

Sie hetzt über die Marathonstrecke und spult dabei ihren Beitrag ab. Sie rennt echt, das hört man, aber sie kommt nicht außer Atem! Über die Antike hat sie geredet, über das alte Griechenland. An einem Tag hat sie erklärt, in Sparta hätten auch die Frauen Sport getrieben, sie wären nicht im Dunkeln gehalten worden, so wie in Athen. Das System wär irgendwie gleichberechtigter gewesen. Was war das jetzt für eine Scheiße? Ich dachte immer, die Spartaner wären kriegsgeil gewesen, die reinsten Nazis! Haben die sich nicht auch nur einmal im Jahr gebadet, und zwar irgendwo in den Bergen im Schnee?

Ich müsste den Termin mit der Polizei in Pasila vereinbaren, aber wann soll ich das schaffen? Was wollen die von mir? Was gibt's an mir anzuhören? Laura antwortet auf meine Mail, ich soll mich diesem Mikko Leino einfach aufdrängen. Zum Glück will sie vorher selbst Kontakt mit ihm aufnehmen. Sie will, dass ich hingehe und drehe. Einfach als Probeaufnahme. Sie will den Typen nämlich sehen: Wie er redet, in was für einer Bude er haust und so. Sie hat mich angepflaumt, weil ich Raija Koski nicht gefilmt hab. Brutalo-Raija hätte bestimmt nichts dagegen gehabt. Nicht solange sie geglaubt hat, es geht um ihren Schatzkartenkram statt um die Vergangenheit.

PAJALA

Siebzehnter August zweitausendvier. Verlaufstagebuch: Radiant.

Pentti Aumasto hat im Präsidium angerufen, um einen Termin für die Anhörung zu vereinbaren. Ich hatte die Anzeige für mich eingetragen, darum stellte der Diensthabende das Gespräch an mich durch. Ich nahm es nicht sofort an, sondern bat um eine Telefonnummer, unter der ich den Mann später erreichen könnte. So wächst die Unsicherheit bei Aumasto. Ich verfolge eine Zeit lang seine Alltagsroutine, um eventuell weitere Hebel in die Hand zu bekommen, mit denen ich bei ihm ansetzen kann.

Von morgens um neun bis zum Mittag habe ich Aumasto beobachtet. Drei Mal kam er auf die Straße, um eine zu rauchen, und um halb zwölf ging er zum Mittagessen in ein Lokal, das nicht das nächstgelegene und daher vermutlich sein Stammlokal war. Ich überprüfte die Lage von Radiant: ein ehemaliges Wohnhaus in der Laivanvarustajankatu, das zu einem Bürokomplex für Kleinunternehmen umgebaut wurde. Die Firma hat Räume in zwei Etagen. Aumasto scheint hinter einer Tür im Erdgeschoss zu arbeiten. Dort befindet sich offenbar das Studio. Seine Wohnung liegt in der Tehtaankatu. Laut Bevölkerungsregister wohnt Aumasto seit 1992 unter derselben Adresse. Allem Anschein nach in einer Eigentumswohnung.

Sein Auto ist ein Nissan Sunny von Anfang der 90er-Jahre. Die Zulassungsstelle berichtet, der Mann sei der erste und einzige Besitzer des Fahrzeugs. Er kam mit dem Auto zur Arbeit und lud eine Umzugskiste voller Zeug sowie ein Kamerastativ aus – eine Filmausrüstung. Bevor er essen ging, lud er dieselben Sachen wieder in den Wagen. Offenbar hat er Angst, dass sie gestohlen werden. Überflüssigerweise. Ein Junkie, der in Autos macht, belastet sich nicht mit solchem Spezialkram. »In Peking klauen Diebe sogar Kanaldeckel« stand heute als Überschrift in *Ilta-Sanomat*. In China mag es einen funktionierenden Schwarzmarkt für heiße Kanaldeckel geben, aber in Finnland hat kein Dealer Lust, Kamerastative, Übertragungskabel oder andere Bestandteile einer Berufsausrüstung in Zahlung zu nehmen. Ich muss Aumasto anrufen. Er fährt gleich irgendwohin, um zu filmen, weil er die Ausrüstung ins Auto lädt. Es kann mit den Pamisos-Interviews zu tun haben.

Anruf erledigt. Habe mitgeteilt, Aumasto sei angezeigt worden, weshalb er angehört werden müsse. Natürlich wollte er wissen, worum es geht. Das kann ich am Telefon nicht sagen, behauptete ich. Wir haben die Anhörung für siebzehn Uhr in Pasila vereinbart. Habe einen Vernehmungsraum reserviert, damit es dramatischer wirkt. Das Ganze ist absolut lächerlich. Aumasto war im Brunnenpark und hat gefilmt: Kinder. Als er ging, hinterließ er einigen von ihnen seine Visitenkarte und redete von zukünftigen Filmen, die möglicherweise gedreht würden. Jetzt hat die Mutter eines kleinen Mädchens die Visitenkarte im Präsidium angeschleppt und Anzeige erstattet. Anlass: Verdacht auf Pädophilie.

Die Anzeige hat keinerlei Maßnahmen nach sich gezogen, und verständlicherweise hat sich auch keiner dafür interessiert. Sie wartet zusammen mit den Kontaktaufnahmen von Mondsüchtigen und Paranoiden, mit Fahrraddiebstählen und Ruhestörungen auf den Druck der Delete-Taste, der zur Aktualisierung des Diariums gehört. Ohne mein Eingreifen hätte sie niemals die Maßnahmenschwelle überschritten. Der Diensthabende hat keinerlei Tatbestandsfaktor aus der die Anzeige erstattenden Person herausbekommen. Und das Ganze wurde natürlich auch gar nicht erst als Strafanzeige aufgenommen. Es ist als mündlich vorgebrachter Hinweis auf einen Fall von Störung der öffentlichen Ordnung eingetragen worden.

Für meine Belange kommt der Vorfall wie auf Bestellung. Leute, die unter dem Verdacht der Pädophilie stehen, sind oft extrem unsicher. Ein unschuldiges Objekt von Inzest- oder Pädophilieverdacht hält es überraschend oft von vorneherein für hoffnungslos, seine Unschuld unter Beweis zu stellen. Die Situation erzeugt allein deshalb schon Stress, weil die Objekte sogar der absurdesten Vorwürfe nicht über ihre eigenen Zweifel hinwegkommen: über die Ängste, erneut unter Verdacht zu geraten und, selbst wenn die Vorwürfe unbegründet sind, mit albtraumhafter Logik lebenslang stigmatisiert zu werden. Das Stigma ist es, vor dem sie Angst haben, nicht die Jahre im Knast. Man kann einen Mann zerstören, ja sogar umbringen, indem man ihm einfach vorwirft, sich mit Kindern eingelassen zu haben.

Das Wissen um die Anzeige ist für Aumasto mit Sicherheit ein großer Stressfaktor. Und das macht ihn äußerst empfänglich für Beeinflussung. Indem ich ihm zuerst einen Schreck einjage und ihn dann erlöse, bringe ich ihn dazu, nach meiner Regie zu handeln, wenn Laura Vuorela mit ihren Interviews beginnt. So bekomme ich sämtliche Informationen und das ganze Material von den Interviews, ohne dass Vuorela etwas davon weiß und erfährt. Und der Mann wird nicht hingehen und sagen, dass er Anweisungen von mir bekommt. Denn der Verdacht der Pädophilie ist etwas, über das garantiert niemand mit seinen Arbeitskollegen redet.

LAURA

Ich muss Pena mitteilen, dass ich das Material, um das er mich bittet, nicht finden kann. Kassetten, die den Aufnahmeprotokollen entsprechen, gibt es schlicht und einfach nicht. Bei dem fertigen Hörspiel ist durch Zerschnippeln der Schluss vernichtet worden, und das ursprüngliche Material, das dieselben Dinge tangierte, ist ebenfalls verschwunden. Das kann kein Zufall sein. Ich frage Pena, ob sich in dem gesamten Hörspielkomplex irgendeine Erklärung findet, ob es gegen Ende Redebeiträge gibt, für die anschließend keine logische Referenz mehr auftaucht. Pena ist der Meinung, der Immobilieninvestor, der in dem Hörspiel auftritt, diese »Wolkenkratzerkanaille«, habe eine »Verarschung« am Laufen gehabt, und mit deren Vertuschung hätten die entfernten Stellen zu tun. Pena meint aber, der Immobilienheini sei trotzdem »bloß ein Torpedo«, also für jemand anderen unterwegs. Im Hintergrund stehe eine »Geldinstitutsfigur«, die sich auf der Pamisos rumgetrieben habe, zwar selbst nicht auf dem Material erscheine, aber ein paar Mal verraten würde – offenbar aus Versehen. Einmal werde der ehemalige Leiter eines Geldinstituts, der sich auf der Pamisos versteckt hielt, sogar mit Namen genannt: Virmanen.

Laut Penas Vermutung war sich Raija Koski über

die Zusammenhänge im Klaren. Die Frau ist anscheinend die einzige Person, die erklären könnte, was auf der Pamisos kurz vor Weihnachten vor sich ging und wie Jaskas Aufnahmen damit in Verbindung stehen. Ich beschließe, mich auf meine Intuition zu verlassen, und nehme Kontakt zu der Frau auf. Die Verbindung muss über die E-Mail-Adresse ihrer Firma hergestellt werden. Ich schicke eine kurze Mail, in der ich mich als die Journalistin vorstelle, deren Kameramann bereits einen Vorabbesuch bei ihr gemacht habe. Ich selbst, erkläre ich, würde vor dem eigentlichen Dreh noch Hintergrundinterviews machen und mich in diesem Zusammenhang als Erstes nach den grundlegenden Personalien erkundigen.

Auch Mikko Leino, dem Religionswissenschaftsstudenten auf der Pamisos, der neuerdings ein Büro für Unternehmensberatung hat, schicke ich eine Mail. Laut Homepage gehören zu seinen Kunden ein Haufen international operierender Unternehmen sowie die Ausländerbehörde und die Stadt Helsinki. Ich setze Leino kurz die Idee der Pamisos-Dokumentation auseinander und kündige an, mein Kameramann werde sich mit ihm in Verbindung setzen.

Aus dem Pressezentrum der Spiele kommt ein Anruf. Ein finnischer Gewehrschütze hat so überraschend olympisches Silber gewonnen, dass der Produzent niemanden auftreiben und hinschicken kann. Ich verspreche, auf die Schnelle ein Special für den Sport um drei zu machen. Auf dem Monitor spule ich im Schnelldurchlauf die Schüsse des Finalpaars ab, dann eile ich schleunigst ins olympische Dorf. Der Gewehrschütze kommt gerade von der Siegerehrung, er hat die Silbermedaille umhängen und steht irritiert inmitten einer Journalistenschar, in die ich mit ausgestrecktem Mikrophon hineinstoßen muss. Ich höre, die Staatspräsidentin »sei gerade aufgebrochen«. Ich mache mit dem schüchternen Sportsmann aus Kainuu, der so plötzlich ins Scheinwerferlicht der Kameras geraten ist, inmitten einer fürchterlichen Kakophonie ein Blitzinterview von fünfzig Sekunden. Danach fahre ich sofort wieder zum Hotel. Das Ganze dauert eine Stunde. Als ich zurück bin, ist eine Antwortmail von Raija Koski eingetroffen. Was hat Pena der Frau eigentlich erzählt? Ihre Mail enthält langatmiges Gefasel über die Prinzipien der Schatzkartenausbildung. Über die Pamisos kein Wort. Offenbar ahnt sie nicht einmal, warum sie interviewt werden soll.

Aber vielleicht sorgt die Tatsache, dass sie unvorbereitet ist, für einen taktischen Vorteil. Wie sollte man den nützen? Durch Offensive, mit aller Kraft und skrupellos! Ich schicke ihr ohne Federlesens eine Mail, in der ich erkläre, es ginge bei den Aufnahmen nicht um Schatzkartengequatsche, sondern um die Ereignisse, die sich im Herbst und Winter 1991 auf dem unter Billigflagge fahrenden Schiff namens Pamisos zugetragen haben, insbesondere um all das, was in der Weihnachtswoche dort vorgefallen sei. Ich konstruiere das Briefing so, als verfügte ich über ein umfassendes und detailliertes Bild von den Ereignissen, zu denen wir nun die Perspektive der Koski haben wollten.

Vierzig Minuten später kommt eine extrem kalte Antwort. Raija Koski ist absolut nicht kooperationsbereit.

Sie ist unverhohlen feindselig. Zwanzig Minuten später kommt eine neue Mail, in der sie erklärt, sie wisse, wer ich bin. Mein Herz fängt an zu rasen, und das Adrenalin treibt mir den Geschmack von Eisen in den Mund. Ich öffne die Whiskey-Flasche, die ich mir auf der Fähre nach Danzig gekauft habe. Raija Koskis Ton hat sich total geändert. Das halbgebildete, pseudopsychologische Geschwätz ist einem unumwundenen Straßenidiom gewichen:

Du bist die Braut vom Jaska. Beziehungsweise warst es. Oder hast geglaubt, dass du's bist.

Ich mache eine halbe Stunde lang Pilates-Übungen auf dem Fußboden. Anschließend gehe ich unter die kalte Dusche und trinke einen Deziliter von dem irischen Maltwhiskey. Ich bin vollkommen ruhig, als ich mich an den Computer setze und der Koski schreibe, dass ich bei dem Thema keinerlei persönliche Interessen verfolge. Ich recherchiere auf rein professioneller Basis. Durch die Aussagen von Virmanen hätte ich ein gutes Gesamtbild der Ereignisse auf der Pamisos erhalten, und Raija Koskis Rolle werde auf jeden Fall durch seine Aussagen deutlich. Wenn sie wolle, könne sie nun die Gelegenheit wahrnehmen, ihren Gesichtspunkt zu beleuchten. Ich übergebe die kühle Mail dem Server zur Weitervermittlung und warte auf die Wirkung.

PENA

Aufs Polizeipräsidium muss ich um fünf und vorher noch zu diesem Mikko Leino. Was geht mich der eigentlich an? Wieso soll ich Hintergrundinterviews machen? Ich bin Kameramann. So eine große Produktion ist das nun auch wieder nicht, dass man vorab recherchieren und mit der Ausrüstung zu den Locations fahren müsste. Aber warum nicht, kann man machen. Dieser Leino hat seine Einstellung ja total geändert, nachdem Laura ihm ne Mail geschickt hat. Hat sich am Telefon entschuldigt. War ihm nicht klar gewesen, dass es um die Pamisos ging. Worum sonst? Hatte er auch geglaubt, wir wollten was über seinen Job drehen? Zum Glück liegt sein Büro hier in der Nähe, in der ehemaligen Lampenfabrik Airam. Die ist neuerdings auch voller Studios, genau wie die ehemalige Kabelfabrik. Was ich bloß nicht kapiere, ist, was der Leino mit seiner Firma genau macht. Akkultura GmbH – was soll'n das sein?

War ne Einmannfirma und sah auch so aus: der Typ hatte ne Drückbank im Office stehn! Im Flur lehnte eine Tasche voller Bandy-Schläger in der Ecke, zwei Eishockeyprügel und 'n Fahrrad. Vor allem aber hat der Leino kräftig abgetextet. Der hatte keine Hemmungen, über die Pamisos zu reden. Genau der gegenteilige Fall zur Koski. Er hat ungefragt zwei Stunden geredet wie einer von den Sopranos, also ich mein, wie ein Mafioso, der angefangen hat zu singen. Ich hab ihn gefragt, warum er am Telefon gemeint hat, er würde nix sagen. Was ist plötzlich mit seiner company policy passiert? Angeblich hat er geglaubt, er solle über seinen ehemaligen Arbeitgeber reden. Bildete sich ein, wir machen was über Nokia. Über die Pamisos hat er richtig gern geredet. Muss tatsächlich ziemlich komisch gewesen sein auf dem Schiff, weil er dabei immer noch in Fahrt kam. Zwar hat er danach sein Leben auch nicht gerade auf der Ofenbank verbracht, aber die Pamisos scheint immer noch das große Ding zu sein. Er hat davon erzählt wie mein Vater und Konsorten über den Krieg.

Ich hab gedreht, weil Laura es mir so befohlen hatte. Die Kamera hab ich aufs Stativ gestellt, sodass sie über den Tisch drüber ein Twoshot von uns beim Reden aufgenommen hat. Das Frontmikro hab ich allerdings gegen Knöpfe ausgetauscht. Beim Aufbauen und Einstellen hab ich Leino alles Mögliche gefragt, auch was seine Firma so macht und was Akkultura bedeutet. Er hat mir erklärt, der Name käme von Akkulturation. Ist angeblich ein Begriff aus der Kulturwissenschaft. Wenn sich jemand irgendwo anpasst, dann ist das Akkulturation. Die Globalisierung ist eine einzige Anpassung und Verschmelzung, und daraus hat Leino ein Business gemacht.

Als er anfing, Religionswissenschaft zu studieren, haben sämtliche TU-Typen, Juristen und Mediziner ihn um die Wette ausgelacht: Er würde nie einen Job kriegen, und wenn, dann mit einem Gehalt zwischen Losverkäuferin und Laufbursche. Er hatte selbst gedacht, das wird nix, und darum auf Staatswissenschaft umgesattelt. Zum Glück hat er mit dem Kulturzeug weitergemacht, heute sind Kulturwissenschaft, Religionswissenschaft und der ganze Kram nämlich verdammt angesagt. Für Ingenieure interessiert sich keiner besonders. Die bauen so und so ihre Telefone, aber die Frage ist, wie verkaufst du die Dinger nach Afrika, wenn du keine Ahnung hast, was die da unten glauben und denken. Bei Nokia wären um ein Haar Riesengeschäfte in den Arsch gegangen, weil die auf ihren Handys ein gelbes Dreieck hatten. Extrem übel, hat Leino behauptet. Dreieck und gelbe Farbe waren beide absolut tabu. Auf dem ganzen afrikanischen Kontinent hätte keine Sau die Dinger gekauft.

Er war nämlich bei Nokia, und jetzt erklärt er verschiedenen Firmen als Berater, wie sie international aktiv werden können. Für die Stadt hat er was gemacht im Bereich Integration von Ausländern. Da hat's nämlich ein bisschen gedrängt, weil in der Mogadischu-Avenue in Vuosaari einer gekillt wurde und ein paar Finnen aus Rache zwei Somalis kaltgemacht haben. Obwohl einer davon angeblich nicht mal Somali war. Leinos Beratung besteht auch weitgehend daraus, dass er den anderen versucht zu erklären, dass nicht alle Schwarzen von derselben Fraktion sind. Die einen sind Moslems, die anderen Christen. Christen gibt es auch schon ziemlich viele verschiedene Sorten, und die Schlitzaugen sind auch nicht alle ein und dieselben Tschingtschangs. Da ist für jeden was dabei. Das musst du erst mal kapiern und beachten, wenn du weltweit ins Business einsteigen oder in der Stadt Sozialwohnungen vergeben willst.

An Jaska konnte Leino sich noch erinnern, meinte aber, der hätte ihn mehr so am Anfang interviewt, im November. Diejenigen, die auf dem Containerdeck malochten, hatten praktisch ein eigenes Team gebildet, und zwischen den Containern hast du auch nichts auf Band gekriegt als Diesel-Lärm und Container-Gepolter. Darum war Jaska zum Aufnehmen ziemlich bald runter in die Schute oder in die Messe gegangen, wo es angeblich immer genug Leute gab, die eine Story auf Lager hatten.

Angeblich arbeiteten auf der Pamisos längst nicht alle. Manche haben einfach tagelang auf dem Schiff rumgehangen. Leino war der Meinung, dass die Typen unten in der Schute alles Loser waren. Ich weiß nicht. Den Aufnahmen von Jaska nach waren immerhin Immobilieninvestoren und Bankdirektoren dabei. Leino konnte sich an einen Bankdirektor erinnern, meinte aber, auf der Pamisos hätte Erfahrung in einem Geldinstitut nicht viel gezählt. Die hätten alle bloß rumgemurkst. Leino hatte mit seinen Kumpels die Container im Akkord geleert. Sie hatten nen guten Schnitt gemacht und waren an Neujahr verschwunden – mit Kohle in der Tasche, für die sie im Hafen monatelang zwei Schichten hätten schieben müssen.

Über Jaskas Verschwinden wusste er nix. Vor Weihnachten war der Ingenieur weg gewesen, hatte einen Besuch daheim gemacht und war dann nicht mehr aufgetaucht. War für die Containerleerer ziemlich scheiße, weil sie beim Hin- und Herschieben der Container auf dem Deck erst mal ziemlich aus dem Konzept kamen. Der Maschinenunternehmer aus Ostbottnien hat die Arbeit vom Ingenieur unter den Übriggebliebenen aufgeteilt. Er wollte keinen Neuen aus der Schute hochholen, sondern den Akkordlohn im kleinen Kreis aufteilen. Leino war der Meinung, alles hätte sich dadurch so verlangsamt, dass alle drunter gelitten hätten. Sie hatten dauernd Stress mit dem Ostbottnier gehabt und hauten sofort ab, als sie genügend Geld in der Kasse hatten. Leino hat sich gefragt, wo der Ingenieur abgeblieben war. Der war angeblich ein korrekter Typ gewesen. Ich hab gesagt, ich wüsste nichts über ihn, aber Jaska wäre so um Weihnachten rum ertrunken. Leino hat geflucht und sich ne Weile gewundert. Vom Ertrinken hat er nix gewusst. Er hatte allerdings auch nicht mehr lange auf der Pamisos malocht, nachdem Jaska die letzten Aufnahmen gemacht hatte.

Wahrscheinlich hätte mir Leino den ganzen Abend erzählt, wie sie die Container verrückt und geleert hatten. Er hat die Hände zusammengepresst wie ein verdammter Heiliger und dann die Handgelenke in alle Richtungen gedreht und mir dadurch gezeigt, wie sie sich mit den Bobcats bei schlechter Beleuchtung durch die engen Gänge zwischen den Containern schlängeln mussten. Er wollte wissen, ob ich mir vorstellen kann, wie es dort gestunken hat, aber ich wollte mir das gar nicht erst vorstellen. Ehrlich gesagt, hatte ich nicht mal Lust, mir das alles anzuhörn. An sich kannst du einen wie den Leino verdammt gut als Erzähler in einer Fernseh-Doku gebrauchen, wenn es darum geht, ne Vorstellung davon zu entwickeln, was die auf der Pamisos überhaupt gemacht haben und wie. Der Typ hatte vorher jahrelang im Hafen gejobbt und wusste, wie das alles geht.

Außerdem ist er ein guter Erzähler, eigentlich sogar

ein ganz lustiger Kerl. Reißt ein bisschen das Maul auf, ist auch so ein Sportlertyp Marke Waghalsig, mit Vorliebe für Spiele, den Schlägern nach zu schließen. Und bestimmt nicht die Sorte von Wasserträger, der für die Mannschaft schuftet, sondern die Spitze, der Knipser, der egoistische Scheißkerl – wie man's als Torjäger eben sein muss. Allmählich gibt's die ja auch in Finnland, wenn auch noch nicht genug. Das Land wird in keinem internationalen Turnier was reißen, solange hier das Angebot an solchem Spielermaterial nicht breit genug ist, an ordinären Spitzen, die in ihrem Kopf nur für eine einzige Sache Platz haben: fürs Ergebnis. Tore, Mann, scheißegal mit welchem Körperteil gemacht, egal in welcher Haltung, Hauptsache Tor, Tor, Tor!

Also an Text hat's bei dem nicht gemangelt. Red nicht deine ganze Tüte leer, musste ich ihm sagen. Das hier ist noch nicht die eigentliche Session. Außerdem hatte ich's allmählich eilig, wollte ihm aber nicht sagen, wohin. Ich hab ihm versprochen, dass wir uns mit ihm in Verbindung setzen, beziehungsweise Laura. Dann hab ich meinen Kram zusammengerafft und den Abgang gemacht. Er hat das Rad auf die Schulter genommen und ist gleichzeitig gegangen. So'n Mountainbike für dreitausend Euro müsste man immer mit raufnehmen, hat er gemeint. Leck mich am Arsch, das Rad war zweimal so teuer wie mein Auto! Leino hat behauptet, er kürzt durch den Koff-Park ab und brettert den Felsen runter direkt auf den Boulevard. Red keinen Scheiß, Mann! Der Felsen ist tierisch steil. Das Teil hier ist gefedert, hat er gemeint, und ist vor der Treppe auf der Stelle gehüpft mit seinem Rad. Ist nicht umgekippt, obwohl er nicht gefahrn ist. Und plötzlich ist er dann losgedüst – mit dem scheiß Fahrrad die Treppen runter!

Ich bin kurz darauf in der Fredrikinkatu bei überreifem Grün über die Ampel, und prompt sind vom Boulevard her die Bullen eingebogen und mir hinterher. Ich hab mir schon überlegt, was ich ihnen sage, von wegen, »guckt ma, ich hab's echt eilig, ich muss nämlich zu euch zum Verhör«. Aber sie haben mich nicht mal angehalten. Erstens gab's keine vernünftige Stelle dafür, und zweitens hatten sie wahrscheinlich einfach keinen Bock. Sind mir einfach nachgefahrn, um mich zu piesacken, haben sich gedacht, das ist Strafe genug, wenn er sich ein paar Häuserblocks lang in die Hosen pisst. Nach zwei Kilometern hab ich dann gerafft, dass sie mich nicht mehr stoppen, weil es inzwischen genug Stellen gegeben hätte, wo sie weiß der Geier was für Standgerichte hätten abhalten können. Ein bisschen werden sie sich schon gewundert haben über mich, von wegen, was issen das für einer, der endlos vor einem Bullenauto herfährt. Sie haben mir nämlich bis zum Schluss an der Stoßstange gehangen. Hatten halt denselben Weg, weil ihre Schicht zu Ende war. Bisschen komisch geguckt haben sie schon, als ich vorm Präsidium geparkt hab und quasi in einer Türfüllung mit ihnen rein bin – verhaftet der Heini sich jetzt selbst?

Was mir dann aber an Vorwürfen vorgelesen wurde, hatte es in sich. Ein Sheriff in Uniform führte mich in einen Betonverschlag, wo ich mich auf einen schwarzen Plastikstuhl platzen musste. Vernehmungsraum, stand an der Tür. Da hab ich dann erst mal gewartet, keine Ahnung, wie lange, weil ich ja keine Uhr hatte. Schließlich ging die Tür auf, und einer kam rein, der sagte, er wär Kriminaloberinspektor. War er wahrscheinlich auch. In Zivil halt. Ich musste lachen. Das kann nicht sein, hab ich mir gedacht. Bin ich in Finnland, oder was? Ich kam mir vor wie in einem Fernsehkrimi. Wann stellen sie mich zum Identifizieren in die Reihe? He, darf ich erst noch mal telefoniern? Zeigen Sie mir die Dienstmarke und klären Sie mich über meine Rechte auf!

Der Typ hat mir seine Marke nicht gezeigt, sondern geröhrt, ich wär angezeigt worden. Da musste ich nicht mehr so wahnsinnig lachen. Weswegen?, wollte ich wissen, und da sagt der Bulle, das würde er gerade versuchen rauszukriegen. Laut Anzeige ginge es um Pädophilie. Hä? Jetzt mal schön langsam, ja! Ich bin auf dem Weg hierher bei Rot über die Ampel gefahren, gut, aber ich bin bestimmt kein Schokoladen-Onkel! Wer behauptet so eine Scheiße?

PAJALA

Zwanzigster August zweitausendvier. Anhörung P. Aumasto.

Zunächst befürchtete ich, mir könnte eine Fehleinschätzung unterlaufen sein, indem ich zu dramatische Umstände für die Anhörung organisiert hatte. Aumasto konnte die Situation erst mal überhaupt nicht ernst nehmen. Er wollte es nicht kapieren, was natürlich eine völlig gesunde Reaktion ist. Ich sagte ihm, man dürfe solche Dinge nicht übertreiben, aber man könne sie auch nicht einfach übergehen. Eine Anzeige, wie wir sie vorliegen hätten, wäre noch keine Anklage. Es handelte sich nicht einmal um eine Strafanzeige im eigentlichen Sinn. Die Psyche eines Menschen, der plötzlich aufs Polizeipräsidium geschleppt wird, funktioniert nach einem bestimmten Schema. Zuerst beruhigte sich Aumasto durch meine Worte, aber bald schon meldeten sich die Unsicherheit und das Gefühl, die Kontrolle verloren zu haben, zurück.

Das Wort Anklage ging ihm nicht aus dem Kopf. Ob man gegen ihn Anklage wegen Pädophilie erhebe? Ich erklärte ihm, die Polizei klage nicht an, sondern ermittle. Aumasto hörte keinen Widerspruch aus dem heraus, was ich sagte, obwohl ich selbst gerade erst ziemlich waghalsig den Begriff der Anklage verwendet hatte, indem ich geradeheraus sagte, es handele sich nicht um eine Anklage. In seiner Verwirrung kam der Mann nicht auf die Idee, die richtige Frage nach dem Verdacht zu stellen. Dann hätte nämlich konstatiert werden müssen, dass er gar nicht unter Verdacht stand. Zwar hatte die Frau, die uns den Vorfall gemeldet hatte, von Pädophilie gesprochen, aber wir nehmen solche Interpretationen bei einer bloßen Meldung ja nicht mir nichts, dir nichts offiziell auf. Für den Fall eventueller weiterer Ermittlungen kodierte der Diensthabende den Vorfall inoffiziell als Unzucht mit Kindern beziehungsweise als Verdacht derselben. Mündlich klassifizierte er das Ganze in ziemlich derbem Polizeislang.

Als ich Aumasto davon überzeugt hatte, dass tatsächlich eine Anzeige vorlag, ging ich dazu über, ihn zu beruhigen. In diesem Stadium und in einem solchen Fall beruhigt sich der Anzuhörende nie. Der Verdacht bleibt an ihm hängen und fängt an zu wachsen. Niemand muss einen anderen Menschen verdächtigen. Er fängt schnell an, sich selbst unter Verdacht zu haben. Was ist eigentlich passiert? Was habe ich getan oder gesagt? Wenn der Ermittler in diesem Stadium fair wird und Verständnis zeigt, frisst ihm der andere aus der Hand. Er klammert sich fest und fängt zum Zeichen der Dankbarkeit an zu singen. Ich wiegelte ab und beruhigte Aumasto, und dann entließ ich ihn nach Hause, damit er dort schön reifen konnte. Beim Abschied sagte ich ihm noch, dass es ein witziger Zufall und übrigens auch eine bekannte Tatsache sei, dass ausgerechnet ich Laura Vuorela das Pamisos-Material übergeben habe. In seiner Not kam Aumasto gar nicht auf die Idee, daran irgendetwas seltsam zu finden.

LAURA

Raija Koski schickt mir E-Mails. Sie kommen zu allen Tages- und Nachtzeiten, in Form von burschikosen Sätzen und vulgären Ergüssen.

Ich glaub nicht, dass du durch das, was Virmanen von sich gegeben hat, ein Bild von mir hast. Virmanen haben sie '97 in einem thailändischen Gefängnis mit einem Seifenriegel, den sie vorher in einen Strumpf gesteckt hatten, Nieren und Visage zu Brei geschlagen. Zwei Monate später ist er an einer Infektion gestorben.

Unmöglich zu entscheiden, ob an dem, was sie schreibt, etwas dran ist. Eventuell blufft sie, aber das habe ich ja auch versucht. Jedenfalls legte sie eine Schippe drauf. Sie hat sich über meine Arbeit ins Bild gesetzt und hört täglich die Marathonreihe. Es kommen Kommentare, wütende Angriffe. Das Hauptthema lautet »Verarschung«. Sie analysiert die Marathonsendungen, hat kapiert, na klar, dass sie nur scheinbar live sind, vorab in kleinen Stücken aufgenommen. In ihren Mails zweifelt sie meine Fähigkeit an, auch nur einen Viertelmarathon zu laufen. Sie behauptet, ich würde das Laufen in irgendeinem Studio simulieren, und empfiehlt mir, es wenigstens einmal in echt zu versuchen. Ich darf mich jetzt nicht provozieren lassen, sondern muss weiter diszipliniert vorgehen. Wenn die Frau in meinen nächsten Sendungen auch nur ein kleines Keuchen hört, bekomme ich sofort eine triumphierende, höhnische Mail.

Ihrer Meinung nach ist alles, was wir tun, Verarschung. Sie meint uns Journalisten, die Medien, Filmemacher, Schriftsteller, Schauspieler – überhaupt den gesamten Bereich der Kultur. Ihrer Meinung nach sind wir alle verlogene Hosenscheißer. Sie hingegen sei seit dem sechzehnten Lebensjahr ehrlich zu sich selbst gewesen. Das sei der Ausgangspunkt. Auf dieser Basis könne sie auch anderen erklären, wie die Dinge wirklich liegen. Wir wiederum würden uns nicht einmal trauen, es uns selbst zu sagen. Ich muss zugeben, dass es ihr gelungen ist, mich ins Schwanken zu bringen. Es ist nicht leicht, eine Sendung zu machen, wenn man weiß, dass man sofort die Quittung bekommt, nachdem das Stück im Äther ist.

Raija Koski ruft an. Sie ist grausam und selbstsicher geworden. Erklärt, ich käme nicht gegen sie an. Sie wisse, was sie wisse, und sage, was sie wolle. Wenn sie mir jetzt erzähle, was sie über die Pamisos und Virmanen wisse, dann wäre das etwas, was niemand sonst wisse und auch nicht erfahren würde. Für Kameras und Tonbänder habe sie andere Geschichten auf Lager. Ich warte, was sie mir sagen wird. Sie ist betrunken und schweigt lange, dann fordert sie mich auf, nicht zu vergessen, dass sie Jaska als Letzte gesehen habe, viel später noch als ich:

»Und weißt du was? Ich hab ihn nicht bloß gesehen!«

Dann legt sie auf. Die Frau wittert die Angst wie ein Tier. Sie hat mich zum Schwanken gebracht und schlägt jetzt zu. Je stärker sie mich unter Druck setzt, desto schwächer wird mein Selbstvertrauen. Sie hat die Unsicherheit gerochen und traut sich, offen und dreist mit mir zu reden, weil ich weder die Möglichkeit noch die Courage habe, weiterzuerzählen, was sie sagt oder schreibt. Ich traue mich nicht, es fehlt mir an Härte, und das weiß die Koski:

»Du Weibsstück hast keine Eier!«

Raija Koskis Benehmen lässt als Ganzkörperportrait die Überlebenskünstlerin zum Vorschein kommen, wie sie die 90er Jahre hervorgebracht haben: hart, kalt, skrupellos, ohne jede Illusion. Sie ist von den Strukturen, die nach der Wirtschaftskrise entstanden sind, so geformt worden. Dieselben Strukturen haben wohl auch meine Entwicklung bedingt, die Entwicklung von uns allen. Die einen haben bloß bessere Entwicklungsvoraussetzungen. Bei der Koski sind sie sogar perfekt. An ihr ist nichts Innerliches. Die Frau ist das perfekte Tier für den virtuellen Dschungel, für diese Welt, die sich in ein Spielfeld verwandelt hat und in die wir geworfen sind. Hier muss eine Frau vergewaltigt werden, um durchzukommen! Irgendwo muss es eine Grenze geben. Und sie verläuft hier. Ich komme nicht durch. Unter diesen Umständen und bei diesen Spielregeln will ich es nicht.

Ich komme gegen die Koski nicht an. Nicht in dieser Welt, wo Fantasien die konkreten Substanzen ersetzt haben und das Prinzip des Rausfliegens die Idee des gemeinsamen Vorteils. Wenn es keine Solidarität mehr gibt, schrumpft auch die weibliche Energie bloß auf die »Eier« zusammen, so ist das. Die Koski hat recht: alles, was wir tun, ist Verarschung. Wir wirken in einer Eventwirtschaft und einer Spektakelgesellschaft, wir leben von der Fantasieindustrie. Ich müsste das eigentlich begreifen, da ich im Dienst der Fantasieindustrie stehe. Die Koski sieht klarer und sitzt mir deshalb im Nacken – die Oberfläche der Welt ist Verarschung, aber nach den Aufmerksamkeitsimpulsen, den Fantasien und Spektakeln, in der Wirklichkeit jenseits der Verarschung, helfen nur noch die »Eier«. Ich habe noch gewisse Hemmungen, eine entscheidende Schwäche. Die Koski ist ein lupenreines Produkt.

Jetzt kann mir keiner mehr was!

»Jetzt«. Auch darin hat Raija Koski recht. Eier kriegt man nicht im Kraftraum, nicht auf dem Bandy-Feld und nicht beim Fitnessboxen. Was nützt es, sich Raum zu erobern, was nützen physische Übungen, ein durch Krafttraining geformtes Körperbild, durch Schläge auf den Sandsack erworbene Selbstsicherheit ... Was hilft das alles, wenn man einer Bestie gegenübersteht, dem puren Tier?

Mit einem Piepen zeigt der Computer den Eingang einer Mail an.

JASKA HAT MICH JEDEN TAG GEBUMST, ALS DU MIT DEINEM DICKEN BAUCH IN TAMPERE WARST, DU BLÖDE KUH!

PENA

Ich hab versucht, das Ganze zu vergessen und mich auf die Arbeit zu konzentriern. Wär sowieso nix draus geworden, aber zu allem Überfluss hat dieser Kriminaloberinspektor unsere Firma gestürmt. Ist einfach so reingeschneit, weil ich wegen der Belüftung die Studiotür immer einen Spalt offen lasse. Pajala heißt er. Angeblich hatte er gerade in Hernesaari zu tun gehabt, und da hat er sich gedacht, er schaut mal vorbei. Er hätte den Eindruck gewonnen, die Anzeige würde mich irgendwie belasten. Und ob, Mann! Als Beamter dürfe er das eigentlich nicht sagen, hat er mir erklärt, aber wenn wir uns jetzt mal inoffiziell unterhalten, dann müsste man die ganze Anzeige das Klo runterspülen. Er behauptete, er wär ein erfahrener Polizist und hätte gleich gemerkt, dass ich ein ganz normaler straighter Typ wär.

Solche Anzeigen kommen angeblich immer mal wieder rein. Manchmal in Wellen. Alle möglichen misstrauischen Leute liegen auf der Lauer und suchen sich mal dieses und mal jenes als Objekt ihrer Verdächtigungen aus. Mal ist es ein Bankraub, dann wieder ein geplanter Meuchelmord. Wenn die Frauenzeitschriften über Pädophilie schreiben, dann ist es eine Zeit lang das. Die andere Gruppe sind die Scheidungskriege. Da kommen manchmal solche Anschuldigungen vor: Inzestverdacht – zum größten Teil im Zorn aus der Luft gegriffen, weil sie den anderen mit allem schlagen wollen, was sie in die Hände bekommen. Dann gibt es noch die übersensiblen, ängstlichen Mütter, die wegen ihrem einzigen Kind bei allem die Wände hochgehen, auch bei den unwahrscheinlichsten Sachen. Ich hab gesagt, ich würde mich im Moment nicht scheiden lassen. Das wäre dann wahrscheinlich so ein Fall mit ängstlichen Müttern, hat er gemeint.

99 Prozent von allen Anzeigen sind angeblich nichts als heiße Luft. Denen müsse aber trotzdem nachgegangen werden, das müsse ich verstehen. Pajala bedauerte, dass ich notgedrungen gezwungen wär, die Unsicherheit, die sich daraus ergibt, jetzt ein bisschen auszuhalten. Welche Unsicherheit? Was soll da unklar sein, wo ich doch schlicht und einfach nichts getan hab? Er hat gemeint, er würde verstehen, wenn ich mich unsicher fühle, solange der Sache nachgegangen wird. Inoffiziell hat er gesagt, wenn ich nichts getan hätte, könnte ich es ja locker nehmen. Wie lange dauern die offiziellen Ermittlungen denn an?, wollte ich wissen. Das sind keine Ermittlungen im eigentlichen Sinn, hat Pajala gesagt, sondern Maßnahmen, die gemäß den Vorschriften bei der Anzeige eines Bürgers vorgenommen werden. Die Mühlen der Bürokratie haben ihr eigenes Tempo. Ich könnte auch deshalb ruhig bleiben, weil er sich um den Fall kümmert. Falls ich Fragen hätte, soll ich ihn einfach anrufen. Auch wenn ich keine Fragen hätte. Wenn mich zum Beispiel irgendwas belastet, dann könnte ich auch mit ihm reden.

Ich hab ihm gesagt, ich hätte mir schon überlegt, was

da eigentlich los ist, und versucht ihm zu erklären, wie ich im Park die Bälger gefilmt und zwei von den Kids dann meine Karte gegeben hab, weil ich dachte, das wären total gute Typen, wenn man mal Kinder für Probeaufnahmen braucht, also, ich mein, für einen ganz normalen Film, oder für Werbung. Und alles natürlich freiwillig ... also, ich mein, mit Erlaubnis der Eltern ...

»Also, ich mein« ... Scheiße, Mann, ich hab mindestens wie ein Pornoproduzent geklungen! Pajala hat beide Hände gehoben. Er will gar keine Erklärungen von mir hören. Ich bin in keiner Weise rechenschaftspflichtig. Das Ganze ist überhaupt nicht in dem Stadium, in dem die Polizei irgendwelche Informationen will, auch nicht vorläufig. Die Vernehmungen kommen extra, und vor dem Hintergrund dessen, was bis jetzt bekannt ist, sind die auch gar nicht nötig.

»Verdammt noch mal, wieso hab ich diese Welpen bloß gefilmt!«

Pajala hat sich umgedreht und die Regale angesehen. Für mich sah es aus, als hätte er gegrinst und sich deshalb umgedreht. Er zog die Hülle mit dem Masterband der »Entladung der Pamisos« heraus und wollte wissen, ob ich mir das Band mal angehört hätte. Ungefähr hundert Mal, hab ich ihm gesagt. Pajala meinte, er hätte es sich auch anhören müssen.

»Ziemlich spannend, nur der Schluss ein bisschen wirr.«

Er war wahrscheinlich wirr, hab ich gesagt, weil es eigentlich gar keinen Schluss gibt. Pajala staunte. Er hatte geglaubt, die »Entladung der Pamisos« wär ein fertiges Hörspiel. Ich hab gesagt, der Kuchen hat die standardisierten Anfangs- und Schlusstapes vom Finnischen Rundfunk, er steckt in einer offiziellen Hülle und ist mit einem Code versehen, wie es sich für eine fertige Sendung gehört. Trotzdem ist er nicht fertig. Ich hab versucht, das Ganze irgendwie in sendefähige Form zu bringen, und weiß verdammt genau, dass es schlicht und einfach nicht fertig ist. Zum Ende hin ist an dem Stück rumgeschnippelt worden, und der eigentliche Schluss fehlt ganz. Pajala wunderte sich. Er wollte mehr wissen. Na ja, der ist halt vernichtet worden, rausgeschnitten halt, der gesamte Schluss.

Pajala war eine Zeit lang still, dann wollte er wissen, woher ich das wusste. Ein Profi hört das! Das ist so, wie wenn ein Film mit einem Bankraub anfängt und anschließend nie mehr auf das Thema zurückkommt. Pajala war so was nicht aufgefallen. In dem Fall sind es ja auch nicht so große Sachen, hab ich gesagt, aber kleine unlogische Stellen. Er gab zu, dass ihm der Schluss komisch vorgekommen war.

Dann fragte er sich, wer an dem Hörspiel rumgeschnippelt haben könnte und warum. Ich hab gesagt, da muss was drauf gewesen sein, was jemandem nicht gefallen hat. Immerhin hätte das Stück doch ein ziemlich großes Publikum erreicht, über das landesweite Radio. Pajala zuckte mit den Schultern. Seltsam. So eine alte Geschichte. Wieso schert sich da noch jemand drum? Er sagte, er hätte das Band Anfang des Sommers an Laura Vuorela übergeben, und Laura hätte damals gesagt, sie würde über das Thema einen Dokumentarfilm drehen. Stimmt, hab ich gesagt. Ich soll die Kamera bedienen. Probeaufnahmen hab ich schon gemacht.

Ich hab ihm von meinen Besuchen bei den zwei Typen erzählt, die damals auf der Pamisos gewesen waren. Aus reiner Neugier wollte Pajala wissen, wer die beiden waren. Ich hab ihn gefragt, ob er sich an die Frau erinnern konnte, die auf dem Band ziemlich oft zu Wort kommt, eigentlich die einzige Frau in dem ganzen Stück. Pajala wollte wissen, ob ich die vergewaltigte Frau meine. Genau die. Sie heißt Raija Koski und ist Schatzkartenlehrerin. Pajala fing laut an zu lachen. Er fragte, ob ich mit ihr über Schatzkarten geredet hätte. Joo, hab ich gesagt. Das heißt, ich hab eigentlich nichts gesprochen, sie hat die ganze Zeit geredet.

Pajala hat sich amüsiert, war dabei aber irgendwie wachsam. Ich hab gar nicht erst angefangen, über das eigentliche Interviewthema zu reden, hab ich gesagt. Ich will der Regisseurin nicht ins Gehege kommen. Er drehte die Hülle mit der »Entladung der Pamisos« in den Händen hin und her und wunderte sich immer noch, wieso jemand daran geschnippelt hatte. Ob das meiner Meinung nach irgendeinen Sinn machte? Also ob es irgendeine Logik hätte, oder ob einfach hier und da was vom Schluss abgeknapst wäre, wie es gerade kommt. Ich hab ihm von dem Bandsalat am Schluss erzählt, wie ich zuerst geglaubt hatte, ich krieg deswegen nie einen Schluss hin, weil einiges an Material in den Knoten steckte. Das geht jetzt ein bisschen in die berufsspezifischen Details … Pajala wollte es trotzdem hören.

Ich hab ihm erzählt, wie ich allmählich kapiert habe, dass der Schluss nicht wegen den Knoten seltsam war. Er war seltsam, weil tatsächlich jemand was rausgenommen hatte. Eine andere Erklärung gibt es nicht. Pajala fragte, ob ich mir vorstellen könnte, wer das getan hatte. Also vor dem Hintergrund dessen, was auf dem Band gesagt wird. Das Stück gibt schon Hinweise darauf, wer da was weggenommen hat und warum. Ich bin ja derjenige, der das Stück am häufigsten gehört hat, und wie ich selbst gerade gesagt hab, Profi im Hören und Schneiden. Ja, ich hab da eine Vorstellung! Pajala war neugierig. Ich hab ihm gesagt, ich könnte ihm das jetzt nicht so aus dem Stand erklären. Wir müssten reinhören. Dann könnte ich ihm erzählen, was ich mir so gedacht hab. Prompt drückte mir Pajala die Hülle mit dem Band in die Hand. Ich hab aber nur die Tür vom Computerschrank getätschelt. Wir hören nicht in diesen alten Kuchen da rein. Ich hab das Hörspiel hier in der Mühle.

PAJALA

Fünfundzwanzigster August zweitausendvier. Ermittlung: Pamisos.

Es geht den Bach runter. Gerade als sich alles langsam zu klären scheint, gerät wieder alles durcheinander. Laura Vuorela ist verschollen. Seit zwei Tagen kommt die Marathonreihe nicht. Ich habe mich bei Radio Suomi deswegen erkundigt, dort wissen sie auch nicht, wo sich die Frau aufhält. Wundern sich bloß selbst. Vuorela ist schlicht und einfach verschwunden, hat alles liegen lassen und ist abgehauen. Ich frage, ob die Leute vom Rundfunk sie als vermisst gemeldet haben. Haben sie nicht. Gäbe es nicht allen Grund für eine Meldung, wenn eine Journalistin mitten in den Olympischen Spielen verschwindet, und zwar so gründlich, dass man an ihrem Programmplatz Musik bringen muss? Die Vuorela ist nicht bei uns angestellt, sagt der Produzent. Er ist für seine Untergebenen verantwortlich, und die Zulieferfirmen kümmern sich um ihre Leute. Trotzdem kann er eine Meldung machen. Sie hätten sich über Vuorelas Verschwinden schon schwer gewundert, wär ja auch nicht besonders angenehm für Radio Suomi, wenn eine Programmmacherin mitten in der Sendereihe ohne ein Wort abtaucht. Ich sage ihm, er brauche keine

Meldung aufzugeben. Ich lasse die Frau über Interpol suchen.

Kreuzdonnerwetter noch einmal. Gerade hat Aumasto den Mund aufgemacht, zum Preis, dass er gequält werden musste. Hat mir richtig leidgetan, der Mann, aber wenn sich so eine gute Gelegenheit bietet, muss man einfach zupacken. Das Verschwinden der Vuorela ist besorgniserregend, äußerst besorgniserregend. Was weiß die Frau, was ich nicht weiß? Was hat sie getan? Oder was hat man mit ihr getan? Ich versuche per E-Mail und per Telefon Kontakt mit ihr aufzunehmen. Vergeblich.

LAURA

Per Kurier ist von Raija Koski eine Kassette und dazu ein Brief gekommen. Sie sagt, mehr habe sie nicht. »Das andere Material ist bei anderen Leuten. Bei mir braucht man gar nicht erst danach zu stochern. Diese Kassette hier habe ich, weil sie mir gehört. Sie ist an Jaskas letztem Tag in unserer Kabine aufgenommen worden.«

Die Kassette ist neu. Ein Ferrochromband von BASF, keinesfalls aus dem Jahr 1991. Ich drücke auf die FF-Taste und höre sprungweise hinein. Ich versichere mich, dass Jaska auf der Kassette spricht, und Raija Koski. Nach gerade einmal zwei Minuten kommt nur noch Bandrauschen. Die Koski hat nur ein kurzes Stück von der Originalaufnahme kopiert. Ich höre es mir von Anfang an an.

»Du musst verschwinden.«

»Verschwinden?«

»Ja, und zwar schnell.«

»Ist mir egal.«

»Mir aber nicht. Die werden nicht zulassen, dass du das hier in Umlauf bringst.«

»Ist mir auch egal.«

»Was?«

»Das Material. Ich wollte aus Rache jemandem eins auswischen, aber jetzt kann ich nicht mehr … Ist mir egal.«

»Du musst gehen.«

»Es ist mir egal!«

»Verdammte Scheiße …«

»Es kommt bald raus.«

»Dein Hörspiel, oder was?«

»Das Kind.«

»Was für ein Kind?«

»Das Kind, das nicht meins ist.«

»Wovon redest du?«

»Von Betrug.«

»Wer hat wen betrogen?«

»Ich habe sie betrogen, aber sie hat mich zuerst betrogen.«

»Wovon redest du überhaupt, Mann? Du musst jetzt gehen!«

»Ich kann keine Kinder kriegen.«

»Was?«

»Ich bin steril.«

»Wie jetzt?«

»Unfruchtbar, verdammt noch mal!«

PAJALA

Über Interpol kommt die Information, dass Laura Vuorela unter dem Verdacht steht, einen Einbruch verübt zu haben. Aus dem Olympischen Pressezentrum ist eine große Menge an Gerätschaften entwendet worden: zig Lautsprecher, ein Stromaggregat, Verstärker, ein Mischpult, hunderte Meter Kabel … Was zum Donnerwetter hat das zu bedeuten?

PENA

Was ist das jetzt schon wieder? Was soll ich jetzt machen? Laura ist komplett abgetaucht. Sie geht nicht ans Telefon und antwortet auf keine Mail. Im Radio ist sie schon weiß der Geier wie lang nicht mehr gewesen, und seit gestern sind die ganzen Olympiagames sowieso aus. Heute Morgen flattert dann die Mitteilung in die Firma, dass sie in der Nähe der Stadt Naphlion einen verlassenen PKW gefunden haben, der auf Radiant zugelassen ist. Ich hab's mir auf der Karte angeguckt. Das ist auf der Peloponnes, ungefähr hundert Kilometer von Athen entfernt. Was treibt die Frau da unten? Wo ist sie?

LAURA

Aber als das dritte Kind unterwegs war, mussten wir aus der Eigentumswohnung raus.

Was sich der Mensch nicht alles in den Kopf setzt.

Da haben sie mich vergewaltigt, der Vater und der Sohn.

Das war mehr so ein Sausen. Genau so würde ich das formulieren: Ein Sausen war das!

Ich öffne einen Kanal nach dem anderen. Von allen Seiten, rings um den sandigen Kreis hört man die Stimmen.

Praktisch ohne Unkosten bekamen wir Markisen an die Sonnenseite des Hauses.

Ich war echt davon überzeugt, dass der Krieg ausgebrochen ist.

Die Stimmen beziehen ihre Kraft aus der besten Außenakustik der Welt und füllen das Amphitheater.

Wir sind hier im Hochofen des Vergessens.

Es war der sechste Dezember. Der finnische Unabhängigkeitstag.

Die Sätze der Entlader der Pamisos schießen kreuz und quer durch die Luft und prallen auf den steinernen Bänken hin und her. Ich steige die Reihen empor und höre die Stimmen von unterschiedlichen Stellen der Zuschauerränge. Alle Stimmen sind in der Luft. Jaskas gesamte Arbeit ist jetzt hier und füllt diesen heiligen Ort aus. Das hat Jaska verdient. Das ist ein Werk!

PENA

Pajala war hier. Als Allererstes befahl er mir, das ganze Ding mit der Pädophilie zu vergessen. Wieso das denn, hab ich gefragt. Vergessen Sie das Ganze, hat er nur gesagt. War alles ein einziges Missverständnis. Dann hat er erzählt, dass sie Laura gefunden haben. Er wolle mir das inoffiziell mitteilen. Irgendwelche Touristen hätten Laura im Amphitheater von Epidaurus gefunden. Das wär so ein großes Freilichttheater in Griechenland. Ich hab ihm gesagt, ich kenne das Theater von Epidaurus. Da war er baff. Er hatte ziemlich leise geredet, aber jetzt wunderte er sich echt. Ich hab gesagt, in der Schule hätten sie uns was von Epidaurus erzählt. In der Schule? Ich hab die Berufsschule vom Rundfunk gemeint. Dort hab ich die Grundausbildung für meinen Job gekriegt. In Epidaurus gibt es die beste Außenakustik der Welt. Absolut Legende. Pajala hat gemeint, Epidaurus wär weit weg von jeder Ansiedlung und schwer zu erreichen, mitten im Niemandsland. Ich weiß, wo das ist, hab ich gesagt.

Vorgestern Morgen waren irgendwelche japanischen Touristen auf dem Weg dorthin, aber sie hatten sich nicht getraut, näher ranzugehen, weil da eine Vorstellung lief. Draußen tuckerte ein Aggregat, und von dort lief das Stromkabel ins Theater rein. Drinnen hat man eine ziemliche Kakophonie gehört. Hat überhaupt nicht mehr aufgehört. Die Japaner haben geduldig abgewartet. Plötzlich ging das Aggregat aus. War kein Sprit mehr drin. Es war vollkommen still. Da haben die Japaner einen Blick riskiert, um zu sehen, was im Theater los war, was dort aufgeführt wurde. Das waren aber keine Schauspieler. Die ganze Arena war voller schwarzer Kästen – Lautsprecherboxen. Zig von den Dingern standen da rum.

Aus jedem war was anderes rausgekommen. Alles stammte aus dem Material, das Jaska auf der Pamisos aufgenommen hatte. Laura hatte die ganze Pamisos auf einmal spielen lassen. Sie hatte alles auf ihren Computer geladen und die Tondokumente eins nach dem anderen über den Verstärker in die Boxen gejagt, sodass aus der einen Box die Stimme von einem Erzähler kam, aus der Nachbarbox die vom nächsten und so weiter. Mehr als dreißig Geschichten auf einmal, das gab eine ziemlich schizophrene Toncollage, und die hat die ganze Nacht durch in dem Amphitheater geklungen, zehn Stunden lang – so lange, wie der Treibstoff im Aggregat gereicht hat. Laura selbst haben sie auf einer Steinbank gefunden. Da lag sie, Tagebuch und Stift auf der Brust. Im Hintergrund ist angeblich das Requiem von Mozart gelaufen, so eine Totenmesse.

II

Jaakko

23. SEPTEMBER

Heute habe ich Ahonen von Leenas Manuskript erzählt. Er wollte wissen, ob ich von der »Entladung der Pamisos« spreche. Ob ich es gelesen habe. Natürlich hatte ich es gelesen, vorgestern Nacht und gestern – sofort, als ich es vor Augen bekam. Wo aber hatte Ahonen das Manuskript her? Hatte er es ganz gelesen? Er antwortete nicht, war jedoch voller Eifer und fragte, was für ein Mensch Laura meiner Meinung nach gewesen sei. Und Pena. Auf Anhieb konnte ich nichts antworten. Ahonens Knie vibrierten unter dem Tisch, und sein Oberkörper schwankte hin und her. Jetzt hätten wir etwas zu reden. Ich fragte mich, was er damit meinte, und Ahonen erklärte mir, unsere Sitzungen seien problematisch, da wir eigentlich nicht sonderlich viel über Leena reden könnten. Ich sagte ihm, das sei mir auch schon aufgefallen. Das heißt, das sind ja keine Sitzungen im eigentlichen Sinn, präzisierte Ahonen.

Ich fragte erneut, woher er das Manuskript hatte, und er erzählte, Leena habe ihm und seinen Kollegen den Text zum Lesen gegeben, gleich nachdem sie aufgenommen worden sei. Ich fragte nicht, ob sie das ausgedruckte Manuskript zwischen Kulturbeutel, Unterwäsche und Strümpfen in ihrer Tasche bei sich getragen habe. Mir hatte sie es nämlich vorgestern Morgen buchstäblich aus voller Brust gegeben – sie hatte es während der Besuchszeit aus dem Ausschnitt gezogen. Um etwas zu sagen, hatte ich ihr erzählt, was es alles Neues gibt, vor allem zu Hause, und dabei war die Rede auch darauf gekommen, dass die halbjährliche Tilgungsrate näher rückte und die Zinszahlung ebenfalls. Da zog sie unter ihrem Nachthemd ein dünnes Kettchen hervor und trennte davon den Anhänger ab. Es war aber kein Schmuckstück, das sie am Goldkettchen um den Hals getragen hatte, sondern ein Speicherstift für den Computer. Sie sagte kein Wort. Und mir blieb nichts anderes übrig, als das flache Plastikding in die Tasche zu stecken. Der Speicherstift war noch warm von Leenas Körper.

Ahonen wollte wissen, ob auf dem USB-Stick die »Entladung der Pamisos« gespeichert gewesen sei. Und was es für ein Gefühl gewesen sei, den Text zu lesen. Ich sagte es ihm, wie es war: Das Lesen war ein Schock gewesen. Ahonen beteuerte mehrmals, er würde mich verstehen. Dann fragte er, ob ich mir darüber im Klaren sei, dass er als behandelnder Arzt nicht sonderlich viel über seine Patienten reden dürfe, nicht einmal mit den Ehepartnern. Über Leenas Manuskript hingegen könnten wir vollkommen offen reden. Das sei weder behandlungsstrategisch abträglich noch in ethischer Hinsicht bedenklich.

Vergessen Sie meine Frage nicht! Damit sprang Ahonen auf, um zu gehen. Welche Frage?, wollte ich wissen. Was für ein Mensch ist Laura? Und was für ein Mensch ist Pena? Ich verstand überhaupt nichts. Was habe ich mit den beiden zu tun? Ahonen reichte mir die Hand. Denken Sie darüber nach! Wir sehen uns am Montag.

25. SEPTEMBER

Sari hatte gestern ein Turnier. Ich briet ihr am Morgen Speck und Eier, weil ich wusste, dass die Mädchen mit etwas Glück fünf Fußballspiele an einem Tag hätten, ohne dass es zwischendurch Zeit für eine ordentliche Mahlzeit gäbe. Mein Ingenieurverstand sagte mir, dass eine ordentliche Portion Fett und Proteine ernährungswissenschaftlich die beste Grundlage für einen solchen Arbeitstag bildete. Ausdauersportler tankten zwar vor dem Wettkampf Kohlenhydrate, das wusste ich, aber die Mädchen würden mehrere Spiele hintereinander absolvieren müssen. Im besten Fall sogar sechs. Das entsprach dem, was ein Waldarbeiter zur Zeit der Bügelsägen an einem Arbeitstag im Winter zu leisten hatte. Es gab allen Grund für eine funktionale Nahrungsaufnahme: am Morgen genügend Fett und Proteine, tagsüber kurzkettige Kohlenhydrate zur Regulierung des Blutzuckers.

Sari weigerte sich, den Schinkenspeck auch nur anzurühren. Vom Spiegelei pflückte sie das Eigelb herunter und ließ es in eine halbe Avocado plumpsen. Sie war nicht einmal bereit, in Richtung Pfanne zu schauen. Ihrer Meinung nach schwamm der Schinken fürchterlich im Fett. Ich griff nicht weiter ein, denn ich erinnerte mich, dass in einer Avocado ungefähr ebenso viel Fett enthalten war wie im gebratenen Schinkenspeck, und das Eigelb dürfte wohl der energiehaltigste Teil des Hühnereis sein. Sari war ebenfalls zufrieden. Das Eigelb passte erstaunlich gut in die Mulde, die der Kern der Avocado hinterlassen hatte, und das Gelb vertrug sich mit den Grüntönen der Frucht.

Die Spiele fanden in einer Traglufthalle in Myllypuro statt. Eigentlich hätte das Turnier im Freien stattfinden sollen, aber wegen des starken Regens hatte man beschlossen, es nach drinnen zu verlegen. In der Halle musste auf Kleinfeldern und mit reduzierten Mannschaften gespielt werden. Das Feld wurde quer geteilt, sodass drei Spiele gleichzeitig durchgeführt werden konnten, so wie es für das Turnier im Freien geplant gewesen war. Die Wölfe konnten wieder mal nicht mithalten. Sie schlugen lediglich das Team aus Kerava, aber dieser Sieg konnte die Mädchen nicht trösten, denn jeder hatte gesehen, dass die aus Kerava gerade erst mit Fußball angefangen hatten. Sari spielte immerhin schon sieben Jahre, und das galt auch für fast alle anderen Mädchen.

Die kleinen Mannschaften, die engen Felder und die kürzeren Spielzeiten machten es ihnen noch schwerer als sonst. Auf dem Kleinfeld bekommt der Fußball Züge vom Eishockey: Körperkontakt, Tempo, Bodychecks, blitzschnelle Konter. Unsere Mädchen trauen sich nicht, den Ball anzunehmen. Ich werde nie die Szene vergessen, in der Sari unter einer hohen Flanke mit geschlossenen Augen den Kopf einzieht, die Ellbogen an die Seiten presst und nur die Hände ausbreitet wie kleine Flügel. Die Stürmerin des Teams aus Vuosaari aber streckt komplett die Arme aus, wie es sich gehört, verschafft sich mit Körpereinsatz Raum, nimmt den Ball eiskalt an, führt ihn fünf Meter weiter in die Mitte und platziert ihn flach in der Ecke. Eve im Tor ist chancenlos. Den Ball stoppen, den Ball erkämpfen, den Ball abdecken, Kontakte, Zweikämpfe – in all diesen Dingen haben wir das Nachsehen, jedes Mal.

Als sich die Mannschaften die Hand gaben, sah ich, wie die Außenstürmerin aus Vuosaari bei Sari mit den Lippen das Wort »Schlampe« formte. Am Abend war Sari ziemlich deprimiert. Ihre Energievorräte hatten gar nicht alle aufgezehrt werden können, weil das Turnier für sie nach dem ersten Zwischenrundenspiel vorbei war. So gesehen war es ohnehin egal, was sie zum Frühstück gegessen hatte.

26. SEPTEMBER

In ihrem Manuskript hat Leena unser Leben auf seltsame Weise umgeschrieben. Am meisten schockiert mich dabei allerdings das Mädchen. Leena hat aus Sari eine Satu gemacht. Sie kommt schon ziemlich am Anfang vor, und man fragt sich dann ständig, wo ist sie jetzt, wie geht es ihr. Danach ist von dem Kind nämlich nicht mehr die Rede. Es wird einfach bei irgendwelchen Großeltern vergessen. Für ihr Romanmanuskript hatte Leena verdammt viele Dinge im Kopf behalten und an zahllose Einzelheiten denken müssen, was sich worauf bezieht und so weiter – wie konnte sie da ausgerechnet das Kind einfach links liegen lassen?

Das war der Punkt, an dem ich den Glauben an das Ganze verlor, weil ich ständig darauf wartete, dass etwas über das Mädchen erzählt wird, aber nein, nichts, auch am Ende nicht, kein Wort. Und mich hatte sie umgebracht, vor vierzehn Jahren schon, fast fünfzehn – ertränkt.

27. SEPTEMBER

Heute saß ich wieder eine Stunde mit Ahonen zusammen. Leena redet noch immer nicht. Ahonen fragte mich, ob ich mir über seine Fragen Gedanken gemacht hätte. Das hatte ich. Was für ein Mensch ist Laura? Laura macht einen tüchtigen und begabten Eindruck, speziell neben ihrem Angestellten wirkt sie überlegen. Das heißt, eigentlich ist Pena gar kein Angestellter, sondern ihr Kompagnon. Allerdings ist mir das erst sehr spät klar geworden. Laura fühlt sich eindeutig als Hauptfigur, im Grunde als Heldin, falls es heutzutage in Büchern noch so etwas wie Helden und Heldinnen gibt. Ahonen nickte heftig und forderte mich auf, weiterzumachen. Womit? Na, mit der Analyse von Laura! Ich hätte gesagt, Laura wirke überlegen. Bleibt der Eindruck der Überlegenheit bis zum Schluss bestehen?

Insofern nicht, als Laura irgendwie ständig unsympathischer wird. Am Anfang freut man sich über sie, man ist irgendwie stolz, von wegen, das ist mal eine reelle Frau, kommt mit jeder Situation klar, hat keine Angst vor Widersprüchen, Technik, Führungsdruck, Verhandlungen … vor all dem, was zum Arbeits- und Wirtschaftsleben dazugehört. Ahonens Knie hatten angefangen zu vibrieren, und sein Oberkörper zuckte. Er ließ die Hand vor dem Körper kreisen, als würde er in einer unsichtbaren Schüssel mit dem Schneebesen rohe Eier verschlagen. Genau … genau, sagte er. Weiter, weiter!

Aber wie gesagt, auf seltsame Weise wird sie immer unsympathischer, kalt und hart. Ahonen gab einen Laut von sich. Er unterbrach das Quirlen und hob die Hand: Und wenn Laura ein Mann gewesen wäre? Na, so was kann ich mir jetzt nicht mal eben auf die Schnelle vorstellen. Ahonen forderte mich auf, fortzufahren, aber mehr gab es eigentlich nicht zu sagen. Laura macht am Anfang einen tüchtigen und kompetenten Eindruck und ist insofern eine positive Figur. Jeder würde so eine als Angestellte oder als Vorgesetzte nehmen. Und als Ehefrau?, fragte Ahonen dazwischen, aber dazu konnte ich nichts sagen. In der Hinsicht hatte ich nicht an Laura gedacht. Jedenfalls verändert sie sich allmählich, oder die Vorstellung von ihr ändert sich. Ahonen drängte: Inwiefern ändert sich die Vorstellung von Laura? Aber ich wusste darauf nichts zu antworten. Plötzlich ließ er locker und stellte keine Fragen mehr nach Laura, sondern ging zu Pena über.

Mit Pena war es genau umgekehrt: Zuerst scheint er ein hoffnungsloser Fall zu sein, einsam und halb versoffen. Nach und nach stellt sich aber heraus, dass er in seinem Job wahrscheinlich ziemlich kompetent ist. Trotzdem würde man ihn nicht gern als Mitarbeiter einstellen. Also ziemlich lange scheint es so. Aber auf geheimnisvolle Weise wird dieser Pena dann doch immer sympathischer, und in seinem Job ist er ein absoluter Profi, und das weiß er auch. Das Gejammer am Anfang, wenn er davon spricht, dass er vom Schlitten fällt und so, das ist nichts anderes als die übliche grundfinnische Bescheidenheit. Das ist nicht mal schlechtes Selbstwertgefühl. Das Selbstwertgefühl ist bei dem Mann absolut intakt. Das sieht man sofort, wenn er sich an die Arbeit macht. Übrigens ist es dann auch mit der Hockerei in der Kneipe vorbei, als er etwas zu tun bekommt. Gut, sagte Ahonen, machen wir Schluss für heute.

Ich war ein bisschen irritiert. Nicht dass es nicht gut wäre, dass es etwas zu reden gab. Im Gegenteil. Bis dahin waren die Sitzungen ziemlich gespenstisch gewesen, weil manchmal eine Stunde lang fast nichts geredet wurde. Ich wollte aber trotzdem wissen, was das alles mit Leenas Krankheit zu tun hatte. Ahonen wirkte erstaunt: Leena habe das doch alles geschrieben! Eine Weile ging er im Zimmer hin und her, das Kinn zwischen Daumen und Zeigefinger eingeklemmt. Dann sagte er, es wäre besser, wenn ich selbst über die Dinge nachdächte und meine eigenen Erkenntnisse gewänne, aber er möchte doch nicht ganz auf die Anleitung verzichten und wenigstens sagen, ich müsse über dieselben Fragen nachdenken wie zuletzt, aber diesmal aus Leenas Sicht. Also wie? Na, eben dieselben Fragen: Was für ein Mensch ist Laura und was für ein Mensch ist Pena, aber jetzt aus Leenas Perspektive. Also was Leena über Laura denkt? Genau, sagte Ahonen. Was Leena über Laura denkt und darüber, wie sie sich verändert.

28. SEPTEMBER

Am Anfang dachte ich, ich müsste die Tagebücher hier ins Krankenhaus bringen, weil man sie dort vielleicht für irgendetwas braucht. Ahonen war ganz erstaunt, als ich ihm meine Aufzeichnungen der ersten Woche in Reinschrift vorlegte. Was er damit anfangen solle? Das hatte *ich* dann wieder nicht verstanden. Er hatte mir doch befohlen, Tagebuch zu führen! Aufgetragen, nicht befohlen, korrigierte er mich. Das Tagebuch sei für mich selbst. Es sei ein Mittel, die Situation zu analysieren und gleichzeitig Material zu bekommen, anhand dessen man die eigenen Reaktionen und ihre Entwicklung beobachten könne. Nichts dagegen, ich bin die systematische Prozesskontrolle ja gewöhnt. Und da ich arbeitslos bin, habe ich auch die Zeit, bestimmte Dinge aufzuschreiben. Außerdem ging es mit der Zeit immer schneller und müheloser. Anfangs hielt ich mich noch an Formen und Strukturen, wie ich sie von Dossiers und Berichten aus der Arbeit kannte. Nach und nach setzte sich dann der Gedanke durch, dass ich ja eigentlich so schreiben könnte, wie es mir am angenehmsten ist, wo ich es doch für mich schreibe. Meiner Meinung nach habe ich mich in der Hinsicht ziemlich entwickelt.

Als ich von meiner Entwicklung als Schreiber sprach, wollte Ahonen wissen, ob mir aufgefallen sei, dass es in der Ausdrucksweise der Laura in der »Entladung der Pamisos« ähnliche stilistische Züge gäbe wie in meinen Aufzeichnungen. Wie kann das möglich sein? Warum sollte es nicht möglich sein?, fragte Ahonen zurück. Leena sei geschickt darin, unterschiedliche literarische Stile zu imitieren, sie habe eindeutig Texte studiert, die ich im Arbeitsleben verfasst habe, und daraus typische Elemente entnommen, als sie Lauras sprachlichen Auftritt in ihrem Romanmanuskript gestaltet habe. Allem Anschein nach habe Leena aus Laura eine Frau machen wollen, die möglichst gut zurechtkommt und ihre Aufgaben bewältigt, und darum habe sie sich entschlossen, bei ihrem Ingenieursgatten die karge, sachbezogene, auf das Wesentliche abzielende Redeweise zu entlehnen.

Ahonen forderte mich auf, der Sache auf den Grund zu gehen. Er war der Meinung, Leenas sprachliche Begabung sei vor allem die imitierende Kunst der Spottdrossel. An einem selbstständigen Stil, einem eigenen literarischen Satz war sie nicht einmal interessiert. Leena wollte die Sätze anderer schreiben, sie wollte schreiben, wie die Menschen in verschiedenen Rollen schreiben, und vor allem, wie sie sprechen. Ahonen war sogar der Meinung, Leena sei geradezu genial darin, unterschiedliche Jargons, Erzählweisen und Redeweisen hervorzubringen und mit ihrer Hilfe glaubwürdige fiktive Identitäten zu schaffen. Ich sagte Ahonen, manchmal sei es für mich schwierig, ihm zu folgen, weil er so viel Terminologie aus seiner Branche benutze. Aber was soll's, Ingenieure machen es ja auch nicht anders, und Leute aus anderen Berufszweigen auch.

30. SEPTEMBER

Heute habe ich versucht, die Sache mit Leenas Krankengeld zu klären. Ich rief beim Schriftstellerverband an, und dort hat man mir erklärt, ein Schriftsteller sei praktisch ein selbstständiger Unternehmer, der selbst für seine Rentenbeiträge und seine Krankenversicherung aufkommen müsse. Da es in dem Job keine regelmäßigen Einkünfte gäbe, hätte Leena mit der Sozialversicherungsanstalt ein festes durchschnittliches Jahreseinkommen als fixe Summe festlegen müssen.

Laut Sozialversicherungsanstalt hat Leena aber nie irgendwelche Sozialbeiträge bezahlt. Ihr Krankengeld setze sich daher allein aus dem Grundanteil zusammen.

Was die Pflegekosten betreffe, sei es hingegen glücklicher gelaufen. Leena hatte ein Stipendium vom Finnischen Kulturfonds und dazu gehört aus irgendeinem Grund eine Krankenversicherung. Aufgrund dessen war es auch möglich, sie als Privatpatientin einzustufen. Bei den Krankenhaus- und Therapiekosten ergeben sich dadurch keine Probleme, ansonsten aber sieht es mit unserem Etat beängstigend aus, wenn man ehrlich ist. Wir haben kein gesichertes Einkommen außer meinem Arbeitslosengeld und Leenas Krankengeld. Und in knapp einem halben Jahr falle ich in die Sozialhilfe. Auf das Niveau, auf dem sich Leena bereits befindet.

Bei diesen Einkünften können wir den Kredit für unser Haus nicht stemmen. Die Situation ist eine völlig andere als zu dem Zeitpunkt, an dem wir den Kredit aufnahmen. Damals, als wir nach Sipoo zogen, war ich Ingenieur mit gutem Einkommen gewesen und Leenas Gehalt hatte noch höher gelegen. Ob sie gehofft hat, für die »Entladung der Pamisos« könnte man Geld bekommen? Schließlich hat sie mir den Speicherstift gegeben, nachdem ich von den Schulden gesprochen hatte. Aber warum hat sie nichts dazu gesagt? Ahonen sprach von einem Blockadezustand. Sollte ich zu Leenas Verleger gehen und ihm das Manuskript verkaufen? Dann müsste ein Vertrag gemacht werden, ein Verlagsvertrag. Und den müsste Leena unterschreiben. Aber ich will sowieso nicht, dass jemand das Manuskript liest.

1. OKTOBER

Ich habe Leenas Manuskript noch einmal gelesen. Ich kann die Ähnlichkeiten zwischen mir und Laura, von denen Ahonen gesprochen hat, nicht erkennen, aber ansonsten gibt es in der »Entladung der Pamisos« eine Menge Kraut und Rüben. Wie kann ein großes Frachtschiff mitten in den Winterstürmen wochenlang auf dem offenen Meer vor Anker liegen? Ich rief Heikki Mäki an, einen alten Kinderfreund von mir, der Kapitän ist. Heikki lachte über die Vorstellung. Das Manuskript ist voller Einzelheiten, die völlig aus der Luft gegriffen sind. Zum Spaß bin ich mal auf die Homepage des Meteorologischen Instituts gegangen und habe nachgesehen, was am 14. November 1991 für ein Wetter herrschte. Damals lagen an der finnischen Südküste absolut keine siebenundvierzig Zentimeter Schnee.

Ich habe mir auch die Karte von Espoo nach der Topografie von Haukilahti angesehen. Ich bin sogar mit dem Auto nach Tapiola gefahren und dort die Route abgegangen, auf der in Leenas Beschreibung Laura läuft, nachdem sie sich die ganze Nacht das Bandmaterial von der Pamisos angehört hat. Laura läuft in Tapiola los, kommt schließlich zu den Felsen von Haukilahti und blickt aufs Meer. Ich hab dort keine Felsen gefunden. Einen Schlosser, der für Sköldvik im Kosovo gedient hat, fragte ich, ob es möglich wäre, dass dort unten auf dem Balkan ein Zivilist mit einem amerikanischen Soldaten zusammen über die Grenzen kommt, ohne Schlange stehen zu müssen. Er sagte sofort ganz trocken und eindeutig, das sei nicht möglich. Er wunderte sich sogar noch, dass ausgerechnet die Amerikaner den europäischen Transitreisenden in keiner Weise behilflich seien. Leena hat sich das alles in ihrem eigenen Kopf ausgedacht!

Es macht einem richtig Angst, an die Vorgänge in so einem Kopf zu denken. Für Leena scheint es keine stabilen, eindeutigen und überprüfbaren Fakten zu geben, sondern nur biegsames, formbares Material. Eine Tatsache wie die Wetterlage an einem bestimmten Tag ist für sie kein unverrückbarer Standard. Man kann sie je nach Bedarf verändern, wie man will. Oder ein geländetechnisches Detail, das man leicht auf einer Landkarte verifizieren kann – auch das bedeutet nichts: weg mit der flachen Verlandungszone, her mit den hohen Felsen! Das ist irgendwie unheimlich.

Das Romanschreiben scheint die reinste Dichterei zu sein! Ständig wird eine trügerische Oberfläche konstruiert. Es werden Illusionen geschaffen, und der Leser wird darin eingewickelt, er gewöhnt sich an die Lügen, und am Schluss akzeptiert er alles – zwei Millionen Kilo faules Fleisch auf dem Meer vor Helsinki oder eine ganze ausgedachte Olympiade. Sie hat sich die Spiele im August, als sie tatsächlich stattfanden, nicht mal angesehen! Hat sie in ihren anderen Büchern auch eindeutige Tatsachen dermaßen verdreht und abgeändert? Auf die Idee bin ich nie gekommen, darum habe ich es auch nicht überprüft.

Als ich Ahonen von Leenas tatsachenwidrigen Darstellungen erzählte, behauptete er, das Erfundene und Künstliche könne unter Umständen wahrer sein als die konkreten Fakten. Er wollte wissen, ob ich Anne kenne.

Ich sagte ihm, meine Mutter habe mit zweitem Namen Anne geheißen, aber Ahonen sagte, er meine L. M. Montgomerys Anne, eines der am meisten geliebten Mädchen der Welt. Ob ich mal welche von den Anne-Büchern gelesen hätte? Nein, sagte ich, aber Sari habe sie gelesen, und Leena seinerzeit auch. So wäre zumindest die Mutter in der Lage gewesen, mit ihrer Tochter lange Gespräche über die Anne-Bücher zu führen.

Ahonen behauptete, Anne sei der Beweis dafür, dass eine Erfindung oftmals realer sein könne als das Echte. In der Heimat von Montgomerys Anne auf der Prinz-Edward-Insel hätten im Lauf der Zeiten sicherlich viele Annes gelebt, aber von jenen tatsächlichen Annes wisse man nichts. Hingegen sei die erfundene Anne aus Montgomerys Büchern allen bekannt. Was mich betrifft – ich kenne keine Anne, die nicht existiert. Ahonen sagte, er spreche nicht von mir, sondern von den Frauen der Welt.

4. OKTOBER

Heute habe ich zu Ahonen gesagt, dass es mich irritiert und auch ein bisschen bedrückt, wenn Leena unser Leben als Material benutzt. Außerdem ist einiges dabei, was mich kränkt. Ahonen wollte wissen, was mich am meisten bedrückt. Die Art, wie Sari beschrieben wird, sagte ich. Welche Sari?, fragte Ahonen. Na, unsere Sari ist das doch eindeutig. Nur der Name ist gegen Satu ausgetauscht worden, ausgerechnet Satu – Märchen –, so wie das ganze Ding ein einziges Märchen ist! Ahonen behauptete, jene Satu werde in dem Manuskript eigentlich überhaupt nicht beschrieben. Ich sagte, das sei ja gerade das Bedrückende! Das Mädchen werde vollkommen vergessen, links liegen gelassen.

Ahonen fragte, was mich denn besonders kränke. Na, natürlich die Tatsache, dass ich sofort umgebracht werde. Wieso umgebracht?, interessierte sich Ahonen. Eigentlich sogar gleich zweimal umgebracht. Ich bin ja schon tot, als der Roman anfängt, seit vierzehn Jahren schon. Ahonen wollte auf Nummer sicher gehen: Ob ich mich mit Jaska, dem ertrunkenen Ehemann der Laura in dem Roman, identifiziere? Ob ich mich mit ihm identifiziere? Verdammt noch mal, der hat ja sogar denselben Namen wie ich! Von da an redete Ahonen erst mal nicht weiter über meinen Tod als Jaska. So macht er es immer: Sobald man sich zum Reden hinreißen lässt oder sich ereifert, bricht er ab und wechselt das Thema.

Jetzt wunderte er sich, wieso ich das Gefühl hatte, zweimal umgebracht worden zu sein. Na, auf dem Schiff war doch dieser Ingenieur, Prozessingenieur wie ich, auch noch in der Raffinerie Sköldvik tätig wie ich und auf die gleiche Weise arbeitslos geworden wie ich. Er wohnte sogar wie ich in Sipoo in einem Einfamilienhaus auf Kredit. Und der wird ebenfalls kurzerhand umgebracht. Ahonen fragte, wie sich all das für mich anfühle. Verdammt miserabel natürlich. Ob es aber bestimmte Gefühle in mir geweckt habe. Was für Gefühle? Zum Beispiel Eifersucht. Bevor ich dazu kam, nachzudenken und zu antworten, sprang er auf und sagte, wir sehen uns dann am Donnerstag. Leena hat wieder nicht mit mir gesprochen. Ob sie mit den anderen spricht, weiß ich nicht.

5. OKTOBER

Von Leenas Verleger kamen zwei identische Kuverts. Eines an Leena und das andere an mich. Es war eine Einladung zur Buchmesse Helsinki, Wegbeschreibung, Lageplan der Messehalle, Einladung zu einem Fest am Abend und zwei Freikarten für die Messe selbst. Glaube nicht, dass aus diesem Haushalt hier jemand hingeht. Beim Herbstempfang des Verlags vor einem Monat waren wir noch beide. Ich fuhr schon um fünf am Nachmittag wieder heim, Leena kam gegen fünf am nächsten Morgen. Ihre Klamotten waren noch nass, als ich aufstand. Um neun rief ihr Verleger an, der in Ost-Helsinki wohnt. Er wollte wissen, ob Leena nach Hause gekommen sei.

Angeblich war sie schon vor Mitternacht aufgebrochen, aber der Verleger glaubte, sie nach zwei Uhr vom Ostzubringer aus im Stadtteil Kulosaari gesehen zu haben. Als das Taxi des Verlegers von der Schnellstraße abgebogen war, war die Fußgängerin weg gewesen. An Leenas Kleidern und vor allem an den Schuhen sah man, dass sie den ganzen Weg von der Stadt bis nach Sipoo zu Fuß gegangen war. Sie konnte sich aber nicht daran erinnern. Als sie schon im Krankenhaus war und ich Ahonen von dem Vorfall erzählte, war der sehr interessiert und sagte, der *Dissociative Fugue*, die Zwangsflucht, gehöre zu einer bestimmten Symptomkategorie, an den Namen kann ich mich nicht mehr erinnern. Er nickte mit dem Oberkörper und erklärte mir, dass nun als Erstes genaue Differenzialdiagnosen vorgenommen werden müssten, bevor man endgültige Schlussfolgerungen ziehen könne.

8. OKTOBER

Ahonen hat mich heute gleich am Anfang gefragt, ob ich über seine Frage nachgedacht hätte. Über die nach der Eifersucht? Er fand es interessant, dass ich glaubte, er meine die Eifersucht. Ob ich starke Eifersuchtsgefühle hätte? Ich sagte, das sei nun einmal seine zuletzt gestellte Frage gewesen. Dort seien wir beim letzten Mal stehen geblieben. Ich erzählte ihm, nach einigem Nachdenken hätte ich beim Lesen des Manuskripts gewisse Eifersuchtsgefühle an der Stelle registriert, wo sich herausstellt, dass Laura und Pena irgendwann ein Verhältnis hatten. Ahonen unterbrach mich: Ob ich Laura für Leenas Alter Ego hielte – für ihr anderes Ich? Ich sagte, ich wisse, was Alter Ego bedeute. Ja, meiner Meinung nach habe Leena unser Leben umgeschrieben – allerdings ohne mich, und für sich selbst habe sie eine alternative Biografie in Gestalt von Laura verfasst.

Ahonen wollte wissen, warum Penas und Lauras Beziehung meine Eifersucht geweckt hätte. Das sei doch innerhalb der Realität des Romans eine alte Geschichte. Na, genau deshalb hat mich das ja auch ein bisschen irritiert, weil Leena vor fünfzehn Jahren tatsächlich bei einer Produktionsfirma namens Radiant war und es dort einen Tonmeister namens Pena gegeben hatte. Da hab ich mich dann schon mal gefragt, was damals eigentlich passiert ist. Ahonen schwieg eine Weile und sagte dann, er spreche nun in erster Linie als Literaturfreund und nicht als Psychiater. Zwar könne er nicht einfach ein Stück von sich abtrennen, aber der Blickwinkel sei nun derjenige der Literatur. Ich war gespannt, was er nach dieser Einleitung sagen würde. Er forderte mich auf, noch einmal an Anne zu denken. Ich sagte, ich würde die ganze Anne lieber vergessen, ebenso die Tatsache, dass so eine nie auf der Prinz-Edward-Insel gelebt habe.

Ich müsse begreifen, wie Schriftsteller vorgingen, wenn sie Romane schrieben. Ich sagte, ich hätte das seit fast zwanzig Jahren zu lernen versucht, sei bislang aber noch nicht auf ein Kaleidoskop vom Kaliber der »Entladung der Pamisos« gestoßen. Ob ich früher schon einmal solche Erfahrungen der Wiedererkennung gemacht hätte? Also, ob ich schon mal das Gefühl gehabt hätte, in dem, was Leena schreibt, mich und mein Leben wiederzuerkennen? Eigentlich nicht. Das ist das erste Mal. Ahonen runzelte die Stirn. Ich wisse doch wohl trotzdem, dass viele Schriftsteller ihre Angehörigen, deren Leben und auch ihr eigenes Leben als Material verwendeten? Natürlich wusste ich das, aber ich war noch nie damit konfrontiert gewesen.

Ob ich nun trotzdem verstünde, dass es genau darum jetzt ginge? Ein Schriftsteller nehme sich das Material von irgendwo, aber man dürfe nicht hingehen und eine Person, die scheinbar als Vorbild für eine Figur diene, mit der Romanfigur selbst verwechseln. Das für den Roman erdachte Leben sei nie identisch mit dem Leben, das beschrieben werde. Ein Roman errichte stets seine eigene Welt, und das sei eine andere Welt als diese unsere Welt, eine vollkommen andere. Ich sagte, ich könne das alles verstehen, aber um das Verstehen ginge es ja gar nicht. Sondern?, wollte Ahonen wissen. Na, er habe doch selbst danach gefragt, wie es sich anfühle. Um die Gefühle sollte es doch gehen. Das war Ahonens

Meinung nach gut gesagt. Angeblich war es gut, die Sitzung mit den Gefühlen zu beenden.

Aber er beendete sie gar nicht, sondern fragte mich, warum ich die »Entladung der Pamisos« mit einem Kaleidoskop verglichen habe. Womit soll man so ein Dingsbums denn sonst vergleichen? Man kann es drehen, wie man will, immer hat man die Teilchen in einer neuen Ordnung vor sich, und jedes Muster ist anders als das vorige.

11. OKTOBER

Heute Morgen kam von der Sozialversicherungsanstalt ein Brief an Leena. Ich habe ihn aufgemacht, weil ich dachte, da ist die neue Entscheidung über das Krankengeld drin. Im Gegenteil. Es wird mitgeteilt, dass Leena die gesetzlich vorgeschriebene Rentenzahlung außer Acht gelassen hat. Das sind steuerähnliche obligatorische Abgaben, die nun rückwirkend für den gesamten Zeitraum, den Leena als freie Autorin tätig gewesen ist, erhoben werden. Ich habe ausgerechnet, dass bei der geringstmöglichen Einstufung ein zu erhebender Betrag von fast hunderttausend Euro zusammengekommen ist.

Ich bin auf die Bank, um ein tilgungsfreies Jahr zu vereinbaren. Mit den Zinsen kommen wir eventuell gerade so hin, solange sie weiterhin so niedrig bleiben. Leenas Rentenversicherungsausstände wagte ich gar nicht erst in die Kalkulation einzubeziehen. Ich weiß ja auch gar nicht, zu was für einem Erhebungszeitplan die Sozialversicherungsanstalt bereit ist oder was sie genau verlangt. Ich habe ihnen eine Benachrichtigung über Leenas Krankheit geschickt und das ärztliche Attest beigelegt. Auch darin ist keine in Worten abgefasste Diagnose enthalten, nicht mal in Latein, lediglich ein Ziffern-Buchstaben-Code: DSM-IV. Die Hauptsache ist nun, dass wir noch zwei, drei Jahre in unserem Haus wohnen können, bis Sari aus dem kritischsten Alter heraus ist. Sari spielt begeistert Fußball, und bei den Wölfen hat sie ihre wichtigsten Freundinnen, vielleicht sogar die einzigen, das weiß ich nicht genau.

15. OKTOBER

Heute hat Ahonen lange geredet. Normalerweise spricht er so gut wie gar nicht, sondern versucht, mich zum Sprechen zu bringen. Er fing mit dem an, was ich beim letzten Mal gesagt hatte, nämlich dass Leena unser Leben umgeschrieben und sich dabei eine neue Biografie erschrieben habe. Wieder war Ahonen mit vollem Eifer bei der Sache, die Knie vibrierten unter dem Tisch, der Oberkörper nickte. Er sagte, er habe sich seiner Diagnose versichert. Ich hätte absolut recht: Leena habe eine alternative Wirklichkeit kreiert, in der sie als andere Person operiere.

Ahonen schob beide Handflächen nach vorne. Man dürfe diesen Sachverhalt nicht auf vulgäre Art verstehen. Das Schaffen von alternativen Wirklichkeiten und verschiedenen Identitäten gehöre zur normalen Arbeit eines Schriftstellers. Ich verstand kein bisschen, was Ahonen sagte, und hielt, ehrlich gesagt, nichts von dem, was er mir da erklärte, für sonderlich normal. Trotzdem forderte ich ihn auf, weiterzureden. Er sagte, es scheine sich offenbar um eine Dissoziationsstörung zu handeln. Ich sagte, ich verstünde die Vorsilbe »Dis«, und ich wisse auch, dass »Soziation« etwas mit dem Zusammensein von Menschen zu tun habe, oder so ähnlich, aber trotzdem erschließe sich mir die Bedeutung des Begriffes nicht. Ahonen beeilte sich zu erklären, dass auch nur wenige Ärzte das Wort kannten, sogar unter denjenigen, die sich auf Psychiatrie spezialisiert hatten, gehörte es zur peripheren Terminologie.

Ich sagte ihm, ich sei nicht völlig blode. Wie Ärzte während der Ausbildung auf Situationen vorbereitet werden, in denen sie Angehörigen etwas über bleibende Schäden und endgültige, komplizierte Erkrankungen von Patienten mitteilen müssen, wusste ich nicht. Meine Frau befand sich nun seit über sechs Wochen zur Behandlung in der Psychiatrie. Ich fragte Ahonen direkt, ob meine Frau an Schizophrenie erkrankt sei, und bat ihn, endlich aufzuhören, um den heißen Brei herumzureden. Ahonen wandte sich ab, putzte eine Zeit lang seine Brille und stürzte sich danach fast auf mich: »Also …« Er fing sich aber sofort wieder und sagte ganz leise: Nein, keineswegs. Seiner Ansicht nach handele es sich hier nicht um Schizophrenie. Er hielt den Kopf zwischen den Händen und versicherte, Leena sei nicht schizophren. Gleich darauf warnte er mich: Manch einer seiner Kollegen mochte da anderer Ansicht sein.

Ahonen reinigte seine Brille nun unter fließendem Wasser. Als er sich wieder umdrehte, sah ich, dass er weinte. Er versuchte nicht, es zu verbergen. Die Tränen rannen ihm über die Wangen, obwohl er sich ansonsten schon wieder beruhigt hatte. Als Nächstes erzählte er mir, dass es auch in seiner Branche eine Vielzahl von Menschenbildern und Wirklichkeitsvorstellungen gebe. Manche davon seien fruchtlos und gnadenlos. Dann sprach er ganz langsam und vollführte mit den Händen Bewegungen wie beim Bau eines Hauses. Laura sei für Leena eine Paraperson. Nachdem er das gesagt hatte, fing er mit ausgestrecktem Arm an zu lamentieren, das Wort »Paraperson« sei ein populärpsychologischer Begriff, der von den Vereinigten Staaten aus Verbreitung gefunden habe und den man im allgemeinen Sprachgebrauch vollständig ausrotten sollte. Ich hatte Parapersonen noch nie mit Medizin in Verbindung gebracht, ich hatte immer geglaubt, sie hätten etwas mit Parapsychologie und Ufos zu tun. Ahonen sprach weiter, unaufhaltsam wie ein Zug: Eine Form der besagten Symptomkombination sei die dissoziative Identitätsstörung. Ich bat ihn, das Ganze so zu erklären, dass es auch ein normaler Ingenieur verstehen konnte.

Die Identität ist so viel wie das Ich, fing Ahonen an. Die Identität ist das, was jeder von uns zu sein glaubt. Das war mir alles klar. Aber was, wenn hier eine Störung hineinkommt?, fragte er. Ich zuckte mit den Schultern. Damit habe ich keine Erfahrung. Es wird ja wohl jeder das sein, was er ist, die ganze Zeit und bis zum Schluss, ob er will oder nicht. Wie soll einer aus seiner Haut herauskommen? Ahonen behauptete, so einfach sei das nicht. Wir setzen uns aus unseren Erinnerungen, unseren Fähigkeiten, unseren Bestrebungen zusammen. Die Gesamtheit von all dem nennt man das Ich. Bei einer Dissoziationsstörung hat sich diese Verbindung aus irgendeinem Grund aufgelöst. Es ist die plötzlich ausbrechende Unfähigkeit, Gedanken, Gefühle und Erinnerungen zu einem sinnvollen Gesamtkomplex zu verbinden. Ich wollte wissen, was den Gesamtkomplex von Leenas Ich so plötzlich zur Auflösung gebracht habe. Ahonen forderte mich auf, über die »Entladung der Pamisos« nachzudenken.

Er sagte, ich läge vollkommen richtig, wenn ich das Gefühl hätte, Leena schriebe in ihrem Romanmanuskript für sich selbst, für uns alle, ja im Grunde für ganz Finnland einen alternativen Lebensentwurf. Die wichtigste Beobachtung sei jedoch die, dass Laura in der Tat Leenas Alter Ego sei. Womöglich sei Laura das Ideal-Ich von Leena. An der Stelle wollte Ahonen auf die erste Frage zurückkommen, die er mir aufgegeben hatte: Was für ein Mensch ist Laura? Bevor ich etwas sagen konnte, sagte er, er meine, aus Leenas Sicht. Was hält Leena von Laura? Ich dachte nach. Laura hatte Züge, die Leena mit Sicherheit schätzte, dieselben Dinge, die ich ebenfalls schätzte. Andererseits war Laura ein Typ, den Leena im wirklichen Leben wesentlich schlechter ertragen hätte als ich.

Genau, genau ... Ahonen nickte und hakte seine Daumen wie zwei Dollen ineinander. Leena hatte eindeutig eine andere Laura konstruieren wollen als die, die dann schließlich in Wirklichkeit entstand. Leena wollte keine Kombination aus Eiskönigin und Drachen erschaffen, sondern das Inbild einer positiven und erfolgreichen Frau von heute. Auch ihre ursprüngliche Vorstellung von Pena sei vermutlich genau so gewesen, wie es meinem ersten Eindruck entspreche: einsamer, jämmerlicher Kerl, Loser. Aber sowohl Laura als auch Pena hatten sich aus der Umklammerung ihrer Schreiberin befreit und angefangen, das aus der Entstehungsgeschichte vieler Romane berühmte eigene Leben zu leben, ohne sich um die Absichten ihrer Schöpferin und eventuelle ideologische Ausgangspunkte zu scheren.

Ich bat Ahonen, langsamer zu machen. Wenn Laura das Ideal-Ich von Leena war, warum wurde Laura dann so unsympathisch dargestellt? Eben weil Laura nicht innerhalb ihrer Grenzen bleibt, sagte Ahonen. Größere Kräfte beginnen die Figur der Laura zu formen. Laura entwickelt sich zu einer Person mit eigenen Gesetzmäßigkeiten, zu einer Person, zu der sie sich mit der ihr verliehenen Ausstattung unweigerlich entwickeln *muss*. Leena konnte nichts dagegen tun. Sie hatte innerhalb der Wirklichkeit nach der finnischen Wirtschaftskrise eine positive weibliche Heldin konstruieren wollen und als Widerpart einen unsympathischen Klotz von Mann. Das Resultat waren die Laura und der Pena aus der »Entladung der Pamisos«.

Und das plagt Leena jetzt? Deshalb ist sie in der Psychiatrie? Ahonen schob erneut die Handflächen von sich weg. Die Wirklichkeit setzt sich nicht aus eindeutigen Faktoren zusammen. In Leenas Fall ist das Erleben der realen Teilfaktoren auf besondere Weise auseinandergefallen. Leena kann jetzt in diesem Moment ihre Gedanken und Bestrebungen nicht zu einer sinnvollen Einheit verbinden. Die Störung wurde ausgelöst durch den intensiven Schreibprozess, bei dem sich die von Leena ideologisch gefärbten Ausgangskonstellationen entgegen dem Willen ihrer Schöpferin gegen sich selbst gewendet haben. Laura hat Leena auf irritierende Weise betrogen. Die darauf folgende starke Frustration hat dann die Dissoziationsstörung ausgelöst, oder präziser: Die zuvor in Form von Zwangsflucht und kurzzeitigem Erinnerungsverlust aufgetretene Symptomatik hat sich in Richtung Identitätsstörung verdichtet.

Eine Störung ist ein Ausnahmezustand, und eine Abweichung vom Gewohnten ist immer auch eine Chance für etwas Neues. Ahonens Interpretation zufolge bewegte sich Leena jetzt im liminalen Bereich beziehungsweise in einem Grenzbereich, dynamischer ausgedrückt, in einem Zustand der Zielfindung. Ahonen las mir die Beschreibung eines solchen Zustands aus einem Buch vor. »Das Leben im Liminalbereich lässt bisweilen geradezu Entsetzen entstehen. Der Horizont verfinstert sich, frühere Bestleistungen erscheinen als Irrtümer. Die Kräfte schwinden in einem Maße, dass allein die alltäglichen Verrichtungen sämtliche Kapazitäten aufzehren. Je schrecklicher der Liminalzustand ist, den ein Mensch ertragen muss, umso erstaunlicher ist die nächste Phase.«

Leena befand sich angeblich gerade in dieser nächsten Phase, mitten in einem kreativen Orkan. Beim Schreiben ihres Romans sei sie an ihre Grenzen als Schriftstellerin und Frau gestoßen. Der Roman habe nicht in die Vorabkonstellationen hineingepasst, die ihr bis dahin existierendes Ich konstruiert habe. Leena sei schlicht und einfach nicht mehr fähig gewesen, das von ihr selbst produzierte Material unter Kontrolle zu halten.

Ich wunderte mich ein wenig darüber, dass Leena

an diesem Punkt nicht in der Lage gewesen sein sollte, ihren Roman so zu schreiben, wie sie es selbst wollte. Wenn ihr weder das Wetter noch die geographischen Tatsachen etwas bedeuteten, warum konnte sie dann nicht eine Frau so umbauen, bis sie ihr gefiel? Ahonen meinte, die Triebkraft von Leenas Störung sei gerade die Spannung zwischen der Allmacht, die man als Autor gemeinhin empfinde, und dem unerwarteten Ergebnis, das sich beim Schreiben jetzt realisiert habe. Als auslösendes Moment habe der Überraschungseffekt des Resultats gewirkt. Leena habe überhaupt nicht damit gerechnet, dass Laura sich plötzlich so verhält, wie sie es im Kontext der »Entladung der Pamisos« tut. Das ging mir jetzt alles wieder über den Scheitel. Ich bat darum, das Ganze noch einmal in verständlichem Finnisch gesagt zu bekommen.

Ahonen ließ seinen Oberkörper nicken, wie er es immer tut, wenn er in Fahrt kommt. Die Beine vibrierten unter dem Tisch. Jetzt war auch das nicht mehr genug. Er stand auf und ging im Zimmer hin und her. Er wusch sich die Hände und füllte ein Glas mit Wasser. Mit dem Wasser spülte er eine Pille hinunter, die er einem braunen Glas entnommen hatte. Dabei dachte er die ganze Zeit so fest über etwas nach, dass er wahrscheinlich selbst nicht merkte, was er tat. Ich musste mal auf die Toilette, aber Ahonen redete weiter. Er ließ die Hand vor seinem Körper kreisen, drehte abwechselnd den Handrücken und die Faustseite nach oben.

Leena habe sich vielleicht vorgestellt, die Befreiung der Frauen dadurch meistern zu können, indem sie einfach die Geschlechterkonstellationen umdreht, erklärte

Ahonen. Mit anderen Worten? Na, ungefähr so: Man stellt sich eine Frau vor, die über die gleichen Voraussetzungen, Freiheiten und Handlungsmöglichkeiten verfügt wie ein Mann und glaubt, dass man dadurch eine Frau erhält, die wie ein Mann in der Welt zurechtkommt. Verdammt noch mal, ist das so kompliziert?

Ich solle mich nicht aufregen. Ahonen war der Meinung, die Gleichberechtigung von Mann und Frau, das Verhältnis zwischen den Geschlechtern sei immerhin eines der wichtigsten Probleme, die von der Menschheit innerhalb der nächsten zweihundert Jahre gelöst werden müssten. Das kann doch nicht so lange dauern, Donnerwetter noch mal! Ahonen fand es interessant, dass ich mich bei dem Thema so aufregte. Aber das muss einen doch aufregen, wenn die eigene Frau wegen dieses Themas in der Irrenanstalt sitzt und die Tochter mitten im selben Themenbereich zur Frau heranwächst.

Ahonen setzte sich auf den Stuhl, den er unter seinem Tisch hervorgezogen hatte. Dann saßen wir uns wieder wortlos gegenüber wie zu Beginn unserer gemeinsamen Sitzungen. Immerhin war ich die Stille mittlerweile gewöhnt. Es kam mir nicht mehr so unnatürlich vor, dass zwei Männer schweigend in einem kleinen Zimmer saßen. Ich dachte wieder an alles Mögliche, auch daran, dass sich der Mensch an alles zu gewöhnen schien. Überraschenderweise fing Ahonen erneut zu reden an. Die Emanzipation der Frau und die Gleichberechtigung der Geschlechter gehörten zu den bedeutendsten Fragen unserer Zivilisation. Das bestritt ich nicht. Sie beschäftigten jeden vernünftigen Menschen und besonders natürlich die gebildeten und denkenden Frauen.

Frauen wie Leena. Schließlich gebe es an der Stellung der Frau noch viel zu korrigieren. Das alles war mir vollkommen klar.

Die Befreiung der Frau sei aber keine lineare Angelegenheit. Bestimmt nicht, hätte ich fast gesagt. Ich hatte Druck auf der Blase und fragte mich, ob ich mir mal die Prostata untersuchen lassen sollte. Ahonen schenkte mir keinerlei Beachtung mehr. Die Emanzipation sei kulturgeschichtlich, also praktisch vom Weltall aus betrachtet, an sich ein positives Phänomen. Hier auf der Erde könne sie im Prinzip aber auf tausend verschiedene Arten umgesetzt werden. Als konkretes historisches Ereignis könne sie eine zuvor nicht gekannte Befreiung, ja geradezu ein Segen für die Menschheit bedeuten, aber in einer anderen Form der Umsetzung könne sie auch wie ein Albtraum die Muster des Patriarchats und der schlimmsten Männerherrschaft in verzerrter Form wiederholen, in Gestalt einer kulturellen Mutation mit umgekehrten Vorzeichen.

Für manch eine Frau könne es ein Schock sein zu erkennen, dass die gleichwertigen Möglichkeiten für Frauen an sich noch nicht unbedingt viel weiterhelfen. Man hat eine Frau als Premierministerin, als Präsidentin, als Generalin … als Päpstin! Und weiter? Was hat sich verändert? Die Befreiung der Frau sei erst mal nur eine Chance, so wie jede andere gesellschaftliche Revolution auch. Die Befreiung der Frau und die Gleichberechtigung würden siegen und sich wahrscheinlich über kurz oder lang zum Glück der Frauen und, warum nicht, auch der Männer auswirken, aber dazwischen könne es, wie nach der Französischen Revolution, zu einer langen Periode jakobinischen Terrors kommen, zwei, drei Frauengenerationen lang. Alles hänge davon ab, in welcher Weise die Befreiung vor sich gehe. Auch die Frauen seien in Klassen aufgeteilt. Bei der Befreiung der Frau könne eine große Anzahl von Frauen unter die Räder kommen. Auch die Revolution der Frauen frisst ihre Kinder!

Dies habe Leena durch das Schreiben an ihrem Roman am eigenen Leib erfahren: Es gebe kein einfaches Mittel, eine Frau zu konstruieren, die souverän ihre neue Macht und Verantwortung übernehme. Das sei genauso schwer, wie es das Schaffen eines neuen sozialistischen Menschen in der Sowjetunion gewesen sei. Auf der individuellen Ebene könne das Resultat ein männergleiches Ungeheuer sein, und gesellschaftlich bekomme man eine neue Tyrannei anstelle der alten. Leena habe einen Laborversuch gemacht: Sie habe eine Frau, die sich im Prinzip aus echten Bestandteilen zusammensetze, in die finnische Wirklichkeit der 90er Jahre geworfen, und dann hätten die von der Wirtschaftskrise erzeugten Reagenzien die Rohstoffe so verändert, dass sie nicht mehr zu erkennen gewesen seien. In diesem Hexenkessel sei aus den Zutaten einer positiven Heldin dann Laura entstanden.

Ahonen war der Meinung, wir Männer hätten uns eine monströse Frauenherrschaft freilich auch vielfach verdient, und schon allein um der kulturellen Abwechslung willen wäre sie für ein paar Jahrhunderte durchaus willkommen. Angesichts der Mehrheit der Frauen und ihrer hohen Erwartungen könne die Befreiung in Form einer orwellschen Schweineoligarchie eine lähmende

Enttäuschung sein. Genau diese Frustration könnten wir auch im Hintergrund von Leenas Reaktionen erkennen. Aha. Ganz hatte ich Ahonens Ansprache nicht verstanden, und darum hatte ich auch keinen rechten Nutzen davon. Ich begnügte mich mit der Frage, ob damit zu rechnen sei, dass Leena irgendwann wieder reden würde. Ahonen sagte, Leena habe angefangen zu schreiben.

Auf der Toilette versuchte ich mich zu erinnern, an welchem Tag der Artikel über Prostatakrebs in der Zeitung gestanden hatte. Darin war behauptet worden, Prostatakrebs bei Männern sei weiter verbreitet als Brustkrebs bei Frauen.

27. OKTOBER

Sari hatte heute Sport in der Halle, sie liefen sechzig Meter und machten Weitsprung. Ich wunderte mich über ihre Resultate. Wie konnte sie für sechzig Meter fast vierzehn Sekunden gebraucht haben, sie, die schnellste Läuferin der ganzen Schule? Sie sagte, sie habe keine Lust gehabt, schnell zu rennen, weil sie nicht rot im Gesicht werden wollte. Was? Sie sagte, sie schäme sich mittlerweile dafür, beim Sport immer so ein rotes Gesicht zu bekommen. Wenn man eine gute Zeit laufe, eine bessere als die Jungen, gerate man in den Mittelpunkt der Aufmerksamkeit, und sie wolle ihre guten Resultate nicht damit bezahlen, dass sie mit rotem Gesicht das Objekt von Lob und Staunen werde. An der Sache ist was dran. Sari hat einen kräftigen Oberflächenkreislauf, und ihr Gesicht wird bei Anstrengung tatsächlich außergewöhnlich rot. Auch beim Fußball leuchtet sie immer wie eine Lampe. Was kann man da tun?

Beim Aufräumen fand ich in Leenas Arbeitszimmer einen einspaltigen Zeitungsausschnitt. Darin war von fünfzigtausend Schafen auf dem Indischen Ozean die Rede. Die Schafe waren auf dem Weg nach Saudi-Arabien gewesen, aber wegen einer an Bord ihres Schiffes ausgebrochenen Epidemie waren sie nicht an Land gelassen worden. Der kurzen Meldung zufolge waren die Tiere keinem Hafen genehm gewesen. Das Containerschiff, das sie transportierte, fuhr auf dem Ozean herum wie der Schuster von Jerusalem und war nirgendwo willkommen.

Bevor sie ins Bett ging, gab mir Sari einen Aufruf zum Unterschreiben: PRO PAVIAN. Die Paviane im Helsinkier Zoo sollten gerettet werden, insbesondere Repe, ihr König. Oder war es der Kaiser? Ein unsympathisch aussehender, rotgesichtiger Rüpel auf jeden Fall, und innerhalb der Gemeinschaft ein komplettes Arschloch, soweit ich mich an das soziale Leben der Paviane im Affengehege erinnern konnte. Bei mir dachte ich, Repe hat schon mehr als einmal das Recht verspielt, sein großkotziges Gehabe fortzusetzen. Um keine Diskussion zu provozieren, setzte ich trotzdem meinen Namen unter den Appell. Von mir aus darf Repe existieren. Repe soll leben!

Die Stadtwerke Helsinki suchen einen Betriebsingenieur für ihre Kläranlagen. Befristet. Ich reiche meine Unterlagen ein.

29. OKTOBER

Ich beschloss, doch zur Buchmesse zu gehen. Vielleicht würde ich dort Leenas Verleger über den Weg laufen und könnte ihm gegenüber das Romanmanuskript erwähnen. Ich hatte irgendwie die Vorstellung, dass Leena im Verlag noch nicht über die »Entladung der Pamisos« gesprochen hatte. Schließlich hat sie praktisch das ganze Ding im Sommer geschrieben. Ich glaubte nicht, dass sie den Text ihrer Lektorin oder sonst jemandem im Haus gezeigt hatte. Auch bei der Herbstinfo war kein Wort darüber verloren worden, obwohl das Manuskript da schon fertig gewesen sein muss, falls es denn überhaupt fertig ist.

Stundenlang wanderte ich durch die Messehölle, aber es ergab sich keine Gelegenheit, das Thema zur Sprache zu bringen. Es kam mir vor, als hätte mein jeweiliger Gesprächspartner keine Zeit mehr, zuzuhören, wenn ich einen Satz mit mehr als drei Wörtern sagte. Ich blieb noch zu dem Fest am Abend. Es fand in dem Hotel statt, das neben dem Messezentrum in die Höhe gewachsen ist. Dort wurde ein Glas Sekt angeboten, und anschließend spendierten die Marketingchefs der Verlagshäuser Freigetränke an der Bar. Auch ich hatte schnell einen Gin Tonic in der Hand. Ein Lyriker, der sich in der Boulevardpresse profiliert hatte, kam zu mir und fragte mich, ob er mir einen ausgeben dürfe. Er verschwand hinter einer Palme in der Ecke und holte uns von dort zwei Gläser Sekt. Er hatte zig Willkommenstrunke für sich hinter der Palme gebunkert, betrieb dort seine eigene Bar und bot allen Leuten etwas an, die er für wichtig hielt. Ich weiß nicht, für wen er mich hielt. Vielleicht erinnerte ich an irgendeinen Repe der Literaturszene oder an einen, der diese Position ins Auge gefasst hat.

Ich löste mich von dem betrunkenen Dichter und unterhielt mich mit einem Kollegen von Leena, den ich kannte. Er war Autor im selben Verlag, ein ehemaliger Polizeireporter, der Romane über die Unterwelt schrieb. Aus einer Laune heraus fragte ich ihn, ob er bei der Helsinkier Polizei einen Mann namens Pajala kenne. Er kannte ihn, er war Kriminaloberinspektor, Dezernat für organisierte Kriminalität. Da ging es mir wie manchmal in einem bösen Traum, wenn man zum Beispiel versucht, nach der Türklinke zu greifen, und plötzlich ist sie gar nicht da, die ganze Tür fehlt, und die Wand ist zugemauert. Der Kriminalschriftsteller wollte wissen, wie ich auf Pajala komme. Ich sagte, Leena habe ihn bei einer Geschichte als Informationsquelle benutzt. Ich fragte ihn, ob er je von einem Schiff namens Pamisos gehört habe, das unter Billigflagge gefahren sei. Der Krimiautor behauptete, der Name komme ihm irgendwie bekannt vor. Er notierte sich meine E-Mail-Adresse und versprach, der Sache auf den Grund zu gehen. Durch seine Freunde hatte er noch Zugang zum Archiv von *Helsingin Sanomat*, obwohl er nicht mehr bei der Zeitung arbeitete.

Nachdem ich zwei weitere Gin Tonic getrunken hatte, brachte ich Leenas Verleger gegenüber heraus, dass es ein fertiges Romanmanuskript von meiner Frau gebe. Er hatte mich bereits am Nachmittag gefragt, wie es Leena gehe. Nachdem sie in die Klinik gekommen war, hatte ich ihm kurz berichtet, wie sich die Lage entwickelt hatte. Der Verleger sagte, sie seien natürlich an dem

Manuskript interessiert. Ob Leena darum gebeten habe, den Text herzuzeigen? Ich sagte, das könne man so sehen. Der Verleger hätte das Manuskript gern zu Gesicht bekommen. Ich erklärte ihm, nichts sei leichter als das. Ich hatte einen Ausdruck bei mir. Der Verleger schob ihn in seine Aktentasche und versprach, sich zu melden.

1. NOVEMBER

Sari ist in die Kreisauswahl des Fußballverbandes gewählt worden. Es kam eine Einladung zum Technik-Trainingslager, bei dem die talentiertesten Mädchen aller Teams aus dem Großraum Helsinki zusammengezogen werden. Sari weigert sich strikt, hinzugehen. Ich werde sie nicht unter Druck setzen. Ist durchaus möglich, dass man ein Hobby ohne Druck ausübt, als reines soziales Ereignis. Andererseits geht es nicht ohne Druck. Auch bei Sari steckt unter der Oberfläche ein unheimlicher Ehrgeiz. Die ständigen Niederlagen der Wölfe nimmt sie keineswegs auf die leichte Schulter. Ich rede mit ihr über das Thema, versuche unterschiedliche Gesichtspunkte aufzuzeigen: Sie ist zur Führungsfigur ihrer Mannschaft herangereift. Die Arbeit an der individuellen Technik würde ihr weiteres Selbstvertrauen geben, und was sie lerne, könne sie an die Mädchen in ihrer Mannschaft weitergeben.

Sari ist erstaunt. Was für eine Führungsfigur sie sein soll? Ich muss lachen. Ich frage sie, ob ihr nicht aufgefallen sei, wie sie im Spiel ununterbrochen den anderen Anweisungen zuschreie und wie die anderen verblüffend kleinlaut versuchten, Saris Befehlen zu folgen. Das sei ihr überhaupt noch nicht aufgefallen. Ob sie tatsächlich schreie? Und ob du schreist, mit knallrotem Kopf!

»Vielen Dank!«

Sie verzieht sich in ihr Zimmer und knallt die Tür hinter sich zu. Der Zettel mit der Aufschrift ANKLOPFEN! segelt zu Boden. Ich klopfe nicht an. Ich bitte um Entschuldigung, nachdem ich durch die Tür erfahren habe, warum das Mädchen so wütend geworden ist. Ich versuche auch zu argumentieren, dass man das Rotwerden zwar unter Umständen selbst als großes Problem empfindet, dass es aber in Wirklichkeit und nach außen hin gar kein besonders auffälliges Phänomen sein kann, wenn es nicht einmal dem eigenen Vater auffällt und er prompt vergisst, um was für ein sensibles Thema es sich handelt.

3. NOVEMBER

Wieder habe ich mich erkundigt, ob Leena mittlerweile spricht und wie es allgemein um ihre Genesung steht. Ob man eine Prognose stellen könne? Ahonen erklärte, die Prognose sei positiv. Wie gesagt, es handelt sich um eine Störung. Schon der Begriff verrät den Charakter des Phänomens: Es ist vorübergehend, zurückweichend. Ich fragte ihn, ob Leena wieder so sein würde wie früher. Ahonen setzte eine nachdenkliche Miene auf. Was heißt »wie früher«? Die Naturphilosophen der Antike begriffen schon, dass man nicht zweimal in denselben

Fluss steigen kann. Ob ich denn selbst wisse, was dieses »wie früher« bedeute? Ich versuchte zu sagen, dass ich schlicht und einfach meine, ob meine Frau wieder so gesund sein würde, wie sie es vor ihrer Erkrankung gewesen sei. Ob das schwer abzuschätzen sei? Ahonen deutete mit dem Finger auf mich: Woher ich wisse, in welcher Verfassung Leenas Gemüt früher gewesen sei? Ich hätte mich schließlich nicht in ihrem Kopf aufgehalten. Allerdings nicht.

Ich wollte das Thema nicht weiter vertiefen, aber Ahonen wollte es. Ich hätte gerade die Worte Genesung und Krankheit benutzt. Das seien in diesem Teilbereich der Medizin sehr unsichere Begriffe. Das Gemüt des Menschen sei ein dynamisches System, es passe sich mit verblüffender Flexibilität den Veränderungen der Umwelt und neuen Anforderungen an. Oft sei das, was aus der Perspektive der zurückweichenden Wirklichkeitsvorstellung nach einer Krankheit aussehe, in Wirklichkeit nichts anderes als die Dynamik des menschlichen Gemütes, die Anpassung an die veränderten Umstände. Ich hakte nach: Sind Leenas Symptome also jetzt so etwas wie eine Anpassung? Liegt gar keine Krankheit vor? Krankheit sei in diesem Bereich der Medizin ein relativer Begriff, sagte Ahonen.

Er ermunterte mich, mir die Menschen vor hundert Jahren vorzustellen. Nehmen wir eine Person, die zu Beginn des 20. Jahrhunderts hochgeschätzt war und für klug gehalten wurde, einen Senator oder einen Professor, und versetzen wir ihn in die Gegenwart. Was passiert? Ich wusste keine Antwort. Ahonen behauptete, würde man den Senator heute frei in der Stadt herumlaufen lassen, ginge bei der Polizei schon bald eine Meldung ein, und eine Streife würde den Mann hier einliefern. Er hätte inzwischen nämlich alle möglichen unmöglichen Dinge getan: Er hätte im Kaufhaus geraucht und Frauen im dunklen Business-Kostüm für Stubenmädchen gehalten. Der einzige Ort, an dem der Senator und der Professor zur Ruhe kämen, wäre der Senatsplatz. Dort, auf den vertrauten Pflastersteinen, zu Füßen des Zaren, umgeben von Senat, Universität und Dom, wäre alles so, wie es sein sollte. Dennoch würden beide auch dort schon bald in Gewahrsam genommen, schon allein weil sie entgegen des Erlasses über stumpfe Waffen und gegen die städtischen Verordnungen beide ein lebensgefährliches Kampfwerkzeug mit sich führten: einen Spazierstock.

Für beide fände sich leicht eine Diagnose. Über den Senator würde man sagen, er repräsentiere eine pathologisch starre Charakterstruktur und wäre bis an die Grenzen des Autismus gehemmt. Sein eckiges, förmliches Verhalten würde als Teil des klinischen Bildes einer Zwangssymptomatik gedeutet. Der langsame Sprechrhythmus des Professors wiederum würde Hypothesen über frühe Entwicklungsstörungen oder über eine herabgeminderte Bewusstseinsstufe aufgrund lang anhaltenden Rauschmittelkonsums hervorrufen. Unter Umständen könnte es auch als Teil eines zwangsneurotischen Verhaltens betrachtet werden. Andererseits deuteten die verzerrten Satzstrukturen, das archaische Vokabular und die einem fortwährenden Verbeugen gleichende groteske Gebärdensprache auf schizoide Veranlagung. In der Differenzialdiagnostik würden

Ärzte daraufhin geschult, auf bizarre Verhaltensformen zu achten.

Und wenn man einen Promi von heute an den Anfang des letzten Jahrhundert verpflanzte? Dann würde man die TV-Blondine oder den Manager-Trainer dort auf der Stelle einkassieren und in Zwangsjacken stecken, so wie man es mit Professoren und führenden Politikern von damals hier bei uns tun würde. Blondine und Trainer würden als Neurastheniker oder Hysteriker definiert, obwohl sie von ihrem äußeren Habitus her zu den am besten proportionierten Persönlichkeiten der Fernsehöffentlichkeit gehörten. Dennoch offenbarte ihr Sprechrhythmus pathologische Ruhelosigkeit und seelische Unordnung, und ihre Gebärdensprache würde als Bewegungssturm, hervorgerufen durch überreizte Nerven, eingestuft. »Die Nerven der linken Hälfte sind zu kurz«, könnte zum Beispiel festgestellt werden. Das fortgesetzte, grundlose Lächeln würde die Diagnose *dementia praecox* hervorrufen, jugendliche Abstumpfung.

Man würde Blondine und Trainer so lange in der Zwangsjacke lassen, bis sich beide beruhigt hätten, dann ginge man dazu über, sie mit heißen und kalten Umschlägen, Luftbädern und asketischer Diät zu behandeln: »Eine Scheibe weißes Hefebrot, etwas Taubenbrust.« Man würde den TV-Prominenten Bauch- und Rückenlage auf harter Unterlage verordnen, und des Nachts würde man sie wie Säuglinge in Schlafsäcke stecken. Schon nach einem halben Jahr Kur würden sie allmählich aufhören zu plappern, fuchteln und grinsen, sie würden reserviert und würdevoll werden, so wie es sich für einen Menschen damals gehörte.

Die Grenze zwischen mentaler Krankheit und Gesundheit sei unbestimmt und ändere sich ständig, resümierte Ahonen seine Ausführungen. Sie sei historisch bedingt. In der heutigen Handlungsumgebung kämen eher diffuse Personen zurecht. Von denen gebe es unter erfolgreichen Politikern und Journalisten eine ganze Menge. Der Sache verpflichtete, solide Politikertypen und Journalisten müssten der personen- und situationszentrierten Aufmerksamkeitssucht weichen. Das ADHS-Syndrom zähle im hektischen Geschäftsleben zusehends zu den Meriten anstatt zu den Dismeriten. Für Künstler, besonders für Schriftsteller und Schauspieler, sei eine gewisse Amorphität des Ichs geradezu ein Werkzeug und eine Voraussetzung des Erfolgs. Nach demselben Prinzip rücke in der Wirtschaft das Marketing- und PR-Personal in die Vormachtstellung gegenüber den Ingenieuren und Produktionstechnologieprofis, die für mathematische Eindeutigkeit stehen.

Rigoristische Persönlichkeitsstrukturen führten auch sonst zu wachsenden Problemen. Ihr Handlungsbereich werde kleiner, während Vorstellungen, Stimmungen und Meinungen der konkreten Substanz und den eindeutigen Fakten immer mehr Raum und Bedeutung wegnähmen. Auch in der Wirtschaft sei die Produktion von immateriellen Dingen bereits größer als die Herstellung materieller Güter. Die Mehrdeutigkeit verdränge die Messgenauigkeit, das Diffuse das technisch Genormte und genau Umgrenzte. Ein Auto sei kein Fahrzeug mehr, und kein Immobilienmakler, der seinen Job verstehe, bezeichne ein Einfamilienhaus als Immobilie. Autos und Häuser seien Geschichten. Die Fantasiebildung rund um das Produkt sei wichtiger als der gewerbliche Prozess. Etwas zum Produkt machen, heiße, etwas erfinden, nicht etwas herstellen.

Zu Hause nahm ich in Leenas Arbeitszimmer das Fremdwörterbuch aus dem Regal. Diffus bedeutet zerstreut, unklar. Über rigoristisch wird gesagt, es komme von Rigorismus, was so viel sei wie unbeugsames, starres Festhalten an Grundsätzen. Vom städtischen Straßenbauamt ist ein Schreiben gekommen. »Betrifft: Besetzung der befristeten Stelle eines ambulanten Betriebsingenieurs für die Kläranlagen der Stadt Helsinki.« Sie laden mich zum Bewerbungsgespräch ein.

7. NOVEMBER

Der Kriminalschriftsteller hat mir eine Mail geschickt. Ein Schiff namens Pamisos lag 1991 mit einer Ladung Baltischer Strömlinge vor Turku vor Anker. Für die Fracht des unter Billigflagge fahrenden Schiffes fand sich kein Besitzer, sie drohte zu verderben, darum musste sie in Schuten umgeladen werden. Im Zusammenhang mit dem Fall hatte es diverse Irritationen gegeben, von nicht ausbezahltem Lohn der Seeleute bis zu Geruchsbelästigungen und durch Möwen verursachte Lärmprobleme. Es war ereignisreich und grotesk zugegangen, aber von ihren Ausmaßen und ihrem Nachrichtenwert her waren die Vorfälle bestenfalls für die kuriose Schlussmeldung der Nachrichtensendungen geeignet gewesen. In genau so einen Schlussgag war der Fall dann auch gemündet. Mit der Mail kam ein

Videoclip, in dem die Kamera an einem schönen Herbsttag über das vor Anker liegende Schiff fuhr. An der Reling standen fröhliche, dunkelhäutige Männer, die einen kleinen Fisch an der Schwanzflosse in die Höhe hielten. Schließlich wurde der Strömling mit gespieltem Ekel ins Meer geworfen.

An die Mail waren außerdem zwei Meldungen zu dem Fall angehängt. Sie waren klein, Einspalter, ähnlich der Meldung über das Frachtschiff, das mit seiner Schafsladung über den Indischen Ozean gedampft war. Ich frage mich, ob Leena eigentlich je bei vollem Verstand gewesen ist. Es wird einem ganz schwindlig, wenn man an ein Bewusstsein denkt, in dem jeder beliebige Informationssplitter, jeder Ausschnitt aus einer Nachricht willkürlich mit irgendetwas anderem zusammengebracht werden kann, worauf alles kalfatert und mit Einzelheiten, die der Fantasie entsprungen sind, ausgestopft wird. Aus dem so erhaltenen Material knüpft man dann eine komplizierte, geflechtartige Geschichte, die trügerisch glaubhaft auf die echte, bekannte Wirklichkeit zu verweisen scheint, sich aber im nächsten Moment schon als verzerrt und fremd herausstellt.

Und warum, um Himmels willen, sind unter Billigflagge Strömlinge zwischen den finnischen Schären hindurch transportiert worden?

9. NOVEMBER

Der Verlag hatte sich gemeldet. Ich traf mich mit Leenas Lektorin. Die »Entladung der Pamisos« sei ihr sehr vielversprechend erschienen, aber man könne es nicht veröffentlichen, da es nicht fertig sei. Die Lektorin hielt es für interessant, dass Leena, abweichend von ihrem bisherigen Werk, Bestandteile eines Krimiplots eingesetzt habe sowie Elemente eines Verschwörungsmysteriums, wie sie gerade in Mode seien. Vor dem Hintergrund des derzeitigen Frauenkrimi-Booms könne das eine positive Weiterentwicklung ihres Schriftstellerprofils bedeuten.

Allerdings bliebe der Krimiplot in dem vorliegenden Manuskript nur ein Torso. Leena müsse die Geschichte zu Ende schreiben und den Leser belohnen, der, an die Spannungselemente gebunden, ein Verknüpfen der offenen Stränge erwarte. Unter dem Druck des heutigen Wahrnehmungswettbewerbs könnten Verleger und Buchhändler den Lesern nicht mehr die Zeit stehlen, ohne ihnen dafür einen Gegenwert zu bieten. Verleite man den Kunden dazu, ein Buch zu kaufen und fast zweihundert Seiten zu lesen, erwerbe er damit das Recht zu verlangen, dass die Geschichte nicht mittendrin aufhöre, sondern für die geopferte Zeit eine Belohnung bereithalte.

Ich wurde nervös. Leena war im Krankenhaus, und über das, was sie dort schrieb, wusste niemand etwas. Trotzdem standen die nächsten Raten des Kredits an, und da hätte die Veröffentlichung eines Buches schon für eine Entlastung gesorgt. Die Lektorin sagte, man dürfe das Manuskript unter keinen Umständen im unfertigen Zustand veröffentlichen. Damit würde man wesentlich mehr Schaden anrichten als Gutes tun, auch wirtschaftlich. Wenn Leena erst wieder zu Kräften käme und das

Buch fertig schriebe, würde es sich möglicherweise sehr gut verkaufen, was bei einem halbfertig veröffentlichten Manuskript in der derzeitigen Wettbewerbssituation garantiert nicht der Fall wäre.

In meiner Not verfiel ich auf die verrückte Idee, meine eigenen Tagebücher zu erwähnen. Ob man die irgendwie mit Leenas Manuskript kombinieren könne, sozusagen als Verlängerung? Die Lektorin verstand nicht so recht, was ich meinte. Ich erzählte ihr ziemlich konfus von meinen täglichen Aufzeichnungen, die auch Kommentare zu Leenas Manuskript enthielten. Ich musste lange reden, bis sie verstand, worauf ich hinauswollte. Während ich redete, begriff ich immer besser die totale Absurdität meiner Gedanken, und am Ende angelangt, wusste ich selbst nicht mehr, was ich eigentlich hatte sagen wollen.

Die Lektorin kommentierte meine Ausführung mit höflichen Umschweifen, aber ich hatte den Eindruck, als beobachtete sie dabei heimlich meine Reaktion. Womöglich hielt sie mich für verrückter als meine Frau, von der sie wusste, dass sie Patientin in der Psychiatrie war. Schließlich teilte sie mir ihren endgültig wirkenden Entschluss mit: Ein Buch, das sich aus unterschiedlichen Bestandteilen zusammensetze, falle dualistisch aus, Anfang und Schluss passten nicht zusammen, und auch genretypisch stelle es eine Abnormität dar. Außerdem ergebe sich dabei eine urheberrechtlich komplizierte Situation.

Im Verlag wurde gerade renoviert, die Mitarbeiter waren aus ihren gewohnten Büros ausquartiert worden, und es standen ihnen noch keine eigenen Zimmer zur Verfügung. Unser Gespräch wurde ständig gestört, nicht nur durch mein konfuses Gerede, sondern auch dadurch, dass es in einer Art Aula stattfand, in die von Umzugsmännern in Overalls unentwegt Sachen hereingetragen wurden: Computer, Büromöbel, leere Regale, Bilder und auch Büsten, große Zimmerpflanzen und vor allem natürlich unendlich viele Umzugskisten aus Plastik voller Bücher und Unterlagen. Während unseres Gesprächs füllte sich die gesamte Aula mit aufeinandergestapelten Kisten. Sie bildeten mehr als mannshohe Türme, einer neben dem anderen. Dazwischen blieb nur ein schluchtartiger Gang frei, durch den man mit Müh und Not auf den Flur gelangte und in die dortigen leer stehenden Büros.

Die Lektorin betrachtete beklommen die chaotische Ansammlung von Gegenständen, die uns umgab. Um ihre Aufmerksamkeit von meinem absurden Gerede abzulenken, ging ich dazu über, Fragen nach den Renovierungsarbeiten im Verlag und den provisorischen Büros zu stellen. Dabei wurden ständig neue Kisten und andere Sachen gebracht. Es schien, als hätten die Umzugsmänner keinen Plan. Warum machten sie aus der Aula, von der es in die vom Verlag angemieteten Räume ging, ein Zwischenlager? Wo sollten die Verlagsangestellten ihrer Arbeit nachgehen, wenn ihre an sich brauchbaren Büros hinter einem zur Barrikade anwachsenden Haufen von Gegenständen verschwanden? Ein Umzugsmann mit Pferdeschwanz trug ein im Hinblick auf seine Höhe außergewöhnlich schmales Gemälde herein. Er lehnte es an einen Kistenstapel und verschwand, um weitere Sachen zu holen.

So konnte es nicht weitergehen, das war mir längst klar geworden. Das Warenlager, das in der Aula entstanden war, musste geleert werden, sonst würde das gesamte Umzugsprojekt in einem selbst verursachten Engpass stecken bleiben. Es war selbstverständlich, dass die Sachen, die sich in der Aula stauten, zu ihren Endlagerstätten geschafft werden mussten. Das Grundprinzip jeder Logistik besteht in der Minimierung der Transportleistung. Jede Kiste musste einmal angehoben und dann dort hingetragen werden, wo sie laut Umzugsplan auch hingehörte. Einen Logistikplan schien es aber nicht zu geben.

Ich erkundigte mich, ob jemand für das Ganze verantwortlich war. Man brachte einen jungen Mann zu mir, der sagte, er sei der Umzugsbeauftragte des Verlagshauses. Er machte einen durch und durch bedienten Eindruck und fing ungefragt an, zu erzählen, dass ein Businesstrainer bei ihnen gewesen sei und einen Kurs abgehalten habe. Der Trainer sei auf Unternehmen spezialisiert gewesen, deren Räumlichkeiten renoviert wurden oder die in neue Räume umzogen.

Er hatte mit der Etymologie des finnischen Wortes für Umzug angefangen: *muutto*. Dieses Wort gehöre zur selben Familie wie das Wort für Veränderung: *muutos*. In einer Veränderung sei immer auch eine Chance enthalten. Die Voraussetzung, diese Chance zu nutzen, bestehe darin, den Widerstand des Umzugsbeauftragten zu brechen. Der Umzug müsse umdefiniert werden: vom Stressfaktor zum Erfolgspotenzial. Der Umzug sei seinem Wesen nach kreatives Chaos, das bei richtiger Umsetzung zu einem Ausscheidungsprozess überkommener Methoden werde und dazu animiere, sich in eine neue, improvisierte Handlungsweise zu stürzen. Wenn die Unternehmenskultur und die Führungsqualität in der Firma stimmten, sei es möglich, das Umzugschaos in Resultate und Geldströme zu verwandeln.

In einer Welt, die sich unaufhörlich verändere, müsse man Schritt halten, und darum hätten die unvoreingenommensten Unternehmen das Umziehen gar zum Bestandteil ihres Konzepts gemacht. Um nicht auf der Stelle zu treten, zögen sie permanent um, was nicht nur für bessere Resultate aus der strikten Profitperspektive des Unternehmens sorge, sondern auch segensreich auf andere Gesellschaftsbereiche abstrahle, insbesondere auf die Immobilien- und Speditionsbranche. Letztendlich trage das alles zur Festigung der Wohlstandsgesellschaft bei, in Form eines Steueraufkommens, das vom kleinen Rinnsal zum schäumenden Strom anschwelle.

Beim Imitieren des Unternehmenstrainers und dessen Laienpredigt war der Umzugsbeauftragte munter geworden. Nun kehrte er wieder zu seiner säuerlichen Miene zurück und stellte fest, als Nebenarm des schäumenden Steueraufkommens plätschere natürlich auch ein tüchtiges Bächlein in den kleinen Teich des Umzugstrainers.

Ich wies auf das Zeug, das sich in der Aula angesammelt hatte: Hier komme bald keiner mehr durch. Der Umzugsbeauftragte gestand das Problem ein, erklärte aber im selben Atemzug, seine Befehlsgewalt erstrecke sich nicht bis auf das Personal der Umzugsfirma, die den Umzug in die Tat umsetzte, genauer gesagt, auf das Personal der Firmen. Der Verlag hatte nämlich mehrere

Umzugsfirmen in einen Wettbewerb treten lassen, und die wiederum waren jeweils auf bestimmte Kompetenzbereiche spezialisiert und lagerten alles aus, was über den Sektor ihrer Kernkompetenz hinauswucherte.

Das Resultat des Wettbewerbs und der durch ihn erzeugten Arbeitsteilung bestand nun darin, dass vier Firmen mit ihren jeweiligen Subunternehmern den Umzug durchführten: Die einen waren auf den Umzug von Computern spezialisiert, die anderen auf Gemälde und andere Kunstgegenstände, die dritten waren Umzugsspezialisten für Grünpflanzen, die vierten kümmerten sich um Möbel, und dann gab es schließlich noch einen Trupp, der die traditionelle rohe Körperkraft repräsentierte und für das Versetzen schwerer Gegenstände zuständig war. Wenn ein Verlag umzog, waren die schweren Gegenstände natürlich Manuskripte und Bücher.

Ich betrachtete die in dichten Reihen nebeneinanderstehenden, drei Meter hohen Kistentürme. Die mussten irgendwohin. Die Sachen mussten dahin gebracht werden, wo sie hingehörten, und zwar am liebsten nach Wichtigkeit geordnet. Der Umzugsbeauftragte schnappte sich das hohe Gemälde, schlängelte sich damit zwischen den Kisten hindurch in weitläufigere Gewässer und lehnte es an die Wand des Büroflurs. Das Bild zeigte einen großen, widerlich aussehenden Mann im Frack. Neben ihm ragte ein knotiger Kaktus auf, der in seiner ermüdeten Haltung seinem elchgesichtigen, rauchenden Vorbild nacheiferte.

Ich hielt einen der Umzugsmänner an und fragte ihn, wie die Anweisungen lauteten, die man ihm gegeben habe. Der junge Mann sagte, sie sollten das Auto leer machen und anschließend weitere Sachen holen. Ich forderte ihn auf, sich einmal umzusehen. Wo er die nächste Fuhre hinstellen wolle? Auf die Treppe? Und erst die übernächste? Auf den Bürgersteig? Man dürfe ruhig auch mal den Verstand benutzen. Der junge Mann sagte, er werde fürs Tragen bezahlt, nicht fürs Benutzen des Verstands. Seinen Verstand benutze er ständig, aber für seine eigenen Zwecke.

Angeblich sammelte er Material für seine Doktorarbeit, indem er mit der Methode der teilnehmenden Beobachtung die Veränderungen der Arbeitsabläufe in Branchen mit traditionell hohem Anteil von Gelegenheitsarbeitern erforschte. Methodisch sei es nicht korrekt, das eigene Forschungsmaterial zu manipulieren, aber genau das wäre der Fall, wenn er anfinge, nach seinem Verstand zu handeln und nicht gemäß der allgemein herrschenden Prinzipien und der Anweisungen von den Vorgesetzten.

Ich stoppte einen zweiten Mann und wies ihn an, Sachen in die Büroräume zu tragen. Dem Umzugsbeauftragten befahl ich zu erklären, was wohin gehörte. Kurz darauf kam ein Mann von einer anderen Umzugsfirma und beklagte sich, sie könnten die Kunstgegenstände nicht an die angegebenen Stellen bringen, da die hoch aufgestapelten Bücherkisten den Weg versperrten.

Ich nahm zwei auf schweres Tragen spezialisierte Männer kurz unter mein Kommando und ließ sie die Kistentürme jeweils um eine Kistenbreite verrücken. So entstand in der Aula ein Transportkorridor, auf dem zwei Männer, die etwas trugen, aneinander vorbeigehen konnten. Ein Turm aus sieben Kisten kippte um. Auf der frei geräumten Fläche breiteten sich Stöße von zusammengehefteten DIN-A4-Blättern aus, sodass der Fußboden nicht mehr zu sehen war. Der Verlagsangestellte fing an zu weinen. Das geht mich einen feuchten Dreck an, dachte ich. Ich watete durch die Manuskripte zur Treppe. Auf dem Titelblatt eines Manuskripts erkannte ich die besonders groß und fett gedruckte Überschrift DIE FEDER.

11. NOVEMBER

Heute war ich zum Gespräch beim Betriebsleiter der Kläranlagen. Er sah sich meine Bewerbungsunterlagen an, schnaubte und schnaufte, sagte aber eigentlich nichts. Schließlich erklärte er, ich hätte eine sehr überzeugende berufliche Laufbahn vorzuweisen. Die ausgeschriebene Stelle sei eine relativ einfache Angelegenheit im Vergleich zu dem, was ich früher gemacht habe. Ich konnte nichts anderes erwidern, als dass ich lieber etwas Leichteres täte, als tatenlos zu sein. Der Betriebsleiter reichte mir über den Tisch hinweg die Mappe und fragte mich, ob ich mich wirklich ernsthaft für die Stelle bewerbe. Ob ich beabsichtige, zur Arbeit zu kommen, falls man sich für mich entschiede. Ich hatte Lust, etwas dazu zu sagen, aber ich sagte nur, ich hätte die Absicht zu kommen.

Der Betriebsleiter fing dann an über die Neuregelungen zu sprechen, die im technischen Verwaltungsbereich bevorstanden. In dem Zusammenhang werde man auch in die Abläufe der Kläranlagen eingreifen. Mehr könne er jedoch jetzt noch nicht sagen. Die ausgeschriebene Stellung sei als vorläufig dauerhaft deklariert, weil man nicht wisse, unter welchen Randbedingungen und in welcher organisatorischen Form die betreffende Funktion künftig ausgeübt werde. Ich erklärte, ich sei zur Arbeit bereit, falls man mich auswähle. Der Betriebsleiter versprach, sich zu melden. Auf dem Heimweg versuchte ich mir klarzumachen, was er eigentlich gesagt hatte.

13. NOVEMBER

Ahonen sagt, er habe damit gerechnet, dass irgendwann mal ein Schriftsteller verrückt werde. Er sprach nicht wörtlich vom Verrücktwerden, meinte es aber. Die immer komplizierter werdenden Strukturen von Romanen und die aufgesplitterten Erzählsysteme machen angeblich empfänglich für diverse Identitätsstörungen und bescheren empfindlicheren Prosaisten Depersonalisierungserfahrungen. Andererseits könnten mehrstimmige Erzählformen und kryptische Handlungsmuster auch psychopathologische Widerspiegelungen des im Zerfall begriffenen Bewusstseins des Autors sein. Lauri Viitas Verschiebung von Ausdrucksmustern der späten Lyrik in die lange Prosa sei Bestandteil derselben Entwicklung gewesen.

Was war mit Lauri Viitas später Lyrik denn passiert? Ahonen erzählte, es sei die für sprachlich begabte Schizophrene typische verbale Gewitztheit hineingekommen, die nur dem Selbstzweck diene. In der gleichen Weise hätten sich in der Gegenwartsprosa schizoide

Wortableitungen und Begriffsfusionen etabliert. Ich sagte, ich verstünde kein Wort. Ahonen war der Meinung, ein Verb wie melancholisieren sei ein Beispiel für das Phänomen, von dem er spreche.

Was?

Ahonen redete weiter über die Gefahren für die geistige Gesundheit von Schriftstellern. Eine durch die geschilderten Prädispositionen hervorgerufene Zerrüttung könne durchaus auch etwas Positives sein. Ich fragte Ahonen, ob er gerade über Leena spreche. Zum Beispiel über Leena, sagte er. Was soll positiv daran sein, dass ein Mensch wochenlang in der Psychiatrie sitzt und kein Wort sagt?

Zunächst einmal kann der Zustand positive Auswirkungen auf Leenas Arbeit und ihr literarisches Werk haben. Ahonen erinnerte daran, dass Leena mittlerweile wieder mit dem Schreiben begonnen habe. Angeblich arbeitet sie wie verrückt. Er war der Meinung, wenn Leenas Geist in den Zustand der Störung geraten sei, könne das ein Mittel gewesen sein, in einer verfahrenen Arbeitssituation die Balance und die Kontrolle wiederzugewinnen. Er mahnte, nicht zu vergessen, was für ein dynamisches, sich selbst korrigierendes System die menschliche Psyche sei. Auch in dieser Hinsicht seien, wenn man vom menschlichen Geist spreche, Krankheit und Gesundheit sehr relative Dinge.

Es ist wahr, dass Leena in der Klinik ist. Ahonen wies jedoch darauf hin, dass sie derzeit außergewöhnlich entschlossen arbeite. In diesem exemplarischen Fall sei das Krankenhaus also kein Aspekt, der zur vollständigen Invalidisierung des Menschen beitrage. Im Gegenteil, wie es aussehe, habe Leena in ihrer Arbeit gerade durch den Aufenthalt im Krankenhaus einen neuen Anfang gefunden. Im hiesigen Lebensbereich handele Leena durchweg normal und ergiebig. Die Dinge seien nicht so eindeutig. Krankheit und Gesundheit seien schwer definierbare und variable Begriffe. Ich hatte mitgezählt: Er sagte dasselbe bereits zum dritten Mal.

Manch einer sei nach eindimensionaler Definition sein ganzes Leben lang geistig nicht gesund, komme aber dennoch glänzend zurecht. In der Politik, in den Führungsetagen des Wirtschaftslebens und in den Medien, meinte Ahonen, gebe es eine Menge Menschen, die man unterschiedlichen Charakterstörungen zuordnen könne. Denken wir nur mal an die Vorstände der großen Unternehmen oder an die Minister! Diese Menschen lebten die gesamte Zeit, die sie im Wachzustand verbrächten, nach einem Minutenterminkalender und seien dabei vollkommen von ihrem Stabspersonal abhängig. Man lege ihnen Papiere vor und sage, hier ist deine Rede, halte sie. Sie würden im Auto von einem Treffen zum nächsten gefahren wie Kleinkinder in die Krippe. Unterwegs erkläre ein Mitarbeiter, welche Begegnung bevorstehe, mit welchem Menschen, worum es gehe und was die Ziele seien. Ein Minister erhalte die ganze Legislaturperiode über nicht die Gelegenheit, auch nur einen einzigen eigenen Gedanken zu denken. Aus so etwas komme man nach altmodischen Kriterien schlicht und einfach nicht als geistig gesunder Mensch heraus.

Journalisten interviewten unter Umständen während eines Tages zahlreiche Personen und versetzten sich dabei in sie hinein. Tagtäglich fließe der gesamte Faktenstrom der Informationsgesellschaft durch sie hindurch. Sie seien gezwungen, den Anstand und das Mitleid in sich einzudämmen, um sich mit Mikrophon und Kamera vor einen Menschen drängen zu können, der gerade einen Angehörigen verloren hat. Die Standardobjekte der Journalisten wiederum, die Promis, lebten in einer schwankenden Unwirklichkeit aus vielen Identitäten, ohne auf die Figur Einfluss nehmen zu können, die sie, der Macht des Ichs entrissen, in der Öffentlichkeit repräsentierten. Solche Menschen könnten gar nicht geistig gesund im klassischen Sinne sein. Dadurch kämen sie vermutlich auch zurecht. Journalisten, Minister, Manager und Promis glichen dem Mann im Markusevangelium, aus dem Jesus die unreinen Geister austreibt und in die Schweineherde jagt. Der Mann im Evangelium sagt, er heiße Legion, denn er sei so viele. Da wir keinen Jesus und auch keine Schweineherde haben, müssen wir uns auf ein Leben als viele einstellen.

So etwas könnten wir nicht mehr als Krankheit einstufen, denn sonst müssten wir die ganze Welt für krank erklären, und das wiederum wäre eine offenkundige Falschanwendung des Begriffs Krankheit. Man müsse neue Begriffe schaffen. Vielleicht gehe es um das, was derzeit ständig im Munde geführt wird: um Kreativität. Vielleicht sei Kreativität vor allem geistige Flexibilität, die Fähigkeit, Identitäten und Fantasien zu produzieren, sich noch nicht realisierte Alternativen vorzustellen, die Kunst, als viele in vielen Welten gleichzeitig zu leben. Die Voraussetzung dafür sei die Loslösung vom monolithischen Ich und von einem einseitigen, auf der Empirie gründenden Wirklichkeitsbegriff. Die Börse basiere auf

Vorstellungen, jedes Marketing basiere auf Vorstellungen, und für Politik, Entertainment und Kunst gelte das Gleiche. Die Medien basierten nicht nur auf Vorstellungen, sondern sie kreierten Vorstellungen und operierten damit. Das Arbeitsleben und die zwischenmenschlichen Beziehungen erforderten eine immer flexiblere Persönlichkeit. Für die starre, rigoristische Charakterstruktur stünden die Prognosen schlecht.

Ich erinnerte mich, in Leenas Fremdwörterbuch den Begriff Rigorismus nachgeschlagen zu haben, erinnerte mich aber nicht mehr, wie er dort erklärt wurde. Aber ich fing auch so schon an zu kochen. Normalerweise widerspreche ich nicht, wenn Ahonen sich zu seinen langen Reden hinreißen lässt. Aber jetzt ging es mir irgendwie zu weit. Das Gerede über die Relativität von allem wollte ich mir nicht länger anhören. Ich erklärte, ich sei dazu ausgebildet worden, bei der Arbeit ausschließlich und allein auf der Grundlage messbarer und verifizierbarer Fakten zu handeln. Und dies sei meines Wissens auch der Ausgangspunkt der Medizin. Die sei ja schließlich nichts anderes als angewandte Chemie, Physik und Mathematik. Eine klare, auf Experimenten basierende Diagnostik ist leicht zu verstehen, das gilt auch für die Medikamente und erst recht für die Chirurgie, aber was hatte die Psychiatrie mit Medizin und der Tätigkeit des Arztes zu tun? Da gibt es nichts Konkretes und nichts Sicheres, alles ist weit weg von der Naturwissenschaft.

Ahonen wirkte interessiert. Er fragte, wann ich zuletzt bei meiner Arbeit nach der gelernten Methode vorgegangen sei. Ich sagte ihm, ich sei jetzt bald ein Jahr arbeitslos. Er wollte wissen, weshalb, und ich erklärte ihm, erst allmählich zeichne sich die Konstellation ab, mit der auch meine Entlassung zu tun habe. Stichwort: Neuordnung der Konzernstruktur. Die Ölraffinierung sei abgetrennt und zu einem eigenen Unternehmen gemacht worden, nachdem man eine Zeit lang als Mischkonzern im Energiebereich experimentiert habe. Ich bin nicht der Einzige, der im Zuge dieser Umstrukturierungsmaßnahmen gehen musste.

Das ganze Arbeitsleben ist neuerdings nichts als Umstrukturierung und immaterielle Spekulation. In der Hinsicht gab ich Ahonen recht. Aus dem eigentlichen Kernbereich werden Ressourcen irgendwohin verschoben, wo man nicht weiß, was dort eigentlich gemacht wird. Jedenfalls nichts Materielles. Dass ich auf die Liste der zu Entlassenden gesetzt wurde, hatte eben auch damit zu tun, dass meine Einstellung zu meiner Arbeit »nicht der verkaufenden Tätigkeit zuträglich« war. Und der Anteil der »verkaufenden Tätigkeit« an der gesamten Arbeit wuchs die ganze Zeit. »Du sollst mir nicht ständig mit deinen Tatsachen in den Ohren liegen. Wir verkaufen Vorstellungen!«, schrie mich Riitta Lampela, die neue Marketingchefin, in einer Besprechung an. Ich hatte versucht, produktionstechnische Gesichtspunkte in die Diskussion einzubringen, bei der es um Peripherproduktportfolios, Vertriebskanäle, Segmente und Marktanteile ging.

Ich hatte gedacht, wir verkaufen Brennflüssigkeiten. Das sollte eigentlich nicht so wahnsinnig schwer sein in einem dünn besiedelten subarktischen Land, wo die Menschen gezwungen sind, lange Strecken mit dem Auto zurückzulegen und ihre Häuser zu heizen. Wieso waren da Vorstellungen notwendig? Auto ist Auto und Sprit ist Sprit. »Willst du nicht einsehen, dass eine Tankstelle nicht bloß eine Ausgabestelle für Treibstoff ist?«, fragte Lampela. »Die Tankstelle ist ein zentraler Bestandteil des automobilen Reiseerlebnisses!« Ich kapierte es nicht und lernte es auch nicht zu verstehen. Wofür brauchte man endlose Marketingbemühungen in einer Firma, die als einzige im ganzen Land solche notwendigen Produkte wie Benzin und Heizöl herstellte? Weniger Bedarf für Vermarktung dürfte nur bei einer Firma bestehen, die das Monopol auf die Herstellung von Atemluft besitzt.

Lampela erklärte mir wie einem unverständigen Kind, Ölprodukte könnten heute, wie alle anderen materiellen Dinge auch, überall und von jedem hergestellt werden. Automatische Anlagen, die alle einander glichen, würden in Form von konzeptionierten Projekten dort gebaut, wo der Faktor Arbeit und die logistischen Momente am günstigsten seien. Jedes beliebige Produkt könne überall hergestellt werden, in immer größeren Mengen, mit immer weniger Leuten und immer billiger. In der Wirtschaft gehe es nicht mehr um die Produktion, sondern um den Vertrieb, und dessen Ertragslogik werde mit den Mitteln der Produktentwicklung und des Marketings optimiert.

17. NOVEMBER

Der Betriebsleiter heißt Mattila. Ich bin mit ihm gestern die Klär- und Pumpanlagen abgefahren. Auf dem Plan habe ich mich mit der Kanalisation vertraut gemacht, und wir haben uns auch unter die Erde begeben und sind einen Abwasserkanal ein Stück entlanggegangen. Mattila fragte mich, ob ich noch immer an der Stelle des Betriebsingenieurs interessiert sei. Als ich ihm sagte, das sei ich, erklärte er, von seiner Seite aus sei die Sache damit klar. Ich fange Anfang Dezember an.

In der Kläranlage Munkkisaari sahen wir uns tief unter der Erde an, wie der Strom des Abwassers durch den Rechen in die Anlage floss. Jedes Mal, wenn der Fühler des Impulsgebers eine Schwächung der Strömung bis unter den eingestellten Wert meldete, hob ein Greifer einen Haufen Dreck, der sich am Rechen staute, in die Höhe. Alles Mögliche kam da zum Vorschein. Hauptsächlich glasklare Menschenscheiße. Der Greifer lud den Scheißhaufen auf ein Förderband, das sogleich einige Meter weit lief. Die Haufen lagen in einer Reihe auf dem Band. Pro Haufen circa ein halber Kubikmeter, also eine ganze Menge Schubkarrenfuhren.

Der Werksleiter forderte mich auf, mir die Haufen genauer anzusehen. Ich ging hin. Im Wesentlichen bestanden sie aus Exkrementen, aber dazwischen war überraschend viel anderes Zeug. Toilettenpapier natürlich, aber auch Bonbontüten, Eisstiele, Zigarettenstummel, Gummihandschuhe, Tampons und eine unfassbare Menge an Kondomen. Der Werksleiter erklärte mir, dass sich auf dem Haufen jeweils das sammelte, was im Abwasser auf der Oberfläche schwamm. In den Kondomen blieb immer so viel Luft zurück, dass sie nicht untergingen. Eisstiele und Zigarettenkippen trieben ebenfalls oben. Wir gingen Kaffee trinken. Der Werksleiter empfahl mir, gründlich die Hände zu waschen, mich aber trotzdem auf eine Magenerkrankung einzustellen. Die gehörte angeblich zu den Arbeitsanfangsritualen jedes Scheißanlagenmitarbeiters.

Ich merkte, wie die anderen Männer von der Anlage mein Verhalten am Kaffeetisch beobachteten. Ich schnappte mir ein Hefeteilchen und biss ohne zu zögern, ein so großes Stück ab, wie es in meinen Mund passte. Sie fingen an zu lachen. Ich kaute, bis ich den Mund leer hatte, und sagte, vor Scheiße hätte ich keine Angst. Sie lachten, und es war ein gutes Gefühl, wieder irgendwo hinzuzugehören, unter Kollegen zu sein und etwas Reelles zu tun. Ich sagte, das hier scheint ein interessanter Job zu sein. Der Werksleiter behauptete, ich hätte keine Ahnung, wie interessant. Dann fingen sie an, Geschichten zu erzählen, Erinnerungen an Vorfälle aus den 70er und 80er Jahren, als die Abwasseraufbereitung noch völlig dezentralisiert gewesen war und man an den Kläranlagen verblüffend genau das Leben in den verschiedenen Stadtteilen, deren Wasser jeweils gereinigt wurde, nachvollziehen konnte.

»Und erst die Strumpfhosen!«, beendeten die Männer ihre Schilderung von all den merkwürdigen Dingen, die im Lauf der Zeit mit dem Abwasser in den Kläranlagen angespült worden waren. Die Männer lachten über die Strumpfhosen. Ich wollte wissen, was an denen so besonders war, aber sie erklärten es mir nicht genauer. Sie sagten nur, Frauen hätten die schlechte Angewohnheit, kaputte Strumpfhosen im Klo runterzuspülen. Es soll ihnen verziehen werden, denn sie wissen nicht, was sie tun, sagte der Werksleiter, und wieder lachten alle. Mir blieb unklar, was das Herunterspülen von Strumpfhosen in der Toilette so merkwürdig machte. Man konnte den Eindruck gewinnen, als wäre es für die Männer hier mit ziemlichem Ärger verbunden und als hätten sie gelernt, das unvermeidliche Übel auf die einzig mögliche Art zu quittieren: mit Humor.

Sie sprachen darüber, wie man in der Anlage Munkkisaari noch immer den Lebensrhythmus des Stadtteils am Abwasserstrom ablesen könne. Morgens, bevor die Leute zur Arbeit gehen, ist der Strom stark, weil die Leute auf die Toilette gehen und sich duschen. Auch nach sechzehn Uhr nimmt er wieder zu, nimmt an Werktagen dann aber ab und wird nachts sehr schwach. Das Bild des Lebens spiegelt sich im Abwasserstrom: Den Leberauflauf aus dem Sonderangebot erkennt man an den aufgequollenen Rosinen, die an der Oberfläche treiben und an Rumtopf erinnern. Exkrementklümpchen können unverdaute Preiselbeeren enthalten. Sie redeten darüber wie über ein ganz normales Thema, und das war es ja auch. Jemand muss auch diese Arbeit machen.

Angeblich konnte ein erfahrener Kläranlagen-Mann unter der Erde am bloßen Abwasserstrom erkennen, welche Tages- oder Jahreszeit gerade war, was oben für ein Wetter herrschte und was die großen Lebensmittelketten gerade im Sonderangebot hatten. Man sieht alles, versicherte der Werksleiter. Der Abwasserstrom sei nach wie vor ein Spiegel der Gesellschaft. Mattila warnte mich vor dem Mann. Er sagte, unser Kari hier ist ein kleiner Philosoph. Angeblich wird man unter der Erde leicht zu so einem, wenn man eine gewisse Neigung zum Grübeln mitbringt. Der Werksleiter behauptete, er sehe sofort, wann die ersten Erdbeeren auf dem Markt verkauft werden und wann oben ein richtig heißer Sommertag ist. Den Ersten-Mai-Karneval könne auch der Dümmste erkennen, aber um das Einlaufen einer Fähre aus Tallinn wahrzunehmen, müsse man schon über Erfahrung verfügen.

Mattila musste lachen. Er bat den Werksleiter, mir wenigstens eines der Beispiele zu erläutern, etwa die Erdbeeren. Der Werksleiter erzählte, die Erdbeerzeit habe dann begonnen, wenn sich im Rechen zwischen Kippen und Parisern massenweise grüne Erdbeerstängel ansammelten. Wenn der Marktplatz Hietalahti abgespritzt wird, landen die alle auf einmal im Kanal und sind dann innerhalb von einer halben Stunde da drüben. Der Werkmeister deutete mit dem Daumen in Richtung Rechenanlage. Die Kirschsaison erkannte man nach dem gleichen Prinzip an der Ankunft der Kirschkerne, auch wenn sie auf dem Band nicht so gut auszumachen waren wie die hellgrünen Erdbeerstängel. Ebenso ließ sich an der Menge der in den Kanal gespülten Eisstiele die Jahreszeit bestimmen. Im Winter waren es wenige, im Sommer waren es viele, und besonders reichlich war das Aufkommen an heißen Tagen.

Woran erkannte man denn die Ankunft der Tallinn-Fähre? Der Erste Mai zeigt sich wahrscheinlich am plötzlichen Aufkommen von Luftballons und Luftschlangen, vermutete ich – und es kommen drei Mal mehr Pariser als sonst, sagte einer dazwischen. Dass die Tallin-Fähre angekommen war, merkte man angeblich schlicht und einfach an einem momentanen Schwall von Bordkarten. Alle Passagiere, die nach Hause zurückkehrten, warfen ihre Bordkarten relativ gleichzeitig weg, und ziemlich viele ließen sie einfach auf den Boden fallen, wo sie bald darauf in den Kanal gespült wurden. Das geübte Auge erkenne durchaus so ein hellblaues Stück Pappe auf dem Scheißhaufen in der Rechenhalle.

Einer der Arbeiter erzählte, Ende der 60er Jahre habe in der Kläranlage Lauttasaari ein Kerl gearbeitet, dem seine Freundin über den Kanal Liebesbriefe geschickt habe. Das Mädchen sei in der nahe gelegenen Pharmafabrik beschäftigt gewesen und habe seinem Freund jeden Tag in der Essenspause eine Liebesbotschaft geschrieben. Anschließend habe sie den Brief in der Toilette heruntergespült. Wenige Minuten später habe der Brief auf einem Scheißhaufen in der Rechenhalle gelegen.

Die Verliebten hatten vereinbart, die Briefe in ein kleines rotes Kuvert aus Pappe zu stecken. Die rote Farbe war gut zu erkennen, und das dicke Material des Kuverts sorgte dafür, dass das Briefpapier auf der kurzen Strecke, die die Sendung auf dem Abwasserstrom segeln musste, trocken blieb. Angeblich stand der Junge in der Essenspause verträumt am Rechen, das Kinn aufs Geländer gelegt, und beobachtete den Abwasserstrom. Wenn der rote Umschlag eintraf und sich fröhlich auf der Oberfläche drehte, war der Junge bereit und schnappte sich die Sendung aus dem Greifer, bevor der Haufen auf das Förderband gekippt wurde. Einer wusste, dass der Junge und das Mädchen inzwischen verheiratet waren und drei Kinder hatten, alle schon erwachsen.

Der Abwasserstrom ist ein Bild des Lebens, sagte der Werksleiter erneut und fügte hinzu, ein Bild des Todes sei der Strom auch. Daraufhin erzählte er von den düstersten Erlebnissen der Kläranlagenmänner. Die Menschen lebten in dem seltsamen Glauben, dass alles, was sie im Klo hinunterspülten, aus der Welt verschwunden sei, für ewig weggeschwemmt aus den Augen der Menschen. Sicherlich hätte ich bereits begriffen, dass dies ein großes Missverständnis sei. In der Kläranlage werde alles sichtbar. Dort vollzogen sich die Taten der Menschen wie vor dem Auge Gottes. Nichts bleibe im Geheimen. Die Einwohner der Stadt spülten die Beweisstücke ihrer heimlichen Taten im Klo hinunter. Kondome zum Beispiel. Ihre Scham spülten sie bei derselben Gelegenheit mit hinunter, und ihre Bitterkeit ebenfalls.

Der Rechen aber fange alles ein, was die Menschen aus den Augen haben wollten – oder aus den Augen ihrer Angehörigen. Betrogene Ehefrauen schnitten die Lieblingskleider ihrer Männer in Streifen, und die landeten dann im Greifer des Rechens. Auf dem Förderband tauchten zerrissene Tagebücher auf und ganze Briefwechsel, wertlos gewordene Wertpapiere oder manchmal auch Anteilscheine, die einst als Dokumente des Reichtums fungiert hatten und jetzt als nichtig abgestempelt waren. Auch Tiere hebe der Greifer in die Höhe: junge Katzen, manchmal sogar neugeborene Hundewelpen, Hamster, Meerschweinchen, zahme Ratten und Mongolische Rennmäuse. Lebendig in den Rachen des Kanals geratene Tiere waren ganz und gar nicht immer tot. Hatten sie erst einmal den Wasserverschluss der Kloschüssel hinter sich, konnten sie im Strom paddeln und hatten eigentlich keine größeren Probleme mehr. Erst der gefühllose Stahl des Rechens zermalmte die Tiere zu Tode, worauf der tote Leichnam des kleinen Wesens sogleich mit der anderen Materie aus dem Kanal zusammen auf einen Haufen geschüttet wurde.

Jeder Mann, der in der Kläranlage arbeitete, musste bei lebendigen oder verletzten Kleintieren seinem Gewissen entsprechend handeln. Der eine versuchte, das Leiden möglichst gnädig zu beenden, der andere bemühte sich, das unglückliche Wesen gesund zu pflegen und etwas am Leben zu halten, was schon einmal zum vermeintlich ewigen Verderben verdammt gewesen war. Das Schlimmste auf der dunklen Seite des Abwasserstroms waren aber die Embryos. Die tauchten immer noch manchmal auf. Vor einigen Jahrzehnten seien jährlich zig Embryos in die Anlage gekommen, allesamt Folgen illegaler Abtreibungen. Manchmal hätten die Männer dann der Polizei einen solchen Fund gemeldet, die gesetzlich verpflichtet war, Maßnahmen zu ergreifen. Schließlich habe da ein ernstes Delikt vorgelegen. Die entsprechenden Ermittlungen und Vernehmungen hatten selbstverständlich keine Klarheit gebracht, aber sie hatten für eine Weile den Arbeitern das Leben zur Hölle gemacht. Darum war gemeinschaftlich beschlossen worden, über die Embryos nicht mehr zu reden. Seitdem wurden sie mit zarter Hand und in aller Stille an einem passenden Ort auf dem Gelände der Kläranlage beerdigt. Auch in Lauttasaari gab es angeblich hinter dem ehemaligen Werkstattgebäude mehr als zehn ungesegnete letzte Ruhestätten von ungeborenen Kindern. Die Bruderschaft der an ihr Schweigegebot gebundenen Männer von der Kläranlage behielt die Gräberreihe für sich. Auf dem heimlichen Friedhof stehen heute hochwertige Immobilien.

Der Werksleiter erhob sich vom Kaffeetisch und die ernst gewordenen Männer gingen wieder an ihre Arbeit. In der Rechenhalle wies der Werksleiter auf die Reihe der Haufen auf dem Förderband, auf die Wurstpellen und Fleischwurstenden, die dort aufgetaucht waren, und erklärte, in der Werft nebenan habe gerade die Mittagspause begonnen. Zum Abschied gab mir der Werksleiter die Hand und wünschte mir Gottes Segen. Er ließ meine Hand nicht gleich los, sondern fügte hinzu, wenn unser Herr heute lebte, würde er hier in die Erde hinabsteigen und danach oben den verirrt umherlaufenden Menschen von dem Abwasserstrom berichten, der ein Abbild ihres Lebens sei. Ich dankte ihm und sagte, ich hätte das Gefühl, einer Schweineherde begegnet zu sein, die viel Böses von mir genommen habe. Der Werksleiter wird mich verstanden haben, sicherlich hatte er viel in der Bibel gelesen. Unser Kari ist ein schwer religiöser Kerl, sagte Mattila denn auch, als wir wieder oben waren.

Zu Hause erschrak ich, als mir plötzlich einfiel, dass in Leenas Manuskript von einer Kläranlage die Rede war. Kalter Schweiß brach mir aus. Meine Hände fingen an zu zittern, und ich ließ den Stapel ausgedruckter Blätter auf den Boden fallen, als ich ihn aus der Schublade nahm und auf den Schreibtisch legen wollte. Ich blätterte in den Papieren, die auf dem Teppich verstreut lagen, und fand, was ich suchte: Ja, der Prozessingenieur in der »Entladung der Pamisos« war nach einiger Zeit der Arbeitslosigkeit vorübergehend als Betriebsingenieur bei den Kläranlagen der Stadt Helsinki beschäftigt gewesen.

Mein Herz pochte, und mir wurde schlecht. Wie konnte Leena wissen, dass ich mich um eine Stelle bei den städtischen Kläranlagen bewerben würde? Ich übergab mich. Gleichzeitig bekam ich Durchfall.

Sari kam nach Hause und sah von der Tür aus angewidert zu, wie ich auf allen vieren vor der Kloschüssel kauerte und gelbgrünen Schleim spuckte. Sie befahl mir, mich von ihr fernzuhalten. Ich erklärte ihr, die Magenkrankheit sei nicht ansteckend. Sie komme von meinem Besuch in einer Abwasserkläranlage. Es wäre bald vorbei, und ich würde eine Widerstandsfähigkeit entwickeln, einen Bakterienstamm, der ein Wiederkehren der Krankheit verhinderte. Sari verzog das Gesicht, als hätte sie in eine Zitrone gebissen. Den ganzen Abend kam sie nicht näher als fünf Meter an mich heran und verbot mir, irgendetwas in der Küche anzufassen.

23. NOVEMBER

Sari hat mir beim Fernsehen mitgeteilt: »Ach ja. Mama hat angerufen. Sie kommt nach Hause.«

24. NOVEMBER

Ahonen hat tatsächlich vor, Leena nach Hause zu entlassen. Redet sie denn wenigstens?, frage ich ihn. Ja, angeblich hat Leena die ganze Zeit mit ihnen geredet. Ahonen sagt, ihm sei aufgefallen, dass ich wiederholt gesagt hätte, Leena spreche nicht. Ich erwidere, sie habe seit zwei Monaten kein Wort mit mir gesprochen. Ahonen ist der Ansicht, es könne sich dabei um etwas handeln, was zur Dynamik zwischen uns beiden gehöre und unabhängig sei von der Dissoziationsproblematik. Wenn Leena nach Hause kommt, werde ich wohl auch mit den Tagebuchnotizen aufhören. Was mache ich damit? Soll ich sie Ahonen bringen?

27. NOVEMBER

Heute habe ich zum ersten Mal seit September Leenas Stimme gehört. Es kam mir vor, als hätte sie sich verändert. Ich kann nicht sagen, was an der Stimme anders ist, aber sie klingt nach einem anderen Menschen. Vielleicht täusche ich mich. Als ich in die Klinik kam und Leenas Zimmer betrat, kam ein Mann heraus. Ich war so verdutzt, dass ich ihm nachblickte, und ich sah, wie er über den Flur zum Ausgang ging. Es war ein gewöhnlicher Mann, also kein Arzt. Wer war das?, fragte ich. In den Wochen, in denen Leena geschwiegen hatte, hatte ich mir angewöhnt, alles Mögliche vor mich hin zu reden. Es kommt einem natürlicher vor zu reden, als still zu sein, auch wenn man von seinem Gegenüber keine Antwort erhält.

Jetzt antwortete sie mir. Als wäre es etwas ganz Alltägliches, sagte mir Leena, der Mann sei Fernsehproduzent bei irgendeiner Firma. Sie nannte auch den Namen der Firma, aber weil ich so verwirrt war, ist er mir nicht im Gedächtnis geblieben. Ich fragte sie, was der Mann hier im Krankenhaus verloren habe, und Leena sagte, sie seien das Skript der Pilotfolge durchgegangen. Die ging angeblich in die Produktion, und sie hatten eine Produktionsbesprechung gehabt, bei der ihr der Mann von der Firma die Fragen und Wünsche der Bühnenbildner, Maskenbildner, Schauspieler und anderen Mitglieder des Teams übermittelt hatte. Ich verstand überhaupt nichts. Leena erzählte, sie habe im Krankenhaus eine TV-Serie geschrieben. Der Tag ihrer Entlassung sei der Montag.

Als ich ging, brüllte im Krankenhausgarten ein Mann mit Pantoffeln auf einer Bank, er habe die Macht. Alle bekämen Arbeit und Recht. Vor meinem Besuch in der Kläranlage hatte ich aus ungehobelten Brettern einen Unterstand für die Müllbehälter und den Kompost gebaut. Jetzt waren sämtliche Schrammen und kleinen Wunden, die ich mir von dem groben Holz zugezogen hatte, entzündet. Jede Berührung mit dem Finger tat weh, sogar der Griff zum Lenkrad. Und erst recht das Drehen des Zündschlüssels.

2. DEZEMBER

Leena ist den zweiten Tag zu Hause und ich den zweiten Tag auf der Arbeit. Jetzt ist wohl alles gut. Den ersten Tag verwendete Leena darauf, die Schränke zu ordnen. Geschirr, Lebensmittel, Tischdecken, alles räumte sie um. Dann bügelte sie die Vorhänge. Als Sari nach Hause kam, fingen sie an, die Vorhänge zusammen aufzuhängen, und ich musste ins Ost-Zentrum fahren, Haken kaufen. Angeblich hatte ich nicht daran gedacht, die

Wintervorhänge aufzuhängen. Stimmt, ich wusste nicht einmal, dass wir so etwas hatten.

Als ich wiederkam, saßen die beiden vor dem Fernseher und sahen sich eine Serie an, und Leena erzählte Sari von ihrer eigenen TV-Serie. Sie erklärte Sari, was eine Szene ist. Das Mädchen zählte die Szenen mithilfe von Murmeln mit. Immer wenn Leena sagte, jetzt habe eine neue Szene angefangen, legte Sari eine bunte Murmel von einem Korb in den anderen. Angeblich waren es zu wenige Szenen, die Dramaturgie schleppte sich dahin. Leena bürstete Saris Haare. Als sie die Struktur des Fernsehdramas erklärte, klang es genauso, wie wenn früher die Mütter ihren Töchtern Anleitungen für das künftige Leben gaben.

Die Vorhänge hingen inzwischen. Die Haken hatten doch gereicht. Ich hatte mich auch schon gewundert, wieso sie für die einen Vorhänge zu wenig sein sollten, wo sie doch für die anderen, ebenso großen Vorhänge ausgereicht hatten. Ich ging zur Spätschicht. Mein Hinterteil, die Umgebung des Afters, schmerzte stark. Es war unangenehm, im Auto zu sitzen.

6. DEZEMBER

Das Sitzen will mir nicht mehr gelingen und das Gehen auch nicht besonders. Ich gehe zur Betriebsärztin und schildere ihr meine Beschwerden. Sie schaut sich meine Unterlagen an und fragt, ob ich auch in anderen Hautzonen Entzündungen gehabt hätte. Ich berichte ihr von den schmerzhaften kleinen Wunden. Sie vermutet, alles habe mit der enormen Bakterienlast zu tun, der ich bei meiner neuen Arbeit mit einem Schlag ausgesetzt worden sei. Sie befiehlt mir, die Hosen herunterzulassen. Ich begebe mich auf allen vieren auf den Behandlungstisch, eine Art Bock. Von hinten kommt eine Krankenschwester, um der Ärztin zu assistieren, und fängt an, meinen After einzupinseln. Interessiert nehmen sie die Gegend in Augenschein, die Ärztin mit einer Art Lupe. Ich kann die grob zupackende Krankenschwester nicht sehen, aber ich höre ihre mit allen Wassern gewaschene Stimme: »Mit dem möchte ich nicht tauschen!«

Plötzlich kommt mir in den Sinn, dass sich auch die kleinen Wunden der Entlader der Pamisos beim Umgang mit dem verdorbenen Fleisch entzünden. Wieder hat Leena in ihrem Manuskript etwas vorausgesehen, was mir zustößt! Ich erlebe eine seltsame Art von Auflösungserscheinung. Ich spüre, wie ich mich aus meinem Körper löse, und höre ein hallendes, surrendes Geräusch. Das Geräusch bricht das Sehfeld, zuerst zu einer sägeblattartigen Verzerrung und dann zu einem immer kleiner werdenden, grellbunten Raster. Durch Klapse von den mit Gummihandschuhen verhüllten Händen der Krankenschwester komme ich wieder zu mir. Ich bin vom Bock auf die Seite gefallen. Die Ärztin fragt in verärgertem Ton, ob ich immer so schmerzempfindlich sei.

Ich bekomme ein Rezept und hole mir in der Apotheke eine Lösung, Kaliumpermanganat. Als ich nach Hause komme, brennen dort im Fenster zwei Kerzen zum Zeichen des Unabhängigkeitstages.

8. DEZEMBER

Das Gehen fällt nach wie vor schwer. Zweimal am Tag muss ich in einer Waschschüssel mit medizinischer Lösung sitzen. Seltsames Detail: Das Mittel färbt alle Körperhaare platinblond. Die Haut wiederum wird durch die Lösung braun, als wäre ich bloß mit nacktem Unterkörper im Solarium gewesen. Untenherum sehe ich aus wie eine Hollywood-Sexbombe aus den 50er Jahren, so eine mit unnatürlich gebräuntem Gesicht und blondierten Haaren. Zuerst habe ich die Schüssel genommen, die Sari für die Pflege ihres Aquariums braucht. Furchtbares Geschrei. Mutter und Tochter schimpfen mich aus. Wieso ich nicht wisse, wofür was in diesem Haushalt benutzt würde. Ich erkläre, immerhin zwei Monate allein für den Haushalt verantwortlich gewesen zu sein. »Oho, zwei ganze Monate! Das merkt man allerdings auch an allem.«

Sari ist wegen der Schüssel so beleidigt, dass sie nicht mehr mit mir redet. Das hält sie allerdings nicht davon ab, mit Leena durch den Spalt der Saunatür zu spähen und zu kichern, als ich das nächste Mal in der Waschschüssel sitzen muss. Ich habe mir ein schwarzes Plastikgefäß für den gewerblichen Gebrauch gekauft, einen Mörteleimer. Ich setze mir den Gehörschutz auf, den ich zum Rasenmähen nehme, um das Gekicher nicht hören zu müssen. In das Ding ist ein Radio eingebaut. Eine heisere Stimme singt:

Ein Mann kann schuften wie ein Gaul,
der um den Brunnen läuft.

Beißt auf die Zähne, klagt nicht,
tobt nicht, hält das Maul.

Das Lied ist zu Ende, und eine Runde mit dem Namen »Ilona und ihre Freunde« diskutiert über das Frauenbild in den Medien. Sie kommentieren das Lied als männliche Gegenreaktion auf die Frauenbewegung. Der Vormarsch der Frauen in unterschiedlichen Lebensbereichen provoziere auf der einen Seite einen aggressiven chauvinistischen und restaurativen Geist und auf der anderen Seite Ausbrüche wimmernden Selbstmitleids, in denen geschildert werde, wie unmöglich das Leben der armen Männer in einer angeblich von Frauen dominierten Welt geworden sei. In Wahrheit liege alle Macht nach wie vor bei Männern im mittleren Alter. Die gesundheitsfördernde Wirkung des Kaliumpermanganats ist Glaubenssache. Es brennt höllisch. Aber was nicht tötet, härtet ja wohl ab.

9. DEZEMBER

Leena ist neuerdings unwahrscheinlich am Fernsehen interessiert. Samstagvormittags scheinen da an einem Stück Sendungen zu kommen, in denen Wohnungen eingerichtet, Gärten angelegt oder Haare und Haut gepflegt sowie Körper gestrafft werden. Leena und Sari sehen sich das alles an. Es scheint darin immer derselbe Mann im Overall aufzutreten, der offenbar in aller Stille zuerst ein Haus gebaut hat, das von einer Frau oder manchmal auch von einem Schwulen, die durch die Sendung führen, anschließend eingerichtet wird. Der Handwerker sagt eigentlich nie etwas, schraubt nur mit seinem Akkuschrauber Garderoben oder Haken fest, an denen die pausenlos redende Einrichterin Bilder aufhängt. In der Fitness-Sendung trägt der Mann keinen Overall, sondern ein dämliches Trikot, das an eine Strampelhose erinnert. Auf Zeichen der Frau machte er im Takt der Musik verschiedene Bewegungen vor, sagt aber immer noch nichts.

Läuft die Gartensendung, klappert die gesprächige Frau Baumschulen ab, und der Mann im Overall baut inzwischen eine Terrasse und setzt den Springbrunnen in Betrieb. Bringt die Frau eine Thuja, hat der Mann bereits ein Loch von einem halben Kubikmeter dafür gegraben. Nie wird gezeigt, wie die zweieinhalb Meter hohe Thuja in das Auto der Frau gekommen ist, in einen an sich geräumigen und leistungsstarken SUV. Offensichtlich gibt es in den Baumschulen weitere Männer in Overalls.

Meine Bemerkungen über die Männer in den Overalls amüsieren Leena. In den Sendungen sei durchaus auch nach der Meinung der Männer gefragt worden, bloß habe es bei denen nie eine Meinung gegeben. Sari behauptet, nur ein einziges Mal hätte einer von ihnen etwas gesagt, nämlich der ansonsten stumme Mann in der Gartensendung, der vorgeschlagen habe, im Wurzelbereich der Setzlinge braune Hackspäne als Abdeckung zu verwenden. Das Zeug, das er gemeint habe, werde sackweise verkauft und habe eine ekelhafte Farbe. »Sieht genau aus wie der Farbton, der durch deine Medizin entsteht!« Die Frau hatte nicht auf den

Vorschlag des Mannes gehört, sondern aus Abdeckmaterialien in unterschiedlichen Farbtönen miteinander harmonierende Felder unter den dichten Büschen komponiert. Von Komplementärfarben war dabei die Rede, und vom Spiel aus Licht und Schatten.

Leena benimmt sich, als wäre sie nie im Krankenhaus gewesen, aber trotzdem ist sie auch nicht wie früher. Sie hat sich irgendwie verändert. Sie arbeitet viel, und an Geld mangelt es auf einmal nicht mehr. Für ihre TV-Serie hat sie einen großen Vorschuss erhalten, zigtausend Euro. Und es wird noch mehr kommen, wenn die Manuskripte erst mal endgültig von der Produktionsfirma akzeptiert worden sind. Leena ist fast jeden Tag dort. Heute hat sie erklärt, sie habe zusätzlich einen Auftrag angenommen, bei dem es um die Suche nach einem neuen Programmformat gehe. Solange die Anwendung mit der medizinischen Lösung andauert, muss ich im Umkleideraum vor der Sauna schlafen. Aus demselben Grund geht Leena jetzt auch nur mit Sari in die Sauna. Angeblich sehe ich untenherum unnatürlich aus. Allerdings habe ich auch keine besondere Lust, in die Sauna zu gehen.

13. DEZEMBER

Als ich von der Arbeit komme, sind Leena und Sari nirgendwo zu finden. Erst um neun am Abend kommen sie nach Hause. Sie waren in der Schule, wo Sari als Lucia aufgetreten ist. Ich hatte gar nicht gewusst, dass sie zur Lucia gewählt worden war. Andererseits wusste ich auch nichts von dem Lichterfest, mit dem die Wahl zur Lucia angeblich zu tun hatte. Leena ist wieder zum ausschließlichen Objekt sämtlicher Informationen geworden, die aus der Schule kommen.

Ich habe geglaubt, die Lucia sei Teil einer finnlandschwedischen Tradition. Sari ärgert sich über meine Bemerkung. Der Lucia-Tag sei ein ganz normales Fest, das alle begehen. Andererseits sei Sipoo eine alte finnlandschwedische Ansiedlung, bringt Leena mir in Erinnerung. Ich versuche zu erklären: Natürlich wäre ich zu Saris Fest gekommen, wenn ich von seiner Existenz etwas gewusst hätte. Sie konnten meiner Erklärung nicht lange zuhören, denn es stellte sich heraus, dass inzwischen eine Tragödie passiert war. Saris Aquariumsfische waren tot.

17. DEZEMBER

Mattila bestellte mich zu sich und teilte mir mit, dass die Neuerungen im technischen Verwaltungsbereich Anfang des kommenden Jahres in Kraft treten. Er hat mich bislang nicht informiert, weil die Verhandlungen ständig im Gange waren und Gerüchte das ohnehin schon schwierige Ringen weiter erschwert hätten. Eine bindende Informationspflicht habe auch nicht bestanden, da es im Rahmen meines Arbeitsverhältnisses nicht zu unmittelbaren Veränderungen komme, sofern ich es nicht selbst wolle.

Wie soll ich wissen, was ich will, wenn ich nicht einmal weiß, worum es geht? Mattila berichtete, die Stadtwerke beabsichtigten, die Prozesskontrolle der Kläranlagen auszulagern und alle erforderlichen Maßnahmen von einer Firma als Dienstleistungen zu kaufen. Ich halte es allerdings für eine ziemlich große Veränderung und durchaus der Mitteilung wert, wenn plötzlich der Arbeitgeber wechselt. Mattila zufolge kann ich, wenn ich will, als alter Mitarbeiter unter den bisherigen Bedingungen weitermachen. Unter den bisherigen Bedingungen? Wolle er etwa behaupten, der Angestellte eines privaten Unternehmens befinde sich in der gleichen Position wie ein städtischer Angestellter? Mattila brachte mir meinen Status in Erinnerung: Ich sei kein städtischer Angestellter, sondern der befristete Inhaber eines vorläufig dauerhaften Arbeitsverhältnisses.

Ich fragte ihn, wo sie auf die Schnelle eine Firma herbekämen, die der Stadt Prozesskontrolldienstleistungen verkaufen könne. Mattila sagte, so eine Firma gebe es. Sie sei bereits gegründet worden. Derzeit würden der Liefervertrag und die Tarife der verschiedenen Kontrollleistungen festgeklopft. Er empfahl mir, am Ball zu bleiben. Es gäbe mit Sicherheit genug zu tun, und die Arbeit würde einen zweckmäßigeren Charakter annehmen, wenn man die überflüssige Bürokratie loswürde. Nach dem Auslagern der Maßnahmen stünde auch nichts mehr einem auf Leistung und Resultaten basierenden, motivierenden Gehaltssystem im Wege, anstelle der für alle gleichen, starren Gehaltsklassen und mechanisch festgelegten Alterszulagen.

Als ich nach Hause komme, schiebt dort ein Mann eine Schubkarre über eine Planke und kippt Bauschutt in den Container, der auf unserem Grundstück aufgetaucht ist.

Aus dem Container steigt weißer Staub auf wie nach einer Explosion. Ich werfe einen Blick hinein und sehe, dass der Container etwa einen Kubikmeter Kacheln und die Armiereisen einer Zwischenwand enthält, von denen rosa gestrichener Putz abbröckelt. Die Kacheln haben die Farbe eines Menschen, der sich in der Sonne verbrannt hat. Es sind die Wandfliesen aus dem Umkleideraum der Sauna. Im Haus reißt ein anderer Mann mit dem Stemmeisen eine Wand heraus. Leena sagt, endlich werde sie die ekelhafte Farbwelt der Vorbewohner los. Ich kann nur noch fragen, warum man wegen der Farben eine ganze Wand beseitigen muss.

19. DEZEMBER

Im Haus schieben drei Männer lange Tage: ein Fliesenleger mit seinem Gehilfen und ein Zimmermann. Leena findet, es lohne sich, in einem Aufwasch auch den Umkleideraum der Sauna zu erweitern und alles, was mit Hauswirtschaft zu tun hat, komplett ins Untergeschoss zu verlegen, in die zweite Dusche, die nie jemand benutzt. Alle Hähne und die Kloschüssel sind dort bereits vorgestern entfernt und in den Schneeregen hinausgetragen worden. Auf der Arbeit fragte ich, ob sie jemand gebrauchen kann, aber als ich nach Hause kam, war alles bereits zur Müllkippe transportiert worden.

Als ich mich über Leenas Eile wunderte, erklärte sie, sie wolle alles vor Weihnachten fertig haben. Ich sagte auch, so eine Renovierung sei eigentlich nicht vorgesehen gewesen. Sie gibt sich erstaunt. Das sei doch schon seit zwei Jahren geplant. Ich gab zu, dass wir darüber gesprochen hatten, in letzter Zeit jedoch nicht. Leena sah mich besorgt an. Gerade vor zwei Tagen hätten wir erst darüber geredet, als wir uns die Einrichtungssendung im Fernsehen angeguckt hätten. Ich konnte mich nicht erinnern, über Renovierung gesprochen zu haben. Leena nannte meine fehlende Erinnerung einen Beweis dafür, dass ich nie zuhöre und mich nie an der Unterhaltung beteilige.

Vielleicht haben wir uns darüber unterhalten. Das Wort Unterhaltung bedeutet aber nur loses Gerede, wohingegen eine Renovierung geplant werden muss. Das heißt, es werden Zeichnungen gemacht, es wird ein Zeitplan aufgestellt, und es wird ein Etat kalkuliert. Leena stand auf und stemmte die Hände in die Hüften. Ob ich glaubte, die Männer machten ihre Arbeit ohne Zeichnungen? Was den Zeitplan betreffe, so habe sie mir bereits gesagt, dass alles bis Weihnachten fertig sein müsse. Einen Etat habe sie nicht kalkulieren müssen, denn für den stehe sie selbst gerade. Ich hätte wenigstens das Abreißen selbst übernehmen können, sagte ich zum Schluss. Leena fand, es sei besser gewesen, auch das von den Männern machen zu lassen.

23. DEZEMBER

Heute sind die Arbeiter gegangen. Tatsächlich ist die Renovierung bis auf das Abwaschen der Fugenmasse auf den Fliesen vor Weihnachten fertig geworden. Die Schränke, die zuvor im Umkleideraum der Sauna standen, sind in die ehemalige Dusche gebracht worden, wo die Hähne und die Kloschüssel beseitigt worden sind. Waschmaschine und Trockner stehen ebenfalls dort. Im Umkleideraum ist jetzt Platz. Abgesehen davon, dass die Maschinen und die Schränke weg sind, ist auch die Wand fast um einen Meter versetzt worden. Tatsächlich eine gute Lösung. Es war oft davon die Rede gewesen, aber es hatte nicht die wirtschaftlichen Möglichkeiten gegeben.

Als ich wieder meine Beschwerden mit Kaliumpermanganat versorge, stelle ich fest, dass es sich dabei im unverdünnten Zustand um ein extrem ätzendes Mittel handelt. Die Lösung wird aus Granulat hergestellt, von dem man laut Anweisung einen Viertel Esslöffel mit fünf Liter Wasser verdünnen muss. Ich nahm zuerst einen ganzen Esslöffel von dem Pulver, kippte es auf den Spültisch und formte mit Hilfe zweier Lineale ein Rechteck von einem Zentimeter Breite. Ich maß die Länge, dann teilte ich es in vier Teile, um einen Viertel Esslöffel zu bekommen. Anschließend leerte ich die gesamte Tüte auf dem Spültisch aus, und bildete daraus eine lange, ein Zentimeter breite Spur. Diese teilte ich in Teile von einem Viertel Esslöffel, die ich mit Hilfe eines Lineals in Minigrip-Tüten rieseln ließ. So hatte ich praktische Dosierbeutel für die allabendliche Lösungskur parat.

Die ganze Aktion mit dem Pulver sieht dermaßen nach der Zwischenlagerung von Heroin aus, dass ich die Dosierbeutel versteckt halte. Jetzt ist ein Beutel kaputtgegangen. Vermischt mit einer kleinen Menge Wasser hat es ein großes Stück der Oberfläche vom neuen Waschtisch im Umkleideraum weggeätzt. Als ich in meiner Not daran herumwische, verursachen die noch immer viel zu starken Lösungstropfen runde Ätzspuren in den neuen Bodenfliesen. Das blaue Küchentuch ist verblasst wie ein Textil, das jahrelang in der Sonne gelegen hat. Voller Entsetzen begreife ich, dass es dieses Mittel gewesen sein muss, das Saris Fische getötet hat. Weil ich nämlich die erste Lösungskur mit der Schüssel vorgenommen hatte, die beim Wechseln des Aquariumwassers verwendet wird. Über diese Erkenntnis werde ich mit niemandem sprechen, auch wenn es wohl herauskommen wird, weil jeder an den Spuren im Umkleideraum bald sieht, um was für ein Gift es sich hier handelt.

25. DEZEMBER

Streit über die Renovierung. Ich trinke am Abend Kognak und kann mir nicht die Bemerkung verkneifen, dass mich die Art kränkt, wie Leena plötzlich Baumaßnahmen in unserem gemeinsamen Zuhause in Angriff genommen hat. Leena ist erstaunt, aber freundlich. Sie hat geglaubt, ich wäre zufrieden, dass die Renovierung, von der wir schon so lange geredet hätten, jetzt erledigt ist. Ich sage, es sei deshalb so lange beim Reden geblieben, weil wir für die Durchführung der Renovierung kein Geld gehabt hätten. Leena wundert sich. Ob ich nicht erleichtert sei, weil wir jetzt das Geld hätten. Ich kann nur sagen, was ich weiß: Ich habe kein Geld und hätte auch noch nicht den Eindruck gewonnen, dass es sonst jemand hätte.

Ich rege mich auf. Überflüssigerweise, klar. Ich erzähle, wie ich zwischen Bank, Sozialversicherungsanstalt und diversen Versicherungen hin und her gependelt bin, um wenigstens so viel zusammenzubringen, dass die Zinsen bezahlt werden konnten. Ich erkläre auch, wie ich das Problem mit Leenas Krankengeld geklärt hatte und wie sich dabei herausstellte, dass sie die gesetzlich vorgeschriebenen Rentenbeiträge nie bezahlt hatte. Und ich verrate, dass ich in meiner Not Leenas Romanmanuskript an ihren Verlag verkaufen wollte, der aber dann doch kein Geld dafür versprochen hatte. Leena wird wütend. Mit welchem verdammten Recht ich an ihren Geldangelegenheiten herumdoktere und mich dann auch noch in ihre Arbeit einmische? Die Geldangelegenheiten seien nicht allein ihre, schreie ich. Sie waren und sind auch meine, und außerdem sind es nicht bloß Geldangelegenheiten. Es geht um das Haus, in dem wir leben, um unser gemeinsames Zuhause!

Leenas Ansicht nach gibt es in den Geldangelegenheiten kein Problem, außer in der Hinsicht, dass ich schon lange keinen Beitrag mehr dazu geleistet hätte. Ich frage mich, was für einen Beitrag Leena in letzter Zeit dazu geleistet hat. Sie hat schließlich den ganzen Sommer in der Klapsmühle gelegen. Ich hatte lediglich versucht, das Boot über Wasser zu halten, das an allen Ecken und Enden zu lecken schien. Leena ist beim Reden dann völlig kalt geworden. Sie sei in keiner Klapsmühle gewesen, sondern in der Klinik, und sie habe dort nicht gelegen, sondern die ganze Zeit gearbeitet, im Gegensatz zu mir, der seit über einem Jahr gar nichts getan habe. Sie erklärt, innerhalb von knapp drei Monaten mehr verdient zu haben als ich mit meinem Arbeitslosengeld in einem Jahr.

Ich konnte von ihrer Arbeit und ihrem Verdienst nichts wissen. Normalerweise verdient man in Krankenhäusern nicht viel. Es wäre auch hilfreich gewesen, wenn sie manchmal etwas gesagt hätte. Leena erklärt, sie habe das Recht, ihren schlechten Zustand und die damit verbundenen Gefühle auf die Art zum Ausdruck zu bringen, die ihr am besten erschiene. Ich frage mich, was Schweigen für eine Art von Gefühlsausdruck sein soll. Leena setzt eine verschärft erstaunte Miene auf. Na klar ist Schweigen ein Ausdruck von Gefühlen!

Der Weihnachtsabend endet in vollem Streit. Ich verlasse schließlich das Haus, nachdem ich geschrien habe, Leena habe mich schon einmal ums Leben gebracht, und zwar genau zu Weihnachten. Ich wolle nicht weiter stören, wenn sie Weihnachten mit sich verbringen wolle. Wütend gehe ich zu Fuß bis nach Porvoo und zurück. Um vier Uhr am Morgen schleiche ich in den Umkleideraum, wo es nach Fugenmasse riecht, um dort unter Schlaflosigkeit zu leiden.

26. DEZEMBER

Leena kommt zu mir und erkundigt sich nach meinem Besuch im Verlag und meinem Versuch, ihr Manuskript zu verkaufen. Ich versuche, sie zu beschwichtigen und mich zu verteidigen. Ich erkläre, ich hätte nur zu überlegen versucht, wo ich Geld für die Kreditraten herbekommen könne, damit Sari in ihrem problematischen

Alter nicht gezwungen sei, sich in einer neuen Umgebung zurechtzufinden. Sie will nur hören, was ich genau mit dem Verleger geredet habe. Es gehe um ihre Arbeit, und sie hoffe, auf den Stand zu kommen, der in ihrem Namen womöglich schon vereinbart sei.

Ich erkläre ihr alles so genau, wie ich es kann und mich erinnere. Ich sage, die Lektorin habe das Manuskript für unfertig gehalten, und ich erzähle auch, wie ich schließlich versucht hatte, in der Not mein eigenes Tagebuch als Ergänzung zu Leenas Romanmanuskript zu verkaufen. Mein Tagebuch? Welches Tagebuch? Ich erzähle ihr, auf Ahonens Ermunterung hin Tagebuch geführt zu haben, während sie im Krankenhaus gewesen sei. Leena will nicht glauben, dass ich Tagebuch geschrieben habe, und schon gar nicht, dass ich es dem Verlag als Fortsetzung ihres Romanmanuskripts angeboten habe. Sie bricht in künstliches Gelächter aus. Man hört durch, wie wütend sie ist.

28. DEZEMBER

Weihnachten ist Gott sei Dank vorbei. Leena kommuniziert so gut wie gar nicht mit mir. Es ist nicht so, dass sie kein Wort mit mir redet, aber sie hält sich an extrem knappe und unfreundliche Ausdrucksformen. Schwierig und traurig das Ganze.

31. DEZEMBER

Ich habe mitgeteilt, an Silvester den Abend und die ganze Nacht über im Kontrollraum von Munkkisaari sein zu können. Stattdessen konnte jemand frei nehmen, der an seiner Freizeit eine Freude hat. Diese Nachtschicht ist meine letzte Tätigkeit als Mitarbeiter der Stadt. Die neue Firma, von der die Prozesskontrolle künftig als Subunternehmen durchgeführt wird, nimmt ihre Tätigkeit am ersten Tag des neuen Jahres auf. Mattila leitet die Firma, und außer ihm und mir gehört nur noch ein Techniker als dritter Mann dazu. Ich habe einen dicken Stapel Unterlagen zum Lesen bekommen, darin werden einerseits die Arbeitsbedingungen und die Aufgabe definiert, andererseits werden ermüdend detailliert die Paragrafen des Vertrags zwischen meinem neuen Arbeitgeber und den zum Kunden mutierten Stadtwerken aufgelistet. Die Kontrolle findet im Prinzip rund um die Uhr statt. Ich frage mich, wie das mit drei Mann an jedem einzelnen Tag des Jahres möglich sein soll. Ich werde müde. Um fünf Uhr am Morgen wache ich durch das Heulen aus dem Lautsprecher des Kontrollpults auf. Der Abwasserstrom hat die Toleranzgrenze überschritten, und der Überlauf wird direkt ins Meer geleitet.

Als Erstes überprüfe ich den Rechen und finde einen Gummiball von anderthalb Metern Durchmesser, der wie wild in der sich immer weiter stauenden Strömung hin und her zappelt. Ich angle ihn heraus. Er ist nicht mehr prall, aber mit wasserunlöslichem Filzstift hat jemand Bilder von verschiedenen intimen Verrichtungen darauf gezeichnet und dazugeschrieben:

Guten Morgen Finnland,
es hat gut geflutscht.

Ich drehe den schlaffen Ball um. Auf der anderen Seite steht:

Der Gummi singt,
dass es nach Arbeit klingt.

Ich finde auch den Absender: »Bergmannsgilde Otaniemi«. Die Bergbaustudenten der TU in Otaniemi hatten mehr als genug zu tun gehabt, bevor sie den mit Eisenschrott gewichteten Luftballon im Kanal hatten. Alle Körperhärchen richten sich auf, als mir klar wird, dass die Studenten selbst in die Kanalisation hinuntergestiegen sein müssen, und zwar ziemlich in der Nähe. Schwer zu verstehen ist auch, wo sie den Luftballon herhaben. Es ist nämlich absolut keiner von den herkömmlichen Jux-Ballons, die leicht platzen, sondern eine schwarze, schlaffe Luftblase, deren Material an den Pneu eines Traktors erinnert. Wie eine Amöbe schwimmt sie im Strom. Die Bergwerker haben ihren Ball nicht nur mit Gewichten versehen, sondern ihn auch bewusst schlapp gelassen, damit er vor der Kläranlage nirgendwo hängen bleibt. Ich erinnere mich, dass die Kollegen mir von einem fast drei Meter langen Tyrannosaurus Rex erzählt haben, den sie einmal im Rechen fanden.

Ich schlage die Zinken des aus einer gewöhnlichen Mistgabel zurechtgebogenen Greifers mit Kraft in den Ball, und als die Luft heraus ist, werfe ich den Studentenscherzartikel aufs Förderband. Erst da begreife ich, was es mit dem Ball auf sich hat. Die Bergwerker haben sich für ihren Gruß im Installationsgroßhandel eine stabile Gummiblase besorgt, wie man sie zur Auskleidung von Druckbehältern benutzt. Ich quittiere die Störung und bringe den Heulalarm zum Schweigen. Der Pegel sinkt. Das rohe Abwasser läuft nicht mehr an der Anlage vorbei in den Finnischen Meerbusen. Bald ist der Zulauf wieder normal. Es kommen die Stöcke von Silvesterraketen, die dicken Korken von Sektflaschen und Präservative in etwas größerer Menge als sonst.

Gerade als ich wieder in den Kontrollraum zurückgehen will, hebt der Greifer eine aus mehreren miteinander verbundenen Pappröhren bestehende Raketenbatterie aus dem Strom. Sie ist mit einem stilisierten, böse grinsenden, fellmützigen Russen bedruckt und mit der großen Aufschrift: KARELIEN GEHÖRT UNS! Würde Kekkonen zum Leben erwachen, würde er sich auf der Stelle wieder zu Tode erschrecken. Noch vor fünfzehn Jahren wäre man für den Verkauf solcher Produkte ins Gefängnis gesteckt worden.

2. JANUAR

Die Kur mit der medizinischen Lösung ist vorbei, und die Haut bekommt allmählich wieder ihre normale Farbe. Die Härchen werden dunkler. Vom totalen Platinblond aus scheint sich ein umgekehrter Ergrauungsprozess zu vollziehen. Jetzt haben sie dieselbe Farbe wie Al Pacinos Haare auf dem Zeitungsfoto, unter dem stand, der Schauspieler sei stilvoll ergraut.

Trotzdem darf ich weiterhin im Umkleideraum schlafen. Ich beschließe, dort meinetwegen bis Mittsommer zu schlafen, wenn Leena das Thema nicht selbst zur Sprache bringt.

5. JANUAR

Leena scheint den ganzen Tag und die halbe Nacht in der Produktionsfirma zu verbringen. Wenn sie zu Hause ist, redet sie die meiste Zeit mit dem Produzenten am Telefon. In der Firma ist für Drehbuchautoren und andere Fernsehprofis ein Wettbewerb zur Entwicklung eines Reality-TV-Formats nach dem Rauswurfschema ausgeschrieben worden. Leenas Telefonaten habe ich entnommen, dass sie ein Format einreichen will, in dem es einen Wettkampf um die Entwicklung eines Reality-TV-Formats geht. Dieses Bild gewinne ich jedenfalls aus ihren Gesprächen. Immer wieder erklärt sie, wie man mit diesem Konzept die Produktentwicklung der Produktionsfirma zum sendefähigen Programm veredeln könne: Die Produktentwicklung wird öffentlich gemacht, sie wird zum Wettbewerb gemacht, und der Wettbewerb kommt ins Fernsehen. »So verwandelt sich das als Wettbewerbsvorteil kommunizierte Gesprächsthema der Firma mit hübscher Quote in einen Geldstrom.«

7. JANUAR

Sie wollen die Kläranlage Vuosaari herunterfahren. Allerdings muss sie noch so lange in Betrieb gehalten werden, bis die Rohre verlegt sind, die den Abwasserstrom des Stadtteils zur Anlage Viikinmäki leiten, die alle anderen Anlagen ersetzen soll. Die Kläranlage in Vuosaari wird nur von einem jungen Arbeiter kontrolliert, der sich auf der Gehaltsliste der Stadtwerke aufhält. Der Junge lebt in Vuosaari wie die Made im Speck, er hat nicht einmal Lust, die Routinemaßnahmen durchzuführen, die zur Prozesskontrolle gehören, von den erforderlichen Wartungsarbeiten ganz zu schweigen.

Die Vorklärgrube ist voll mit dickem Schlick, und bei den Belüftungsbecken ist das Gebläse so stark eingestellt, dass die biologische Aktivität diese Menge an Sauerstoff gar nicht nutzen kann, selbst wenn es noch so heiß ist. Über den Becken liegt eine Dampfwolke, die schon von Weitem als Nebelturm am Frosthimmel zu sehen ist. Der Junge kriegt das geklärte Wasser ausschließlich bei der Phosphorentfernung mit Normalwerten ins Meer, und auch das nur durch gnadenlosen Einsatz von Chemikalien.

Ich befürchte, Vuosaari wird bald einen Zustand erreicht haben, der es erforderlich macht, eine Menge Schlamm an der Anlage vorbei direkt ins Meer laufen zu lassen. Von nun an fahre ich jeden Tag zu der Anlage. Als Erstes muss die Vorklärgrube geleert werden. Schon vor Tagen habe ich dem Arbeiter befohlen, einen Schlammsaugwagen zu bestellen. Der Junge behauptet, es wäre keiner zu bekommen. Ich rufe selbst an. Der Fahrer verspricht, in zwei Stunden da zu sein. In der Zwischenzeit messe ich in den schäumenden Belüftungsbecken die Sauerstoffverbrauchswerte, auf deren Grundlage dann der biologische Prozess wieder neu justiert werden kann.

Das Scheißauto kommt. Der Junge will zunächst überhaupt nicht in die Grube hinunter, um den Schlauch an die richtige Stelle zu halten. Als er dann schließlich seine Ausrüstung zusammensucht, ist das eine derartige Trödelei, dass ich mir selbst die Wathosen schnappe und anziehe. Jetzt wird der junge Mann sauer und sagt, er gehe schon hinunter in die Grube, aber er brauche dafür die ordnungsgemäße Schutzausrüstung. Ich zwinge meine Füße mit Gewalt in die an der Hose festgeschweißten Gummistiefel und erkläre, dass ich gehe. Dieses eine Mal. Als ich den langen Südwester anhabe und auf die Grube zugehe, schämt sich der Junge und trägt mir die lange Aluminiumleiter hinterher. Dann holt er sogar noch im Laufschritt von irgendwoher eine Skibrille. Ich verstehe nicht, wofür man die brauchen soll, aber ich hänge sie mir trotzdem um den Hals. Der Fahrer des Saugfahrzeugs muss lachen. Er hat den Schlauch, der an eine riesige Speiseröhre erinnert, bereits in die Grube hinabgelassen.

Ich ziehe die Leiter auf volle zwei Meter aus und steige in die Grube hinunter. Der Geruch ist schlimm. Er ist wirklich schlimm. Oben sieht man ein überraschend kleines Stück Himmel, obwohl die Grube sehr geräumig ist – ihr Durchmesser beträgt an die vier Meter. Der Himmel über mir sieht aus wie ein rund ausgeschnittenes Stück vom grauen Mantel des Staates. Ich schalte die Stirnlampe ein. Man muss sich an den Rändern seines eigenen Verstandes festhalten, damit man beim Hinunterklettern in den engen Zylinder keine klaustrophobischen Zustände bekommt. Mehr Selbstbeherrschung verlangt allerdings der Schritt von der Leiter auf den Boden der Grube. Dort schwappt eine dicke Suppe, die Verdickung von allen Feststoffen, die sich von der eintreffenden Strömung in der Vorklärgrube abgesetzt haben. Ich lasse mich langsam von der Leiter hinunter, aber meine Füße erreichen keinen festen Boden. Ich bin schon bis zur Hüfte im Dreck und traue mich nicht weiter hinunter, damit sich die Wathose nicht vollschlürft.

Der Kopf des Kotfahrers erscheint vor der runden Himmelsöffnung. Er fragt mit rundum widerhallender Stimme, ob er den Sauger einschalten soll. Ich erteile ihm die Erlaubnis. Ich schlinge den linken Arm um die Strebe der Leiter und schiebe den Schlauch unter der Achsel durch. Mit der rechten Hand will ich das Ende des Schlauchs lenken. Oben nimmt das Fahrzeug Umdrehungen auf, die Schlammpumpe brüllt auf, und der Schlauch röchelt wie ein Mensch, der kotzen muss. Plötzlich schlägt er heftig aus, und der Saugkopf fängt an, gurgelnd den Grubeninhalt zu schlurzen. Der Sinn der Schutzbrille erschließt sich mir, als ich die ersten Spritzer ins Gesicht bekomme. Jetzt kann ich die Brille nicht mehr aufsetzen, sie bleibt nutzlos am Hals hängen.

Der Schlauch saugt gleichmäßig und gut, sobald man seinen Kopf unter die Schlammoberfläche drückt. Man hört nur ein dickes Blubbern, wie bei einer still vor sich hin köchelnden Pastasoße, und ab und zu mal das Platzen von Gasblasen. Der Pegel sinkt wirklich schnell. Der zappelnde Schlauch ist erstaunlich schwer zu handhaben. Außerdem ist sein Durchmesser so groß, dass man ihn nicht mit dem Gummihandschuh einer Hand halten kann. Ich lasse mich weiter hinunter, und jetzt berühren meine Füße den Boden.

Gerade als ich die Leiter loslassen will, rutscht mir auch der Schlauch aus der Hand und schlägt mit unfassbarer Kraft nach allen Seiten aus. Er ist nicht zu bändigen, zappelt durch die ganze Grube und peitscht die Schlammoberfläche wie der Schwanz eines Meerungeheuers. Es gelingt mir einfach nicht, ihn einzufangen. Schließlich habe ich es satt und wate durch den Schlamm, um den Sauger unter Kontrolle zu bekommen. Ich packe den nach oben führenden Teil des Schlauchs und ziehe den frei herumtobenden Saugkopf an mich heran, ohne mich um das Spritzen zu scheren. Schlamm dringt in die Gummihandschuhe. Mit einem Schlag hört das gewalttätige Zappeln des Schlauchs auf. Stattdessen ertönt ein entsetzliches jaulendes Geräusch.

Da sich der Schlauch dabei aber beruhigt hat, bekomme ich ihn leicht in die Hände, und ich sehe nach, was ihn verstopft hat. In der Saugöffnung steckt eine Art Bündel. Ich versuche es aus dem Rüssel zu reißen, der aber dagegenhält wie der unkontrollierbar angeschwollene Staubsauger in einem Albtraum. Plötzlich zieht sich das Bündel in die Länge, löst sich und knallt mir ins Gesicht. Der Schlauch rutscht mir aus den Händen und tobt nun wieder mit großen, heftigen Ausschlägen durch den Grubenschlund. Ich habe eine total mit Schlammbrühe versaute Strumpfhose ins Gesicht bekommen. Einer meiner Gummihandschuhe ist im Rachen des Schlauches verloren gegangen.

Dann beruhigt sich der Schlauch wieder. Er hat mit seinem Rüssel die nächste Strumpfhose erschnorchelt. Diesmal bekomme ich sie kontrollierter herunter, und es gelingt mir, die Schlauchöffnung ganz ruhig unter die Oberfläche zu drücken. Gleich darauf ist er wieder verstopft. Der Pegel der Schlammbrühe ist gefallen, er reicht nur noch bis übers Knie. Der breiartige Restschlick auf dem Grund der Grube ist voller Strumpfhosen. Diese vom Rüssel des Saugers zu befreien, ist ein endloses Geschäft. Wie kann es nur so viele Strumpfhosen auf der Welt geben? Aber die werden ja auch überall verkauft, sogar an Kiosken und an Tankstellen, fällt mir im selben Moment ein. Für ein paar Münzen kriegt man sie sogar aus dem Automaten. An den Kassen der Supermärkte liegen sie für Impulskäufer bereit, so wie Bonbons und Zigaretten. Auf den Toiletten wechseln die Frauen tausende von Strumpfhosen am Tag, und die landen alle in der Vorklärgrube der Abwasserkläranlage, wo sie dem herabgestiegenen Werksarbeiter das Leben zur Hölle machen.

Das Leeren der Gruben ist nämlich ein richtig harter Job. Ich bleibe keine halbe Stunde unten, bin beim Hinaufsteigen aber völlig kaputt, nachdem ich im Gummianzug mit dem tobenden Schlauch gekämpft und mit bloßen Händen Strumpfhosen vom Saugrüssel gezerrt habe. Auf dem Weg zur Dusche gebe ich dem jungen Mann gegenüber zu, dass ich nun etwas besser verstehe, warum er das mit der Vorklärgrube hinausgezögert hat. Der Junge sagt, er habe am Lohnstreifen abgelesen, dass man für das Schwimmen in der Scheiße und der Zankerei mit dem Schlauch sechs Euro die Stunde bekomme, abzüglich Steuern. Ich frage ihn, wer diesen Preis so exakt festgelegt habe, und er sagt, das ergebe sich aus der Schmutzzulage pro Stunde. Für das Leeren brauche man nie länger als eine Stunde, und es müsse einmal im Monat gemacht werden, dementsprechend würde man pro Monat so viel dafür verdienen. Ich verspreche, es ihm im nächsten Monat zu spendieren.

11. JANUAR

»Eine Gruppe besorgter Mütter« hat eine Diskussion über Lars angefangen, den Trainer der D-Jugend-Mädchen. Lars »Lalli« Sarlund genießt nicht mehr das Vertrauen von allen, und diejenigen, die das Vertrauen in ihn verloren haben, wollen den Trainer wechseln. Angeblich hat Lalli beim Mini-Turnier an Neujahr nach Alkohol gerochen.

Zuerst kümmere ich mich nicht um die Diskussion, weil ich diejenigen kenne, die sie vom Zaun gebrochen haben, und glaube, dass sich auch sonst niemand darum schert. Eine der Beschwerdeführerinnen ist Abteilungsleiterin im Wirtschaftsministerium und geistert abwechselnd in Brüssel und Straßburg herum, die andere arbeitet als Redakteurin beim Radio und mischt sich in alles ein. Sie ist die alleinerziehende Mutter von Eve, die im Tor steht. Keine von beiden Frauen hat jemals unrecht. Ungläubig verfolge ich, was der E-Mail-Zirkel an Texten hervorbringt. In einigen Mails wird heftig und wortreich verlangt, Lalli zu entlassen, die Übrigen nehmen die Forderung mit lauer Gleichgültigkeit hin.

Ich frage Sari nach ihrer Meinung in der Trainerfrage. »Ich find ihn okay.« Der Mann der Abteilungsleiterin ist am Morgen damit beschäftigt, den vom Schneepflug aufgeworfenen und über Nacht festgefrorenen Schneewall vor seiner Einfahrt zu zerschlagen. Ich frage ihn, was er über den Trainer unserer Töchter denkt. Der Mann wirkt gequält und schaut fest auf die Klinge seines Stößels. Er sagt sich von dem Thema los. Er habe an der Fußballspielerei seiner Tochter sowieso praktisch nie Anteil genommen. Ich persönlich finde Lalli gut. Einen besseren wird man kaum finden. Trotzdem ist die Sache entschieden. Der Mittelstand hat sein Urteil gesprochen. Ich schreibe einen Kommentar zu dem Thema: Es sei nicht unbedingt ein Wunder, wenn ein allein lebender, geschiedener Mann an Neujahr nach Alkohol rieche. Trotzdem habe Lars garantiert kein Alkoholproblem, das ihn beim Trainieren der Juniorinnen beeinträchtige. Ich erkläre, selbst auch gelegentlich nach Alkohol zu riechen.

13. JANUAR

Ich habe eine Mail erhalten, die für Leena bestimmt war. Unsere Adressen setzen sich aus dem Anfangsbuchstaben des Vornamens und dem Nachnamen zusammen. Mit anderen Worten, sie unterscheiden sich nur durch einen Buchstaben. Auf der Tastatur liegt das J ganz in der Nähe des L. Nur das K ist dazwischen. Ich weiß nicht, mit welchem Buchstaben der Vorname des Chefs der Produktionsfirma anfängt, aber er hat eine süßliche Mail geschrieben, deren Inhalt aus einer Einladung zum Mittagessen besteht. Ich mache mir nicht viel daraus. Leena ist so sonderbar geworden, dass ich sie als Mensch sowieso nicht wiedererkenne. Soll sie doch gehen, wohin sie will.

14. JANUAR

Am Nachmittag sprang während der Fahrt eine Frau zu mir ins Auto, buchstäblich. Als ich am Zebrastreifen zwischen Ost-Zentrum und dem alten Einkaufszentrum kurz anhielt, kam vom Parkplatz her ein Mensch angerannt, riss die Beifahrertür auf und setzte sich neben mich. Eine Frau. Sie fragte, ob ich in die Stadt führe. Ob ich sie mitnehmen könne. Sie habe die U-Bahn verpasst, erklärte sie mir. Ich versuchte ihr zu sagen, dass die U-Bahn alle paar Minuten fuhr und man damit wesentlich schneller in die Stadt kam als mit dem PKW. Die Frau befahl mir, loszufahren. Hinter uns machten sie angeblich schon Handzeichen.

Ich war eigentlich nicht auf dem Weg in die Innenstadt, aber im Prinzip war es egal, ich konnte die Gelegenheit nutzen und jetzt in Munkkisaari vorbeischauen, denn ich musste sowieso irgendwann hin. Als fuhr ich die Frau in die Stadt. Sie erzählte, sie sei auf dem Weg zum Jogaflugtraining. Ich hatte schon Angst, sie würde ebenso überraschend aus dem Auto springen, wie sie hereingekommen war, während der Fahrt. Ich beruhigte mich ein wenig, als sie mir lachend erklärte, das mit dem Jogafliegen sei vollkommener Humbug, mache aber

Spaß. Die Kondition nehme zu, auch wenn man nicht abhebe.

Kurz vor dem Bahnhof erklärte sie plötzlich, ich solle anhalten. Sie wollte ins Kulturzentrum »Caisa«. Man konnte dort nirgendwo halten, aber an der roten Ampel machte sie die Tür auf und raffte die Tüten und Taschen, die zwischen ihren Beinen standen, zusammen. Bevor sie ging, sagte sie noch, sie mache sich nicht so viel aus dem Fliegen, aber sie habe beschlossen, den Quantensprung zu lernen. Eine hübsche Frau, muss man sagen. Auch sonst blieb im Auto so eine Stimmung zurück, als hätte da gerade ein lebendiges Wesen gesessen.

18. JANUAR

Ich habe Leena schon lange nicht mehr richtig zu Gesicht bekommen, aber heute habe ich sie gesehen – im Fernsehen. Ich weiß nicht, wozu ihr Umgang mit dem Produktionschef noch alles geführt hat, aber zumindest einmal dazu, dass sie vor laufender Kamera interviewt wurde. Das Thema war das Fernsehen. Ich habe die Sendung nicht von Anfang an verfolgt, aber soweit ich es verstanden habe, ist gerade eine absolut epochemachende Produktion im Gang, nach der das Fernsehen nicht mehr das ist, was es einmal war. Und Leena hat mit dieser umwälzenden Produktion irgendwie zu tun.

Mit dem Journalisten hat sie über die Aufteilung des Fernsehens in Kanäle gesprochen. Leena sagte, sie interessiere sich für Ausdrucksformen, die den Zuschauer jenseits der traditionellen, in Kanäle und Programme zersplitterten TV-Erfahrung anspreche. Dafür müsse das Zeiterlebnis erweitert werden, von zwei Stunden auf Tage, Wochen und ganze Produktionsphasen. Wie soll das vor sich gehen?, fragte der Journalist. Leena will Sendungen machen, die aufeinander einwirken: Programmreihen unterschiedlicher Genres für verschiedene Sender, die dann untereinander Beziehungsverhältnisse entwickeln, sich gegenseitig kommentieren und schließlich an Sender-, Genre- und Programmgrenzen vorbei miteinander verschmelzen. Am Ende nimmt beim Zuschauer ein großes Bild Gestalt an, ein Totalprogramm, das gleichzeitig auf allen Kanälen kommt. Bei mir nahm allerdings kein Bild Gestalt an. Was ein Kanal und ein Programm ist, wusste ich, aber von Genre hatte ich nie etwas gehört.

Jedenfalls möchte Leena den Begriff des Gesamtkunstwerks auf das Fernsehen übertragen. Diese Idee, von der Richard Wagner geträumt habe, sei angeblich erst jetzt mit den Ressourcen des Fernsehens und seinem Kontaktpotenzial, das sich ja auf die gesamte Bevölkerung erstrecke, zu verwirklichen. Der Interviewer fragte, was das in der Praxis bedeute. Leena erklärte, es könne zum Beispiel so aussehen, dass auf einem Kanal eine Serie beginne und bald darauf auf einem anderen eine andere, die sich aber in die vorige Serie hineindränge, sie zum Beispiel als Fiktion enthülle, sie kommentiere und zeige, wie sie gemacht worden sei.

Der Journalist sagte, das klinge spannend. Ob Leena weitere Beispiele nennen könne, oder ob man damit zu weit in die Geschäftsgeheimnisse der Produktionsfirma eindringe? Das in der Entwicklung befindliche Format, das übrigens international vermarktet werden solle, sei natürlich geheim, erklärte Leena. Auf allgemeiner Ebene könne man es aber darstellen. Das kommentierende Programm auf dem Parallelkanal könne sich zum Beispiel als Magazinsendung ausgeben, sich dann aber nach und nach ebenfalls als gespieltes Drama mit vorab geschriebenem Drehbuch entpuppen.

Auf einem dritten Kanal könnte man dann beide Serien im Rahmen einer echten Magazinsendung behandeln. In diesem Stadium habe der Zuschauer nämlich bereits den Zustand der Ungewissheit erreicht, in dem er davon ausgeht, dass auch das Reportagemagazin Fiktion ist, was bei produzierten Magazinen in gewisser Hinsicht ja auch tatsächlich zutreffe. Leena wandte sich nun den Zuschauern zu, stand auf, ging in die Nahaufnahme hinein und bat den Kameramann, zu zeigen, wie das Studio tatsächlich aussah. Der verlegene Journalist befahl dem Kameramann, zu tun, was sein Gast wünsche. In dem Moment nahm Leena den Knopf aus dem Ohr und legte ihn irgendwo oberhalb des Bildrandes ab. Man hörte, wie sich die Stimme des Regisseurs im Kommandomikrofon überschlug: »Die Eins Panorama, Positionen beibehalten!« Das Kommando endete in einer üblen Rückkopplung.

Das Bild fuhr durchs Studio und enthüllte die Kulissen aus Spanplatten und die gesamte Produktionstechnik: die Kabelbündel, die sich über den Boden schlängelten und mit Tape festgeklebt waren, die Konstruktionen der Beleuchter, die zweite und dritte Kamera sowie das ganze übrige Durcheinander, das man sich bei dem sorgfältig ausgeschnittenen Bild von vorher überhaupt nicht hatte vorstellen können. Der verdutzte Tontechniker hielt den Mikrophongalgen hoch über dem Kopf, und die lächelnde Leena nahm ihren Ohrknopf, den sie an das Mikrophon am Galgen gehängt hatte, wieder an sich. Der Studioregisseur mit seinem Kopfhörer schielte misstrauisch auf Leenas ständigen Begleiter, den Produktionschef, der neben ihm in den Kulissen stand. Dieser klatschte ein paar Mal aufmunternd in die Hände und zeigte Leena die erhobenen Daumen.

Leena blieb vollkommen ruhig und stellte fest, so schnell könne man die Illusion des Fernsehens brechen. Jetzt sehe jeder, dass sich hier kein spontanes Gespräch abspiele, sondern eine vorab gebriefte, produzierte, organisierte, inszenierte und insofern fiktive Situation. Am interessantesten sei aber Folgendes: Wenn man auf diese einfache Art die Illusion zerstöre, schaffe man damit gleichzeitig eine neue und diesmal noch stärkere, weil die neue Illusion ihre Kraft aus dem Abbau der vorigen Illusion beziehe. Indem wir ehrlich unsere eigene Künstlichkeit enthüllen, machen wir uns selbst authentischer. Der Produzent schnippte mit dem Finger wie ein Schwindler bei einem Taschenspielertrick und klatschte erneut in die Hände.

Der Journalist versuchte wieder auf sein Thema zurückzukommen und fragte, wie, um Himmels willen, man das alles, was Leena da beschrieben habe, in die Praxis umsetzen könne. Wie integriere man miteinander konkurrierende TV-Kanäle in ein und demselben Gesamtwerk? Leena fand, das könne durch ausreichend starke, von Sendern und Distributionsfirmen unabhängige Produktionsfirmen geschehen. Bei uns machen ja schon heute die größten Produktionsfirmen Inhalte für alle Kanäle. Die Produktionsfirmen müssen in unmittelbarer Zukunft die Gesamtprogrammkoordination des Fernsehens an sich reißen. Heute wache jeder Sender über sein Profil, über seine eigene Marke. Dabei werde nicht über den eigenen engen Horizont hinaus auf den Gesamtkomplex Fernsehen gesehen. Das Gesamtwerk ließe sich um zusätzliche Ebenen erweitern, indem man für verschiedene Radiostationen Programme produziere, die über die Gerätegrenzen der elektronischen Medien hinweg die Inhalte des Fernsehens kommentierten.

Die Printmedien müssten für das Projekt nicht eigens eingespannt werden. Die täten das schon selbst. Sobald sich herausstelle, dass auf allen Kanäle ein und dasselbe Ding komme, schlössen sich unweigerlich und unentgeltlich auch die anderen Elemente der Mediengesellschaft dem Werk an. Die Medienforschung habe gezeigt, dass innerhalb der letzten fünfzehn Jahre das Schreiben über das Fernsehen explosionsartig zugenommen habe. Boulevardblätter und Illustrierte könnten in einer solchen Situation schlicht und einfach nicht darauf verzichten, ihre Seiten mit demselben Ding zu füllen. Und wenn diese Schwelle erst einmal überschritten sei, treibe das Werk aus eigener Kraft auf dem Medienstrom voran.

Am Ende fragt der Journalist noch, warum das alles. Leena lächelt: Warum nicht? Sie sagt, sie wolle mit einer Liedzeile des Musikers Tuomari Nurmio antworten:

Der Künstler dreht die Drehorgel, weil er Lust hat, es zu tun.

Der Journalist erklärt, wir würden mit Interesse erwarten, was dies alles für Folgen habe. Außerhalb des Bildes klatscht der Produzent in die Hände und juchzt wie ein Kuhhirte beim Zusammentreiben des Viehs.

19. JANUAR

Mattila teilt mit, die Firma veranstalte zusammen mit den Stadtwerken einen Pressetermin über die Neuordnung des Kläranlagenbetriebs. Er bittet mich, ein kurzes Referat über die technische Seite der Wasserreinigung zu halten. Muss das sein? Ja. Ich habe keine besondere Lust, mit Journalisten über irgendetwas zu reden.

21. JANUAR

Ich habe mir ernsthaft überlegt, ob das alles einen Sinn hat. Ich wohne im Umkleideraum der Sauna, und Leena tritt jetzt auch schon öffentlich mit einem anderen Mann auf. Und mir macht es nicht einmal etwas aus. Das Einzige, woran ich denke, ist die Reaktion von Sari.

23. JANUAR

Heute der Pressetermin, tief unter der Erde, in der Zentralkläranlage Viikinmäki. Zuerst wurde eine verblüffend große Herde Journalisten zu den Becken, in die Rechenhalle und zum Faulturm geführt. Ich stellte den Prozess vor: Vorklärung, Sandfang, Belebung und chemische Nachklärung durch Ausfällung. Eine Journalistin wollte wissen, ob es notwendig sei, eine chemische Methode anzuwenden. Sollte das nicht eine biologische Abwasserkläranlage sein? Zuerst verstand ich nicht, was sie meinte. Na klar hat der gesamte Prozess mit Chemie zu tun, mit dem Aufspalten chemischer Verbindungen. Eine andere Journalistin hakte ein und fragte scharf, ob bei dem Prozess chemische Stoffe zugesetzt würden. Ich versuchte zu erklären, dass Stoffe im Allgemeinen chemischer Natur sind. Alle haben sie eine chemische Zusammensetzung.

Mattila unterbrach das Frage- und Antwort-Spiel und erläuterte, die Zusetzung von Ferrosulfat sei Bestandteil des ansonsten geschlossenen Prozesses. Es handele sich dabei jedoch um einen Stoff, der so harmlos sei wie normales Eisen, und es sei die umweltfreundlichste Methode, durch Ausfällung den Phosphor aus dem Abwasser zu trennen. Phosphor wiederum sei für die natürlichen Gewässer ein wirklich gefährlicher Stoff. Zum Abschluss seines Beitrags erklärte Mattila entschlossen, jetzt gehen wir zu den Belebungsbecken, wo man sich mit dem biologischen Klärprozess vertraut machen kann, und in den Faulturm. Der produziert Methan, ein Naturgas, das die gesamte Anlage hier in Sachen Energie autark macht. Wir produzieren hier für alle sauberes Wasser und brauchen dafür nicht ein Kilowatt Atomstrom, pries Mattila das System und zog die Schlange der Journalisten hinter sich her zu den Becken, in denen das braune Wasser schäumte und brodelte.

Als die Journalisten später im Wartungsbereich Kaffee tranken, kam Mattila wütend zu mir und fragte mich, wieso ich ihnen etwas über Chemie erzählt hätte, für Journalisten sei das ein böses Wort, es erinnere an Gifte und synthetische Stoffe, an alle möglichen unnatürlichen Verbindungen, die von der chemischen Industrie benutzt und hergestellt würden. Man müsse hier an unser Bild in der Öffentlichkeit denken. Woher sollte ich wissen, was diese Leute für ein böses Wort hielten? Was sind denn gute Wörter, damit ich es beim nächsten Mal weiß? Mattila sagte, alles was biologisch sei, sei gut. Wenn man Wiederholungen vermeiden wolle, könne man zwischendurch auch mal organisch sagen. Über Effizienz dürfe man nicht sprechen, sondern über Recycling und Ökologie. Bei Journalisten müsse man nun mal die Fantasie spielen lassen.

Ich wollte das nicht glauben. Nicht einmal Journalisten konnten so dumm sein. Die meisten von ihnen hatten schließlich studiert. Allein vom Biologie-, Physik- und Chemieunterricht im Gymnasium her müssten sie verstehen, dass beim Klärbetrieb sowohl Biologie als auch Chemie und die daraus abgeleitete Technik zur Anwendung kamen. Mattila sagte, Technik sei das zweite böse Wort. Er verbot mir, in Zukunft Wörter wie chemisch, synthetisch, Effektivität, Kosten und Technik in den Mund zu nehmen. Ich fragte ihn, ob man den Journalisten die Förderbänder beim Rechen zeigen sollte. Dort hätten sie dann kubikmeterweise ihre organischen Naturprodukte.

Mattila fragte, wo ich eigentlich lebe, da ich von praktischen Dingen nichts verstünde. Ich sagte, ich hätte mich eigentlich immer für einen Mann der Praxis gehalten. Eben, erwiderte Mattila, für einen *Mann* der Praxis.

Aber diese Journalisten wären fast alles Frauen. Und die wüssten nichts von der Chemie und der Physik aus dem Gymnasium. Wieso nicht? In meiner Klasse waren die Mehrheit der Schüler jedenfalls Mädchen. Heute machen sie wohl schon zwei Drittel der Schüler am Gymnasium aus. Mattila behauptete, es sei eine statistische Tatsache, dass Mädchen keine mathematisch-naturwissenschaftlichen Fächer studierten. Und wenn sie es täten, verstünden sie nichts. Das Gehirn der Frau sei dem männlichen Gehirn zehntausend Jahre hinterher. Der Kopf einer Frau erfasse nicht einmal ein Einfamilienhaus, die Frage, wie die Abflüsse und Wasserleitungen in den Wänden und im Boden verliefen, wie Druck in den Leitungen entstehe und was den Druck unterbreche. Von Elektrizität verstünden sie noch weniger.

Wie könne eine Frau den Klärprozess von Abwasser verstehen, wenn sie nicht einmal die Funktion einer gewöhnlichen Rohrbrunnenpumpe und eines Druckschalters verstehe? Die komplizierteste Wohntechnologie, die sie bis zum vollen Verständnis erfassten, seien Lappenzelt und Lagerfeuer. Schon das Wohnen in einem Einfamilienhaus sei für sie eher so etwas wie Magie. Da wohnten und gestalteten sie emsig ihr Leben lang, begriffen aber nie wirklich, was in dem Haus passierte. Wenn eine Frau zum Beispiel eine Landstraße bauen müsste, eine normale, den Verordnungen entsprechende Fernstraße mit Höhenunterschieden und Kurvenradien, dann würde sie ungebaut bleiben. Trotzdem haben sie nichts dagegen, in von Männern errichteten Häusern zu wohnen und mit dem Auto über Straßen zu fahren, die Männer gebaut haben.

Ich sagte, Mattilas eigenes Gehirn wäre eine Million Jahre zurückgeblieben. Ob er überhaupt noch ein Mensch sei? Ich hielt seine Worte für unsinnig. Wieso sollten Frauen nicht den Klärprozess von Abwasser verstehen können? Sie hatten schließlich das gleiche Gehirn wie wir! Mattila machte verdrossen eine Handbewegung in Richtung Rechenhalle und Belebungsbecken. Wie viele Frauen arbeiteten dort? Keine einzige, das musste ich zugeben, aber war es denn ein Beweis für die Unterlegenheit des weiblichen Gehirns, wenn Frauen es für klüger hielten, nicht unter die Erde zu gehen, um in der Scheiße zu stochern?

Mattila meinte, auch diesen Job müsse jemand machen. Das stritt ich nicht ab, aber ich sagte, so wie man hier keine Frauen sehe, so sehe man in Altersheimen und auf den Chroniker-Stationen von Krankenhäusern keine Männer. Auch die Jobs müsse jemand machen, und aus irgendeinem Grund scheine das männliche Gehirn dafür nicht geeignet zu sein. Mattila grinste. Seiner Meinung nach erinnerte das Hin- und Herdrehen von alten Leuten an die Arbeit einer Viehmagd. Die Patienten lagen da wie Kühe im Stall, und die Schwestern fütterten und striegelten sie wie Rinder in der Box.

Ich wünschte ihm ein gesegnetes Alter. Bis er ein alter Mann wäre, hätte das schnelle und effektive männliche Gehirn bestimmt längst Maschinen erfunden, die ihn hin- und herdrehten und automatisch fütterten und die seinen Mist abtransportierten, damit er während seiner Jahre im Viehstall nicht die in Handarbeit vorgenommene Pflege von primitiven Frauen erdulden müsse.

Ich stritt mich nicht weiter mit Mattila über das weibliche Gehirn, sondern empfahl ihm nur, seine schweren Geschütze nicht vor den Journalistinnen aufzufahren. Damit würde er garantiert unser Bild in der Öffentlichkeit ruinieren, aber das wäre noch nicht alles. Wir kämen beide auf der Stelle ins Gefängnis, wenn er vor den Journalistinnen dasselbe sagte, was er gerade zu mir gesagt habe. Er erklärte, er sei schon immer bei den Frauen beliebt gewesen, weil er wisse, wie man mit ihnen reden müsse und worüber. Ich erwiderte, das könne ich von mir nicht behaupten. Mattila sagte, das habe er schon vermutet, da ich von Frauen anscheinend nichts verstünde.

In einem waren die Frauen ebenso dumm wie Mattila, nämlich indem sie sich, gesteuert von ihren zehntausendjährigen Gehirnen, immer um Alpha-Männchen scharten, die mit einer Million Jahre alten Gehirnen ausgestattet waren, obwohl die vernünftigen und anständigen Männer auf der Welt die Mehrheit bildeten. Mattila verstand nicht, was ich meinte. Ich empfahl ihm, mit der Pro-Pavian-Bewegung Bekanntschaft zu schließen. Die werde von Frauen aufrechterhalten, wahrscheinlich hauptsächlich von Journalistinnen. Und die hätten für Männer wie Mattila so tiefes Verständnis, dass sie schon Unterschriften und Geld sammelten, um sicherzustellen, dass es für das artgemäße Verhalten von Mattila und seinem Konkurrenten Repe eine Zukunft gebe.

27. JANUAR

Ich habe Leena gefragt, was für eine Beziehung sie zu dem Fernsehproduzenten hat. Angeblich ist es notwendig, Kontakt zu dem Mann zu halten. Um ihre Bestrebungen realisieren zu können, brauche sie Kontakte, sagt Leena, eine Organisation, Ressourcen. Der Produzent sitze darauf. Ich sage, ich wisse nicht mehr, wer da auf wem sitze. Dann frage ich direkt, was der Mann für sie sei. Leena überlegt kurz, dann sagt sie, ein nützlicher Idiot. Ich weiß nicht, was ich dazu sagen soll, und frage, ob sie Sex hätten. Leena erklärt, Sex sei eine überbewertete Angelegenheit, für die ihr die Zeit fehle.

1. FEBRUAR

Das Training der Mädchen beginnt mitten in der Winterpause. Zuerst habe ich davon beiläufig von Sari erfahren, dann von Lars Sarlund. Lalli behauptet, Leena leite von nun an das Training. Lalli ist darüber ziemlich begeistert. Leena sei zu ihm gekommen und habe ihm mitgeteilt, sie könne seine Arbeit unter seiner Anleitung fortsetzen. Auch die besorgten Mütter haben diese Regelung angeblich akzeptiert. Sie sind geradezu enthusiastisch. Leena hat Lalli zwei endlose Nachmittage lang befragt und sich ein Bild von den Problemen im Spiel der Mädchen gemacht. Das Wintertraining wird auf dieser Grundlage in Angriff genommen.

5. FEBRUAR

Leena ließ die Mädchen heute auf dem zugefrorenen Meer trainieren. Aus Neugier fuhr ich hin, um mir mit dem Fernglas anzusehen, was passiert. Es waren zusätzliche Bälle besorgt worden. Zwei Netze voll hatten sie dabei, für jedes Mädchen einen eigenen Ball. Zuerst rannten sie zwanzig Minuten übers Eis, auf dem wenige Zentimeter Schnee lagen. Jede rannte mit Ball, führte ihn mit dem Fuß. Eine ziemlich lange Runde haben sie auf dem offenen Eis gedreht. Während des gesamten Trainings hatten alle ihren Ball bei sich. Sie spielten ständig damit, auch wenn sie zuhörten, was Leena sagte, oder wenn sie sich auf die nächste Übung vorbereiteten. Der Ball musste am Fuß sein und ständig am Leben bleiben. Wenn Leena sprach, schienen sie genau zuzuhören. Sari hat mir am Abend erklärt, sie müssten lernen, den Ball zu beherrschen, auch wenn sie ihre Aufmerksamkeit auf etwas anderes richteten.

8. FEBRUAR

In der neuen Firma hat sich die Arbeit so verändert, dass es im Grunde keine Arbeitszeiten mehr gibt. Ich muss richtig rechnen, wie viele Stunden in einer Woche zusammenkommen. Nicht übermäßig viele. In manchen Wochen weniger als bei normaler Arbeitszeit zusammenkämen. Die Stunden verteilen sich aber sehr unregelmäßig über die Tage und Wochen. Ich muss abends in die Anlagen, manchmal auch nachts, selbst am Wochenende. Auf der anderen Seite kommandiert mich auch niemand herum oder guckt mir über die Schulter. Das wäre auch gar nicht möglich.

Der Job hat zweifellos Züge einer Arbeit, bei der man sich in ständiger Bereitschaft halten muss und bei der man jederzeit alarmiert werden kann. Andererseits kann man sich die Arbeit völlig frei einteilen. Wenn man kleine Kinder hätte, wäre das unmöglich, aber jetzt vermisst mich zu Hause sowieso niemand. Seitdem sie Trainerin ist, hat es Leena auch übernommen, Sari zum Training zu fahren. In der aktuellen Situation bringt mir die Pauschalarbeitszeit also mehr Freiheiten als Einschränkungen.

Die Arbeit selbst ist auf ihre Art interessant. Den Klärvorgang kann man immer noch effektiver gestalten. Die Optimierung des Prozesses setzt eine ständige, auf Messungen basierende Beobachtung voraus. Es ist interessant, in eine Anlage zu gehen, die Proben zu nehmen und festzustellen, dass die Maßnahmen, die man nach der letzten Kontrolle etwa bei der Belüftung der Zwischenklärung vorgenommen hat, die Bakterientätigkeit wieder ein Stück näher an das Optimum herangebracht haben. Das Entnehmen der Proben ist ein bisschen, wie wenn man mit dem Boot auf den See hinausfährt und nachsieht, ob etwas in den Netzen ist. Man hat nach bestem Wissen und Gewissen eine Korrektur in der Prozesssteuerung vorgenommen und ist nun gespannt auf das Ergebnis.

Schwierigkeiten beim Einschlafen. An einem Abend hatte ich ein seltsames und anfangs auch beängstigendes Erlebnis. Ich lag im vollkommen dunklen Umkleideraum im Bett und fing plötzlich an, konzentrische Ringe in unterschiedlichen Farben zu sehen. Ich bekam sie einfach nicht aus den Augen. Der Raum um mich herum wurde irgendwie größer, obwohl ich nichts sah. Es war nur so ein Gefühl, als würde alles wachsen, als würden die Wände auseinanderrücken und die Decke sich heben. Es kam mir vor, als verschwände der Boden unter dem Bett und als finge das Bett an zu schweben. Dann verlor ich das Gefühl für das Bett, in dem ich aller Vernunft nach weiterhin auf dem Rücken lag. Die farbigen Ringe waren weg. Es gab nur noch Schwarz. Ich schwebte im dunklen Nichts. Da wuchs dann ein großer Friede in mir. Ich hatte vor nichts mehr Angst, kümmerte mich um nichts mehr, ich trieb im All ohne jegliche Verbindung zu irgendetwas, und ich spürte, wie ich mich immer mehr entspannte. Dabei schlief ich ein.

In der folgenden Nacht schlief ich nicht. Wieder hatte ich das Gefühl, mich von allem zu lösen und zu schweben. Dabei sah ich aber ständig hartnäckige Muster. Viele Male versank ich in einen Halbschlaf, aber dann schreckte ich immer wieder auf. Meine Gliedmaßen zuckten, obwohl ich versuchte, sie entspannt zu halten. Ich fand keinen Frieden und keinen Schlaf, dabei gab ich mir Mühe, an den Abwasserreinigungsprozess zu denken, weil es sich dabei um einen Bereich der Wirklichkeit handelt, den ich absolut im Griff habe.

Mir ist nämlich aufgefallen, dass ich mich beruhige, wenn ich unbeirrt an etwas denke, was sicher, vorhersehbar, messbar und wahr ist. Trotzdem brachte mir die Konzentration auf den Klärprozess in dieser Nacht keinen Schlaf.

13. FEBRUAR

Ich war wieder am Meer, um mir anzuschauen, wie Leena das Training leitete. Die Mädchen machten paarweise eine Übung, bei der die eine den Ball hoch in die Luft warf, worauf die andere versuchen musste, das herunterfallende Spielgerät zu stoppen. Sie wiederholten das erstaunlich lange. Zum Aufwärmen waren sie wieder eine Viertelstunde mit dem Ball am Fuß übers Eis gelaufen. Zwischendurch unterbrachen sie die Stopp-Übung und rannten wieder, diesmal paarweise und zwar so, dass immer zwei Mädchen Körperkontakt dabei hatten. Sie lehnten sich gegeneinander und rannten dabei. Der Ball lief wieder mit, diesmal hatten zwei einen gemeinsamen. Nachdem sie Seite an Seite gelaufen waren, machten sie es nun so, dass die eine rückwärts lief und die andere vorwärts, aber wieder mit Körperkontakt. Das machten sie zuerst ohne, dann mit Ball, was schwierig aussah. Aber es schien ihnen Spaß zu machen, das Spielgerät zu führen, während sie rannten und sich dabei mit der Stirn berührten. Das Kichern und Lachen war in der windstillen, kalten Luft bis ans Ufer zu hören.

Als sie alle ihre Bälle und Jacken eingesammelt hatten und mit lautem Geplapper gegangen waren, betrat ich das Eis. Es lag immer noch nicht viel Schnee. Die Menge war genau richtig. Er sorgte für eine weiche Unterlage, hielt aber überraschend gut unter den Füßen. Bloß trat er sich offenbar in unebenen Wellen fest, wenn man lange genug darauf hin und her rannte. Darum hatten sie sich für jedes Training einen neuen Sektor auf dem Eis gesucht. Wie eine weidende Herde waren sie über das zugefrorene Meer gezogen. Die ganze Bucht war von den kleinen runden Abdrücken der Stollenschuhe übersät. Dadurch glich der Schnee einem vergrößerten, grobkörnigen Rasterbild. Ich fragte mich, wo ich schon einmal so ein zu großes Raster gesehen hatte. Schließlich kam ich darauf: Kurz bevor ich beim Arzt das Bewusstsein verloren hatte.

15. FEBRUAR

Leena teilt mir mit, dass sie in den Winterferien mit Sari nach Florenz fährt. Sari meint, sie fahren nach Turin, um sich dort das Spiel zwischen Juventus und AC Rom anzuschauen. Sari hat in ihrem Zimmer ein überlebensgroßes Bild von Francesco Totti hängen. Es nimmt die Wand über dem Bett ein wie ein riesiger Wandteppich.

17. FEBRUAR

Ich sagte zu Leena, wir müssten miteinander reden. Sie forderte mich auf, anzufangen. Ich konnte so plötzlich nicht anfangen, und Leena empfahl mir, zuerst nachzudenken und dann auf das Thema zurückzukommen, wenn ich wüsste, worüber ich reden wolle. Ich fragte sie, ob sie nicht das Bedürfnis habe zu reden. Nein, habe sie nicht. Ob sie nicht etwas für unsere Beziehung tun wolle? Nein, wolle sie nicht. Ob sie sich von mir trennen wolle? Nein.

Was will sie dann? Ich fragte sie, ob sie einen anderen habe. Leena war die ganze Zeit gereizt. Jetzt schien sie fast wütend zu werden. Weshalb sollte sie sich auch noch einen zweiten anschaffen? Mit dem einen habe sie schon genug am Hals. Sie ging in ihr Arbeitszimmer. Ich hinterher. Ich fragte sie noch einmal, ob sie sich von mir trennen wolle. Sie drehte sich zu mir um, hielt sich mit beiden Händen den Kopf und schrie wie eine Mutter, die wegen der unmöglichen Forderungen ihres Kindes die Geduld verloren hat: »Mich interessieren keine Trennungen!«

Am Nachmittag hörte ich sie in der Küche rumoren. Die Kaffeemaschine röchelte, und die Glocke der Mikrowelle bimmelte. Kurz darauf kam sie und sagte, sie habe Kaffee gekocht. Ich ging in die Küche, und Leena goss mir eine Tasse ein. Sie hatte Hefewecken aus dem Gefrierschrank genommen und in der Mikrowelle aufgetaut. Die hatte sie noch gebacken, bevor sie in die Klinik kam. Als ich mich ihr gegenüber hinsetzte, sagte sie, sie käme jetzt nicht dazu, sich über unsere Ehe Gedanken zu machen. Sie habe ganz andere Dinge zu tun. Noch weniger Zeit habe sie, an andere Männer zu denken oder eine Scheidung in Erwägung zu ziehen. In der Beziehung könne ich ganz beruhigt sein.

Am Abend, auf dem Weg zur Arbeit, sondierte ich

meinen Gemütszustand. War ich jetzt beruhigt? Jedenfalls in keiner Weise erregt. Ich kam mir abgestumpft vor. Als ich durch die Siedlung zur Hauptstraße fuhr, sah ich Sari in Regenjacke und Regenhose auf dem Fahrradweg laufen. Sie führte beim Rennen einen Ball mit den Füßen. Ich sah, dass sie nicht mehr nach unten schauen musste. Der Ball schien von selbst mitzulaufen.

19. FEBRUAR

Manchmal fahre ich an einem Tag alle Anlagen ab, egal ob Werktag oder Wochenende ist, so wie heute. Ich nehme Proben, fülle die Kontrollbögen aus. Den Arbeitern lasse ich ein Protokoll da, dementsprechend sie dann die Regulierungsmaßnahmen durchführen. Wenn ich mit dem Auto über den Stadtring fahre, rufe ich mir den Kontrollbericht in Erinnerung, eine Seite nach der anderen. Ich kann mir die Lösungshaltigkeit, die pH-Werte, die Temperaturen der Becken, die Werte des biologischen Sauerstoffverbrauchs gut merken. Ich kenne genau die Menge an Phosphor und Stickstoff in jedem geklärten Kubikmeter Wasser, der sich weit jenseits der Insel Katajaluoto am Ende eines achtzehn Kilometer langen Tunnels in den Finnischen Meerbusen ergießt. Ich kann mich an alles erinnern. Ich brauche keine Unterlagen. Es gibt Momente, in denen ich wie bei einem Ganzheitserlebnis das Gefühl habe, den gesamten Prozess von den Rechen der einzelnen Kläranlagen bis zur Mündung des Abflusstunnels unter Kontrolle zu haben.

20. FEBRUAR

Ich bin allein im Haus. Ich schlafe schlecht. Manchmal weiß ich morgens nicht, ob ich in der Nacht überhaupt geschlafen oder nur wach gelegen habe. Offenbar schlafe ich doch immer wieder zwischendurch ein. Wenn ich im Dunkeln liege, wehre ich das Gefühl, zu zerfallen und mich aufzulösen, ab, indem ich fest an etwas denke, das gewiss und eindeutig ist, zum Beispiel an irgendeine Gleichung. Manchmal denke ich auch an Naturgesetze, physikalische Konstanten oder thermodynamische Regeln. In einer Nacht habe ich über das Universum nachgedacht. Mich packte der Horror, als ich versuchte, systematisch die Bedingungen durchzugehen, die im Raum zwischen den Sternen herrschen. Dort gab es keine Luft und darum auch keine Geräusche. Die Vorstellung einer ewigen, nie endenden Stille als konkrete Tatsache kam mir auf einmal unerträglich vor.

Ich musste den Gehörschutz mit dem eingebauten Radio holen und die ganze Nacht Sendungen hören. Dabei stellte ich mir vor, wie jemand im nächtlich stillen Rundfunkgebäude im Einpersonenstudio saß und ins Mikrofon sprach. Seine Worte wurden ins Sendezentrum übermittelt, wo sie in ein Signal verwandelt wurden, und nach einer für das menschliche Ohr nicht hörbaren Phasenverzögerung nahm ich sie mit dem von meinem Kopf abstehenden Antennenstummel entgegen. Die Kette von Nullen und Einsen verwandelte sich wieder in funktionierende Tatsachen innerhalb der sinnlich wahrnehmbaren Welt. Die Lautsprechermembranen, die in dem Kopfhörer eingebaut waren, wiederholten die

Schwingungen, die das Mikrofon einen Augenaufschlag zuvor im fernen Studio eingefangen hatte. Die Luft vibrierte, die Schallwellen erreichten das Trommelfell, die Gehörknöchelchen bewegten sich, und ich durfte inmitten meines Horrors die Stimme eines Menschen erleben.

Gerade als ich die Erfahrung einer durch die Unendlichkeit des Universums verursachten kosmischen Panik machte, erreichte mich auf dem Weg durch ebendieses Universum ein tröstendes Sendesignal. Fast hatte ich das Gefühl, als müsste eine Stimme, die auf so mystische Art mein Ohr erreichte, etwas über Vergebung und Gnade sagen, über heilige Dinge. Sie sagte jedoch nur, wie das gerade gelaufene Stück und der Sänger hießen und welchen Platz es in der Hitparade einnahm. Trotzdem spendeten mir die Worte Trost. Die Tatsache, dass sie durch Medien hindurch und über Hindernisse hinweg mein Ohr erreichten, bewies, dass irgendwo derjenige mit mir wachte, der da sprach. Außerdem musste mindestens noch der Aufnahmeleiter wach sein. Innerlich ließ ich zusätzlich noch einen Wachmann mit klimperndem Schlüsselbund eine Runde um das nächtliche Radio- und Fernsehzentrum drehen.

22. FEBRUAR

Sari und Leena noch immer in Italien, und ich schlaflos. Ich sehe fern, bis die Programme enden. Danach blättere ich die DVDs mit den aufgenommenen Sendungen durch, hauptsächlich sind es Filme. Auf der Hülle einer DVD steht etwas in Leenas Handschrift. Ich sehe nach, was drauf ist. Leena. Sie spricht in denselben Kulissen wie in der Sendung, die ich gesehen hatte, wo Kulissen enthüllt wurden. Jetzt wird sie aber nicht interviewt. Sie scheint selbst die Redakteurin zu sein.

Man sieht rauchende Fabrikschlote, dann Fließbänder im Inneren der Fabriken. Der Schwarzweißfilm läuft in ungleichmäßiger Übergeschwindigkeit. Die Menschen bewegen sich ruckartig am Band, sie bücken sich wie pickende Hühner und führen an den Gegenständen, die auf dem Band vorübersausen, so flink etwas aus, dass es das Auge nicht erkennen kann. Es sind alles Frauen, und hinter ihnen geht ein Mann hin und her, der einen langen weißen Kittel trägt und darunter einen dunklen Anzug.

Leena spricht davon, wie sehr die Bedeutung der Produktion im Wirtschaftsleben zurückgegangen sei. Sie erläutert die Idee der Industrie, das männliche Denken und das Ethos des Ingenieurs. Ihnen zufolge müsse alles stets auf die bestmögliche Weise getan werden, und diese optimale Vorgehensweise sei die einzig akzeptable. Inzwischen habe sich der Schwerpunkt der Wirtschaft jedoch von der Waren herstellenden, einwertigen Industrie auf die Produktion von immateriellen Erlebnissen verschoben – hin zum eigentlichen Sinn des Lebens.

Was ist hier wichtig? Leena deutet mit der Hand zuerst auf sich und dann auf das Studio um sie herum. An einem Fernsehprogramm ist das Wesentliche wohl das, was Sie sehen und hören, der immaterielle, einzigartige, sich permanent verändernde Inhalt. Jetzt zeigt Leena nach oben zum Himmel. Wen interessieren die Masten, die Funkspiegel, die Sendesignale oder die Frequenzen der Radiowellen? Sie alle bilden lediglich die standardisierte Technologiekette der Bildübertragung. Die muss nicht gut oder schlecht sein, die muss funktionieren, stets konstant bleiben. Wieder deutet Leena mit dem Daumen auf ihren Brustkorb. Das, was ich tue, ist hier das Entscheidende.

Die Sendung, die von der stets konstant bleibenden Technik übertragen werde, sei jedes Mal anders, gut oder schlecht. Auf dem Sektor der Produktion immaterieller Komplexe gebe es nicht – anders als im Bereich der Technik – die eine eindeutig beste Art und Weise, etwas zu tun. Ein Eishockeymatch, ein Konzert, ein Theaterstück oder ein Roman könnten auf tausend verschiedene Arten Realität werden, und jede davon könne funktionieren und gelingen. Jedes Spiel, jede Theateraufführung, jede Live-Übertragung im Fernsehen werde immer genau so Realität, wie es eben bei diesem einen Mal geschehe. Anschließend existierten sie nicht mehr. Beim nächsten Mal werde dann eine etwas andere Variante Wirklichkeit.

Aus solchen Dingen, aus Fußballspielen oder Stadionkonzerten, die auf allen Kontinenten übertragen wurden, aus den kollektiven Erlebnissen, die mit der globalen Massenpublikation von Filmen und Bestsellerbüchern zu tun haben, setzten sich die größten ökonomischen Interaktionen des Globus zusammen. Leena hebt die Hände auf die Höhe ihrer Augen. Das größte Business des Planeten sei nicht mehr dort lokalisierbar, wo Papier, Waschpulver oder Beton hergestellt würden, behauptet sie und dreht die Handflächen zur Kamera. Die breitesten Geldströme und gewaltigsten Gewinne entstünden dort, wo nichts hergestellt werde.

Leena zeigt weiterhin ihre leeren Hände. Dann wimmelt es auf dem Bildschirm vor Soldaten in Schneeanzügen und schwer beladenen Zügen, die von zwei Dampflokomotiven gezogen wurden. Als die Züge weg sind, sieht man den Eingang einer Kirche. Ein Bräutigam, der Hosen mit weitem Schlag und eine Jacke mit Aufschlägen trägt, küsst die Braut.

Leena spricht. Auf dem Sektor der immateriellen Produktion könne man alles immer auch anders machen. Es gebe nicht nur eine Alternative, sondern den wilden, wuchernden Reichtum von Millionen Möglichkeiten. Dies gebe auch der Politik ihre Bedeutung und ihren Wert zurück. Das politische Leben sei nicht länger eine Bühne der alternativlosen Sachzwänge, wie man sie den Finnen seit der Wirtschaftskrise präsentiert habe. Aus diesem Grund hätten die Bürger so etwas wie echte Politik gar nicht mehr für möglich gehalten. Im Grunde könne die gesamte Geschichte auch anders gelaufen sein, und wir würden trotzdem hier leben – auf andere Art, aber nicht unbedingt auf schlechtere. Alles, was auf der Welt passiert sei, hätte auch anders passieren oder ungeschehen bleiben können: Winterkrieg, Sowjetdiplomatie, die Entscheidung für die EU oder die Reaktion Finnlands auf die Wirtschaftskrise.

Während Leena spricht, wird aus dem Hochzeitspaar vor der Kirche Vater und Mutter. Ein weinendes Kind wird zu einem Taxi getragen. Der Fahrer hat eine Uniformmütze auf dem Kopf und Stiefel an den Füßen, er hält die Tür des Autos Marke Pobeda auf. Das Taxi fährt davon und verschwindet, aber Leena hört nicht auf zu reden. Jetzt ist das junge Paar in einer Wohnung angekommen, vor deren Fenster Kiefern schwanken. Das Kind weint pausenlos. Leena spricht weiter, über Dinge, die getan werden, und über Dinge, die ungetan bleiben.

Jede Entscheidung, die der einzelne Mensch treffe, löse eine unwiderrufliche Kette von Ereignissen aus. Diese würden ganz anders aussehen, wenn die auslösende Handlung eine andere gewesen wäre. Das Gleiche gelte in der Potenz für die Entscheidungen, die von Wirtschaftsunternehmen oder von Nationen, die sich zu Staaten organisiert haben, getroffen würden. Und damit nicht genug: Von jeder unverwirklichten Möglichkeit gingen wieder neue Wege aus, die wiederum neue Entscheidungen erforderten. Von den Varianten aller Möglichkeiten her täten sich unendlich viele Weggabelungen auf. Alle Dinge könne man ständig auf tausend verschiedene Weisen tun, und aus all den tausenden Varianten ergebe sich ein Geflecht von Millionen potenzieller Entscheidungs- und Lösungsmöglichkeiten. Die Quantentheorie und die Kosmologie der schwarzen Löcher hätten unser Weltbild auf den Kopf gestellt. Jeder Augenblick existiere ständig und unendlich in unzähligen Parallelwirklichkeiten.

Anstelle des schreienden Babys ist nun wieder die unablässig sprechende Leena auf den Bildschirm zurückgekehrt. Sie sagt, sie werde gleich sechs Menschen vorstellen, die alle eine totale Wende in ihrem Leben erfahren hätten, und zwar so, dass zuerst Finsternis über ihre Welt hereingebrochen sei, dass es ihnen buchstäblich den Boden unter den Füßen weggezogen habe. Das alte Leben habe in gewisser Weise aufgehört, und ein neues Leben habe angefangen. Eine Frau kommt auf die Bühne, und Leena fängt an sie zu interviewen: »Raija Koski, Sie haben im Herbst 1991 als Hauptkasse in einem mittelgroßen Import-Export-Unternehmen gearbeitet …« Was, verdammt noch mal? Das Bild wird schwarz und der Ton verschwindet. Im Schwarz leuchtet eine weiße Schrift auf:

PLACE COMMERCIAL HERE

Dann kehrt das Bild in dieselben Kulissen von eben zurück, aber die Frau, die gerade noch auf dem Stuhl des Gastes gesessen hat, ist weg. Leena fängt wieder an zu reden wie vorher: Wir leben nicht mehr in der männlichen, einwertigen Wirklichkeit des Ingenieurethos und der industriellen Kultur, sondern im femininen Paradies der Millionen Möglichkeiten. Unser altes, verwirklichtes Leben mag gut gewesen sein, das neue, vorläufig unverwirklichte aber vielleicht noch besser. Wir sind nicht nur ein einziger Mensch, wir sind zu Hause der eine Mensch und auf der Arbeit sind wir ein anderer. Im Laufe des Lebens durchlaufen wir viele Leben in verschiedenen zwischenmenschlichen Beziehungen. Wir wohnen in parallelen, sich überlagernden Wirklichkeiten. Alles fließt, und wir steigen nicht zweimal in denselben Fluss. Unser Leben setzt sich aus unendlich vielen Momenten zusammen, und in jedem Moment sind wir etwas anderes als noch einen Wimpernschlag zuvor. In jedem von uns stecken viele. Wieder flimmert ein alter Dokumentarfilm über den Bildschirm. Dahinter redet Leena im seriösen Stil weiter, so wie die Professoren in den britischen Qualitätssendungen.

Auf dem Sektor der materiellen Produktion, der Industrie und des Ingenieurdenkens sei sehr bald schon alles möglich, behauptet Leena. Man könne, mit anderen Worten, bald alle nur denkbaren Waren herstellen, und zwar wo und wie viel man wolle. Die meisten Papierfabriken stellten heute zehnmal so viel Papier her wie vor fünfzehn Jahren – mit einer weitaus geringeren Anzahl von Arbeitskräften. Sehr bald schon gebe es überhaupt keine Papierarbeiter mehr, weder in Finnland noch in Brasilien oder China. Es gebe dann nur noch automatische Prozesse, die Papier produzierten. Und das würde eine gewaltige Umwälzung für das bedeuten, was wir Wirtschaft nennen. In der Industrie nehme der relative Bedarf an Energie und Kapital ständig ab. Das Gleiche gelte für die Zahl der Menschen, die für die Warenherstellung gebraucht werde. Der letztgenannte Produktionsfaktor verringere sich am rapidesten. Er verschwinde nicht relativ, sondern absolut und nähere sich bald dem Nullniveau. Die übrigen Teilfaktoren der Produktion würden folgen.

Die Industrie habe dem Menschen das Handwerk entrissen. Es habe sich nicht mehr gelohnt, etwas mit den Händen herzustellen, da man auf dem Massenmarkt unschlagbar günstig industriell hergestellte Waren bekommen habe. Die Handarbeit sei zum Hobby geworden, zum Bereich des freien Selbstausdrucks. Genauso werde es in Kürze der auf der Anwesenheit des menschlichen Faktors basierenden Industrie ergehen. In ihrer Freizeit würden sich die Menschen in alten Fabrikansiedlungen versammeln, in den grotesk-pittoresken Industriegebieten der 70er und 80er Jahre. Dort würden sie dann als Urlauber unter der Anleitung von alten Papiermeistern auf nicht mehr in der Produktion befindlichen Maschinen Papier herstellen, so wie man vor Zeiten schon damit begonnen habe, die alte Handwerkskunst in Bastelklubs und Webereizentren zu pflegen. In den von Männern dominierten Untergangsbranchen entstünden Beratungsorganisationen wie der Martha-Bund, in deren Umkreis ehemalige Männer aus der Industrie ihre Erfahrungen an die nächste Generation weitergäben.

Und das Verhältnis von Produktion und Bedarf? Leena holt mit der Hand aus, und das Kameraauge schweift wieder durch das Studio und zeigt das Durcheinander der vielen Sachen, die sich dort angesammelt haben. Was folgt, wenn alle unerschöpflich alles haben? Überdruss! Erst bei einem durch und durch gesättigten Markt könne man ehrlich darüber nachdenken, was gemacht werde und wie viel. Wenn man jedes Beliebige ohne nennenswerte Kostensteigerung in jeder beliebigen Menge herstellen könne, werde es immer wichtiger zu überlegen, was man mache. Nicht alles, was man machen könne, lohne sich auch zu machen, betont Leena und wiederholt, was sie schon einmal gesagt hat: Hier kommen sechs Menschen, deren Leben sich radikal verändert hat, Menschen, denen alles Vertraute weggebrochen ist: der Arbeitsplatz, der Beruf, die gesamte Branche, in der sie tätig waren. Diesmal wird das Bild schon schwarz, bevor jemand als Gast präsentiert werden kann. Die Sendung ist zu Ende. Es kommen bloß noch schwarzweiße Zacken und Rauschen. Zuvor ist im Schwarz ein weißer Text aufgeflammt, aber so plötzlich, dass man die

Worte eher ahnen als lesen konnte: DIE ENTLADUNG DER PAMISOS.

Mir ist schlecht, aber ich gehe trotzdem in den dunklen Umkleideraum und lege mich hin. Ich konzentriere mich darauf, an einen Würfel zu denken. Von dessen sechs Seiten kann immer nur eine auf der Unterlage liegen. Die gegenüberliegende Seite zeigt die Augenzahl. Es gibt nur eine Alternative. Wenn man alle Kräfte, die auf den Würfel während des Wurfs einwirken, genau kennt, kann man, nachdem er gefallen ist, ohne hinzuschauen, die Augenzahl sagen. Beim Würfeln gibt es keinen Zufall. Nirgendwo gibt es ihn. Alles ist messbar, alles kann man simulieren. Wenn man etwas nicht weiß oder nicht beherrscht, hat das entweder mit mangelnden mathematisch-naturwissenschaftlichen Kenntnissen oder mit fehlerhaften technischen Anwendungen zu tun.

24. FEBRUAR

Ich verspreche, am Wochenende alleine in der Zentralkläranlage Viikinmäki Dienst zu machen. Dass nur eine Person das gesamte Wochenende über die Aufsicht führt, ist zwar nicht erlaubt, aber es wird gemacht. Die Arbeiter übernehmen Schichten voneinander, um dafür mehrere Tage am Stück frei nehmen zu können. Ich weiß nicht, ob die Männer schon einmal darüber nachgedacht haben, dass ich eigentlich gar kein städtischer Angestellter bin. Wer sollte meine Schicht übernehmen? Ich habe keine Schichten. Alle sind gern dazu bereit.

27. FEBRUAR

Bald beginnt der dritte Tag unter der Erde. Ich feile am Prozess, bin schon nahe am angestrebten Optimum, aber die Zeit reicht nicht. Vollkommenheit wäre natürlich auch gar nicht zu erzielen. Weil die Reaktion der Variablen in der Praxis nicht in Realzeit vor sich gehen kann, müsste man alle Zufallsfaktoren eliminieren. Dies wiederum würde eine Standardisierung der eintreffenden Strömung bedeuten. Will man aber Abwasser im Kanal haben, das ständig von gleichbleibender Qualität ist, muss man Einfluss darauf nehmen, wie die Menschen sich waschen, was sie essen und trinken, man bräuchte mit anderen Worten eine lückenlose Überwachung der Körperfunktionen aller Einwohner der Stadt. Der Mensch ist ebenfalls ein biologischer Prozess. Kennt und beherrscht man jeden seiner Teilfaktoren, kann man auch kontrollieren, was in den Kanal gelangt. Aber eben nur unter der Voraussetzung, dass der Erhalt von Information und die Einflussnahme auf die gesamte Bevölkerung ausgedehnt werden kann.

Vollkommenheit ist nicht zu erzielen, aber ich strebe sie trotzdem an. Manchmal gibt es Momente, in denen es mir vorkommt, als hielte ich das Leben in meinen Händen wie ein Stück Draht, das ich so biege, wie ich es will. Dank solcher Momente kann ich die endlose Verworrenheit und Unvorhersehbarkeit ertragen.

29. FEBRUAR

In der Nacht lag ich wieder im Dunkeln und sah Muster und Formen, gegen die ich machtlos war. Wieder hatte ich das Gefühl, als würde alles größer, aber diesmal wuchs ich selber mit. Ich wuchs aus dem Haus hinaus, an den Bäumen vorbei zum Himmel hinauf. Unter mir sah ich den Finnischen Meerbusen, auf der einen Seite Tallinn, auf der anderen Helsinki. Sankt Petersburg lag hinter seiner eigenen verschlammten Bucht etwas abseits. Ich wuchs weiter, bekam Stockholm und Kopenhagen in den Blick und dahinter die offene Ostsee im Westen.

Bald schon war ich an Mond und Sonne vorbei weit ins Universum hineingewachsen, um mich herum schimmerten die Himmelskörper und bald die Sternensysteme, die sich in Nebel verwandelten, während ich immer noch größer wurde. Ich wuchs über das Universum hinaus und beschaute aus gewaltiger Entfernung das All und seine Ordnung unter mir. Ich erinnerte mich an den Quantensprung und begriff, dass ein Teil von mir dort zurückbleibt, in der Größe und in dem Moment. Weit unter mir kreisten die Galaxien umeinander und um ihre Bestandteile herum wie riesige Mühlen. Auch im Verhältnis zueinander kreisten sie nach einem extrem komplizierten, aber unausweichlichen System, und ich verstand die Ordnung der Mühlen. Dann wurde ich wieder kleiner.

Ich schrumpfte den Nebeln entgegen, die sich in rotierende Mühlen verwandelten. Ich passierte die Galaxien, die Sterne, die Planeten und die Monde. Ich war wieder in meinem eigenen Sonnensystem und wurde in Richtung Erde immer kleiner. Ich kam an bekannten Planeten vorbei, an Jupiter und Mars. Ich sank zum eigenen Mond herab und befand mich plötzlich zwischen Mond und Erde. Die Erdanziehungskraft zog mich in Richtung Erde, die Kraft des Mondes zog mich in seine Richtung. Unter dem Einfluss der beiden widerstreitenden Gravitationsfelder schwebte ich langsam wie auf dem Rücken eines Vogels auf den Heimatplaneten zu. Ich sah das Meer und die Städte. Ich wurde so klein, dass sich rundum der Horizont zuschnürte und die Städte dahinter verschwanden, als letzte von ihnen Helsinki.

Ich erinnerte mich an die Krümmung des Universums, an die schwarzen Löcher und die Wurmlöcher. Ich verstand, dass ich so einem gerade selbst begegnet war, dass ich quer durchs Zeituniversum abgekürzt hatte und unfassbar alt geworden war.

Ich befand mich über meinem eigenen Grundstück, bald darauf im Haus, im Umkleideraum und in meiner normalen Körpergröße im Bett, von dem aus ich angefangen hatte zu wachsen. Von der Unendlichkeit des Universums war ich auf Normalmaß geschrumpft, aber ich hörte nicht auf, weniger zu werden. Ich verkleinerte mich in mein Bett hinein. Die Materie um mich herum zerfiel in Moleküle, und ich schwebte in dem sie umgebenden Raum und wurde dabei immer weniger. Ich hatte viel Platz. Ich kam an den Mühlen vorbei, die sich umeinander und um ihre Bestandteile drehten. Ich gelangte in die Kerne der Atome hinein und in die um sie herum rotierenden Elektronen. Der Wirbel der Elektronen wurde langsamer und die Radien der Bahnen wurden größer. Der leere Raum weitete sich immer mehr, die Bewegung der Teilchen verlangsamte sich, es erinnerte an Autos auf der Landstraße, vom Flugzeug aus betrachtet.

Es war ein leeres, stilles Universum, in dem ein Elektron auf seiner unendlichen Bahn entlanglief wie der Minutenzeiger einer Uhr, so langsam, dass das menschliche Auge die Bewegung nicht wahrnehmen konnte. Auch das letzte Partikel entfernte sich dann und wurde immer kleiner, bis es erlosch. Ich war wieder in meinem Bett. Ich machte das Licht an, stand auf und ging nach oben.

Ich aß eine Pflaume aus dem Weidenkorb. Sie hatte nichts Saures mehr an sich, sondern schmeckte einfach nur süß, und ihr Fleisch war weich, fast schon wie leicht angefault. Mit dem Pflaumenkern in der Hand stand ich mitten im Wohnzimmer und weinte. Alles, was ich erlebt hatte, ging durch mich hindurch und verursachte ein Gefühl, als wäre mir der Pflaumenkern, den ich in der Hand hielt, im Hals stecken geblieben, und ich könnte nicht frei atmen. Ich legte den Kern zu den gelben Pflaumen in den Korb zurück und spürte, dass ich diese Früchte nie wieder würde essen können. Zwar war mir der Kern nicht im Hals stecken geblieben, aber es hätte passieren können. Ich konnte den Gedanken an all die Dinge nicht ertragen, die ebenso geschehen könnten, wie das, was geschah. Ich hatte das Gefühl, als würde mir der Kern der nächsten Pflaume im Hals stecken bleiben und mich ersticken.

3. MÄRZ

Mattila hat gefragt, ob ich neuerdings in der Kläranlage wohne. Was ich da eigentlich trieb? Ich konnte nicht antworten. Mattila machte ein besorgtes Gesicht. Was mit mir los sei? Ob ich noch gesund sei? Es gelang mir zu schlucken, und ich erzählte ihm, dass ich etwas im Hals hätte. Was denn? Ob mein Hals entzündet wäre? Er erklärte, wir wären ein modernes Unternehmen, das unbedingt seine Pflicht gegenüber den Mitarbeitern erfülle. Niemand müsse krank zur Arbeit kommen. Niemand sei unersetzlich. Mattila sagte, ich würde meinen Job viel zu ernst nehmen. Der habe sich aber nicht verändert. Es sei immer noch dieselbe Prozesskontrolle wie zuvor. Ich sagte ihm, ich hätte etwas im Hals stecken. Mattila schickte mich zum Arzt. Wir haben einen Vertrag mit einem Betriebsarzt.

4. MÄRZ

Heute habe ich zu Leena gesagt, es sei sinnlos, das Unvermeidliche aufzuschieben. Es sei am besten, wenn wir uns trennen. Sie hat mich aufgefordert, noch einmal darüber nachzudenken.

5. MÄRZ

Heute habe ich mit dem Oberingenieur bei der Straßenbauabteilung der Stadtwerke gesprochen. Es ist derselbe Mann, der im November, als ich bei den Stadtwerken anfing, das Bewerbungsgespräch mit mir geführt hatte. Ich sagte ihm, ich bräuchte eine Wohnung. Ich sagte, ich würde ihn direkt fragen, ob man es mir eventuell etwas erleichtern könnte, eine städtische Mietwohnung zu bekommen. Ob man mich immer noch ein bisschen als Mann der Stadtwerke mitzählen könne? Der Oberingenieur sagte, er halte mich für einen guten Mann. Er versprach, sich inoffiziell darum zu kümmern.

6. MÄRZ

Wieder habe ich mit Leena gesprochen. Sie wunderte sich, dass ich es so eilig habe. Ich sagte ihr, wenn etwas unweigerlich auf die vorherbestimmte Entscheidung zusteuere, sei es vernünftig, dementsprechend zu handeln, sobald das Urteil der Unausweichlichkeit gereift sei. Ich sah, wie Leena sich das Lachen verkniff. Da konnte ich wieder nichts mehr sagen. Ich ließ sie einfach stehen, ging in die Küche und trank Wasser, damit ich schlucken konnte. Ich musste Geräusche machen, leise vor mich hin knurren, um mich zu versichern, dass meine Stimme noch funktionierte.

9. MÄRZ

Mattila bittet mich zum Gespräch. Ich gehe in sein Büro, wo sich auf dem Schreibtisch Papiere und Ordner stapeln. Ich sehe, dass es sich ausnahmslos um von mir erstellte Kontrollprotokolle handelt. Mattila fragt, was mit mir los sei. Mit was für einem Forschungsprojekt ich da angefangen hätte? Ich sage ihm, dass ich lediglich versuche, den Prozess genau zu beobachten, damit die Regulierungsmaßnahmen möglichst exakt vorgenommen werden könnten.

Mattila fragt, ob ich wisse, was die Arbeiter über mich redeten. Absolut nicht. Mattila fordert mich auf zu raten, was sie über mich reden, da ich ihnen ständig in den Füßen wäre, wenn ich meine Messungen machte und in ihrem Pausenraum das Scheißwasser analysierte. Außerdem scheuche ich sie herum wie die Hunde, sie müssten zusätzliche Arbeiten machen, die sie auch noch für sinnlos hielten, mal müssten sie das Gebläse regulieren, mal mehr Chemikalien zusetzen oder das Ventil am Gasbrenner des Faulraums zuziehen.

Irgendwann werde das verfluchte Methan noch in der Gasglocke explodieren, und uns werde das ganze Werk um die Ohren fliegen, weil ich mit dem Sicherheitsventil so knauserig sei wie der schlimmste Geizkragen. Wie könne einem Mann das Gas, das aus dem Gärschlamm aufsteige, so teuer sein? Mattila ist der Meinung, Methan sei so ziemlich dasselbe wie ein menschlicher Furz. Ich versichere ihm, die Zusammensetzung von Faulgasen genau zu kennen, sogar sehr genau. Mattila zweifelt nicht daran.

Ich verteidige mein Vorgehen. Ich will nur den Prozess genau beobachten, um die Kontrolle und die Regulierung möglichst gut durchführen zu können. Das ist schließlich unsere Arbeit. Ich will nicht mehr, als meine Arbeit ordentlich machen. Dass ich gezwungen bin, die

Proben im Pausenraum zu analysieren, hat einzig und allein mit dem Fehlen eines Labors zu tun. Mir ist nicht aufgefallen, dass die Männer mir gegenüber sonderlich feindselig wären. Im Gegenteil, sie sind froh, weil ich ihnen schon ziemlich viel Arbeit abgenommen habe, angefangen bei den Nachtdiensten.

Mattila bringt seinen Stuhl zum Knarren. Er lehnt sich so weit zurück, dass sich das Sitzmöbel bedrohlich nach hinten neigt. Dann schnaubt und schnauft er erst mal wieder lange vor sich hin, ohne etwas zu sagen. Schließlich erklärt er, der Inhalt unserer Arbeit werde durch die mit der Stadt abgeschlossenen Verträge vorgegeben. Darin würden detailliert die Maßnahmen definiert, die man von uns erwarte. Wir haben nicht den Auftrag übernommen, in den städtischen Abwasserreinigungsprozess das Optimum hineinzupeitschen. Wir tun nur das, was vereinbart worden ist! Alles andere sei seiner Meinung nach Missbrauch von Arbeitskraft.

Mattila befiehlt mir zu gehen und verbietet mir in seiner Eigenschaft als mein Vorgesetzter jede weitere überzählige Messung und Probenentnahme. Die vertraglich festgeschriebenen Maßnahmen werden ausgeführt, ansonsten machen wir keinen Finger krumm! Er verbietet mir auch, mich in meiner Freizeit in den Kläranlagen aufzuhalten. Zum Schluss lamentiert er noch über die neumodischen Sitten in Finnland: Da muss der Arbeitgeber seinen Angestellten verbieten, wie die Verrückten zu arbeiten, und die Oberkapitalisten und die Bischöfe geben die radikalsten sozialen Ansichten von sich!

11. MÄRZ

Sari hat mich heute gefragt, warum ich neuerdings so komische Töne von mir gebe. Welche Töne?, wunderte ich mich, und sie sagte, ich würde die ganze Zeit knurren und mich räuspern. Zwischendurch summe ich angeblich auch. Ich sagte ihr, das sei mir noch nicht aufgefallen, aber es habe wahrscheinlich mit meinem Hals zu tun. Dort scheine etwas zu sein. Sari wollte wissen, ob ich krank sei. Nicht auf die übliche Art, sagte ich. Es käme mir bloß so vor, als hätte ich etwas im Hals. Sie fordert mich auf, zum Arzt zu gehen. Bei ihnen geht bald die Fußballsaison los.

14. MÄRZ

Heute war ich im Diakonissenhaus beim Betriebsarzt. Ich klagte über den Kloß im Hals. Der Arzt spähte in meinen Rachen, fühlte ein wenig und sagte, er könne keinen Kloß erkennen. Ich erkläre ihm, es sei wie ein Brocken und störe beim Schlucken. Der Arzt wollte auf Nummer sicher gehen: Ob ich Schluckbeschwerden hätte? Und ob, sagte ich. Als Nächstes fragte er, ob ich Stress hätte. Eher nicht. Und Schlafschwierigkeiten? Die ja. Er schrieb mir Schlaftabletten auf, wies mich an, den Schlafrhythmus zu normalisieren und wiederzukommen, falls die Schluck- und Schlafbeschwerden anhielten.

16. MÄRZ

Die Wohnungsverwaltung des Liegenschaftsamts hat angerufen. Falls ich eine Einzimmerwohnung für städtische Angestellte beantragen würde, hätte ich eventuell gute Chancen, eine zu bekommen. Ich bekomme die nötigen Angaben. Den Antrag kann man per E-Mail stellen, und ich tue es sofort. Die Einzimmerwohnung liegt in Vuosaari, was für mich ausgezeichnet ist.

20. MÄRZ

Sari hatte in der Traglufthalle in Myllypuro ein Miniturnier. Sie sind Zweiter geworden.

23. MÄRZ

Ich habe die Einzimmerwohnung in Vuosaari bekommen. Am Abend habe ich es Sari erklärt. Ich sagte ihr, dass ich nicht weit wegziehe, nicht aus ihrem Leben verschwinde. Später im Frühling könnte sie sogar mit dem Fahrrad zu mir nach Vuosaari kommen. Ich schilderte ihr die Strecke, die man fast komplett auf Fahrradwegen zurücklegen kann, ich hatte es mir eigens angeschaut, auch die Unterführung der Porvoontie. Sari sagte, sie wisse, wo Vuosaari liege und wie man dort hinkomme. Ich bereite den Umzug vor.

25. MÄRZ

An der Esso-Tankstelle mietete ich mir für einen Tag einen Lieferwagen und brachte die Sachen nach Vuosaari. Ruohonen, der Werksleiter von Munkkisaari, half mir beim Umzug. Als ich aufs Klo ging, stellte ich fest, dass der Vormieter einen Sprung in die Schüssel gemacht hatte. Wasser sickerte durch und tropfte auf den Boden. Der Fußboden scheint sich zur Schüssel hin zu neigen, denn die Pfütze sammelt sich unter der Kurve des Wasserverschlusses rund um das Abflussrohr. Ruohonen hat mich aufgefordert, zu ihm zu kommen und zu reden, falls es mal schwer würde.

27. MÄRZ

Ich holte die Computertastatur, die ich in meinem alten Zuhause vergessen hatte. Bei der Gelegenheit sagte ich Leena, ich würde gleich ab Anfang des kommenden Monats Unterhalt zahlen. Ich schlug eine Abschlagssumme vor. Wenn die Höhe des monatlichen Betrags endgültig vereinbart sei, könnten wir die Zahlungen dann ausgleichen. Ich fragte sie, ob sie mit dem Haus zurechtkäme. Leena erklärte, da werde es keine Probleme geben. Ihr Einkommen reiche aus, ich bräuchte mir um den Unterhalt keine Sorgen zu machen. Wir vereinbarten einen angemessenen Betrag.

30. MÄRZ

Ich holte Sari zu einem Besuch in meiner Wohnung ab. Ich bot ihr Saft an, aber sie fragte, ob ich Kaffee hätte. Ich war gar nicht auf die Idee gekommen, welchen zu kochen. Hatte sie angefangen, Kaffee zu trinken? Ja, sagte sie. Wir kochten Kaffee und aßen Domino-Kekse. Die hatte Sari immer gemocht und mochte sie anscheinend auch jetzt. Aber sie trennte nicht mehr die beiden Kekshälften voneinander und leckte die Füllung ab. Ich brachte den Keksessstil, den sie als kleines Kind gepflegt hatte, nicht zur Sprache, weil sie Kindheitserinnerungen nicht leiden kann. Ich sagte, ich hätte einen Schrank leer gelassen. Sie könne ein paar Sachen und Kleider herbringen, damit sie nicht immer alles transportieren müsse, wenn sie bei mir übernachte. Sari vermutete, die jeweils nötigen Klamotten würden in ihren Rucksack passen. Sie beschwerte sich über den nassen Fußboden im Bad. Da kriege man feuchte Strümpfe.

1. APRIL

Sari war bei mir. Sie hatte mit Leena die Fahrräder gewartet und war zum ersten Mal nach dem Winter gefahren. Ich kochte Kaffee, aber diesmal trank sie Saft. Ich fragte sie, was sie mit den Rädern gemacht hätten. Angeblich hatten sie die Ketten und Bowdenzüge geölt und den Hinterreifen von Leenas Rad geflickt. Sari wollte wissen, ob ich beim Arzt gewesen sei. Was hat er gesagt? Ich berichtete ihr, im Hals sei nichts Außergewöhnliches festgestellt worden, obwohl dort ein Klumpen zu sein schien. Sari vermutete, es habe sich bloß so angefühlt.

Dann erkundigte sie sich nach den Kläranlagen. Ich freute mich darüber. Ich sagte, wenn sie wolle, könnten wir zum Beispiel auf der Stelle in die Anlage von Vuosaari fahren. Vor Ort sei es wesentlich leichter zu verstehen, wie so eine Anlage funktioniere. Jetzt wollte sie nicht hinfahren, aber beim nächsten Mal, versprach sie. Ich fuhr später hin. Mattila hatte mir den Aufenthalt dort in der Freizeit verboten, aber es mussten ja bestimmte Dinge durchgeführt werden. Und außerdem: Was hieß eigentlich Freizeit, wenn die Arbeitszeit gar nicht festgelegt war? In der Vorklärgrube von Vuosaari bemerkte ich den Kadaver einer Elster. Der Vogel trieb mit so reinem schwarzweißem Gefieder an der Oberfläche, dass er gerade erst hineingefallen sein musste.

3. APRIL

Wieder habe ich mir das Training der Wölfe aus der Entfernung angesehen. Der Platz ist inzwischen trocken, und die Mädchen trainieren dort. Alle sind offenbar mit neuen, gepolsterten, schwarzen Hartplatzhosen ausstaffiert worden. Auf dem Hinterteil steht quer mit weißen Buchstaben: EXPERT und vorne auf dem Oberschenkel senkrecht: SONY. Der Kauf dieser schützenden Hosen ist allerdings ein nützlicher Gebrauch von Sponsorengeldern. Als Erstes üben die Mädchen das Grätschen von der Seite. Sie rufen und kreischen. Ich sehe mit dem

Fernglas aus so großer Entfernung zu, dass akustische und optische Wahrnehmung gespensterhaft asynchron sind. Bei jedem Tackling wird Sand aufgewirbelt, aber das fröhliche Aufkreischen dazu hört man erst nach einer kurzen Verzögerung.

Dann gehen sie dazu über, Ecken zu üben. Diesmal ist der Pfiff aus Leenas Trillerpfeife später zu hören als die Aktion, die durch die Pfeife befohlen wird. Laut taktischer Vorgabe soll offenbar eine Spielerin aus ihrer unbewachten Position jenseits des Elfmeterpunkts in das Gedränge vor dem Tor hineinstürmen, und zwar genau dorthin, wo die Ecke landen soll. Sari spielt auf der Position der Stürmerin. Das Schema ist einfach, aber sicherlich effektiv. Überhaupt dürften geübte und organisierte Standardsituationen in der Mädchen-Jugendliga eine Überraschung sein. In der Gratiszeitung habe ich gelesen, die mittlerweile in der C-Jugend spielenden Mädchen hätten die Vuosaari Wikinger besiegt. Das ist noch nie vorgekommen.

6. APRIL

Ich verbringe viel Zeit in der Kläranlage von Vuosaari. Von meiner Wohnung aus ist es nur ein Spaziergang bis dorthin, und ich bin offenbar der Einzige, der sich für die Anlage interessiert. Seit der Auslagerung der Kontrolle ist Mattila sicherlich kein einziges Mal mehr da gewesen. Vor den Sommerferien wird die Anlage geschlossen. Bis dahin darf ich dort schalten und walten, wie ich will. Ich rief den Oberingenieur in der Straßenbauabteilung an und bedankte mich bei ihm für seine Hilfe in der Wohnungssache. Bei derselben Gelegenheit sagte ich ihm, der Arbeiter, der sich in Vuosaari herumtreibe, habe dort nichts zu tun. Ich erklärte ihm, ich könnte das Herunterfahren der Anlage reibungslos mit meinen übrigen Tätigkeiten vereinbaren. Den Arbeiter könne man auf einen wichtigeren Posten versetzen. Die Elster in der Vorklärgrube war noch ganz hell.

11. APRIL

Heute hat es endlich mit Saris Besuch in der Anlage Vuosaari geklappt. Ich hatte mich darauf eingestellt, ihr die Praxis der Prozesskontrolle zu demonstrieren, Proben zu nehmen und anschließend die durch das Ergebnis der Proben nahegelegten Korrekturmaßnahmen durchzuführen. Ich dachte auch daran, die Messgeräte zu kalibrieren, damit das Mädchen versteht, dass eine Messoperation an sich noch lange keine sicheren Ergebnisse bringt. Der Kontrollvorgang selbst muss der Kontrolle unterzogen, und die Messgeräte müssen gemessen werden.

Als wir die Anlage betraten, wurden wir Zeugen eines etwas peinlichen Vorfalls. Eine Lachmöwe, die auf den Abfallpritschen vor dem Rechenraum ihre Mahlzeit eingenommen hatte, verfing sich mit dem Kopf in einem Kondom. Die Vögel fressen ja Essensreste von den Pritschen und zeigen sich besonders emsig, wenn es um den Inhalt von Kondomen geht. Jetzt hatte eine Möwe zu gierig den Hals in den Gummi gesteckt, der ihr dabei so weit über den Kopf gerutscht war, dass sie ihn nicht mehr loswurde.

Zwar konnte die Möwe den Schnabel durch die Gummihaut stoßen und dadurch atmen, aber mit Präservativ auf dem Kopf konnte sie nichts sehen. Sie schrie lautstark. Panisch torkelte sie hin und her und geriet dabei zu ihrem Unglück in den Rechenraum. Dort lief die Lachmöwe immer wieder gegen die Wände, ließ sich aber nicht einfangen, obwohl ich alles versuchte. Jedes Mal wenn ich sie packen wollte, flatterte sie auf, schlug mit den Flügeln und schiss, drehte unter der Decke eine Runde und schrie unangenehm.

Sari war ziemlich erschüttert und rief, Papa, tu was. Der wild umherfliegende Vogel schien ihr unheimlich zu sein. Sonderbarerweise gelang es der Möwe, hin und her zu fliegen, ohne irgendwo anzustoßen. Wie sollte man sie von da oben herunterbekommen? Mir fiel nichts anderes ein als der Schlauch, mit dem die gefliesten Wände des Raums abgespritzt wurden. Ich regulierte den Druck so weit nach unten, dass er die Möwe wenigstens nicht umbrachte, und richtete den Wasserstrahl auf sie. Irgendwie witterte die Möwe die Dusche und wich ihr mit verblüffenden Flugkunststücken aus.

Schließlich traf ich und hielt den Strahl fest auf den Vogel gerichtet wie den Lichtkegel eines Flugabwehrscheinwerfers auf einen Bomber. Die Möwe rotierte eine Weile, war aber bald so durch und durch nass, dass ihre Flügel nicht mehr trugen. Sie fiel herunter wie ein Düsenjäger im Sturzflug und klatschte auf die Bodenfliesen. Ich ging hin, nahm die benommene Möwe in die Hände und entfernte vorsichtig das Kondom von ihrem

Kopf. Sie schrie und hackte mir mit dem Schnabel eine Wunde ins Handgelenk. Ich ließ den Vogel aber nicht mehr los, sondern trug ihn ins Freie zu seinen Artgenossen. Draußen stand die Lachmöwe dann irgendwie verwirrt in der Sonne. Aber immerhin stand sie auf eigenen Beinen und fing schon bald an, sich mit dem Schnabel die nassen Federn zu striegeln.

Sari weinte. Ich wollte sie trösten, nahm sie in den Arm, aber sie schreckte zurück und befahl mir angewidert, Abstand zu halten. Ich verstand das nicht. Du hast sie angefasst, sagte sie. Ich fragte sie, warum sie weine. Sari sagte, sie habe Mitleid mit dem Vogel. Was wird jetzt mit ihm passieren? Ich vermutete, dass nicht viel mit ihm passieren würde. Sari schüttelte sich, sie sagte, die Möwe sei ekelhaft gewesen. Da musste ich nachfragen, ob sie nun bemitleidenswert oder ekelhaft gewesen sei. Ekelhaft sei sie gewesen, als sie schreiend und flatternd in der Halle hin und her flog. Bemitleidenswert sei sie geworden, als sie draußen auf einem Bein stand, um die Hälfte kleiner geworden, mit klatschnassem Gefieder. Ob das eine Bein verletzt sei, weil sie es in der Luft hielt? Das konnte ich nicht sagen. Um das herauszufinden, müsse man die Möwe wieder einfangen und untersuchen. Sari fand, es sei abscheulich, einen zappelnden Vogel in den Händen zu halten. Sie befahl mir, sofort die Hände zu waschen.

Ich ging zu dem Waschbecken aus Stahl und wusch mir die Hände mit Desinfektionslösung. Ich forderte Sari auf, es ebenfalls zu tun. Sie wollte wissen, warum, und ich sagte, in einer Kläranlage und besonders in der Rechenhalle sei der Mensch einer starken Bakterienbelastung ausgesetzt. Lieber wusch man sich die Hände einmal zu viel als zu wenig. Sari verzog das Gesicht und fragte sich, warum wir überhaupt in die Anlage gekommen waren. Ich erinnerte sie daran, dass sie es selbst gewollt hatte. Sie fand dann auch Interesse an dem Prozess, als ich ihr erzählte, wie die Abwässer des Stadtteils in die Anlage kamen, wie sie gefiltert, geklärt und ausgefällt wurden. Ich erklärte ihr, wie der ausgefällte Schlamm unter den anaerobischen Bedingungen des Faulraums Methan ausbrütete, aus dem die gesamte Anlage die nötige Energie beziehe. Ich zeigte ihr den Brenner des Sicherheitsventils bei der Gasglocke. Das Überdruckmethan, das durch das Ventil drang, flackerte dort als blasse, blaugelbe Flamme wie das ewige Licht am Heldengrab irgendeiner Großmacht.

Wir gingen an den Belebungsbecken vorbei in die Nachklärung, ich nahm Proben und erklärte das Treiben der Kleinlebewesen in den Becken, dessen Intensität durch das Niveau des Sauerstoffverbrauchs der Bakterien abgebildet wurde. Ich zeigte ihr im Kontrollprotokoll die Kurve des biologischen Sauerstoffverbrauchs und erläuterte die Schwierigkeiten der Prozessoptimierung in einem oberirdischen Klärwerk, wo die Temperatur des Wassers in den Becken stark schwankt, je nach Witterung. Das Wirken der Bakterien ist aber ebenso temperaturabhängig wie die Löslichkeit des Sauerstoffs. Diese beiden in entgegengesetzte Richtungen drängenden Phänomene verändern sich als Temperaturfunktionen, aber auf den pH-Wert reagiert fast nur der Bakterienbestand. Sari bat darum, weiterzugehen. Ich sagte ihr, dieses Wissen werde sie noch in Biologie gebrauchen können. Sari meinte, sie sei an dem Tag bereits sieben Stunden in der Schule gewesen.

Ein wenig frustriert fragte ich sie, warum sie die Kläranlage kennenlernen wolle, wenn sie keine Lust habe, sich anzuhören, was dort passiere. Sie sagte, sie interessiere sich für Kläranlagen, weil in der Fernsehserie ihrer Mutter ein Mann in einer solchen umgebracht werde. Ich wusste nicht mehr, was ich über das Reinigen des Wassers erzählen sollte. Ich überlegte, ob ich die gelegentlich in der Anlage auftauchenden toten Tiere und die Embryos erwähnen sollte, aber ich ließ es bleiben, schließlich war meine Tochter gerade erst vierzehn geworden. Ich fragte sie, wie der Mann in Mamas Fernsehserie umgebracht worden sei.

Sari fing sofort an, eifrig zu erzählen. Man wisse nicht, wie der Mann umgebracht worden sei. Eigentlich wisse man nicht einmal, ob er überhaupt umgebracht worden sei. Ich fragte sie, ob er wenigstens tot sei. Sari sagte, der Mann sei in irgendeiner Grube gefunden worden. Er war mit dem Kopf voran darin gelandet. Man hatte nur die schönen Halbschuhe gesehen und ein Stück von den Anzugshosen. In dem Teil des Drehbuchs, den Sari gelesen hatte, war aber die Identität des Mannes herausgefunden worden. Nach Ansicht des ermittelnden Kriminaloberinspektors deutete alles auf ein Verbrechen hin. Das Opfer war nach der Tat mit dem Kopf voran in den Schlamm der Grube gestoßen worden. Ich erschrak. Hatte der Kriminaloberinspektor einen Namen? Natürlich. Er hieß Pajala. Mit Mühe konnte ich fragen, wie das Opfer hieß. Angeblich Virmanen. Irgendein Wirtschaftsverbrecher.

Ich war absolut sprachlos, aber Sari redete lebhaft weiter. Wo gibt's denn hier so eine Grube?, wollte sie wissen. Ich konnte nicht mehr sagen, als dass es sich wahrscheinlich um die Vorklärgrube handelte. Sari wollte sie sehen. Wir gingen hin. Sie wunderte sich, was das für eine Grube sei. Sie hatte sich eine enge Jauchegrube vorgestellt, mit einem Durchmesser von einem Meter oder zwei. Ich erklärte ihr, solche Gruben gebe es in Kläranlagen nicht. Die Vorklärgrube werde nach dem maximal in die Anlage einströmenden Abwasser bemessen, aber sie hätten alle einen Durchmesser von mehreren Metern. Voller Schlamm wären sie trotzdem. Ich erzählte lieber nicht, dass ich selbst schon einmal enge Bekanntschaft mit dem Schlamm in der Grube gemacht hatte. Sari bemerkte die Elster, die auf dem Schlamm trieb, und schreckte vom Rand der Grube zurück. Die Elster wurde allmählich kahl. Der Vorderkopf war bereits ohne Federn. Der Kadaver drehte sich durch das Schnaufen einer Gasblase auf den Rücken, streckte die Krallen nach oben und blieb so liegen.

Sari erzählte nun in allen Einzelheiten von Leenas Serie. Sie fand es cool, schon vorher zu wissen, was in so einer Serie passiert, die noch gar nicht im Fernsehen gekommen ist. Insiderinformationen zum Thema Fernsehen schienen ohnehin wertvolle Tauschobjekte in den zwischenmenschlichen Beziehungen von Mittelstufenschülern zu sein. Ich wurde sauer. Ich wies auf die Anlage um uns herum und fragte Sari, ob sie nicht begreife, dass dies alles hier real und wichtig war, die Fernsehserie ihrer Mutter aber bloß erfundene Unterhaltung. Die Menschen sollten sich für das interessieren, was in der Realität um sie herum passiert, und nicht für all das Unwirkliche, von dem das Fernsehen voll ist.

Sari musste lachen. Sie betrachtete die Rechenhalle, die Schlammpritschen und die dahinter brodelnden Ausfällbecken. Das hier soll echt sein? Ist das hier die wirkliche Wirklichkeit? Ich behauptete, wir befänden uns mitten in der extrem konkreten Realität, die jeden Einwohner von Helsinki anginge, genau genommen eine Million Menschen in der Hauptstadtregion und den angrenzenden Kommunen. Das schien Sari wieder zu interessieren. »Das ist ja so wie in *Matrix*.« Ich fragte sie, was das sei, und sie erzählte mir, das sei ein Film, in dem die Menschheit im künstlichen Schlaf lebe und nicht wisse, dass in Wahrheit alle Menschen bewusstlos in einer Nährlösung trieben und Energie für die Computer produzierten, von denen die Realität beherrscht werde.

Ich sagte strikt, wir seien jetzt nicht im Kino und auch nicht im Fernsehen, sondern in einer Kläranlage, deren störungsfreier Betrieb rund um die Uhr eine Lebensvoraussetzung für die Existenz der ganzen Stadt sei. Die Abwasserklärung von Helsinki sei das größte Umweltprojekt in ganz Finnland. Hier befänden wir uns im Kern aller Ökologie und aller grünen Vorstellungen. Sari prustete los. Sie sagte, sie sehe zwar viel Grün, aber noch mehr Braun.

Ich nahm sie an der Hand und führte sie zur Rechenanlage. Wir betrachteten den Zulauf, der kräftig in die Anlage einströmte. Ich fragte, wie viel Uhr es sei. Sari schaute auf ihr Handy. Es war Viertel vor fünf. Auf ihrem Handy war eine SMS eingegangen, die Sari sogleich beantwortete. Ich kümmerte mich nicht um ihre Tipperei. Ich zeigte ihr den Zulauf und erzählte, dass er jetzt gerade am stärksten sei. Die Leute sind gerade von der Arbeit nach Hause gekommen. Sie machen Essen, viele gehen unter die Dusche. Der Abwasserstrom ist ein Bild des Lebens. Alles, was die Bewohner des Stadtteils tun, landet hier. Je ausgeprägter die Menschen leben, umso ausgeprägter der Strom. Sari sah irgendwie erschrocken aus und fragte, was mit mir los sei.

Ich achtete nicht auf ihre Fragen. Ich wollte konkret beweisen, wie real der Abwasserreinigungsprozess ist und dass er jeden tangiert. Alles endet letztlich hier. Nichts, was existiert, bleibt geheim. Ich erzählte ihr die Geschichte von dem Jungen, der über die Kanalisation Liebesbriefe von seiner Freundin bekam. Ich forderte Sari auf zu bleiben, wo sie war. Ich würde ihr eine Nachricht schreiben, und die würde mit Sicherheit gleich vor ihren Augen auftauchen. »Da drin, oder wie?« Sari deutete auf einen Haufen, der vom Rechen aufs Band gekippt wurde. »Pfui Teufel, du bist ja pervers!«

Ich stehe auf der Brücke über den Becken, von wo aus die Probenentnahme gemacht wird, und schaue zu, wie das Mädchen mit dem Fahrrad in Richtung Ost-Zentrum fährt. Die von mir abgespritzte Lachmöwe ist von ihren Artgenossen zu Tode gehackt worden. Ich nehme sie auf den Spaten und lasse sie in die Vorklärgrube fallen, zu der Elster. Ich hätte zu Hause für Sari Kekse aus dem Lebensmittelgroßhandel und Saft aus Konzentrat gehabt. Aber nun gehe ich ins Wartungsgebäude und esse Erbsensuppe aus der Dose, die aus demselben Großhandel stammt.

15. APRIL

Der Restphosphor hat zugenommen. Der Ferrosulfatwert ist nicht optimal. Ich versuche, die mathematisch richtige Dosis im Verhältnis zur ansteigenden Temperatur durch modellhafte Simulation zu ermitteln. Ich finde keine Informationen über die Lösungseigenschaften von Ferrosulfat, also muss ich den Fall experimentell klären.

Der Zulauf scheint schwächer zu werden. Auch die Flamme des Überschussmethans an der Gasglocke ist kleiner geworden. Vor dem hellen Himmel ist sie kaum zu erkennen. Das gesamte Prozessvolumen wird schwächer. Die Elster ist völlig kahl.

21. APRIL

Diese Anlage liegt im Sterben. Chemikalien und Reagenzien gehen aus. Nirgendwo finde ich Messgeräte. Ich kann den Prozess nur noch anhand der Vogelkadaver verfolgen. Der Zulauf wird schwächer. Daran besteht kein Zweifel. Die Gasbildung im Faulbecken ist am Versiegen. Die Flamme am Erlöschen.

30. APRIL

Der Zulauf wird immer schwächer. Heute ist die Freinacht vor dem Ersten Mai, aber das merkt man kaum. Der Abwasserstrom trägt nur vereinzelte Anzeichen von dem herein, was draußen vor sich geht. Zwei große Luftballons, ein paar Luftschlangenfetzen, das ist alles.

Der Strom rinnt nur noch. Die Flamme siecht dahin. Die Elster ist aufgebläht wie eine mit Gas gefüllte Plastiktüte.

2. MAI

Mattila kam heute mit Leena. Er hat gefragt, warum ich in die Anlage umgezogen sei und hier wohne. Leena sagte, ich müsste ins Krankenhaus. Sie hatte schon einen Termin vereinbart. Ich sagte, ich könne hier nicht weg. Ich hätte versprochen, Vuosaari herunterzufahren. Mattila sagte, Vuosaari sei schon bald zwei Wochen vom Kanalisationsnetz abgekoppelt. Der Zulauf werde nach Viikinmäki umgeleitet. Und mich habe der Arzt krankgeschrieben. Ich sagte, ich sei nicht beim Arzt gewesen. Das ist es ja, sagte Mattila. Leena befahl mir, unter die Dusche zu gehen, mir etwas anderes anzuziehen und dann ins Auto zu kommen.

7. MAI

Fast eine Woche bin ich jetzt in der Klinik. Die ersten Tage ist eine Thrombolyse vorgenommen worden. Hat man mir gesagt. Angeblich ist das zentrale Nervensystem unter lähmende Medikamente und Beruhigungsmittel gesetzt worden. Das Bewusstsein war fast weg. Ich erinnere mich an nichts. Die Erholung von der Thrombolyse hat zwei Tage gedauert. Nachts habe ich geschlafen, vielleicht dank der Medikamente. Ich weiß es nicht. Vorgestern habe ich schon wieder Zeitung gelesen. Die Staatspräsidentin wird zum Tag des Sieges mit einem Kommissar nach Moskau fahren. Für einen Moment begriff ich nicht, in welchem Jahrzehnt ich mich befand und in welchem Land, aber auf der nächsten Seite kam eine Anzeige von Lidl, und da verstand ich, dass ich in Finnland war und in der Gegenwart.

Heute sprach ich dann bei Ahonen vor. Ahonen nickte wieder mit dem Oberkörper und vibrierte mit den Beinen, so wie er es immer tut, wenn er aufgeregt ist. Er teilte mir mit, er habe vor, eine Intervention zu machen. Ich wusste nicht, was ich erwarten sollte, und war auch sonst ziemlich gleichgültig.

Ahonen erläuterte mir, was mit mir passiert war. Ich hatte unter chronischer Schlaflosigkeit gelitten. Paranoide Zwangsvorstellungen hatten angefangen mich zu plagen. Ihr Inhalt bestand darin, dass Leena mir ständig auf den Fersen war und sich in ihren Erfindungen in denselben Räumen bewegte wie ich, ja sogar noch meine Entscheidungen vorwegnahm. Nach dem langen Wachen hatte ich nachts beängstigende Auflösungsgefühle gehabt und war einmal in einen extremen existenziellen Zustand geraten. Ich hatte das Gefühl gehabt, zuerst im Universum zu sein und anschließend in einem atomaren Mikrokosmos mitten in den Grundstrukturen der Materie. Ahonen lobte meine geschilderten Erfahrungen als literarisch wertvoll, wenngleich ein wenig unoriginell.

Ich hatte versucht, mich mit der einzigen Methode, die ich als verlässlich kannte, aus der Psychose herauszuwinden und die Situation systematisch analysiert. Ich hatte die Ereignisse in einer chronologischen Reihenfolge aufgelistet, sie in Sachgruppen eingeteilt und grafische Darstellungen angefertigt. Aus den mit Diagrammen und Säulen illustrierten Phänomenen hatte ich Wahrheitstabellen erstellt, durch die ich im Endresultat Wahrheitswerte gewonnen hatte: spezifizierte Gewissheiten über jeden einzelnen Sachzusammenhang.

Ich wollte nicht glauben, was Ahonen sagte, aber er zeigte mir Papiere, die bei mir gefunden worden waren. Sie enthielten tatsächlich mit der Hand geschriebene logische Analysen verschiedener Hypothesen sowie Wahrheitstabellen, und alle waren von mir erstellt worden. Am unteren Rand eines Blattes stand als Schlussfolgerung, Gegenprobe und Analyse der Wahrheitswerte zeigten mit lupenreiner formaler Sicherheit, dass die Lage unter Kontrolle sei. ICH HABE RECHT UND DIE WELT HAT UNRECHT, hatte ich ausgerufen. Gerufen unter der Voraussetzung, dass die großen Buchstaben in einem handgeschriebenen Text dasselbe bedeuteten wie in einer E-Mail oder einer SMS.

Ich bat Ahonen, fortzufahren. Trotz der Sicherstellung der formalen Wahrheit hatte ich keinen Frieden gefunden und auch nicht das Gefühl der Kontrolle. Ich konnte auch nicht verstehen, wie es so weit hatte kommen können. Meiner Meinung nach war ich die ganze Zeit gleich geblieben, aber die Welt war mir irgendwie aus den Händen geglitten und unerkennbar geworden. Wohin ist plötzlich alles Vernünftige und Konkrete und Nützliche aus der Welt verschwunden?, hatte ich mehrmals gestöhnt. Wie hat sich um mich herum alles in ein bloßes leeres Rotieren verwandeln können: in Marketing, Fantasie und Fiktion? Auch die Arbeit in der Kläranlage hatte sich von einer verständlichen und auf Messungen basierenden Prozesskontrolle in das abstrakte Erfüllen eines mit der Stadt geschlossenen Vertrags verwandelt.

Ahonen erklärte mir, ich sei nicht der Einzige. Depersonalisation, Auflösungserfahrungen und das Gefühl, die Welt zerfalle, seien in den 90er Jahren allgemein verbreitete Symptome in Personengruppen gewesen, die heftigen Veränderungen in ihrer Arbeitsumgebung ausgesetzt waren. Es habe sich ein psychisches Syndrom herauskristallisiert, das bevorzugt bei Tätigkeiten, die auf mathematisch-naturwissenschaftlicher Ausbildung beruhten, und in der im Rückgang begriffenen, männlich dominierten Industrie auftrete. Die Stilllegung ganzer Fabriken und das plötzliche Verschwinden ehemals hoch geachteter Berufsgruppen hätten in einigen Industriestandorten, die in die Abwärtsspirale geraten waren, epidemieartige Psychosen und Selbstmordwellen ausgelöst. Deren Hintergrund scheine eben allgemeiner Bedeutungsverlust sowie das Gefühl der Auflösung und des Schwindens der konkreten Welt zu sein.

Ahonen versicherte, er glaube dennoch, in meinem Fall sei die Prognose gut. Genau darum habe er auch gewagt, ein Risiko einzugehen und eine Mini-Intervention durchzuführen, indem er mir direkt erzählt habe, was mit mir eigentlich geschehen sei. Normalerweise gehe man in solchen Fällen langsam und behutsam vor, aber aufgrund meiner akademischen Ausbildung, meiner klaren Persönlichkeitsstruktur und meiner soliden Grundvitalität habe er die Ansicht gewonnen, direkt zum Kern der Sache abkürzen zu können.

13. MAI

Leena gab mir wieder ein Manuskript zum Lesen. Es schien das Tagebuch zu sein, das ich auf Ahonens Ermunterung hin geschrieben hatte. Ich las mit großen Sprüngen. Was brachte sie mir meine eigenen Aufzeichnungen? Irgendwann fing ich an mich zu wundern. Ich erkannte den Text nicht wieder. Und bald war ich völlig verwirrt. Wer schreibt hier eigentlich? Es schien von mir zu stammen, war es aber nicht. Ich überprüfte die Daten der Eintragungen und merkte, dass mein eigener Text irgendwo Mitte November aufhörte.

Im Dezember standen da schon vollkommen seltsame Dinge. Angeblich war ich mit einem gewissen Mattila in der Kläranlage Munkkisaari gewesen. Aber in Munkkisaari passiert doch gar nichts mehr, weil die gesamte Abwasserreinigung schon in den 80er Jahren in Viikinmäki konzentriert worden ist. Es wurde noch verrückter. Bald ging es in die alte Anlage von Vuosaari, die schon seit Jahrzehnten nicht einmal mehr existierte.

Zwischendurch war der Text total irrsinnig. Ein Datum war der 29. Februar. Soweit ich wusste, hatten wir aber kein Schaltjahr. Am ersten April soll Sari mit dem Fahrrad zu meiner Wohnung gefahren sein, zu irgendeiner gemieteten Einzimmerwohnung in Vuosaari. Und einen Monat später, am Tag vor dem Ersten Mai, wohnte ich bereits vollkommen durchgedreht in der Kläranlage

Vuosaari wie eine Kanalratte. Und heute ist Freitag, der Dreizehnte. Was, bitte schön, kommt als Nächstes?

Ich fragte Leena, was das soll. Wer hat das unter meinem Namen geschrieben? Sie lachte, forderte mich auf zu raten. Wie, zum Teufel, hat sie so etwas schreiben können? Wie kam sie dazu, sich das Haus renovieren und uns scheiden zu lassen? Angeblich hat sie sogar die Mädchenmannschaft trainiert, und auch noch auf dem zugefrorenen Meer! Leena hörte auf zu lachen. Sie befahl mir, mit Ahonen zu reden. Reden worüber? Na, über die fiktiven Tagebücher. Hatte Ahonen sie gelesen? Leena behauptete, sie ihm zumindest gebracht zu haben. Ich sagte, ich könne mit Ahonen reden, aber ich wollte wissen, weshalb Leena mein Tagebuch dort fortgeführt hatte, wo ich nach ihrer Rückkehr nach Hause aufgehört hatte.

Sie behauptete, ich selbst hätte sie auf die Idee gebracht. Als ich wissen wollte, wo und wann, erinnerte sie mich daran, dass ich im Verlag gewesen sei und dort etwas von Tagebüchern gestammelt und sie als Fortsetzung zu ihrem Manuskript angeboten hätte. Sie sagte, sie habe darüber nachgedacht und beschlossen, meine Idee in die Tat umzusetzen. Dafür habe sie lediglich etwas besser Tagebuch schreiben müssen, als ich es gekonnt hatte. Der von ihr fortgeführte und zum großen Teil neu geschriebene Tagebuchkomplex sei nun zum passenden Bestandteil einer Romankomposition geworden, deren Anfangsteil aus dem Manuskript mit der Überschrift »Die Entladung der Pamisos« bestehe. Ich verstand nicht, wieso es ein passender Teil der »Entladung der Pamisos« sein sollte. Trotzdem versprach ich, mit Ahonen zu reden.

16. MAI

Heute habe ich mit Ahonen geredet. Über die Tagebücher, die Leena geschrieben hat. Ahonen bewunderte Leenas technische Virtuosität. Die Nahtstelle zwischen den Tagebüchern ist seiner Meinung nach fast unmöglich zu erkennen. Ich gab zu, dass es sogar für mich schwer ist, sie exakt zu bestimmen. Ahonen bewunderte auch, wie Leena nach und nach die albtraumhaften Erfahrungen des von ihr geschaffenen Jaakko steigert. Der neue, verrückt gewordene Jaakko wachse so unmerklich in den alten Jaakko hinein, dass der Leser die Veränderung nicht als abrupten Bruch erlebe, sondern als glaubhaft voranschreitenden psychologischen Prozess. Leena ist für Ahonen ungemein geschickt im Beschreiben menschlicher Innenräume und psychischer Wirklichkeit.

Er überlegte kurz, ob Leena wohl gründlich die psychiatrische Fachliteratur studiert oder ob sie ihre Beschreibung spontan geschaffen habe. Er vermutete, Letzteres sei der Fall. Er glaubte, Leena gehöre zu den Schriftstellern, die wie Schauspieler nur Termini, Redensarten, Gesten, Mienen und Begriffe brauchten, um einen glaubwürdigen Eindruck zu vermitteln. Er behauptete, die moderne Kultur bevorzuge solche Schriftsteller gegenüber denjenigen, die sich durch Hintergrundrecherchen fest in der Wirklichkeit verankerten. Ahonen sagte erneut, Leenas sprachliche Begabung sei vor allem die Begabung einer Spottdrossel. Er musste dabei sogar lachen. Sogleich bat er um Verzeihung und erzählte, er habe einfach so sehr die übertreibende und komisch ausmalende Art genossen, mit der Leena ihn selbst aus Jaakkos Sicht beschrieben habe. Soweit ich mich erinnern konnte, schilderte ich ihn aus meiner Sicht so ziemlich auf die gleiche Art.

Als Nächstes fragte Ahonen, ob ich mich schon einmal gefragt hätte, warum Leena mich als so unterdrückt darstelle und sich selbst wesentlich kälter mache, als sie in Wirklichkeit sei. Ich gab zu, dass ich mich das jetzt, da es angesprochen werde, schon fragte. Ahonen dachte über Leenas Motive nach. Seiner Meinung nach wiederholt Leena in ihrer eigenen Gestalt noch einmal Züge der Laura aus der »Entladung der Pamisos«. Dies sei ja typisch für Schriftsteller und überhaupt alle Künstler, sagte Ahonen. Letztendlich hätten sie nicht mehr als ein einziges Thema, das sie dann variierten, ständig wiederholten und wiederaufbereiteten. Ahonens Ansicht nach könne man in der Gestalt der Leena in den Tagebüchern auch eine große Portion Selbsthass erkennen. Womöglich läge hier eine Form von sadomasochistischer Fixierung vor.

Andererseits war es für Ahonen eindeutig, dass Leena es genossen hat, mich in fast extremer Form in meinen eigenen fiktiven Tagebüchern zu demütigen. Leena müsse einen perversen, voyeurismusähnlichen Genuss empfunden haben, als sie via Tagebücher Macht über mein Leben ausübte. Einerseits sei ich eine Marionette gewesen, die sich durch Ziehen am Schnürchen in Bewegung setzt, andererseits eine Voodoo-Puppe, die zum Ziel von Nadelspitzen wird. Leena habe deswegen vielleicht sogar Schuldgefühle gehabt. Möglicherweise habe sie sich für die Quälerei meiner Person selbst bestrafen wollen, indem sie sich in unsympathischem Licht dargestellt habe. Selbsthass und diverse sadomasochistische Nuancen könnten im Motivationsfeld eines Menschen alle möglichen Ausdrucksformen hervorbringen.

Bei dem, was Ahonen sagte, wiederholte sich das Einerseits und Andererseits in so dichter Folge, dass ich nicht mehr mitkam. An welchem Ufer kam man bei diesem Vor- und Rückwärtsrudern eigentlich an? Ich konnte Leenas Schuldgefühle und sadomasochistische Motive nicht kommentieren, aber ich fragte mich, wie sie überhaupt fähig sein kann, sich selbst in so unsympathischem Licht darzustellen. Ist so etwas nicht unnatürlich, unmenschlich? Wer macht sich selbst zum Kotzbrocken? Ahonen verglich den Schriftsteller wieder mit Schauspielern, die oft sehr gerne in den Rollen unangenehmer Menschen aufträten. Dadurch könnten sie viele Dinge in sich selbst verarbeiten und umgekehrt: die dunklen Seiten ihres Inneren in die Rolle einfließen lassen. Selbstverständlich könne es sich dabei immer auch um pathologisches Suhlen im Selbsthass handeln. Der Mensch sei ein kompliziertes Wesen.

Ahonen war wieder in einer Verfassung und einem Stadium angelangt, in dem er keinen besonderen Wert auf die Worte anderer Leute legte. Ein möglicher Hintergrundfaktor in Leenas kritischem Selbstporträt war angeblich die Unsicherheit beziehungsweise die Irritation angesichts der Befreiung der Frau. Die Emanzipation der Frau sei eindeutig eines der Themen, die Leena am meisten beschäftigten. Im Zusammenhang mit der Auflösung von Rollenmustern und Erwartungen habe Leena unter Umständen das Bedürfnis verspürt, in

Romanform unterschiedliche Varianten auszuprobieren. Sie problematisiere ihre Befreiung und ihr Wachstum als Frau über die zum Prozess unweigerlich hinzugehörenden dunklen und negativen Teilfaktoren.

Langsam machte mich Ahonens Geschwätz erneut ungeduldig. Was meinte er damit schon wieder? Ahonen versuchte, es zu erklären: Leena verleihe den negativen Phänomenen, die unweigerlich auch zur Befreiung der Frau gehörten, eine personale Gestalt – zuerst in der Figur der Laura und dann, indem sie sich selbst karikiert in Jaakkos Tagebücher hineingeschrieben habe.

Ahonen dachte einen Moment schweigend nach. Er schien nach Beispielen zu suchen. Schließlich sagte er, im Grunde tue Leena genau das, was jedes Mädchen in der Pubertät tue. Sie stelle sich vor den Spiegel, probiere unterschiedliche Kleider, Mienen und Frisuren aus. Sie führe sich unmöglich auf und sei im nächsten Moment wieder übervernünftig – sie probiere unterschiedliche Rollen. So etwas gehöre zum Wachstum, und was sei Befreiung denn anderes, als in eine neue Rolle hineinzuwachsen. Beziehungsweise nicht in eine Rolle hinein, sondern aus einer Rolle heraus in das echte, reife Menschsein hinein.

Als Frau habe Leena ein besonderes Bedürfnis nach Rollenexperimenten und dem Posieren in unterschiedlichen Haltungen, aber nicht nur das Bedürfnis, sondern eben auch die Fähigkeit dazu. Frauen verfügten über ein wesentlich reicheres Spektrum an Verhaltensweisen und sozialem Auftreten. Sie könnten sich schon allein auf tausend verschiedene Weisen kleiden, wo für Männer nur eine einzige Art vorgesehen sei. Das verstand ich, und das brachte ich auch zum Ausdruck, worauf Ahonen mich für meine Einfachheit tadelte.

Natürlich seien Vorhersehbarkeit und Stumpfsinn keine persönlichen Eigenschaften von mir, sondern Dinge, die mit meinem Geschlecht und der vorgegebenen Rolle zu tun hätten, beeilte er sich zu korrigieren. Er verlangte von mir trotzdem, zuzugeben, dass die von Leena geschriebenen Tagebücher meine psychische Wirklichkeit wesentlich besser beschrieben als meine eigenen Texte. Ich könne mich selbst eben nicht so gut darstellen. Am liebsten hätte ich widersprochen, immerhin ging es darum, was sich in meinem Kopf abspielt. Freiwillig hätte ich das nicht Frauen und Psychiatern zur Beurteilung überlassen.

Plötzlich fragte Ahonen, ob ich Leena im Fernsehen gesehen hätte. Wo im Fernsehen?, fragte ich. Ahonen redete nun über Ideen, wie sie in der Anmoderation einer Talkshow vorgetragen worden seien. In einem solchen Denken realisiere sich die Wirklichkeitsvorstellung der Zukunft. In dieselbe Richtung bewege sich auch die Wirtschaft. Auf dem Sektor der materiellen Produktion könne man bei sinkenden Energie-, Lohn- und ökologischen Kosten überall alles und in beliebigen Mengen herstellen. Infolgedessen begebe sich das Business in den Bereich der Fantasiebildung und der Geschichten, es werde zum Spiel, und zwar genau auf die Art, wie Leena sie beschreibe.

Ich kam nicht dazu zu fragen, welche Sendung Ahonen gesehen hatte, weil er sich jetzt dazu aufschwang, über Quantenphysik zu sprechen. Dieser zufolge gebe es eine grenzenlose Menge von Parallelwirklichkeiten.

Wie Leena im Fernsehen gesagt habe, müsse auch im Geschäftsleben wie im Alltagsleben davon ausgegangen werden, dass man alles auf tausend unterschiedliche Arten tun könne. Es gebe nicht die eine, einzige, optimale Art zu handeln, so wie es uns vom industriellen Denken eingeimpft worden sei, sondern ein kaleidoskopartiges Spiel unendlicher Möglichkeiten. Ich konnte mich allerdings nicht erinnern, dass im Zusammenhang mit der Quantenphysik von so etwas die Rede gewesen war.

Ich hatte es satt und ließ Ahonen nicht mehr weiterreden. Ich stand auf und erklärte, ich müsse jetzt gehen. Ich fragte, wann, verdammt noch mal, ist die Welt eigentlich so geworden? So ist sie uns an der TU jedenfalls nicht erklärt worden. Dort hat es eine andere Physik gegeben. Ahonen stand ebenfalls auf. Er schien sich ernsthaft Mühe zu geben. Als versuchte er, jemandem, der nicht die richtigen Voraussetzungen zum Verständnis mitbringt, etwas extrem Kompliziertes zu erklären. Ich hörte mir seine Erklärungen nicht weiter an. Ich ging.

Ahonen streckte die Hand nach mir aus. Ebenjenen Prozess, den ich gerade beschrieben habe, erzähle Leena in der Gesamtkomposition ihres Romans: das Verschwinden der alten und monoplanen Wirklichkeit, die Entfremdung aller von allem, die endlosen Spiegeleffekte, in denen die klassisch verstandenen Identitäten ins Rutschen geraten und statt der Welt bloß noch sich selbst widerspiegeln. Leena habe geschildert, wie die Arbeit zum Spiel werde und die Spiele in eine elektronisch wiedergegebene Öffentlichkeit versetzt würden.

Auf dem Krankenhausflur rief mir Ahonen hinterher, dies alles habe sich in der gesellschaftlichen Realität genau in dem Zeitraum vollzogen, den Leenas Gesamtmanuskript abdecke, innerhalb der letzten sechzehn Jahre. Türen gingen auf und die Irren spähten auf den Flur, was dort Aufregendes passierte. Vielleicht waren sie alle Männer aus heruntergekommenen Industriestandorten, ehemalige Fabrikarbeiter und Ingenieure.

Einer kam zu mir und zischte, komm, wir hauen ab. Er habe einen Wagen bereitstehen. Die Oberschwester habe zwar den Schlüssel konfisziert, aber er habe sich schon ein Stück Draht besorgt, mit dem wir die Tür aufbekämen. Dann müssten wir bloß noch die Zündkabel unterm Armaturenbrett rausziehen. »Blau zu Blau, Rot zu Rot – Amen und los geht's!«

In meiner Wut fuhr ich zum alten Klärwerk in Vuosaari. Der Zaun rund um die Rechenanlage war aus rostfreiem Stahl geschweißt worden, ich lehnte mich dagegen und beobachtete, wie der Zulauf in den Rechen floss. Ich ging um die Becken herum, wo die Belüftungsrohre aus Keramik langsam Luft in das trübe Wasser bliesen. Die Tür des Wartungsgebäudes war offen. Im Pausenraum lagen leere Erbsensuppendosen herum. Der Helsinkier Stadtteil Vuosaari ist groß. Hier gibt es noch Platz. Hier sind allerlei Güterproduktionen, wie sie große Menschenkonzentrationen erfordern, angesiedelt worden, Kaffeeröstereien und weitere Lebensmittelherstellung. Konserven bekommt man hier, wenn man nur weiß, wo man sie holen muss. Ich warf einen Blick ins Büro und sah, dass dort jemand übernachtet hatte.

Das Wasser fließt klar durch den Ablaufkanal. Ich steige zum Rand des Kanalbetts hinunter und rieche an dem

Wasser, das die Anlage verlässt. Ich koste es. Der sensorischen Einschätzung nach ist das Resultat gut. Ich kehre zum Anfang des Prozesses zurück, mache aber einen Umweg an der Rückseite des Wartungsgebäudes vorbei. Dort sind in Margarinedosen sieben ungesegnete menschliche Embryos beerdigt. Sie haben nie Luft atmen können, nie eine Schule besuchen, das Arbeitsleben kennen lernen, heiraten dürfen. Aber sie haben auch nie etwas erdulden müssen: kein Nachsitzen, nicht den letzten Platz in einem Wettbewerb, kein Sitzenbleiben und keine Arbeitslosigkeit. Sie haben nicht an der Gesellschaft mitgebaut, sie aber auch nicht belastet.

Über den Pritschen bei der Rechenanlage kreist die Armada der immer und ewig miteinander zankenden Möwen. Auf den Pritschen hat sich wie üblich die Fülle der von finnischen Männern benutzten Sicherheitsmittel angesammelt. Es ist schwer zu verstehen, wie es in diesem Land bei all der Sicherheit überhaupt noch Kinder geben kann.

Ich gehe wieder zum Rechen und sehe, dass der Zulaufstrom schwächer geworden ist. Er besteht nur noch aus wenigen Rinnsalen, die sich den einfachsten Weg aus dem Schlamm, der sich am Kanalboden abgesetzt hat, suchen. Irgendwo in der Nähe tönt die Sirene einer Fabrik wie am Jüngsten Tag. Ich gehe zur Vorklärgrube, wo die Elster spurlos verschwunden ist. Die Flamme am Faulraum ist ebenfalls erloschen. Als ich erneut zum Rechen komme, ist der Zulauf versiegt. Vom Industriegebiet in der Nähe hört man das Sirenengeheul der Rettungsfahrzeuge.

Die Originalausgabe erschien 2005 unter dem Titel
Pamisoksen Purkaus im Werner Söderström Verlag, Helsinki.

Die Übersetzung wurde gefördert von
FILI – Finnish Literature Exchange –, Helsinki.

FSC
Mix
Produktgruppe aus vorbildlich bewirtschafteten Wäldern und anderen kontrollierten Herkünften

Zert.-Nr. SGS-COC-1940
www.fsc.org

Verlagsgruppe Random House FSC-DEU-0100
Das für dieses Buch verwendete
FSC-zertifizierte Papier *Munken Print*
liefert Arctic Paper Munkedals AB, Schweden.

1. Auflage
Deutsche Erstveröffentlichung

Satz: Greiner & Reichel, Köln
Druck und Einband: CPI – Claussen & Bosse, Leck
Printed in Germany
ISBN 978-3-630-62162-3

www.luchterhand-literaturverlag.de

Dimitri Verhulst

Die Beschissenheit der Dinge

Roman, 224 Seiten, Broschur, 2007
Aus dem Niederländischen von Rainer Kersten

Dimmetrieken wächst bei seiner Großmutter in dem flämischen Dorf Reetveerdegem auf, zusammen mit seinem Vater und drei Onkeln. Sozialamt, Kneipe, Küche und Klo sind die Eckpfeiler ihres Daseins, an die Zukunft denken sie nicht, da sie sowieso keine haben … Dimitri Verhulst erzählt seine eigene Geschichte als Roman. Eine schonungslose Abrechnung, getragen vom Stolz der Outcasts, von der Wut gegen alle, die glauben, über anderen zu stehen, von tiefer Melancholie und einem burlesken, absurden Humor.

»Ein veritabler Schelmenroman von Hier & Heute … Dimitri Verhulst erzählt mit einer atemberaubenden Balance zwischen Empathie und Distanz. Heraus gekommen ist die Hochzeit aus Drastik, Komik und Klugheit, die radikale Humanität ausmachen.«

Pieke Biemann in Deutschlandradio Kultur

»Absurd, barock und melancholisch.«

Neon